AS QUATRO VIDAS DE DAIYU

JENNY TINGHUI ZHANG

AS QUATRO VIDAS DE DAIYU

TRADUÇÃO Lígia Azevedo

VESTÍGIO

Título original: *Four Treasures of the Sky*

DIREÇÃO EDITORIAL
Arnaud Vin

EDITORA RESPONSÁVEL
Bia Nunes de Sousa

PREPARAÇÃO DE TEXTO
Samira Vilela

REVISÃO
Claudia Vilas Gomes

CAPA E PROJETO GRÁFICO
Diogo Droschi

DIAGRAMAÇÃO
Guilherme Fagundes

Dados Internacionais de Catalogação na Publicação (CIP)
(Câmara Brasileira do Livro, SP, Brasil)

Zhang, Jenny Tinghui
As quatro vidas de Daiyu / Jenny Tinghui Zhang ; tradução Lígia Azevedo. -- 2. ed. -- São Paulo, SP : Vestígio Editora, 2024.

Título original: Four Treasures of the Sky.
ISBN 978-65-6002-017-7

1. Ficção norte-americana I. Título.

23-172418 CDD-813

Índices para catálogo sistemático:
1. Ficção : Literatura norte-americana 813

Tábata Alves da Silva - Bibliotecária - CRB-8/9253

A **VESTÍGIO** É UMA EDITORA DO **GRUPO AUTÊNTICA** 

São Paulo
Av. Paulista, 2.073, Conjunto Nacional
Horsa I . Sala 309 . Bela Vista
01311-940 . São Paulo . SP
Tel.: (55 11) 3034 4468

Belo Horizonte
Rua Carlos Turner, 420
Silveira . 31140-520
Belo Horizonte . MG
Tel.: (55 31) 3465 4500

www.editoravestigio.com.br
SAC: atendimentoleitor@grupoautentica.com.br

Para meus pais.

PARTE I

Zhifu, China

1882

1

Quando me sequestram, não é em um beco. Não é no meio da noite. Não é quando estou só.

Quando me sequestram, tenho 13 anos e estou no meio do mercado de peixes de Zhifu, na via da praia, vendo uma mulher corpulenta empilhar peixes brancos no formato do naipe de espadas. A mulher se agacha e seus joelhos se aproximam das axilas enquanto ela rearranja os peixes de modo que os melhores fiquem por cima. À nossa volta, uma dezena de vendedores faz o mesmo, com suas próprias pilhas de peixes se debatendo suspensas em redes. Abaixo das redes, há baldes para recolher a água que deixa o corpo deles. O chão brilha com a água daqueles que ainda não morreram. Quando se agitam no ar, os peixes brilham como fogos de artifício prateados.

Um cheiro úmido e cru domina o lugar.

Alguém grita algo sobre um luciano-do-golfo. Fresco, diz. Direto do golfo de Pechili. Outra voz supera a anterior, mais alta, mais vívida. Barbatanas de tubarão de verdade! Mais potência sexual, pele melhor e mais energia para o jovem imperador!

Isso tudo é poesia para os criados domésticos que vêm ao mercado para seus senhores. Corpos correm na direção da voz da barbatana de tubarão, trombando e se espremendo pela promessa de uma promoção, de ascensão, de favorecimento. Tudo pode depender da qualidade da barbatana de tubarão.

Enquanto os outros bradam, continuo olhando para a mulher, que continua rearranjando a pilha. Seus peixes não estão em uma rede, como os dos outros, e sim dispostos sobre uma lona. Com seus movimentos, peixes soltos escorregam do topo da pilha para as extremidades da lona, onde permanecem, vulneráveis e abandonados.

A fome pressiona as paredes do meu estômago. Seria muito fácil roubar um. No tempo que levaria para me aproximar, pegar o peixe mais distante dela e sair correndo, a mulher mal conseguiria se pôr de pé. Toco as moedas de prata que trago antes de deixá-las cair de novo no bolso da calça. Esse dinheiro deve ser economizado, e não desperdiçado em peixes quase mortos. Eu pegaria apenas um ou dois, nada que ela não pudesse compensar no dia seguinte. Há bastante peixe no oceano.

Quando me decido, a mulher já me notou. Sabe na mesma hora quem sou, vê o buraco na minha barriga, a insistência que torna oco tudo o que toca. Meu corpo me trai; é fino como um junco. A mulher reconhece o que vê em todas as crianças maltrapilhas que ousam vir ao mercado de peixes e, antes que eu possa desviar o rosto, já está à minha frente, arfando com o corpo todo.

O que você quer?

Seus olhos estão estreitos. Ela tenta me dar um tapa, suas mãos do tamanho de panelas.

Desvio de um, dois tapas. Sai, sai!, a mulher grita. Atrás dela, os peixes brancos aguardam na pilha, cintilantes. Ainda há tempo de pegar alguns e sair correndo.

Mas o restante do mercado já nos notou.

Vi esse malandro aqui ontem, alguém grita. Peguem-no e daremos uma boa surra nele!

Os comerciantes próximos rugem em concordância. Emergem de trás de seus peixes e formam uma barricada em torno de mim e da mulher. Fiquei aqui por tempo demais, penso, enquanto as pessoas se fecham sobre nós. Terei muito a explicar ao mestre Wang se conseguir voltar para casa. Se ainda puder ficar lá.

Peguem-no, outra pessoa grita, alegre. A mulher avança com as mãos estendidas. Suas gengivas têm cor de podridão. Atrás dela, o rosto dos comerciantes engorda em expectativa. Fecho os olhos e me preparo.

Mas o que estou esperando não vem. Em vez disso, uma pressão desce pelo meu ombro, quente e certeira. Abro os olhos. A mulher está congelada, seus braços estendidos. Os comerciantes inspiram juntos.

Por onde você andou?, uma voz pergunta. Vem de cima e tem cor de mel. Procurei em toda parte por você.

Levanto a cabeça. Um homem magro de testa ampla e queixo pontudo sorri para mim. Ele é jovem, mas se movimenta com o peso de alguém mais velho. Ouvi falar de imortais que descem do céu, de dragões que se transformam em guardiões, assumindo a forma humana. Daqueles que protegem pessoas como eu.

O homem dá uma piscadela para mim.

Conhece esse patife?, a mulher pergunta. Seus braços pendem ao lado do corpo agora, vermelhos e cheios de manchas.

Patife? O homem ri. Não se trata de um patife. É meu sobrinho.

Os comerciantes à nossa volta grunhem e começam a se dispersar, retornando a seus peixes abatidos. Nada de diversão por hoje. Luciano-do-golfo, luciano-do-golfo, a primeira voz volta a repetir.

A mulher, no entanto, não acredita no homem. Consigo ver. Ela olha feio para ele, depois para mim, desafiando-me a desviar o rosto. Algo na mão do homem no meu ombro, com seu calor calmo, sugere que, se eu o fizer, nunca mais deixarei este lugar. Fico olhando para a mulher sem piscar.

Se há alguém problema, o homem diz, pode falar com meu pai, mestre Eng.

E, simples assim, como se ele tivesse dito algo mágico, a mulher desvia o rosto primeiro. Pisco uma, duas, três vezes, sentindo minhas pálpebras arderem.

Desculpe, irmão Eng, ela diz, curvando-se. Está escuro aqui, e os peixes me deixam um pouco tonta. Mandarei os melhores a mestre Eng para compensar este terrível equívoco.

Deixamos o mercado juntos, eu e o desconhecido alto das piscadelas. Ele mantém a mão no meu ombro até voltarmos à rua. É meio-dia, e a luz do sol deixa tudo verde e dourado. Uma comerciante passa por nós com uma porca a reboque, cujos peitos balançam.

Estamos no centro de negócios estrangeiros da via da praia de Zhifu. Além das telhas e do consulado britânico, campos verdes se estendem até as colinas distantes. O rugido de algodão da praia soa às nossas costas, a longa exalação da brisa marinha nos envolve. O ar está carregado de sal. Tudo gruda em mim, e eu grudo em tudo.

Vim porque sempre há algo a encontrar aqui. Por onde os estrangeiros passam, encontro moedas de prata, lenços bordados, luvas perdidas. Coisas frívolas com que os ocidentais adornam o corpo. Hoje, consegui duas moedas de prata. Elas tilintam no meu bolso, junto às quatro moedas que recebi de mestre Wang. Hoje, posso me considerar uma pessoa rica.

À luz do dia, inspeciono o desconhecido das piscadelas. Parece rico, mas não se veste como os homens ricos que já vi. Em vez de um *chang shan* de seda, usa uma camisa branca e um pedaço de pano brilhante no pescoço. Sua jaqueta preta pesada está aberta em vez de abotoada até o pescoço e sua calça é justa. O mais estranho de tudo é seu cabelo – não está trançado, porque foi cortado bem rente à cabeça.

O que achou, pequeno sobrinho?, meu salvador pergunta, ainda sorrindo.

Sou uma menina, solto. Não consigo evitar.

Ele dá risada. O sol reflete em dois dentes amarelos. Penso em histórias com homens de dentes amarelos, de dentes que vieram de moedas de ouro. Eu sabia disso, ele diz, mas você ser um menino era melhor para nós dois, naquele caso.

O homem me examina de cima a baixo, e um propósito faz seus olhos brilharem. Está com fome? Veio sozinha? Cadê sua família?

Digo que sim, estou morrendo de fome. Quero que seja misericordioso comigo. E quero lhe perguntar coisas também, como: Quem é você? De onde veio? Quem é mestre Eng e por que a mulher recuou assim que o nome dele foi dito?

Contarei tudo, o homem diz, e sua mão volta ao meu ombro. Ele sugere macarrão, há uma boa casa de lámen um pouco mais para baixo na rua.

Algo me diz que o convite deve ser levado a sério. Assinto e abro um sorriso tímido para ele. Serve como resposta. O homem me leva para mais longe do mercado de peixes. Descemos a rua juntos, passando pelo correio, por três outros consulados estrangeiros e por uma igreja. As pessoas olham para nós antes de se voltarem outra vez para si mesmas, por um momento interessadas nessa estranha dupla de pai e filho, um vestido como o personagem de uma peça e o outro pálido e arisco. Atrás de nós, o mar espuma.

A cada casa de lámen por que passamos, pergunto a meu salvador: É aqui? E, a cada casa de lámen pela qual passamos, ele diz: Não, pequeno sobrinho, ainda não. Andamos até que eu não saiba mais onde estamos e, quando paramos, compreendo que não vamos comer lámen.

É o primeiro dia de primavera.

2

Esta é a história de uma pedra mágica. Uma história que me foi contada pela minha avó. Também é a história de como me deram meu nome.

Na história, a deusa Nuwa está consertando o céu. Ela derrete a rocha e molda 36.501 tijolos com ela, mas usa apenas 36.500, deixando um para trás.

Esse tijolo de pedra restante pode se mover como deseja. Pode crescer até ficar do tamanho de um templo ou encolher até ficar do tamanho de uma cabeça de alho. Afinal de contas, foi moldado por uma deusa. No entanto, como foi abandonado, ele fica à deriva dia após dia, considerando-se indigno e envergonhado por sua inutilidade.

Um dia, a pedra encontra um sacerdote taoista e um monge budista. Ambos ficam tão impressionados com seus poderes mágicos que decidem levá-la junto em suas viagens. Assim, a pedra entra no mundo dos mortais.

Muito mais tarde, um menino nasce com uma pedra de jade mágica na boca. Dizem que ele é a reencarnação do tijolo de pedra.

E o que mais? O menino se apaixona por sua prima mais nova, Lin Daiyu, que vive doente e cuja mãe morreu. Mas a família do menino não aceita esse amor e insiste para que ele se case com uma prima mais rica e mais saudável, chamada Xue Baochai. No dia do casamento do menino, a família disfarça Xue Baochai com camadas de véus pesados e mente para o menino, que acredita se tratar de Lin Daiyu.

Quando Lin Daiyu fica sabendo disso, cai de cama, doente, cuspindo sangue. Ela morre. O menino, sem desconfiar de nada, segue adiante com o casamento, acreditando que ele e sua noiva serão felizes e inseparáveis. Quando descobre a verdade, o menino enlouquece.

Quase um século depois, debaixo de uma amoreira em uma pequena vila de pescadores, uma jovem termina de ler essa história e leva a mão à barriga, pensando: *Daiyu.*

Ou pelo menos foi assim que me contaram.

Sempre odiei meu nome. Lin Daiyu era fraca. Eu não seria como ela, prometi a mim mesma. Não desejava ser melancólica, sentir ciúme ou rancor. E nunca me permitiria morrer por causa de um coração partido.

Deram-me o nome de uma tragédia, eu reclamava com minha avó.

Não, querida Daiyu, deram-lhe o nome de uma poeta.

Meus pais nasceram em Zhifu, perto do mar. É assim que gosto de imaginar que se conheceram: a maré empurrou gentilmente um na direção do outro, até o dia em que se viram cara a cara. Uma ordem da água. Depois de se casarem, abriram uma tapeçaria, onde trabalhavam juntos, meu pai vendendo o que minha mãe tecia para esposas de oficiais do governo e comerciantes mais ricos. Minha mãe se certificava de que cada desenho, fosse de uma fênix, de uma garça ou de um crisântemo, parecesse saltar das peças. A fênix se lançava, a garça se inclinava, o crisântemo florescia. Com ela, as peças ganhavam vida. Ninguém se surpreendeu quando a tapeçaria deles se tornou a mais popular de toda a cidade.

Então, por motivos que não me contaram e que não pensei em perguntar, meus pais se mudaram para uma pequena vila de pescadores próxima à cidade. Minha mãe não queria se mudar, isso eu sabia. Zhifu estava se enchendo de estrangeiros e se transformando de uma cidadezinha à beira-mar em um porto movimentado, e ela queria que a criança que dormia em sua barriga estudasse nas escolas ocidentais que haviam começado a abrir ali. Com a gravidez, suas mãos haviam inchado e ela não conseguia mais trabalhar a seda no tear *kesi*, de modo que só esperava que eu chegasse ao mundo. Seu tear e seus fios foram carregados em uma carroça e ela se virou para olhar para sua amada loja uma última vez.

Já era o fim do verão quando meu pai, minha mãe e minha avó chegaram à pequena vila de pescadores que ficava a seis dias de viagem de Zhifu. Dentro da barriga da minha mãe, eu tinha passado de um feijão a um punho pequeno. Naquele outono, vim ao mundo, filha do campo. Minha mãe me disse que, quando finalmente saí, ela se imaginou bebendo água salgada e o líquido descendo pelo seu corpo e entrando na minha boca, para que eu sempre soubesse encontrar meu caminho até o mar.

Deve ter funcionado. A vila ficava junto a um rio que desembocava no mar, e nos meus primeiros anos eu andava com frequência à sua margem, seguindo as gaivotas até chegar à foz do rio, no oceano. Eu abraçava a beira d'água, contando suas riquezas: vida, memória, até ruína. Minha mãe falava do mar de maneira romantizada, meu pai com reverência, minha avó com cautela. Eu não sentia nada daquilo. Ali, sob as gaivotas, os gaviões e as andorinhas, só sentia a mim mesma, uma pessoa que não tinha nada, não carregava nada, não oferecia nada. Eu estava apenas começando.

Morávamos em uma casa com três janelas que dava para o norte. Não éramos ricos, tampouco éramos pobres. Meu pai voltou a abrir a loja, embora estivéssemos em um lugar onde ninguém tinha dinheiro o bastante para pagar pelas tapeçarias da minha mãe. No entanto, os negócios nunca foram tão bem. Nossa casa se tornou parada frequente de burocratas que iam e voltavam de Zhifu para tratar de assuntos do governo, e às vezes eles descansavam da viagem, às vezes compravam presentes para as esposas e concubinas que os esperavam. Só de olhar as peônias cor-de-rosa, os faisões prateados ou os dragões dourados – reservados aos oficiais do mais alto escalão – da minha mãe, eles entravam em transe. Ainda me lembro dos clientes mais assíduos: um homem robusto com muitos queixos, o irmão mais velho com uma perna mais curta que a outra, o tio que sempre queria me mostrar sua espada.

Havia outros, também, homens e às vezes mulheres que passavam por nossa casa e falavam com meus pais em tons sussurrados. Essas pessoas não usavam as roupas oficiais da corte, e sim *shanku* preto, parecendo mais irmãos da igreja que oficiais do governo. Muitas vezes, partiam com tapeçarias, e eu me perguntava se meus pais faziam doações para a caridade. Havia um homem que sempre me trazia doces e balas. Era pelas visitas dele que eu mais aguardava, e fiquei encantada ao encontrá-lo em nossa sala de jantar certa manhã, debruçado sobre mingau e rabanete em conserva.

A viagem até minha casa é longa, pequena, ele me disse, vendo a surpresa em meu rosto. Seus pais são muito generosos.

Não há necessidade de falar com ela, minha avó disparou da cozinha.

O homem pediu desculpas, mas, quando minha avó não estava olhando, ele me passou um doce por baixo da mesa, um segredo entre nós.

Talvez tenha sido por causa desse encontro que minha mãe começou a me levar para o jardim quando tínhamos visitas. Em Zhifu, não tínhamos espaço para todos os vegetais e as ervas que minha avó queria plantar, mas ali a terra era sua. Ela preparou o terreno vazio atrás da nossa casa e o encheu de sementes. Quando cheguei a uma altura que me permitia ver pela janela, eu já tinha comido uma vida inteira de pimentões verdes e hortelã, embora na época não soubesse que os nomes eram esses.

Naquele jardim, aprendi a cuidar dos seres vivos. Achava desconcertante que algo pudesse ser chamado de vivo e ser tão lento em demonstrar essa capacidade. Eu queria imediatismo, que um broto se transformasse em um fruto maduro no espaço de um dia. Mas havia muitas coisas que minha avó queria me ensinar sobre jardinagem que não estavam relacionadas à jardinagem, e paciência era uma delas. Cultivamos ginseng cheio de cabelos, nabos que pareciam chinelos brancos, pepinos de pele enrugada. Plantamos pimentão verde no sol e secamos vagem na madeira, seus corpos longos que lembravam dedos se estendendo moles para a terra. Os tomates eram sensíveis e carentes, por isso passávamos bastante tempo cuidando deles, acariciando sua pele entre amarela e verde, tensa com uma energia misteriosa.

As ervas me pareciam mais interessantes, por suas propriedades curativas. Tínhamos arbustos de *ma huang* com galhos rígidos e sementes que pareciam pequenas lanternas vermelhas; usávamos *huang lian* como tinta e para a digestão; cultivávamos *chai hu*, uma planta peculiar com uma haste que atravessava a folha como a cauda de uma pipa, para afastar as doenças do fígado. A mais caprichosa e a que minha avó tinha mais dificuldade de cultivar era uma planta com caule coberto de penugem e pequenas flores amarelas, chamada *huang qi*, porque não gostava de solo úmido e porque era preciso esfregar uma pedra áspera nas sementes e depois deixá-las de molho a noite toda. *Huang qi* fazia sucesso com os comerciantes e vizinhos, que a compravam da minha avó. Eles moíam a raiz seca e tomavam com ginseng para fortalecer o corpo. É uma erva infinita, diziam.

Você está aprendendo a ser uma verdadeira mestra, minha mãe me dizia. Ela era baixinha e magra, e sua pele era da cor do leite, a não ser por suas mãos, que eram pontuadas por delicadas marcas vermelhas. Quando eu era muito mais nova, minha mãe deixava que me sentasse em seu colo e assistisse enquanto ela bordava a seda, penteando-a com a lançadeira como alguém escovaria um cavalo. Quando fiz 10 anos, finalmente tinha idade o bastante para ajudar com as tarefas mais importantes, como ferver a seda para deixá-la mais macia.

Foi minha mãe quem me ensinou a ser boa com as mãos. Foi minha mãe quem me mostrou como fazer fitas de batata e leques de papel. O trabalho no jardim me deixava com calos na palma das mãos, mas minha mãe as alisava com uma pedra até que estivessem prontas outra vez para trabalhos delicados.

Ela costumava me dizer que, não importava o quanto as mãos de alguém fossem ásperas, era o bom coração que indicava uma pessoa branda.

Enquanto minha mãe me ensinava a trabalhar com as mãos, meu pai me ensinava a trabalhar com a mente, surpreendendo-me em momentos de tranquilidade com perguntas que ao mesmo tempo me frustravam e ocupavam. Qual é a diferença entre uma criança e um adulto?, ele me perguntou no meu aniversário de 11 anos. Uma vez, quando não terminei meu prato no jantar, meu pai me perguntou, sem olhar para mim: Quantos grãos de arroz são necessários para manter uma vila cheia? Outra vez, quando corri descalça pela grama e voltei chorando, com um espinho no calcanhar esquerdo, ele perguntou: Quando um pai mais sente dor? Meu pai me seguia com seus olhos curiosos e sábios, como se pudesse ver uma pequena raiz dentro de mim pronta para irromper e florescer.

Essas são minhas lembranças preferidas do meu tempo em casa – quando todos cuidavam de mim e me amavam, e os sinais desse amor eram transmitidos através das coisas que me ensinavam. A vila poderia desaparecer e nossa casa poderia ser destruída, mas, se eu tivesse minha mãe, meu pai e minha avó, sabia que poderia recomeçar outra vez – nós quatro éramos capazes e fortes e estávamos unidos pelo amor.

Nos momentos de maior calma, minha mãe me convidava a retornar ao seu colo e trançava meu cabelo com fitas. Começou de maneira simples, apenas uma ou duas voltas e tranças, mas, conforme fui envelhecendo, ela foi acrescentando ouro, contas, borlas, flores. Passei a pensar na minha cabeça como o reflexo do afeto da minha mãe. Quanto mais elaborado o cabelo, mais vasto seu amor.

Se morássemos em Zhifu, ela dizia, ajeitando uma fita na minha coroa, seus muitos talentos levariam a tantos pretendentes que nem saberia o que fazer com eles. Minha mãe sempre falava desse jeito, sempre sonhava com como nossa vida teria sido se houvéssemos ficado. Eu a ouvia falar sobre Zhifu com carinho, mas a cidade parecia um sonho borrado que minha mente não podia acessar.

Se morássemos em Zhifu, eu pensava, meus pés teriam sido quebrados e enfaixados. Eu sabia que faziam isso com os pés das meninas na cidade. Ser uma dama implicava ficar com os pés quebrados para sempre, casar-se com um homem rico, ter os filhos dele e envelhecer, com os pés se transformando em calombos de massa seca e rachada. Não era o futuro que eu queria. Em nossa vila, as famílias mais ambiciosas quebravam os pés das filhas aos 5 anos, que era a melhor idade para isso. Aos 5 anos, os ossos ainda não tinham endurecido totalmente e a menina já era velha o bastante para tolerar a dor. Ela viraria uma mulher com pés bem pequenos, que seria a esposa ou a concubina perfeita de um homem rico da cidade. Quando quebravam os pés de uma amiga, eu não a via por muitos dias; se passasse na casa dela, não aguentava ficar, porque o cheiro podre da pele e dos ossos era forte demais. Uma hora, a podridão se transformava em uma batata que se transformava em um casco. Quando brincávamos ao ar livre, minhas amigas não conseguiam correr, pular e voar, tinham que ficar sentadas, com os pés enfaixados e sem vida sobre a terra, esperando pelo dia que os pais delas as vendessem.

Meus pais nunca enfaixaram meus pés, talvez por medo de que eu não sobrevivesse, talvez porque não tivessem planos de sair daquela vila de pescadores. Aquilo me deixava feliz. Eu não tinha nenhum desejo de ser o brinquedo de um homem da cidade. Sonhava em me tornar pescadora e passar o resto dos meus dias em um barco, com pés grandes e orgulhosos, que seriam minha única maneira de me equilibrar em meio à investida das ondas.

Então, quando fiz 12 anos, meus pais desapareceram. A cozinha vazia, o quarto escuro deles, a cama intocada, o gabinete do meu pai destrancado e aberto, os papéis espalhados por toda parte. O tear abandonado da minha mãe. Aquela manhã teria sido igual a qualquer outra se não fosse pela ausência dos meus pais, que não retornaram à noite, ou na noite seguinte, nem na outra.

Aguardei, sentada nos degraus da frente da casa, depois na sala de trabalho da minha mãe, depois andando em círculos na cozinha até que meus pés latejassem, depois dobrando e desdobrando o cobertor do quarto deles. Minha avó me seguia, insistindo para que eu comesse isto, bebesse aquilo, deitasse e dormisse, descansasse, o que fosse. Precisa me dizer aonde eles foram, choraminguei. Tudo o que ela fazia era colocar uma xícara de chá nas minhas mãos e massagear meu pescoço.

Fiquei esperando, de cabeça baixa. Por três noites, não dormi.

Na manhã do quarto dia, dois homens chegaram, com dragões bordados nas roupas. Entraram em nossa casinha, os dragões se contorcendo e volteando conforme os homens derrubavam potes e cortavam travesseiros. Eles destruíram o tear da minha mãe, muito embora desse para ver que não havia nada escondido ali. Eu sentia os vizinhos espiando pelas janelas, com os olhos arregalados e morrendo de medo.

Sabemos que eles moram aqui, um dos homens disse. Conhecem a punição para quem esconde criminosos?

Não há ninguém aqui além de nós, minha avó afirmou repetidas vezes. Meu filho e a esposa morreram há anos. Perdemos tudo para o fogo!

Então os homens se viraram para mim, com os dentes à mostra. O homem que fazia as perguntas se aproximou. Eu não conseguia evitar olhar para o dragão em sua manga, vermelho e dourado, com o olho preto e a língua parecendo um chicote sendo agitado.

Ouça, o homem me disse. Conheço seu pai. Você precisa me dizer onde ele está.

Não parecia ameaçador, soava calmo e firme. Pensei em todo mundo que havia passado pela nossa casa. Aquelas pessoas também conheciam meu pai. Poderiam nos dizer onde ele estava. Eu me lembrei do homem com quem havia me deparado na sala de jantar, o homem que me dava doces. Poderíamos começar por ele.

Abri a boca para contar o que eu sabia. No entanto, não sei se por vontade própria ou pelo desejo de um imortal, nenhum som saiu. Parecia que uma mão agarrava meu pescoço e apertava quando eu tentava respirar. Balancei a cabeça, tentando fazer as palavras saírem.

Não adianta, o outro homem disse para seu companheiro. Uma mulher maluca e uma criança muda. Tem certeza de que estamos na casa certa?

O primeiro homem não disse nada. Ficou olhando para mim, depois acenou para o companheiro. Ambos se viraram e saíram pela porta da frente. Suas roupas cintilavam ao sol e eu fiquei olhando para os dragões, que voavam para longe.

Nunca fale dos seus pais para ninguém, minha avó disse depois que eles foram embora. A partir de agora, devemos nos comportar como se nunca mais fôssemos vê-los. Será melhor para todo mundo assim.

Mas eu não queria ouvir. Acreditava que meus pais iam voltar. Arrumei a cama deles, alisei as roupas deles. Coloquei uma fita intricada no meu cabelo, sabendo que minha mãe acharia bonito. Até tentei consertar o tear com a cola que encontrei no gabinete do meu pai. Eu estaria ali quando meus pais voltassem, e eles ficariam felizes em me ver. Foi assim naquele dia e em todos os dias que se seguiram.

Quando o outono chegou e já fazia três meses que meus pais haviam ido embora, pensei na mulher com quem eu dividia meu nome. Na história, a mãe de Lin Daiyu morreu quando ela ainda era muito nova, e o pai morreu logo depois. Eu me perguntava se meus pais tinham desaparecido por causa do meu nome. Se tinham desaparecido porque aquilo estava escrito.

Se pensar assim, provavelmente fará com que se torne realidade, minha avó me disse.

Como se já não fosse realidade, eu disse. Odiei Lin Daiyu como nunca.

Uma carta chegou na primavera, sem remetente. Meus pais tinham sido presos.

Qualquer dia desses, minha avó disse, queimando a carta. Qualquer dia desses, as pessoas que prenderam seus pais vão vir atrás de você também.

Eu não estava entendendo, e minha avó não me dava respostas. Ela me vestiu com roupas de menino e me deu um casaco de matelassê. Raspou minha cabeça. Vi meu cabelo cair no chão, as mechas pretas em forma de meia-lua, tentando não chorar, pensando na minha mãe e que, se ela voltasse, eu não teria mais cabelos para adornar. Vá a Zhifu, minha avó disse, enfiando algodão em sapatos masculinos e calçando-os em mim. Desapareça na cidade. Você é boa com as mãos. Encontrará um trabalho honesto.

O que a senhora vai fazer?, perguntei à minha avó.

Farei o que sempre fiz, ela disse. Cultivarei ervas para curar as pessoas. Não há muito o que possam fazer com uma velha maluca como eu. É com você que eles têm que se preocupar.

Hu, o vizinho, chegou com sua carroça no meio da noite. Entrei atrás, com um saco de roupas, pãezinhos *mantou* e algumas moedas da loja dos meus pais. Minha avó tentou me dar mais, só que cerrei as mãos em punho sobre os bolsos. Ela ia precisar do dinheiro quando os homens usando roupas com dragões bordados voltassem.

Não me mande cartas, ela disse, colocando um gorro em minha cabeça raspada. Eu já sentia falta do meu cabelo comprido, de como esquentava meu pescoço. Estávamos no auge de um duro inverno e estremeci na brisa noturna. Minha avó prosseguiu: Cartas serão interceptadas. Em vez disso, conversaremos quando chover.

E se não chover aonde eu for?, perguntei a ela. Só poderemos conversar de tempos em tempos.

Deve ser assim mesmo, minha avó insistiu. De outra maneira, meu coração se partiria sem parar.

Perguntei a ela se a veria de novo. Eu estava chorando. Sabia de amigos mais velhos que tinham sido mandados embora quando novos porque a família estava desesperada para se livrar do fardo de uma boca a mais. Nunca tinha imaginado que seria mandada embora também. Mas meus pais tinham partido, e deitada na parte de trás da carroça do vizinho, protegida pelo casaco de matelassê, soube que minha vida estava tomando um rumo completamente novo e muito mais difícil. Os dias de brincar na trincheira atrás da vila tinham passado. Eu não ajudaria mais minha avó a servir chá para o sol alaranjado. Não veria meus amigos outra vez. Nunca voltaria a dormir na minha cama. Nossa casa era uma concha sem suas criaturas. Eu não estaria ali quando o primeiro pimentão do ano brotasse na horta, não estaria ali para sentir seu gosto – agridoce, fresco, selvagem. De alguma maneira, foi pensar no pimentão que fez meus soluços se transformarem em lamentos.

Minha avó levou as mãos aos meus olhos, como se pudesse enxugar o poço das minhas lágrimas. Então ajustou a lona para me cobrir.

Quando for seguro voltar para casa, ela disse, você saberá.

No escuro, eu não podia ter certeza de que minha avó também chorava, mas sua voz estava embargada.

Abracei forte o saco com roupas e *mantou* ainda quente enquanto a carroça do vizinho me levava embora. Tentava gravar a imagem dos meus pais, da minha avó e do meu lar na memória. A pele enrugada no canto dos olhos do meu pai quando ele sorria. O ponto quente entre o cabelo da minha mãe e a nuca. A luz tranquilizante do quarto dos meus pais quando eu despertava de um pesadelo. As imagens giravam à minha frente, como contas de oração às quais me agarrar. Nunca esquecerei, repeti para mim mesma.

A carroça do vizinho topou com uma pedra e a lona que me cobria escorregou, revelando o céu noturno sem estrelas. Levantei a cabeça para olhar para casa uma última vez. No escuro, a figura da minha avó parecia curvada e branda. Então me ocorreu que eu nunca a havia visto a tamanha distância.

Minha avó precisaria de ajuda com o jardim. O casaco que eu estava usando pertencia a ela. Teria roupas quentes o suficiente para o inverno seguinte? Eu deveria ter me certificado de que alguém passaria para vê-la todo dia. Lágrimas voltaram a molhar meu rosto. Vi minha avó encolher até que a escuridão a levasse, até que eu só pudesse imaginar que ela continuava diante da nossa casa, esperando, vigiando, sem sair de seu posto até estar certa de que eu havia ido embora. Rezei para que chovesse logo.

3

Esta é a história de uma menina que chegou a Zhifu na parte de trás de uma carroça.

A viagem levou seis dias. Fiquei deitada na parte de trás da carroça do vizinho, dormindo e acordando, comendo *mantou* do saco e pensando, pensando.

Teria que me tornar outra pessoa. Não podia mais ser Daiyu: precisava ser alguém que não conseguissem relacionar a mim. Seria Feng, um menino, porque era mais seguro. Sem lar, sem pais, sem passado. Sem avó.

No quinto dia, a chuva veio. Um dos eixos da carroça quebrou, virando-a e me virando com ela. O vizinho se ajoelhou, xingando, e consertou o eixo quebrado. Voltei para debaixo da lona, com as roupas enlameadas pesando sobre a pele, e fiquei ouvindo a chuva, como dedos tamborilando a madeira. Sorri, pensando na minha avó. Sua Daiyu está com saudade, sussurrei. Fechei os olhos e imaginei o que ela diria em resposta.

No sexto dia, acordei com o sol forte na testa e o cheiro do mar. Isso me fez sentir como se nunca tivesse deixado a vila de pescadores, mas a familiaridade não perdurou. O vizinho levantou a lona e me ajudou a sair da carroça. Estávamos em uma espécie de beco. À nossa volta, ouviam-se dialetos que eu não reconhecia. Boa sorte, ele disse, dando-me um tapinha nas costas com indiferença. Direi à sua avó que conseguiu chegar. Ele me olhou sem esperanças, como se fosse a última vez que me veria viva. Procurei não deixar que percebesse que eu percebia aquilo, então me curvei e lhe agradeci pelo que havia feito. O vizinho retornou à carroça e saiu com ela do beco.

Feng, o filho do vento, disse para mim mesma.

Ótimo. Vamos começar.

Olá, falei para dentro da casa que vendia bolinhos. Meu nome é Feng e gostaria de trabalhar para vocês.

Por que eu contrataria você?, o cozinheiro perguntou, rindo. Para cortar minha garganta enquanto durmo e roubar meu dinheiro?

Olá, falei para dentro da tapeçaria. Meu nome é Feng e sei uma ou duas coisas sobre teares.

Vá embora, o dono cuspiu. Não há lugar aqui para escória como você.

O mesmo acontecia quando eu parava em cafés, casas de chá ou de condimentos. Eu precisava de um bom banho, roupas novas e sapatos que não cheirassem a lama. Desarrumada daquele jeito, não parecia muito diferente dos maltrapilhos que vagavam pelas ruas, parecendo que a fome era a única coisa que os mantinha vivos. Eu os via entrando e saindo das lojas, com os bolsos se enchendo devagar de itens roubados. Roubariam a cidade toda se não fosse pelos donos vigilantes, que os perseguiam com vassouras. Os mesmos donos de loja que me mandavam embora sem nem ouvir o que eu tinha a dizer.

Procurei me lembrar de tudo o que meus pais haviam me contado sobre Zhifu. Sabia que aos poucos tinha se enchido de estrangeiros, conforme se transformava em um dos maiores portos de toda a China. Ficava à beira-mar, e ali navios chegavam com algodão e ferro e partiam com óleo de soja e macarrão. Ao longo das ruas estreitas, erguiam-se altas e coloridas fachadas de lojas para atender a todos os desejos e necessidades. Havia um estabelecimento que vendia vinho, outro que vendia chapéus finos de todas as cores e texturas. Apertada ao lado, havia uma loja de ervas medicinais que cheirava a gengibre e terra.

Inspirei fundo por um momento, recordando o jardim da minha avó, antes que a menina ao balcão fosse pegar a vassoura. Acima das lojas havia outro andar, que parecia de apartamentos e escritórios, com um pequeno deque que se abria sobre a rua. Eu nunca havia visto tantas construções, e tão pouco céu.

Pela primeira vez na vida, também vi estrangeiros. *Wai ren*, como meus pais os chamavam. Eles lotavam as lojas com seus corpos grandes e confiantes, a pele que parecia ter sido esfregada até ficar em carne viva. Eu não sabia que cabelos podiam ser de outra cor que não pretos, mas a cabeça daqueles estrangeiros era cor de lama, de sândalo, de couro desbotado, de palha. Vi até um homem com cabelo cor de cenoura. Eu não conseguia parar de encarar, mas desviei o rosto apenas quando nossos olhos se cruzaram.

Por aquelas ruas curiosas, vaguei, levada pelos barulhos da cidade; comerciantes gritavam, música tocava, palavras que eu não conhecia saíam de bocas que não se pareciam com a minha. Entrei e saí de lugares com o mesmo rosto esperançoso, mas era sempre igual: Não há trabalho aqui para gente como *você*.

Quando a noite chegou, entrei debaixo de um carrinho de frutas abandonado com a barriga cheia de maçãs e peras danificadas, que eram tudo o que eu havia conseguido comprar com o dinheiro que minha avó tinha me dado. Não fazia tanto frio quanto nas noites anteriores. Eu me cobri com o casaco de matelassê e sonhei que os dois homens voltavam para nossa casa e levavam minha avó embora.

Na manhã seguinte, foi mais do mesmo. Eu me vi no distrito comercial, onde as ruas eram margeadas por prédios em formatos e texturas estranhos, as janelas às vezes quadradas, às vezes curvas, às vezes parecendo flores envoltas em barras de metal retorcidas. Passei pelo correio internacional, feito de tijolinhos cinza e cujas janelas pareciam sapatos de bico redondo. Enquanto olhava intrigada para as janelas, um homem com cabelo cor de linho saiu. Ele estava falando consigo mesmo, o bigode parecendo um músculo que se flexionava com os lábios.

Por um momento, me perguntei se os estrangeiros teriam pena de mim. Ofereceriam abrigo, comida, trabalho? Assim que a ideia me passou pela cabeça, o homem me notou e começou a se aproximar. Fugi antes que ele chegasse mais perto, alarmada pela luxúria em seus olhos.

O que fazer? Desejei que minha avó tivesse me passado mais informações antes que eu partisse. Desejei que meus pais tivessem me falado mais sobre Zhifu, ou que eu conseguisse me lembrar de mais. Acima de tudo, desejei que nada daquilo tivesse acontecido, que pudéssemos voltar a ser a família que éramos, que pudéssemos voltar a quando Zhifu era apenas uma história e manter o jardim vivo era minha única preocupação.

Se eu estava brava? Sim. Com meus pais, por terem ido embora. Com minha avó, por ter me mandado embora, por não ter vindo comigo. E com aqueles homens que haviam entrado em nosso precioso lar e o desmantelado. Aquela nova vida de perambular sem rumo pelas ruas não era nada como a vida que eu havia me prometido. Tinha sonhado em assumir o negócio dos meus pais, talvez até criar meus próprios desenhos. Pescaria no mar, trocaria os peixes por farinha, açúcar e algas com a família dos meus amigos. Viveríamos com a barriga cheia e nos tornaríamos uma família que sobrevive a estações, impérios e até mesmo à morte.

Quando caiu a noite do quinto dia, eu já havia andado tanto que sentia que tinham batido com pedras em meus calcanhares. Eu estava tonta, meu corpo parecia não ter peso e uma névoa cintilante ocupava minha cabeça e me impedia de recordar por onde havia passado. Antes de encontrar trabalho, morrerei de fome, disse a mim mesma. Era um corpo flutuante, a ponta de um fio que o vento havia encontrado, sem que ninguém em volta se importasse ou mesmo notasse. Talvez eu já tenha desaparecido, pensei, desvairada. Se o corpo se devora de dentro para fora, qual será a última parte a ir?

Sonhei com os bolinhos que minha avó fazia, verdadeiros bolsos de massa gordos e pesados, recheados com porco e cebolinha ou camarão e abobrinha. Eu gostava de comer aqueles bolinhos assim que saíam da panela, quando o líquido e o vapor que escapavam à primeira mordida eram capazes de queimar. Se fechasse os olhos, podia sentir o cheiro deles – da carne saborosa, da massa suave, da promessa do que havia dentro.

Não era apenas minha imaginação. Eu estava mesmo sentindo o cheiro. Meus olhos se abriram e tudo se tornou vívido outra vez. Ali, alguns passos à frente, à minha esquerda, havia uma casa de bolinhos. Cambaleei adiante, mas logo parei – o proprietário já estava varrendo o chão e as lanternas lá dentro tinham sido apagadas. O estabelecimento tinha fechado.

Se a fome havia me arrastado para a névoa, agora me tirava dela. Corri para o beco que ficava ao lado, um corredor de terra cheirando a laranjas passadas. Sentia meu estômago pulsar no mesmo ritmo do meu coração.

Ali, eu esperei.

O proprietário apareceu, como eu sabia que apareceria. Havia terminado de varrer e agora saía pela porta dos fundos com uma bandeja de bolinhos que tinham sobrado. Ele jogou tudo sobre a pilha de lixo e voltou lá para dentro, trancando a porta atrás de si. Olhei em volta. A noite começava a cair e não havia mais ninguém no beco.

Avancei, com água na boca. Os bolinhos tinham caído sobre um trapo sujo, mas ainda pareciam perolados, quase estourando. Não importava o cheiro de fruta podre e água suja: eu estava morta de fome. Peguei todos os bolinhos e enfiei na calça. Aquela noite, dormi nos degraus da igreja, com os bolinhos dentro da barriga.

4

Minha avó estava certa – eu era boa com as mãos. Era um dom que minha mãe havia me passado. Quando acordei pela manhã, com a cabeça mais desanuviada devido à barriga cheia, contei nos dedos tudo o que podia fazer com as mãos.

Podia rechear bolinhos *bao zi* e dobrar as pontas no formato certo. Sabia descascar maçãs com uma faquinha e aparar as pontas da vagem sem desperdiçar muito. Aqueles dedos iam me manter viva. Eu só precisava de alguém que me desse uma chance.

Corri de loja em loja, mas sempre era recebida com gritos: Vá embora, ninguém quer você aqui, não volte mais.

Sou boa com as mãos, insisti com a sétima, oitava, talvez nona proprietária, de um lugar que fazia massa de macarrão na hora. Eu trabalhava no tear com minha mãe, meus dedos lidarão bem com o macarrão.

Você é muito magro e muito pequeno, mesmo para um menino maltrapilho, a mulher me disse, olhando para mim de cima a baixo. Sabe que ninguém vai aceitar um filhote faminto como você. Precisa aprender disciplina para ganhar a confiança dos outros.

Ela era mais bondosa que os outros. Não foi buscar a vassoura e não me ameaçou.

Isso é o máximo que posso fazer por você, a mulher disse, e apontou para a porta.

Estava me mandando ir embora. Eu me curvei para ela e me virei para sair.

Não tão rápido, a proprietária falou quando eu já saía para a rua. Não está vendo o que estou lhe mostrando? Ali, na porta. Viu?

Eu vi. A princípio, tinha pensado que se tratava de uma pintura de uma árvore, as pinceladas longas e seguras, como raízes tomando conta do papel. Mas, quando me aproximei, percebi que não se tratava de uma árvore, e sim de um caractere chinês que eu não reconhecia. Não tinha sido escrito como qualquer outro caractere que já tivesse visto – a tinta era preta e espessa, cada linha, cada curva fechada e cada ponto eram grossos onde precisavam ser, finos onde precisavam ser, perfeitos em peso e equilíbrio. De alguma maneira, muito embora não soubesse nada sobre aquele caractere ou a pessoa que o havia criado, me senti em paz. O desenho havia me penetrado e me preenchido com sua harmonia.

Foi um presente, a mulher disse. Ouvi dizer que o artista precisa de ajuda.

Perguntei onde podia encontrar o artista, torcendo para que a boa vontade dela não se esgotasse.

A mulher puxou o avental enquanto olhava se algum cliente havia entrado. Não era o caso. Tenho uma filha da sua idade, ela me disse. É por isso que não chuto você na rua. Procure uma casa vermelha com telhado cor de amendoim. É tudo o que posso lhe dizer. O destino vai decidir se deve encontrá-la.

Foi o primeiro toque de esperança que me permiti sentir desde minha chegada a Zhifu. Saí correndo do estabelecimento e quase colidi com um homem carregando galinhas em um caixote.

Sabe onde fica a casa vermelha com telhado cor de amendoim?, perguntei, desesperada.

Vá embora antes que eu bata em você, ele rosnou.

Se a pessoa que eu estava procurando era mesmo um artista, então eu sabia exatamente onde poderia encontrar ajuda. Desviei do pé do homem e fui até a tapeçaria onde havia pedido emprego no primeiro dia.

Pareceu até que o proprietário estava me esperando. Ele ergueu uma mão, pronto para tirar dos meus braços, com um tapa, qualquer que fosse o tesouro precioso que eu pretendesse roubar.

Já disse que não queremos pedintes, ele avisou. As mangas do *chang shan* esvoaçaram, deixando-o parecido com um pássaro gigante.

Por favor, eu disse, ofegante, pode me dizer onde encontrar uma casa vermelha com telhado cor de amendoim? Em que talvez more um calígrafo?

O homem me olhou, parecendo desconfiado e confuso.

Por que quer saber? Está querendo roubar a arte de um bom homem?

Não, eu disse. Pensei na minha mãe. Estar cercada por tapeçarias outra vez a trazia de volta com um puxão agudo e doloroso. De repente, me vi no quarto dela, sentada em seu colo, observando suas mãos dançarem para frente e para trás no tear, suas unhas como pérolas, seu peito quente contra minhas costas, as vibrações suntuosas da canção de ninar que cantarolava.

Ei, o que está fazendo?, o homem perguntou, perplexo, tirando-me de minhas lembranças. Está chorando?

Ele estava certo. Eu não havia me dado conta, mas meu rosto estava úmido e minha boca estava caída. O peso dos dias anteriores recaiu sobre mim, levando-me rumo ao centro da terra. Eu não queria nada daquilo.

Desculpe, senhor, eu disse, enxugando as lágrimas com a palma das mãos. Conheci alguém que fazia tapeçarias como as suas, só que de flores, pássaros e até mesmo dragões.

Com aquilo, o homem pareceu abrandar. Você conheceu alguém que fazia tapeçarias, ele repetiu. Aqui, em Zhifu? Como se chamava? É alguém que eu conheço?

Não, eu disse, balançando a cabeça. E provavelmente nunca conhecerá. Essa pessoa desapareceu não faz muito tempo. Mas me ensinou a usar minhas mãos. É por isso que estou aqui, senhor. Estou atrás de trabalho, mas preciso aprender disciplina primeiro. Estou procurando um lugar onde possa usar as mãos. Sabe onde fica a casa vermelha com telhado cor de amendoim?

Diga-me e deixarei o senhor em paz. Se voltar um dia, serei mais disciplinado e digno de confiança, prometo.

Logo a noite cairia. Observei o homem absorver minhas palavras, esperando pelo golpe que me mandaria embora de sua loja. Os segundos cresceram entre nós.

O golpe esperado, no entanto, nunca veio. Em vez disso, o homem abriu a boca.

5

Quando acordei na manhã seguinte, outro homem olhava para mim, com o pé no meu flanco.

Eu me levantei na hora. Ele me olhou por cima dos óculos, com as mãos atrás das costas. Usava um *chang shan* cinza com flores de pessegueiro bordadas nas mangas. Parece com meu pai, pensei.

Por que está dormindo nos degraus da minha escola?

O homem não parecia enojado ou bravo, só curioso.

Perdão, senhor, eu disse, já me afastando. Por favor, não chame os guardas.

Espere, ele falou, erguendo uma mão cujos dedos estavam manchados de tinta preta. Você não respondeu à minha pergunta.

Disse a ele que me chamava Feng e precisava de trabalho. Aquela mentira parecia fácil agora, escapando de mim como se fosse verdade. Vim até aqui para ser seu aprendiz, falei.

Mas não estou precisando de um aprendiz, ele disse. Por que achou que eu estava?

Foi a mulher do restaurante que vende macarrão feito na hora, falei. Ela me disse que o senhor precisava de ajuda.

Entendo. Pergunto-me por que ela acha isso. Bem, Feng que precisa de trabalho, sinto muito por decepcioná-lo, mas não estou contratando ninguém.

Baixei os olhos para minhas roupas. As pernas da calça estavam empoeiradas porque eu havia dormido nos degraus. Uma ideia me veio.

Espere, eu disse. Se não está procurando por um aprendiz, talvez esteja procurando por alguém para limpar a escola. Vim porque vi sua arte na loja de macarrão e achei muito bonita.

Nunca vi aquela maneira de escrever. Um lugar que produz coisas tão bonitas deve estar à altura delas.

Eu nunca havia sido tão ousada com um adulto. Mordi o lábio e fiquei esperando pela retaliação por falar demais.

Mas as mãos dele não se moveram. Seus olhos notaram a terra na minha calça e depois nos degraus da escola. O que torna você a pessoa correta para este trabalho?

Pensei na minha mãe e na minha avó. Sou excelente com as mãos, disse a ele.

Então as mostre para mim, ele disse.

Eu o fiz, relutante. Eram mãos de menina, com nós dos dedos macios e carnudos, quaisquer calos do trabalho no jardim já há muito desaparecidos. Eram mãos de alguém que nunca havia trabalhado um dia que fosse. O homem se inclinou e virou minhas mãos, inspecionando as palmas, apertando a carne sob os dedões. Ele ficou olhando pelo que pareceu ser um longo tempo, tanto que comecei a me perguntar se não havia pegado no sono. No entanto, quando se endireitou, estava muito desperto e tinha uma expressão satisfeita no rosto.

Você não mentiu, o homem disse. Gostaria de ter trabalho, Feng das boas mãos?

O sol nascente manchava o cabelo grisalho dele de ocre. Olhei para seus óculos e, em vez de perguntar o que ele havia visto nas minhas mãos, respondi que sim.

Então fique de pé, o homem me disse. Eu me levantei, sabendo que era a primeira vez que me mantinha ereta de verdade. Seu nome significa "vento", o homem falou. Espero que se mova como ele. Sem preguiça, sem incerteza. Quem trabalha para mim trabalha de verdade.

Aquele homem era o mestre Wang, e a casa vermelha com teto cor de amendoim era sua escola de caligrafia.

Caminhamos juntos. A luz penetrava na sala de aula através das persianas fechadas, deixando ranhuras brancas no chão. A sala tinha doze lugares, cada um deles com um pincel, o que eu imaginava que fosse um frasco de tinta, folhas longas de papel de arroz e outros materiais que não reconheci. Nas paredes, tapeçarias com caracteres em preto cobriam do teto ao chão. Eram caracteres heroicos e elaborados, suspensos em dança. Pareciam ter sido moldados por forças superiores.

Os aposentos privados de mestre Wang ficavam do outro lado da sala de aula, separados por um biombo. Passamos por eles sem parar. O último cômodo era pequeno e estava cheio de suprimentos, frascos de tinta fechados, rolos de papel de arroz. Eu dormiria ali.

A aula começa quando o sol se levanta e termina ao primeiro sinal de escuridão, mestre Wang me disse, procurando a vassoura no quartinho. Você vai varrer os degraus da entrada e o pátio antes e depois da aula, todos os dias. Pode fazer o que quiser com o restante do seu tempo, mas saiba que, aonde quer que vá, suas ações refletirão em minha escola.

Ele encontrou a vassoura e a passou para mim. O cabo era grosso – meus dedos mal se fechavam em toda a volta dele. Tentei esconder aquilo de mestre Wang, com medo de que me levasse a perder o trabalho. No entanto, ele só se virou e me conduziu até os fundos da escola, onde havia um pátio de pedra. Cada pedra tinha um caractere chinês gravado no centro. No meio do pátio havia uma fonte com dois dragões enrolados em quatro vasos. Um pequeno jardim rodeava a fonte. Pensei na minha avó com um profundo anseio, depois procurei afastar a lembrança. Eu precisava me concentrar.

Nenhuma pedra fica intocada, mestre Wang disse. Como observou com precisão, uma escola de caligrafia deve refletir a beleza que cria em seu interior mantendo seu exterior apresentável.

Assenti, sem pensar em perguntar por que então ele havia deixado os degraus ficarem tão sujos, ou por que o telhado cor de amendoim parecia estar cedendo. Mestre Wang falava como se cada palavra fosse definitiva, o que era o bastante para mim.

Àquela altura, o sol já estava alto no céu, inundando o pátio de luz. A aula está prestes a começar, Feng, ele disse. Você, que é bom com as mãos, tem algo a fazer.

Eu me curvei, porque parecia a coisa certa a fazer, e me dirigi aos degraus da entrada, segurando a vassoura com as duas mãos. No céu, o sol continuava subindo. Era um dia lindo, as flores eram lindas, a caligrafia era linda, o calçamento de pedra era lindo. Ainda assim, eu não me importaria se chovesse.

Na manhã seguinte, fiz como ordenado. Acordei antes do sol, tirei a vassoura do armário e a levei até a frente da escola. Varri cada degrau três vezes e observei o pó que subia nublar a manhã, o que me lembrava de minha mãe limpando as mãos cheias de farinha. Quando voltei para dentro, encontrei uma tigela de mingau e folhas de mostarda me esperando do lado de fora do meu quartinho.

Os alunos de mestre Wang eram todos homens. Eles entravam na casa em fila e se moviam com precisão, como se tivessem os caracteres que desenhavam como modelo. Eretos, com a expressão séria e obedientes, eles se ajoelhavam em seus lugares e arregaçavam as mangas, à espera do instrutor.

Bom dia, classe, ele dizia ao entrar.

Bom dia, mestre, todos respondiam a uma só voz.

Quem viu o sol nascer hoje?, ele perguntou, com a voz firme.

Eu não, mestre, responderam em uníssono.

Quero que vejam amanhã, e no dia seguinte, e no dia seguinte, mestre Wang falou, e um dia entenderão como os caracteres que pintam podem preencher o mundo todo.

Os alunos ficaram em silêncio, e eu mesma fiquei em transe. Não era apenas como mestre Wang falava, tão estável quanto um nenúfar em uma lagoa, mas o que ele falava. Eu não entendia o que queria dizer, mas sabia que, se havia alguém capaz de me dar as respostas da vida, era ele.

Depois daquilo, jurei que encontraria meu lugar na escola de mestre Wang. Era sempre igual: de manhã, varria; quando o sol se levantava, retornava para minha tigela de mingau e o pires de vegetais que o acompanhava, depois ficava pelo corredor para ver os alunos entrando, com inveja de sua segurança e do fato de terem um lar de onde vinham e para onde retornavam.

Durante o dia, eu ia até o centro da cidade. As refeições de mestre Wang eram escassas em sua simplicidade – a comida parecia desaparecer imediatamente antes que eu me saciasse. Eu queria carne, sentia falta do peixe no vapor que fora uma constante em minha infância, de camarões luminescentes, molho de gengibre e alho, bagas. O ato de comer sempre fora uma celebração com meus pais e minha avó, mas com mestre Wang era apenas uma tarefa a ser realizada antes de se voltar a coisas mais importantes. Fome faz bem, ele me disse da primeira vez que pedi um pouco mais de arroz. Permite que o espírito do artista se concentre. Depois daquilo, nunca mais pedi para repetir o prato.

A mesma fome me levava ao centro da cidade dia após dia. Eu queria consumir tudo – pão, bolo de gergelim, macarrão, as palavras irreconhecíveis dos estrangeiros, o cheiro pungente do mar. Então esta é a cidade que meus pais amavam, pensei. Eu poderia comer tudo o que as barraquinhas ofereciam, poderia devorar cada viga de madeira que sustentava cada construção, e ainda assim ia querer mais. Era a novidade. A possibilidade. Era maior que a fome da minha barriga – existia no coração também, e eu sabia que, um dia, ela ia me dominar. Mas ainda não. Ainda não.

À tarde, eu voltava para a escola e ficava no pátio, memorizando os caracteres no calçamento de pedras. Às vezes, os alunos jogavam maçãs pela metade ali. Quando o tempo estava bom e mestre Wang abria as janelas, conseguia ouvir a aula, arrebatada por seu tenor inabalável.

Com as aulas, aprendi que o pincel, o bastão de tinta, o papel e a pedra de tinta eram chamados de Quatro Tesouros do Estudo. Aprendi que, além de fazer as pinceladas certas na hora certa, o artista também era responsável por manter seu interior equilibrado para criar uma boa caligrafia.

Caligrafia, como mestre Wang dizia, não envolvia apenas métodos de escrita, mas também o cultivo do caráter pessoal. Ele acreditava naquilo como uma filosofia, e não apenas como uma prática. Era algo que devia permanecer pelo resto da vida do calígrafo, a tinta substituindo o sangue, o pincel substituindo os braços. Ser um calígrafo era aplicar os princípios da caligrafia a cada ação, reação e decisão, na página ou fora dela. É esse tipo de pessoa que vocês podem se tornar, mestre Wang dizia aos alunos, o tipo de pessoa que sempre aborda o mundo como uma folha de papel em branco.

Para ele, ansiedade, perigo, preocupação ou perda não existiam. Havia sempre uma resposta se os princípios da caligrafia fossem aplicados – visualizar o caractere, ser guiado pelo que você já conhece. Na vida, era igual: visualizar o resultado desejado, deixar-se guiar pelo que lhe é familiar. E, acima de tudo, praticar.

O que faz uma boa caligrafia?, mestre Wang perguntou.

Uma mão firme, um aluno respondeu.

Paciência e visão aguçada, outro aluno respondeu.

Uma boa base, arriscou um terceiro.

Tudo isso é verdade, mestre Wang disse. Mas estão se esquecendo do mais importante: ser uma boa pessoa. Na caligrafia, é preciso respeitar o que se escreve e para quem se escreve. Acima de tudo, é preciso respeitar a si mesmo. É a tarefa monumental de criar unidade entre quem você é e quem poderia ser. Pensem: que tipo de pessoa vocês poderiam ser, tanto no âmbito pessoal quanto como artistas?

Um silêncio reverente se seguiu. Os alunos haviam ouvido o bastante para preencher seus sonhos por anos. E eu? Finalmente eu tinha uma resposta e um caminho para seguir, um caminho que me ajudaria a superar o fardo do meu nome e o destino que trazia consigo. Se a caligrafia era a chave para me separar de Lin Daiyu, eu a praticaria, como instruído por mestre Wang, e me tornaria alguém que não se curva à vontade do destino e à história da qual seu nome tinha sido tirado, alguém que era dona de si mesma e tinha seu próprio legado.

E talvez àquela altura meus pais voltassem para mim.

6

Comecei imediatamente. No pátio, com um comprido galho de bétula na mão, tracei os caracteres que via no calçamento de pedra, movimentando-o como se pudesse conjurar algo da terra. Eu me sentia tola, e sabia o que alguém de fora devia ver: um menino parecendo uma menina, uma menina parecendo um menino, brincando de escrever e pensando que ele ou ela podia demonstrar coragem. Minha mão estranhava o galho, os movimentos eram incômodos. Quando a aula terminou e os alunos saíram, não tive tempo de esconder o que vinha fazendo. Eles me encontraram raspando o ramo no calçamento e começaram a rir, apontando para o galho bambo na minha mão destreinada. Deixei o ramo cair e corri para dentro para procurar pela vassoura, mordendo o lábio e furiosa comigo mesma.

A Daiyu de alguns meses antes, aquela que ainda tinha a avó ao seu lado e uma cama quente só sua, teria deixado o sonho de dominar a caligrafia de lado. Esforçar-se muito por algo – e ser alvo de zombaria por isso – nunca fizera parte de sua compreensão. Mas havia algo acontecendo comigo desde o momento em que minha avó me mandara de carroça para Zhifu. Estava sedenta pelo que a caligrafia poderia me trazer e, assim como sabia que nunca seria a esposa de um homem da cidade, sabia que a caligrafia estava no meu futuro. Não seria fácil. Como mestre Wang dissera, eu precisava praticar.

Meus primeiros dias em Zhifu haviam me preparado para aquele momento – cada dono de estabelecimento que me mandara embora, cada olhar de aversão que eu desafiara, era uma pedra que me davam, e eu juntara o suficiente para construir uma fortaleza em volta de mim mesma. Que zombem de mim, pensei aquela noite. Pelo menos tenho minha fortaleza. E ela é impenetrável.

Na tarde seguinte, depois de realizar minhas tarefas, voltei ao pátio e peguei o galho de bétula. Estava mais fresco que o normal, e as janelas estavam abertas. A voz de mestre Wang flutuava até mim, e deixei que me envolvesse, guiando minha mão no ar.

Olhem mais de perto, ele disse. Sua caligrafia revelará muito a seu respeito. Com uma olhada no que vocês escreveram, posso determinar suas emoções e seu estado de espírito. Posso avaliar sua disciplina e identificar seu estilo. Há muito mais segredos a serem revelados por sua escrita, e vocês depararão com eles no momento certo.

Guardei cada palavra. Aquele conhecimento era precioso para mim, era como eu avançaria no mundo.

Nunca recebi educação formal, mas sob a tutela de mestre Wang sentia que me tornava a pessoa que achava que queria ser. Alguém forte e nobre como meu pai, com um bom coração e talentosa como minha mãe, alguém que se importava com as coisas e era gentil em seu discernimento, como minha avó. Se pudesse me tornar aquela pessoa, pelo menos permaneceria próxima deles, mesmo que não estivessem mais por perto. E aquilo não envolvia Lin Daiyu ou sua história, pensei.

Então chegou o dia em que eu não precisava mais riscar o calçamento de pedra para escrever. Ergui os olhos e deixei que os caracteres aparecessem à minha frente, grossos, musculosos e retos, como aqueles que eram feitos dentro da escola de mestre Wang. Movimentei a mão no ar, até que os caracteres preenchessem o céu. Convidavam-me a me apossar deles, a moldá-los a partir do nada. Ou, talvez, a moldá-los a partir de mim mesma.

Além de varrer os degraus da entrada, meu dia de trabalho passou a incluir limpar a sala depois que os alunos iam para casa. Eu me movia em silêncio pelo espaço, sempre temendo perturbar a tinta úmida ainda pendurada no ar. Transpassava os doze lugares, com a vassoura na mão, fascinada pelos caracteres que os alunos deixavam para trás. Àquela altura, eu sabia o nome e o propósito de todos os materiais: pincel, papel, peso de papel, mata-borrão, tinta, bastão, selo, pasta de selo.

Um bom pincel é flexível, mestre Wang disse uma vez. Com uma pincelada, deve produzir multidões, seja uma orelha, uma garra, seja uma montanha. Quanto mais macio o pincel, mais possibilidades é capaz de criar e maiores as variações das pinceladas.

Na sala de mestre Wang havia pincéis de todos os tamanhos. Alguns grandes como esfregões, com a ponta grossa e rombuda, que pingava depois de mergulhada no tinteiro, que podia ser do tamanho de um balde. Outros pincéis eram menores que o nó de um dedo, os pelos se juntando em uma ponta fina. Eu gostava que nunca houvesse uma única resposta certa para qual pincel devia ser usado. A questão não é o pincel, mestre Wang disse aos alunos. A questão é o que o papel exige.

O papel, que era o terceiro tesouro do estudo, também podia variar muito. Alguns eram feitos de palha ou grama, outros de bambu, e até de cânhamo. Mestre Wang preferia papel Xuan de camada única, no qual a tinta sangrava rápido. E o motivo era aquele mesmo – para ser um mestre, um calígrafo precisava controlar até mesmo a natureza mais sensível.

Uma noite, notei que um aluno havia escrito 永, o caractere para "eterno", de maneira incorreta – em vez de começar a pincelada de cima e descer, ele havia começado por baixo e subido. Tudo estava ao contrário, com a parte de baixo muito mais pesada. Antes que eu pudesse evitar, ajoelhei-me na almofada dele e peguei o pincel que havia sido deixado ali. O corpo do pincel era de bambu e a ponta, de algum tipo de pelo. Mestre Wang havia dito aos alunos que, quando fossem mais velhos, poderiam fazer um pincel com os cabelos de seus filhos recém-nascidos. Seria uma grande honra.

Eu teria coragem? Mergulhei a ponta do pincel na pedra, onde havia restado um pouco de tinta da aula do dia. Risquei o caractere no papel do aluno e o reescrevi, arrastando o braço, surpresa com o peso do pincel. Usar um pincel de verdade era diferente de usar um galho de bétula – havia muito mais a considerar ali, como o movimento dos pelos e a natureza mercurial da tinta. Cada marca, cada erro, deixaria rastro. Eu tinha me acostumado a simplesmente mover o pulso e imaginar o resultado perfeito. Agora, com um pincel vivo e pulsante na mão, via que tinha muito mais a aprender. Ainda assim, sentia diferentes partes do meu ser se encaixando no lugar, como se eu tivesse destrancado um segredo extraordinário a meu respeito.

Quando terminei, afastei-me para olhar o caractere. Estava longe de ser satisfatório, mas mesmo assim era algo formidável, a tinta fresca inalando e exalando o papel em volta. Depois de aplicada ao papel, mestre Wang disse uma vez, a tinta chinesa resiste a séculos sem desbotar. Quando vocês se virem capturados por um pergaminho particularmente impressionante, quando parecer que as pinceladas poderiam exaurir suas forças, lembrem-se de que cada caractere carrega múltiplas histórias e de que o que estão olhando são séculos inteiros passados.

Em êxtase, comecei a praticar os caracteres que havia aprendido no calçamento do pátio, até que enchi a página toda. Foi só quando os grilos começaram suas vibrações orquestrais que me lembrei de que ainda não havia concluído minhas tarefas.

No dia seguinte, a voz de mestre Wang me chegou pela janela. Quem fez isso?, ele perguntou ao aluno em cujo papel eu havia escrito. O aluno insistiu que tinha sido ele mesmo, mas mestre Wang o chamou de mentiroso. Você é orgulhoso e egoísta, Jia Zhen, mestre Wang disse. Sua caligrafia sempre refletirá isso. Não posso mais aceitá-lo como aluno.

Continuei varrendo lá fora, sem me lembrar de respirar.

O aluno em desgraça, chamado Jia Zhen, me encontrou no pátio mais tarde. Não era o primeiro a ser mandado embora; mestre Wang tinha pouca tolerância com aqueles que desrespeitavam as regras da escola, e como resultado os alunos haviam se reduzido a apenas seis. Sem Jia Zhen, cinco. Sei que foi você, ele disse, jogando-me no chão e me chutando. Ninguém aparecerá para salvá-lo. Ninguém sentirá sua falta, porque você não tem ninguém. Ele não parava de me chutar. Eu me encolhi toda, sem saber se meu rosto estava molhado de lágrimas ou de sangue.

Foi assim que mestre Wang me encontrou mais tarde, quando a noite caíra e a sala permanecera sem ser varrida. Sua escrita não é ruim, ele disse, enquanto me ajudava a me sentar, mas você deveria escrever seguindo seu coração. Veja o arco dos cormorões no céu, trace o caminho que uma folha percorre ao cair, lembre-se das linhas do cabelo de uma mulher solto ao vento. Isso é caligrafia.

Agora, quando eu entrava na sala à noite, não era mais apenas para varrer. Também era para aprender. Depois que a aula do dia se encerrava, mestre Wang permanecia em seu lugar, à frente da sala, e eu ouvia, fascinada pelo cheiro persistente da tinta e do papel úmido, com a mão seguindo a dele, que movimentava os dedos no ar.

Aprendi que o poder de uma calígrafa começava quando ela empunhava o pincel, que as escolhas a partir dali, como a umidade da tinta, a pressão aplicada no papel, a velocidade dos movimentos de braço, eram o que imbuíam as pinceladas do espírito de sua forma final.

Isso é o que chamamos de intenção, mestre Wang disse. Isso é o que chamamos de ideia. Quando lecionava, ele não olhava para mim, mas para algo acima de mim, como se falasse com a pessoa que eu viria a me tornar um dia. À nossa volta, as tapeçarias de caracteres balançavam à brisa noturna. Eram peças que mestre Wang tinha reunido ao longo dos anos, escritas pelas mãos de seus professores e de calígrafos mais renomados.

Cada calígrafo, cada artista, começa da mesma maneira, ele disse. Seu propósito é criar arte. Mas essa intencionalidade acaba tornando a arte mais trabalho que arte. O que se deve praticar é criar arte sem um objetivo ou plano em mente, confiando apenas em sua disciplina, em seu treinamento e em sua boa disposição. Poucos calígrafos chegarão a esse estágio. Seguir seu coração é isso.

Ele não tinha filhos. Eu não sabia nada sobre sua família. Assim, éramos perfeitos um para o outro. À noite, enquanto mestre Wang lia e preparava a aula do dia seguinte, eu ficava sentada em meu catre e praticava a escrita de caracteres na palma da mão.

Quando sua caligrafia ficar realmente boa, ele me disse, você pode ter a chance de escrever para oficiais importantes. Seu trabalho fará com que seja notado, Feng das boas mãos.

A cada aula, eu ficava mais ousada. Não seria apenas Feng, o menino sem passado e sem futuro. Quantos caracteres devia ter aprendido? Mil, dois mil? Minha avó havia me mandado para Zhifu apenas para sobreviver, mas agora meus sonhos eram cada vez maiores. Eu queria ensinar, como mestre Wang. Queria que o mundo visse o que eu podia criar. Estes são seus dedos e olhos, mãe, eu pensei, enquanto pincelava tinta na página. Estas são sua paciência e sua constância, pai. E esta é a oportunidade de viver que a senhora me deu, vovó.

O objetivo final, mestre Wang concluiu, é atingir um estado de liberdade no qual você e o artista que poderia ser são um só. Vocês estarão unificados, você finalmente estará *consigo mesmo*.

Sim, mestre Wang, eu disse, antes de molhar o pincel na tinta e começar de novo. Eu nunca o questionava, só bebia suas palavras e permitia que elas me conduzissem ao longo dos dias. Ele não me pagava por meu trabalho, só me dava aulas, e nunca pedi que pagasse. Mas, às vezes, se escrevesse um caractere muito bem, mestre Wang me dava uma moeda de prata. Eu economizava o máximo possível, visualizando um futuro no qual poderia ter minha própria escola de caligrafia e comprar os melhores materiais para os alunos. A recompensa por seguir meu coração, aparentemente, vinha a cada caractere.

Mas eu deveria saber que aquilo não ia durar.

1

O que sei até o momento: fui envenenada.

Quando acordo, é em silêncio. O sono inunda meus ouvidos, minha mente ainda se esforça para alcançar o mundo desperto. Não me lembro de ter pegado no sono e não me lembro de ter sonhado.

Meu corpo está pesado, como nunca o senti antes. Quando morava na vila de pescadores, sentia-me sempre leve e flutuante, pulando do mar para os campos e para os degraus à entrada de casa. Nas ruas de Zhifu, aprendi rápido, e sobrevivi. Agora, a cola que reveste minha garganta é a mesma que me gruda ao lugar onde estou deitada. Arrasto os olhos de um lado para o outro sob as pálpebras, instando-os a focar. Sinto meu crânio pulsar em um ritmo que replica a pulsação das minhas palmas e da sola dos meus pés.

Tento me sentar.

A primeira coisa que noto é que estou deitada em uma esteira no chão. Em uma espécie de quarto.

A segunda coisa que noto é que está escuro aqui. Consigo enxergar as sombras de objetos sólidos e o catre sob mim, e pouco mais. No escuro, parece que o quarto se estende por anos e anos. Apalpo o corpo atrás de coisas que não posso ver: camisa, calça, meias, sapatos. Além da minha cabeça, nada dói. Nada parece fora do lugar, só que está tudo fora do lugar.

Do que me lembro? De realizar minhas tarefas e fazer minha caminhada diária da escola de mestre Wang até a beira da praia. Do mercado de peixes e da vendedora. De seus braços balançando. Do círculo de comerciantes, ansiosos por briga. Do peso surpreendente no meu ombro. Do homem usando roupas estranhas me olhando de cima. De seu cabelo curto. Da luz do sol. De dois dentes amarelos. Da promessa de comida. De andar. Andar. Andar.

Pressiono as têmporas com os dedos. Não há inchaço ou sensibilidade ali. Do que mais me lembro? Dos lugares pelos quais passamos: uma igreja, alguns restaurantes, o boticário, o mercado de carnes. Do cheiro denso do mar. Também houve conversa, mas não consigo recordar o que foi dito. Diante de cada lembrança, fumaça e sombra. A única coisa de que tenho certeza é do rosto do homem, com testa larga e queixo pontudo. De sua força divina de atração.

Antes que eu consiga recordar mais, o veneno retorna em uma onda rosa. Caio no chão, com os olhos embaçados.

Algo paira sobre mim quando acordo outra vez. Arfo, sentindo o peito apertado. É o homem das piscadelas, que veio para me matar.

Sem dizer uma palavra, ele se abaixa para me pegar pela camisa e me colocar de pé. Por um momento terrível, imagino que ele me atira em uma fossa sem fundo que deve haver neste quarto, mas então minhas costas tocam algo frio e duro. Recostada à parede, não sou nada mais que uma criatura sem firmeza.

Respire, o homem das piscadelas diz.

Eu tento. Inspira em dois, expira em um. Fecho os olhos e penso na minha avó marcando o ritmo, com as mãos nos meus joelhos. Inspira em dois, expira em um, Daiyu. Repita comigo.

Onde estou?, pergunto. Minha voz sai áspera.

Ele não responde. Ouço um farfalhar, depois um estalido. O cômodo finalmente se ilumina. Não é a masmorra que eu havia imaginado, e sim um quarto parecido com o meu em casa. Vejo uma mesa, uma cadeira, minhas pernas debaixo de mim, a porta. No alto, perto do teto, tem uma janela quadrada que foi tampada com jornal e cola. O cômodo não é pequeno, mas parece se fechar sobre mim e o homem das piscadelas, ajustando seu tamanho em relação a nós. Somos as únicas coisas que importam.

O homem das piscadelas se ajoelha, com um lampião na mão. Não é um imortal transformado em dragão transformado em guardião transformado em uma pessoa que vem me salvar. À luz do lampião, seu rosto poderia ser fogo.

Quero ir para casa, eu digo.

Qual é o seu nome?, ele me pergunta, ignorando meu pedido. Sua voz, que antes eu considerara obsequiosa e gentil, agora ressoa a perigo.

Qual é o seu nome?, ele pergunta outra vez.

Fico em silêncio.

O homem das piscadelas me dá um tapa com as costas da mão. Quando os nós de seus dedos encontram minha bochecha, fazem um barulho que lembra uma faísca.

Feng, sussurro. Faço força para não chorar.

Bom. Ele sorri. Quantos anos você tem, Feng?

Fico com medo do que ele vai fazer comigo se eu responder.

Diremos que você tem 14 anos, o homem decide, diante do meu silêncio. A luz do lampião bruxuleia. Feng, a órfã, tem 14 anos. E sempre vai ter.

Ele se levanta, olhando para mim.

Deixe-me ir para casa, digo. Se eu implorar, talvez ele volte a ser o homem bondoso que me salvou no mercado de peixes.

Mas isso não acontece. Ele leva um dedo aos lábios e começa a se afastar. A cada passo, a luz do lampião diminui, o quarto desaparece lentamente à minha volta. Quando o homem chega à porta, tudo o que consigo ver é uma vaga órbita amarela.

Por favor, peço, sem saber o que vem depois, mas certa de que será pior. Então repito: Quero ir para casa.

A órbita amarela estremece. Feng, a órfã, temos um longo caminho a percorrer antes de ir para casa, ele diz.

8

O caractere 黑, que significa "preto", é feito de boca, fogo e terra. A boca fica em cima da terra. A ponta da terra divide a boca. Sob ambas, fogo.

Mas a boca é rosa. A terra é marrom. O fogo é luz. Quando aprendi o caractere, não conseguia entender como essas três coisas criavam "preto".

Se você não sabe, mestre Wang havia me dito, nunca vai conseguir escrever a palavra da maneira como deve ser escrita.

Quando o homem das piscadelas foi embora, levou a luz consigo. E acho que finalmente entendo como aquelas três coisas se uniam para criar o preto. Sentada no preto agora, eu me vejo dentro de uma boca escancarada, a uma respiração de cair no inferno da terra. Faço o movimento com o dedo, e muito embora não consiga ver, sei que desta vez escrevi a palavra como deveria ser escrita.

Preto, ou o modo como o tempo desaparece e outra coisa fica suspensa em seu lugar. O modo da solidão.

Tento recordar. Quanto tempo se passou desde que fui sequestrada? Era meio-dia, agora deve ser noite. Não tenho certeza se é o mesmo dia, a mesma noite.

No escuro, abraço os joelhos junto ao peito e me seguro aos cotovelos. Se deixar o medo tomar conta de mim, nunca encontrarei o caminho de volta. Procure por algo real, digo a mim mesma. Apegue-se a isso e não solte mais.

A casa vermelha com telhado cor de amendoim. A fonte no pátio, o endro crescendo no jardim. As vozes ávidas dos alunos dando respostas. Mestre Wang falando sobre deixar o vazio na palma. Mestre Wang, meu verdadeiro salvador.

Fecho os olhos com força e suplico para que ele apareça no cômodo ao meu lado. Para que me tire daqui.

O que será que ele pensou quando não apareci mais? Ficou preocupado ou sabia o tempo todo que aquilo aconteceria, que o menino misterioso que aparecera na rua seguiria em frente, talvez para fazer patifarias em outro lugar, ou talvez para acabar morto? Importava? A vida na escola continuaria. Na caligrafia, como na vida, não retocamos pinceladas, mestre Wang costumava dizer. Temos que aceitar que o que está feito está feito.

As meninas mais velhas da vila de pescadores sempre contavam a mesma história: anos antes que meus pais chegassem, morava ali uma jovem chamada Bai He. Ela era filha de um soldador, e sua pele parecia vidro.

À luz do dia, parecia que a pele de Bai He absorvia o sol. À noite, ofuscava a lua. Quando ela sorria, a luz transparecia em suas maçãs do rosto. A filha de um soldador não deveria ter pele tão boa, mas Bai He era a exceção. Havia sido abençoada com algo puro. O rosto dessa menina brilha como as estrelas, os vizinhos diziam.

Quando Bai He fez 12 anos, homens que ocupavam cargos altos na cidade começaram a frequentar a casa dos pais dela. A notícia daquela menina especial, com pele de vidro, tinha se espalhado, e eles esperavam vê-la com os próprios olhos. As outras meninas da vila se amontoavam do lado de fora das janelas, com os sapatos cavoucando a terra, ansiosas para ver as visitas de relance. Conheciam os jovens fazendeiros com a boca suja de terra, conheciam seus próprios pais e suas palmas cheias de calos. Mas nunca tinham visto homens tão poderosos quanto aqueles.

Um a um, os homens da cidade entraram na casa de Bai He, portando-se com a mesma firmeza. Cada passo era certo, cada movimento uma declaração: Não temo nada. Era a confiança de quem tinha conforto, dinheiro e uma vida boa.

Durante aquelas visitas, Bai He entrava na sala da frente com um véu cobrindo o rosto. O corpo dos homens da cidade se enrijecia em antecipação, os nós dos dedos ficavam brancos sobre os joelhos. Como a pele de nossa filha não há igual, os pais dela diziam, para todos. Nunca se viu nada igual. Pele assim só pode ser um presente dos imortais.

Eles intermediavam as frases que se passavam entre os homens da cidade e Bai He, até que pareceu que o véu nunca seria retirado. Lá fora, as meninas da vizinhança resmungavam impacientes, as mãos agarrando o peitoril da janela. Quem Bai He escolheria? Como seria o amor verdadeiro?

Então, finalmente, a conversa acabou. Bai He ergueu o véu, revelando o rosto de vidro debaixo dele. Lá fora, as meninas olhavam com inveja. Lá dentro, tudo pareceu congelar enquanto os homens a absorviam. Pérolas do oceano podiam ser bonitas, mas nenhuma delas chegava à altura do rosto de Bai He.

As meninas da vila sabiam que Bai He iria a lugares aonde nunca chegariam. Perto dela, tinham a pele opaca e sarapintada. Teriam que implorar ao mundo, enquanto Bai He sempre o teria na ponta dos dedos. Depois de verem o que haviam visto aquele dia, algumas meninas fizeram a promessa de comer apenas arroz branco. Outras decidiram que arrancariam um fio de cabelo da cabeça de Bai He. Todas acreditavam que devia haver uma maneira de roubar a magia que vivia no corpo dela.

Na manhã seguinte, a vila acordou com o som de lamentos. Os pais de Bai He corriam de porta em porta, em um frenesi histérico. Nossa Bai He foi roubada, eles gritavam. Alguém a levou durante a noite.

O resto da vila não deu atenção. Se uma menina com pele de vidro desaparece, o que se pode fazer?, todos diziam. Quem deixava tantos homens entrarem em casa ia acabar tendo problemas.

Talvez aquele fosse o preço a pagar pela pele de vidro de

Bai He, outros diziam. Todos fechavam a porta e forravam as janelas com cobertores para bloquear o som do sofrimento dos pais. Não seja como Bai He, alertavam às filhas. Não tente ser tão bonita. Viu o que acontece?

O intuito da história de Bai He era assustar as meninas da vila. Eu sempre soube. Mesmo assim, ficava feliz por ser muito diferente dela. Minha cabeça tinha o formato de um ovo, meus olhos davam a impressão de que estava sempre cansada ou chorando. Meu rosto muitas vezes parecia solene. Há uma seriedade em você, minha avó costumava dizer, uma seriedade que sublinha cada movimento que faz.

Era melhor parecer um menino taciturno a parecer uma menina com pele de vidro. Bai He fora levada porque se destacava demais. Aquilo nunca aconteceria comigo.

Até que aconteceu.

De novo, a velha angústia surge diante da lembrança da vila de pescadores, da minha casa e, finalmente, dos meus pais. Da estranha quietude do quarto vazio deles. Do tear silenciado. Do momento em que uma perda gigantesca abriu um túnel em mim. Nada, nem mesmo 36.501 pedras, poderia reparar o abismo deixado para trás. Por que vocês partiram? Por que não me levaram consigo? Foi assim fácil me abandonar? Os caracteres passavam depressa, como se pegassem fogo: logro, traição, rejeição. E, por fim, vergonha. Daquela raiva, daquela culpa. De precisar perdoar. O que quer que os tenha feito ir embora não era culpa deles. Tenho que me agarrar a isso, ou talvez nunca ressurja da desesperança.

Pressiono as costas contra a parede fria enquanto os ecos do veneno retornam. Preto, ou o modo como o anseio pode abrir um buraco nos pulmões.

Quando acordo outra vez, sei que há algo no escuro comigo. Tenho certeza disso. Algo se move pela sala, deslizando para cima e para baixo nas paredes, escorrendo pelo chão de terra batida.

Quero me sentar para dar uma olhada, mas meu corpo é uma prancha rígida e pesada.

Pisque, digo a mim mesma.

Agora erga a mão.

Minha mão não se move. O que quer que seja está se aproximando. Sinto seu hálito passando pelo meu corpo. Um formigamento tem início nos meus dedos dos pés e sobe até o umbigo. Agora, a coisa está acima de mim, olhando-me do alto, regozijando-se da minha incapacidade de lutar. Eu a encaro, meus olhos nadando na escuridão que dá à coisa seu poder.

Mexa-se, quero gritar. Mas o grito está preso dentro de mim, assim como o restante do meu corpo.

Digo a mim mesma que estou inventando coisas. Que a escuridão me fez perder a razão. Que é o veneno atuando. Mas sei que, o que quer que seja, já faz muito tempo que vem me seguindo.

Lin Daiyu?, chamo na escuridão.

Muito embora ela não me responda, sei que estou certa.

9

A luz entra no cômodo logo cedo através da janela tapada. Por um momento feliz, tenho certeza de que estou no meu antigo quarto, de que meus pais e minha avó já acordaram, de que esperam que eu me junte a eles para tomar o café da manhã. É uma felicidade real. Meus braços se levantam e se estendem, próximos de agarrar essa alegria. Foi tudo um pesadelo. Estou segura. Em casa.

Abro os olhos. O quarto ganha foco. A mesa e a cadeira continuam aqui, o catre continua aqui, o chão de terra batida continua tão frio e implacável quanto antes. Minha alegria evapora. Continuo aqui, junto com todo o resto.

A porta se abre e uma mão enfia uma bandeja dentro do quarto. Espere, grito. A porta se fecha com um baque antes que eu possa dizer qualquer outra coisa. Rastejo até a bandeja e olho para a tigela de mingau, que devoro de uma vez só. Volto para o catre, de alguma forma sentindo o estômago ainda mais vazio.

A porta se abre e a mesma mão retira a bandeja. Abro a boca para gritar, mas antes que o faça uma mulher entra.

Ela usa uma bengala e carrega um saco. Seu cabelo é branco. O grito morre na minha garganta. Onde quer que eu esteja, não pode ser tão ruim se tem uma vovozinha aqui comigo, concluo.

Espero que seja bondosa e calorosa comigo, mas ela não é nem um nem outro. Quando seus olhos leitosos passam por mim, sei que não sou mais importante que um cachorro. Ela me diz, com frieza, que veio para me ensinar inglês. Então aponta para uma cadeira com a bengala, e compreendo que devo me sentar nela.

A velha tira um livro do saco e o coloca na mesa. Dentro dele, há caracteres que não conheço – alguns cheios de ângulos, outros redondos e gordos. Ela faz o som dos caracteres, que depois aprendo que se chamam letras, todos finos como uma agulha.

Agora você, ela diz, com a bengala assomando sobre minha cabeça.

Êi, tento. Bi. Si. Di. I. Minha voz falha.

A velha me diz para tentar de novo. Faço os sons enquanto vejo a bengala baixar a cada letra. Eff. Dji. Eitch. Ai. Estamos em sincronia, eu e a bengala.

Quando a velha vai embora, muitas horas depois, com a noite já deixando o quarto roxo e cinza, eu me encolho toda, e os sons tilintam em minha cabeça.

Esperando, lá onde não consigo ver, está Lin Daiyu, me observando.

–

O que sabe da língua inglesa?, a velha pergunta.

É o que falam a meio mundo de distância, digo. Imagino navios, fumaça, rostos brancos e angulosos, cabelos da cor das folhas do outono.

O alfabeto inglês é limitado, ela diz. Tem vinte e seis letras, todas calcificadas como são, cada uma com suas regras. Pense nessas letras como adultas. Como crescidas. Junte-as em sequências específicas para criar palavras específicas.

Deve ser simples, penso.

Mas o primeiro obstáculo é o som. As letras não soam como as palavras que formam, e há muitas combinações a se considerar. Cada combinação dá origem a um som diferente, um significado diferente. O alfabeto inglês é limitado, mas as possibilidades são infinitas e irracionais.

V: Coloque os dois dentes da frente sobre o lábio inferior e sopre.

Th: Ponha a língua entre os dentes superiores e sopre.

Tr: Baixe os dentes e respire.

Dr: Faça o mesmo, mas grunhindo.

St: Silve e pare, com força.

Pl: Imite o resfolegar de um cavalo.

Em chinês, cada sílaba é vital, cada sílaba deve receber o mesmo destaque que as outras que a cercam. Em inglês, no entanto, dentro da mesma palavra há hierarquias e diferentes sons. Os mais importantes são falados com vigor, enquanto os desimportantes saem espremidos, reduzidos, escondidos. É como uma música própria – cada frase tem seu ritmo, cada palavra tem seu metrônomo. Ao que parece, inglês envolve ritmo e caos.

Imagino cada palavra como uma gangorra, sem saber para que lado vai pender. Um lado sempre será mais pesado que outro. A questão é como decidir.

Paramos uma vez ao longo do dia para almoçar, sempre *mantou* feito no vapor e anchovas secas, ambos tão duros que machucam meu céu da boca. A velha não existe para mim fora das aulas – ela se torna a língua inglesa, e a língua inglesa se torna ela.

É assim todo dia.

Sabe se posso ir para casa?, pergunto. Sabe o que ele quer comigo? Por que tenho que aprender inglês?

Ele, claro, é o homem das piscadelas, que não vejo desde a primeira vez que acordei. Começo a me perguntar se ele era mesmo real ou se foi tudo um sonho, um sonho que de alguma maneira me conduziu a este lugar. Talvez, digo a mim mesma nos momentos de desespero, sempre tenha sido assim.

Todo dia, a velha finge não ouvir minhas perguntas. Só pronuncia ruídos e me diz o que significam. Decoro as palavras, conjuro as imagens no escuro. *CAT*: laranja e solitário. *WAGON*: o vizinho Hu. *WIND*: Feng, o filho do vento.

Quando estou me sentindo completamente sozinha, escrevo as letras em inglês no chão de terra. Ao lado delas, escrevo os caracteres chineses que correspondem aos sons. O que mais me intriga é a letra I. O som correspondente em chinês é "amor".

I, em inglês, quer dizer eu. Amor em chinês, 愛, é um coração para ser entregue. *I*, em inglês, uma identidade independente. Amor, em chinês, uma entrega do eu para outro. Que engraçado, penso, que esses dois sons gêmeos representem coisas tão diferentes. É outra verdade que estou aprendendo sobre o inglês e as pessoas que o criaram.

Para marcar cada dia que passa, decifrado pela chegada e partida da velha, faço traços na parede. Passo os dedos por eles, pressiono o rosto contra a madeira até saber que as marcas se incorporaram na minha bochecha. Uma vez, enquanto fazia isso, pensei ter ouvido o som de algo arranhando de volta, como se houvesse alguém do outro lado fazendo marcas na parede, igual a mim.

Quando começamos a ler e a formar frases, tem cinquenta marcas na parede.

Em inglês, pluralidade e tempo importam. Não se pode falar de uma ação sem falar quando aconteceu. Passado, presente ou futuro podem definir toda a experiência. Essa é a parte mais difícil.

Não basta dizer que alguém dá alguma coisa a você, a velha me explica. É preciso expressar quando. Tudo está enraizado no tempo. Diga *give*. Diga *gives*. Diga *given*. Diga *gave*.

Give. *Gives*. *Given*. *Gave*. Quero perguntar a ela por quê. Por que isso é tão importante em inglês e não em chinês? Que diferença o tempo faz?

時, o caractere chinês para tempo, é construído com o caractere para sol, representando as quatro estações. Mestre Wang me contou que, na China antiga, o tempo era marcado de acordo com a posição do sol no céu. A compreensão de que o tempo é circular, de que, não importa o quanto se mova, o sol sempre vai voltar, é inerente a esse caractere.

Em inglês, escreve-se tempo com quatro letras: *time*. É algo finito, composto por letras finitas. Talvez essa seja a diferença, penso. Para quem fala inglês, o tempo tem um limite. Por isso é tão importante diferenciar passado, presente e futuro.

Quando percebo isso, também percebo que serei capaz de escrever "tempo" perfeitamente pelo resto da vida – nas duas línguas.

É assim que começo a entender o inglês.

Você está pronta, a velha me diz um dia.

Pronta para quê?, pergunto, mas ela não responde.

Quando a velha vai embora à noite, tateio em busca das marcas na parede. O tempo é importante aqui. Por exemplo, quanto tempo se passou?

Tem trezentas e oitenta marcas sob meus dedos. São trezentos e oitenta dias desde que comecei a contar, pelo menos trezentos e oitenta dias desde que fui ao mercado de peixes atrás do gosto do mar e de uma tigela de lámen que nunca veio. As árvores devem estar cheias de novo, a grama já deve estar verde. Lá fora, o mar deve estar aumentando de volume. A escola de mestre Wang deve estar com todas as janelas abertas para que o cheiro envelhecido de tinta saia. Quantas maçãs da nova onda de alunos não deve haver no pátio onde a fonte do dragão borbulha alegremente?

Solto um soluço de choro, então tampo a boca, porque é um som repugnante e inútil. Um ano inteiro se passou. O tempo é importante, sei disso agora. Por exemplo: quanto tempo é necessário para um esquecimento?

10

Na noite seguinte, o homem das piscadelas entra no meu quarto.

Como está, pequeno sobrinho?, ele me pergunta, então acende um lampião e o laranja marca seu rosto. Ambos sabemos que há trezentos e oitenta e um dias entre nós.

Eu me condicionei a pensar que o homem das piscadelas sempre foi uma figura repulsiva, com muitas cabeças e uma língua feita de chamas. Mas ele é o mesmo desconhecido alto e gracioso que me encontrou no mercado de peixes. A única coisa que mudou é que agora tem uma pequena cicatriz sob o olho direito. Se eu o visse na rua, ia segui-lo de novo?, penso. É o que mais me assusta. Mesmo agora, nunca vou saber o que ele é capaz de se tornar.

O homem das piscadelas se aproxima para se ajoelhar diante de mim e segurar o lampião na altura dos meus olhos. A luz é tão forte que me obriga a desviar o rosto. Ele sobe e desce o lampião, observando a extensão do meu corpo.

Você é pequena para a sua idade, ele diz, não exatamente para mim. Ocupa pouco espaço.

Ele fica de cócoras. Sabe por que temos ensinado inglês a você, Feng, a órfã?

Acho que sei. Acho que comecei a adivinhar. Mas não digo nada. Não quero me abrir com ele outra vez.

De agora em diante, vamos falar apenas em inglês, o homem das piscadelas diz, já fazendo isso.

O ar entre nós fica tenso. Assinto.

Quanto tempo faz que está nos Estados Unidos?, ele pergunta.

Nunca estive nos Estados Unidos, digo, naquela nova língua. As palavras serpenteiam entre nós, aproximando-nos.

Esteve, sim, ele diz, brando. Faz cinco anos que você está nos Estados Unidos. Repita para mim.

Faz cinco anos que estou nos Estados Unidos.

Ele me entrega um papel e um objeto que não é um pincel, mas um cilindro fino com uma ponta afiada. Eu o seguro como seguraria um pincel, minha mão grande e desajeitada em volta dele.

Escreva aí, ele diz. Meu nome é Feng. Tenho 14 anos. Faz cinco anos que estou nos Estados Unidos. Meus pais tinham uma casa de lámen na cidade de Nova York. Eles morreram. Vim para São Francisco trabalhar em uma casa de lámen.

Faço como ordenado. Não sei escrever *São Francisco*. O homem das piscadelas pega o papel e a caneta e escreve para mim. As letras na página parecem um dragão comprido e cheio de escamas.

Decore isto, ele diz. Treine falar. Grave na mente. É o que você vai dizer se nossos planos derem errado.

Posso ir para casa?, pergunto.

Ele se levanta, e seus joelhos estalam. Ah, sim, diz. Logo você estará em casa.

Sei que tem outros como eu aqui, digo. Não é uma pergunta, é uma exigência. Os arranhões do outro lado da parede eram reais, os gritos que ouvi quando a porta foi aberta e fechada eram reais. O mundo que existe do lado de fora do meu quarto é um mundo em que não estou tão sozinha.

Ele se vira para mim, sua expressão indecifrável. Por um momento, eu me pergunto se finalmente o peguei. Então sua boca se curva e ele balança um dedo para mim, cuja sombra comprida faz uma dança assustadora na parede.

Talvez *haja* mesmo outros, ele diz. Ou talvez você esteja completamente só.

Ele vai embora. Pisco na escuridão, tentando entender o que tudo aquilo significa.

À noite, sonho. Ou é uma lembrança? Lin Daiyu vem até mim e finalmente a vejo à luz. É pequena, magra, parece um pássaro. Estendo a mão. Pela primeira vez, fico feliz em vê-la. Diga-me o que fazer, irmã, imploro. Desta vez, seguirei você.

Ela se vira e se afasta de mim, seus cabelos voando ao vento. Corro atrás dela, chamando. Mas estou gritando em inglês, e sei que ela não me entende. Tento falar chinês, mas, antes que eu possa impedir, as palavras se transformam em minha boca. Quero perguntar como escapar desta prisão, como deixar o homem das piscadelas para trás. Quero que ela me conduza à mesma liberdade que encontrou, aquela que só existe na morte.

A cada passo que dou, ela dá dois, como se fosse impulsionada enquanto sou segurada. Lin Daiyu, chamo, agitando as pernas. Daria as costas para sua irmã?

Com isso, ela para. Então se vira para me encarar. A Lin Daiyu que vejo parece e não parece comigo. Não tem meus olhos castanhos, e sim olhos azuis. Seu nariz fica mais para baixo no rosto. Seus lábios são suaves e rosados como um peixe. Minha Lin Daiyu abre a boca, mas nada sai. O que sai é sangue de suas narinas, do canto dos olhos, das orelhas.

Tem alguém gritando. Então percebo que esse alguém sou eu.

Quando acordo, minha camisa está grudada no peito. Respiro com dificuldade, cortando a escuridão.

Você está aí?, sussurro. Por que não me ajuda?

O quarto está vazio. Lin Daiyu não pode me ajudar agora, nunca me ajudou antes. Ela nunca foi real, digo a mim mesma, mas eu sou. Uma vez na vida, queria estar no lugar dela.

11

No fim da tarde seguinte, a porta volta a se abrir, e desta vez não fecha.

Três homens entram. São encurvados e robustos, o corpo parecendo uma rocha. O homem das piscadelas entra depois deles, com a lanterna na mão.

Ele manda que me levante. Obedeço, sentindo os quadris duros. Passo a maior parte do dia sentada agora, e ficar de pé faz minhas pernas doerem. Ele me entrega um pacote com algo macio amontoado.

Vista, diz.

A luz do lampião me lembra da lua cheia, do tipo que parece tão grande e pesada que poderia cair do céu. Por um momento desvairado, fico pensando no que aconteceria se eu derrubasse o lampião no chão e o quebrasse, se pusesse fogo naquele lugar e me deixasse ir junto.

Agora, o homem das piscadelas diz. Os outros três estão atrás dele, esfregando os punhos.

Faço como ordenado, tirando a camisa encharcada do corpo. Depois, a calça. Tiro a roupa com facilidade e a observo cair no chão.

Nua diante deles, olho para meu corpo. Faz muito tempo que não me vejo na luz. Tenho dois pequenos montículos de carne no peito, cada um deles terminando em ferrugem. Dá para ver a caixa torácica através da pele. Minha barriga, pequena e mole, cai, emoldurada pelos ossos pronunciados dos quadris. Mal consigo enxergar a parte de cima das minhas coxas. Meus pés são a única parte de mim que parece grande, como se pertencessem a alguém muito maior que eu. Mas continuam do mesmo tamanho. Foi o resto de mim que encolheu em volta.

Por instinto, minhas mãos cobrem as partes mais privadas do meu corpo. Sinto um novo medo, em relação a algo que venho me perguntando desde o dia do sequestro.

Os olhos do homem das piscadelas vagueiam. Haverá tempo para engordar depois, ele diz, e aponta para o pacote de roupas. Agora vista.

As roupas são pretas e grandes demais para mim. Usando-as, sinto o meu corpo ainda menos do que antes. O homem das piscadelas me instrui a me ajoelhar diante deles. Faço isso, permitindo que meus joelhos saltados toquem a terra.

Um dos três homens dá um passo à frente. Ele tem uma tesoura na mão. Eu me encolho. Não se mova, o homem ordena. Ele vem para trás de mim, pega uma mecha do meu cabelo, que agora chega ao meu queixo, e passa óleo nela. Então passa a tesoura. Ouço o corte. Quando olho, há uma lâmina preta no chão. O rosto da minha mãe surge à minha frente. Torço para que ela desvie os olhos.

O homem com a tesoura corta, corta, corta. Mais mechas pretas vão ao chão. Cada vez que ele faz isso, o rosto da minha mãe enfraquece um pouco, até que não consigo mais vê-lo.

Quando ele acaba, volta a se colocar ao lado do homem das piscadelas.

Qual é o seu nome?, o homem das piscadelas me pergunta.

Feng, digo, automaticamente.

De onde você é?

Da cidade de Nova York.

Onde estão seus pais?

Eles morreram.

Por que veio para cá?

Para trabalhar em uma casa de lámen.

Muito bem, o homem das piscadelas diz, com um sorriso nos lábios. Agora, Feng, está tudo pronto.

Ele assente para os três homens, que saem. Então coça o pescoço. Depois se dirige a mim.

Você já esteve com um homem, sobrinho?

É isso, acho, que eu estava esperando. Desde o momento em que o homem das piscadelas me tocou, o objetivo era esse. Já vi os cachorros brigando na noite, ouvi gatos miarem como se estivessem sendo esfolados vivos. O filho de olhos turvos do homem que plantava maçãs, que me seguiu uma vez até atrás da roda d'água e pôs a mão na minha barriga. Meu sangue agitado com o toque.

Agora imagino o homem das piscadelas se balançando sobre mim, seus olhos oleosos fixos nos meus, o bigodinho em cima do lábio roçando minha pele. O peso indesejável dele. Não, respondo, rezando para que não passe daquilo.

Como se tivesse lido minha mente, ele sorri. Não estou falando de mim, sobrinho. Estou falando de homens brancos. Conhece homens brancos, sabe do que eles gostam?

O homem das piscadelas desaparece de cima de mim, substituído pelo homem loiro que vi do lado de fora do correio internacional de Zhifu. Ele arfa e grunhe. Sua barriga prensa meu abdome, sou engolfada por ele, meu corpo já não meu, e sim uma parte do dele. Balanço a cabeça. Não, não, não.

É algo que vai aprender, o homem das piscadelas diz, tocando a lapela do terno. Vão ensiná-la. Homens brancos vão adorar gastar dinheiro com você. Eles gostam das menorzinhas, como você. Será minha melhor criação? Acho que sim. Agora venha e me deixe olhar para você.

Eu me levanto e vou até ele, devagar. Não consigo parar de pensar no que acabou de dizer. *Eles. Menorzinhas. Dinheiro.* Tudo caiu à minha frente, como cinzas.

De perto, o homem das piscadelas parece uma raposa. A cicatriz sob o olho poderia ser uma folha de grama. Sem aviso, ele belisca meu rosto com uma mão. Seu toque suspende tudo no meu corpo. Sinto meu coração protestar, o sangue parar.

Vai se comportar?

Assinto, tentando não morder minhas bochechas onde estão coladas aos dentes. Ele me solta e tira algo do bolso. Feche os olhos, ordena.

Eu o sinto esfregando algo no meu rosto e no meu pescoço. Tem cheiro de alcatrão. Ele me vira e continua esfregando nos meus ombros.

Mãos, ele diz.

Eu me viro e ofereço as mãos. Ele esfrega a substância, que agora vejo que é preta, nas minhas palmas, passa pelas minhas unhas, pinta entre meus dedos. Isso me lembra do inverno, quando minha avó esfregava minhas mãos depois de eu ter ficado tempo demais do lado de fora. Ela virava minha mão nas dela, como se tentasse fazer pegar fogo, até que ambas voltassem para mim vermelhas e queimando.

Mas não estou em casa, e este homem não é minha avó. Tampouco é mestre Wang, que uma vez me disse que minhas palmas iam me tornar famosa.

Minhas mãos caem ao lado do corpo.

Os três homens voltam, carregando um barril tão alto que chega na altura dos quadris deles. Pronto, Jasper, um deles diz ao homem das piscadelas. Olho para o barril, sentindo uma caverna se abrir em meu peito.

Acho que você sabe o que fazer, diz o homem das piscadelas, que se chama Jasper.

Sei mesmo. Sei que é minha única opção. Entre ficar nesta prisão para sempre e o barril, que deve levar a outra coisa, escolho o barril.

Vou até ele. É muito maior de perto, e mal alcanço a boca. Um dos homens se ajoelha diante de mim e amarra meus pulsos e tornozelos com uma corda. Quando termina, ele se levanta e põe as mãos debaixo das minhas axilas, para me levantar. Balanço em suas mãos como uma boneca de pano. O homem me coloca dentro do barril. Sento-me com os joelhos junto ao peito. O barril tem um cheiro de queimado por dentro, de defumado.

A cabeça de Jasper aparece acima, e ele olha para mim. Não se mova e não faça nenhum barulho, ele diz.

Ouço um arrastar e um tilintar. Abaixe a cabeça, ele diz. Um milhão de pedaços de não sei o que começam a encher o barril. Ouso olhar. São pedaços pequenos de carvão, que mais parecem balas afiadas. Eles entram pelos espaços vazios entre meus membros, acumulando-se primeiro entre meus pés, depois engolindo lentamente minhas pernas, minha cintura, meus braços e meu peito, até que os sinto pressionar minha garganta. Quando param de vir, não consigo me mover. Se alguém olhasse dentro do barril, não me veria – veria apenas um borrão preto em meio ao carvão.

É muito difícil respirar aqui, digo a Jasper, e o carvão tilinta quando falo.

Ele não diz nada, mas se abaixa e passa um cordão com uma algibeira de aniagem no meu pescoço. A algibeira é pesada, mas tem um cheiro fresco, parecido com hortelã. Meu peito se abre, tal qual se alguém tivesse soprado ar dentro da minha boca.

Tem uma pedra especial aí dentro, Jasper diz. Algo para ajudar você a respirar. E a se lembrar de mim.

Inspiro o cheiro de hortelã da algibeira, com ódio de Jasper.

Se ouvir uma batidinha, significa que vão abrir a tampa, ele diz. Mantenha a cabeça baixa. Se for pega pelas autoridades quando chegar, recite o que eu lhe disse. Se tentar escapar, morrerá. Se fizer barulho, morrerá.

Como se isto já não fosse a morte.

A última coisa é um pedaço de pano que Jasper enfia na minha boca e amarra com uma corda. Ele se afasta para inspecionar seu trabalho, com os dedos ainda na minha bochecha. Antes que eu entenda o que está acontecendo, Jasper bate minha cabeça contra a lateral do barril. Grito, mas o som morre no tecido na minha boca. Ele se endireita, parecendo satisfeito.

Estão prontos para você, um dos homens diz. Ouço um baque alto e vejo a tampa redonda surgir. Os homens grunhem.

A tampa vai ficando cada vez maior acima de mim, eclipsando a luz.

A cabeça de Jasper aparece de novo, no pouco espaço que resta. Ele olha para mim, para meu corpo enterrado, pequeno, para meu rosto escurecido, o branco dos meus olhos a única coisa que me distingue do carvão.

Esta é a história, reescrita. Um dia, um homem alto vê uma menina fingindo ser um menino no mercado de peixes. Ele identifica sua fome na maneira como seu corpo se afunda em si mesmo. O homem também tem fome, uma fome que esconde com habilidade. Mas continua visível em seus olhos. Desta vez, a menina fingindo ser um menino percebe isso. Quando se vira para encará-lo à luz do sol, enxerga a verdade e sai correndo. O homem fica de mãos vazias. A menina vai para casa.

Do fundo do barril, fito esses olhos. A arte é um indício da mente que a criou, mestre Wang me disse uma vez. Quem quer que tenha criado os olhos de Jasper sabia que devia deixar uma pista, algo que, apesar de ser preciso se esforçar para ver, está lá. Sempre esteve lá. Aquele dia, no mercado de peixes, eu só não sabia o que devia procurar. Seu nome é Jasper, e ele me sequestrou. Quero dizer seu nome, quero falar em voz alta para que ele saiba o que eu sei: que seu nome em inglês contém o som da morte.

Mas o carvão me aperta, mantendo minha voz no lugar.

Vejo você na América, sobrinho, Jasper diz, piscando uma última vez.

E a tampa se fecha.

PARTE II

São Francisco, Califórnia

1883

1

O homem do outro lado da janela já fez isso antes. O chapéu está bem enfiado na cabeça, escondendo seu nariz, mas a linha tensa da boca continua visível, e parece úmida. Isso mostra que ele não desconhece o que está prestes a fazer. Mostra que sabe exatamente o que quer e como obter.

O homem ergue um dedo torto. Nós nos endireitamos em atenção. O dedo se agita no ar, indo de um lado para o outro, como se procurasse uma lembrança esquecida. Quando passa por nós, uma a uma, estremecemos, de alguma forma capazes de sentir seu toque através do vidro.

Então para.

Uma pausa, depois a confirmação. Do lado de dentro, inspiramos em uníssono. Cada uma de nós acredita que é em sua direção que ele aponta.

No entanto, não somos nós que ele quer. É Swallow, a menina à minha esquerda. Quando nos damos conta disso, relaxamos, aliviadas. Com exceção de Swallow. Ela sorri para o homem e abaixa a cabeça, mas sinto seu corpo se aguçar, em um estado de alerta que começa em seus ombros e se espalha pelo restante.

Fora, um guarda ordena de trás.

Saímos da vitrine uma a uma, nossos vestidos de seda farfalhando a cada passo. Ficamos no salão principal, e agora o homem que estava lá fora entrou. Ele fica olhando para Swallow como se soubesse tudo a respeito dela, tudo a respeito de nós.

Eu deveria manter a cabeça baixa, mas não consigo evitar olhar. Swallow oferece ao homem um sorriso tímido, de boca fechada, seu corpo já se transformando em algo a ser entregue, algo que não é seu. Uma sombra em forma de sino surge de algum lugar, como sempre. É Madame Lee, e ela está aqui para levar Swallow até o homem, cujos olhos agora varrem todo o corpo da menina. Cachorro faminto, penso.

Uma boa escolha, Madame Lee diz. Sua voz é baixa e aveludada. Gostaria de ver mais de perto?

O homem grunhe, depois assente.

Vire-se para nosso cliente, ela diz a Swallow. Diante de todos nós, Swallow gira, os quadris primeiro, depois os ombros, depois seu pescoço fino, exposto e maduro. Seu cabelo preso brilha como um rio à noite. Ela se maquiou usando tons de ameixa suaves e dourado, seus lábios vermelhos como vinho. Com sua calça de seda lilás e sua camisa de seda branca com bordado de flores, poderia ser uma princesa pronta para a corte.

Então, Madame Lee diz ao homem, agora em tom duro, firme. Vai querer?

O homem lambe os lábios, a língua afiada e pálida. Leva a mão ao casaco e tira um maço de dinheiro, que Madame Lee recebe com ambas as mãos. Então ele pega a mão de Swallow. Entre as mãos de todas nós, as dela parecem particularmente pequenas.

Mantemos a cabeça baixa enquanto eles vão lá para cima, para os quartos.

Madame Lee se vira para nós, com as narinas se expandindo rapidamente. Quanto a vocês, ela diz, falando devagar outra vez, em um tom melódico e mortal, é melhor voltarem a seus lugares.

Assim, retornamos ao quartinho com uma janela que dá para a rua.

Uma a uma, as meninas à minha volta são escolhidas. Uma a uma, elas se viram diante dos homens, e os homens assentem, entregam o dinheiro a Madame Lee e vão com as meninas para cima. Os guardas ficam à espera, observando, como fazem toda noite. Não sei como se chamam.

Devagar, menina a menina, homem a homem, o teto vai ficando mais pesado com os golpes surdos e gemidos.

Ao fim da noite, restamos apenas eu e duas outras meninas. Uma delas é Jade, uma menina mais velha com marcas em volta da boca de tanto que morde os lábios. Já faz tempo que está aqui, talvez seja a mais antiga. Este é o décimo quarto dia em que não atende nenhum cliente, embora já tenha sido a menina mais valorizada do bordel. As outras acham que isso está relacionado a sua barriga cada vez mais inchada, ao fato de ela ter parado de sangrar todos os meses.

Preciso de trabalho agora, ela lamentou. Aonde foram todos os homens? Não sabem o que estão perdendo.

A outra menina, chamada Pearl, chora, com o rosto escondido nos braços. Seu único cliente não apareceu esta noite, apesar de ter prometido que o faria.

Acima de nós, os ruídos das meninas formam uma sinfonia. Alguns são baixos e guturais. Outros lembram latidos de cachorro. Alguns poderiam ser uma cantoria. Sob eles, ouvimos os estrondos dos homens, às vezes sua fúria e seus gritos, então as investidas, as investidas violentas que parecem nunca parar.

Quando cheguei, odiava o barulho. Agora, se não prestar atenção, nem o escuto.

Ta ma de, Jade cospe. Vou ser mandada embora se não conseguir um cliente logo. Ela se vira para Pearl, cujo choro só aumenta. Por que está chorando, menina? Pelo menos tem alguém que vem com uma carteira gorda.

Um a um, os homens reaparecem no andar de baixo, ajeitando as roupas, o cabelo, colocando o chapéu. Não suporto olhar para eles, para a gula em seu rosto, a maneira de se comportarem, como se tivessem lutado uma batalha e vencido. Os homens voltam à luz do dia para se esconder ao sol.

Volte sempre, Madame Lee diz a cada um deles, com um sorriso afetado nos lábios. Fico sentada no canto, taciturna. Quando um deles me olha por tempo demais, viro o rosto.

Mais tarde, quando o sol coroa a baía, Madame Lee pede que me junte a ela em sua sala, onde se senta atrás da mesa grande de madeira escura. É uma sala pequena, que parece ainda menor por conta dos dois guardas à porta e da presença de Madame Lee. Ela é maior que as mulheres que eu via em Zhifu, mas não de gordura, e sim de pura ameaça.

O que achou do movimento ontem à noite?, ela pergunta, segurando um cigarro com dois dedos cheios de joias.

Achei bom, Madame Lee, digo. Uma vez, uma menina foi açoitada por não a chamar de Madame. No dia seguinte, todas vimos o sangue e o pus em sua camisa.

Sente-se, ela me diz. Sente-se e converse comigo.

Há perigo aqui, perigo em me sentar e perigo em ir embora. Eu me sento.

Madame Lee dá uma longa tragada no cigarro. Ouço um ruído mínimo, e a ponta brilha laranja antes de voltar a ser preta. Imagino o ar em volta dela tóxico, sua presença mortal o bastante para murchar as plantas e envenenar as flores.

Quando chegou a mim, você era muito magra, ela diz. Eu conseguia levantar seu corpo com dois dedos. Agora olhe só para você. Uma menina saudável, corada, com a língua cor-de-rosa.

Como e durmo bem graças à bondade de Madame Lee, digo, impassível.

Sim, ela diz. Sim, é verdade.

Há uma pausa enquanto Madame Lee dá outra tragada. Vejo a fumaça serpentear no espaço entre nós.

Não é barato alugar um quarto nesta cidade, ela me diz. Ter uma casa inteira só para nós. Bem, duvido que possa imaginar o custo. Mas, graças à enorme generosidade da *tong* Hip Yee, podemos viver aqui, no conforto, em paz. O que acha, Peony? Gosta de morar aqui?

Gosto, minto.

A Hip Yee nos alimenta. Nos veste. Nos protege. Sim, eles protegem você, Peony. Eu protejo você.

Obrigada, Madame Lee, digo, baixando a cabeça.

Que menina mais educada, ela diz. Sem aviso, Madame Lee amassa o cigarro contra a mesa, e ele vira uma pilha de cinzas sob seus dedos. De perto, suas mãos revelam uma pele que está afinando com a idade, enrugando como a película que se forma na superfície do leite quente. Suas mãos a traem; não importa quanto pó passe, sempre saberemos que é mortal, como qualquer outra pessoa.

Uma menina que não ganha dinheiro, por acaso é justo?, ela pergunta. Se não faz nada para retribuir a bondade da organização, está apenas se aproveitando dela, não é? O que acha, Peony? Você, que já faz um mês que vive bem aqui.

Sei o que ela quer que eu diga. Mas tenho medo de dizer.

Hoje seu aprendizado acaba, Madame Lee prossegue, arrastando as unhas pelo tampo da mesa. Amanhã, receberá seus primeiros clientes. Minha doce menininha, que fala inglês tão bem. Só esses olhos tristes já seriam capazes de ganhar uma fortuna para nós.

Outra pausa. Eu a odeio por falar esse tipo de coisa – meus olhos, tão comuns, tão completamente meus, agora parecem vulgares, corrompidos por ela. Mas tudo o que digo é: Sim, Madame Lee.

Ela sabe disso. Até gosta. Porque ambas sabemos o que acontecerá se eu não obedecer. Existem barracos onde meninas ficam enfurnadas como gado, onde os únicos clientes são marinheiros, adolescentes e bêbados. Sei que o corpo dessas meninas é usado e maltratado, que adoece, e que a maioria delas é levada a hospitais que não são hospitais, e sim quartos funestos e sem janelas nos becos de Chinatown. A porta é trancada. Dentro: uma lamparina, um copo com água, um copo com arroz cozido. A morte nunca espera muito por essas meninas.

Uma garota como você não duraria um dia nos barracos, Madame Lee diz, como se pudesse ler meus pensamentos. Aqui, alimento você. Dou-lhe roupas bonitas e limpas. Deixo você bonita. Dou-lhe uma cama. Quantas meninas chinesas podem dizer o mesmo? Não somos como aqueles buracos horríveis do Bartlett Alley. Somos o melhor bordel de toda a cidade. Aqui, você tem tudo do bom e do melhor. Olhe em volta. Não poderia ser melhor.

Tem razão, Madame Lee, digo. Trabalharei com afinco para recompensar sua bondade.

Sabia que você seria uma boa menina, ela diz, estendendo a mão para me fazer um carinho. Seus olhos brilham de prazer. Sinto a palma de sua mão aberta sobre meu couro cabeludo, como um polvo descendo pela minha cabeça para se enrolar em meu corpo e me sufocar.

Amanhã, ela diz, será sua estreia.

Madame Lee me solta. Eu me levanto e percebo que minha calça de cetim verde está molhada. Ela me observa ir até a porta, observa minha dificuldade em abri-la. Antes que eu saia, fala: Só mais uma coisa. A partir de hoje, você ficará no quarto de Jade.

Mas onde Jade vai dormir?, pergunto. O bordel tem três andares, e a maior parte de nós fica no do meio, dividindo um quarto de dormir e dois quartos onde receber os clientes. O andar de cima, com quartos privativos, fica reservado para as principais meninas, como Swallow, Iris e Jade, antes de sua barriga começar a crescer. Só as meninas que atraem os clientes que mais gastam têm seu próprio quarto. Eu nunca recebi um cliente.

Madame Lee não responde. Os guardas sabem que isso é um sinal de que nossa conversa acabou e me empurram porta afora. Volto lá para cima, para o quarto de dormir compartilhado, e reúno minhas coisas, que não são muitas – roupas de trabalho, maquiagem, laços e grampos de cabelo. O quarto de Jade fica no fim do corredor do andar de cima e é um dos maiores. Quando chego, bato na porta, porque imagino que ela esteja lá dentro.

Madame Lee não contou?, Iris pergunta, colocando o rosto redondo para fora do quarto ao lado. Jade foi levada embora no meio da noite.

Ah, digo. Não, ela não me contou.

Bom, Jade não pode trabalhar com aquela coisa crescendo dentro dela, Iris diz. Que homem vai querer uma puta usada?

Ela sorri e volta para o quarto. Entro no outro, que não é meu. É o quarto de Jade. Jade, que vi algumas horas atrás, que deve estar a caminho dos barracos, onde atenderá clientes por vinte e cinco centavos, cinquenta se tiver sorte. Eu me pergunto o que acontecerá com o bebê. As mulheres dos barracos não duram mais de dois anos, alguém me disse quando cheguei. Ou morrem de doença ou pelas mãos de um homem. Qual é a diferença?, perguntei na mesma hora.

Acendo o lampião. O quarto de Jade está limpo. Todas as paredes são vermelho-escuras. Uma janela com grades dá para a rua cinza lá embaixo. O lugar ainda tem o cheiro dela, um toque de frutas cítricas perdura no ar. Ela passou muito tempo aqui, estava aqui antes de qualquer uma de nós.

Não podia ter mais de 20, 21 anos. Disse alguma coisa sobre ter família na China? Não consigo lembrar. Estou começando a esquecer o que cada menina disse. Somos um clã anônimo de corpos e histórias, e talvez estejamos todas destinadas ao mesmo lugar. Isso importa? É só uma questão de tempo até sermos todas levadas embora no meio da noite e substituídas por alguém mais jovem e mais bonita.

Consegui me manter segura por um mês inteiro, intocada. Quando cheguei, prometi a mim mesma parecer tão pequena quanto possível. Se um homem olhava para mim, eu transformava meu rosto em algo horrível. Não era muito difícil torná-lo parecido com o que sentia por dentro. Mas fui tola em pensar que tinha alguma escolha. Fui comprada por um motivo, e agora preciso entregar o esperado.

Penso em Bai He, a menina com pele de vidro das histórias da vila. Eu acreditava que sua pele era um fardo que ela precisava carregar. Mas agora, sentada aqui, sabendo que a esta mesma hora amanhã terei deixado a infância, percebo a verdade: o fardo de Bai He não era sua beleza. Seu fardo era ter nascido menina. E, se isso é um fardo, nenhuma de nós está livre dele, nem mesmo eu.

2

Esta é a história de um barril de carvão que atravessou o oceano.

A viagem até São Francisco levou três semanas, ou foi o que me disseram. Daquele quarto em Zhifu, apertada dentro do barril de carvão, fui transferida para um carrinho. Quando finalmente paramos de nos mover, eu podia ouvir o crescendo do mar.

Havia vozes em toda parte, diferentes das vozes do mercado de peixes. Também eram de comerciantes, mas a maior parte delas era estrangeira.

Coloque este ali, alguém disse perto de mim. Estes dois vão naquele navio. Qual é o seu nome?

Então ouvi a voz de Jasper. Envio para São Francisco. Propriedade do mestre Eng. Entrega para a Hip Yee.

Sim, senhor, a outra voz disse, de repente acuada. Estamos todos cientes de sua entrega especial.

Fui erguida, e o carvão cascateou até meu pescoço. Carregaram-me de novo, mas algo no zurro do oceano, nas vozes tensas e nas diferentes línguas em que vinham me dizia que seria difícil retornar da etapa seguinte da viagem.

Se soubesse de tudo o que sei agora, teria chorado. Mas tudo o que conseguia ver era a parte de dentro do barril. Era tudo o que Jasper me permitia ver. A última coisa que pensei ter ouvido foi a voz de alguém – talvez dele mesmo – cantarolando em despedida.

Mais tarde, quando abriram a tampa, eu me imaginei pulando para fora. No entanto, embora tentasse me içar, o carvão empurrava minhas coxas para baixo. Pensei que não devia estar longe de me transformar em um pedaço de carvão também.

Um dos homens de Jasper estava olhando para mim. Nem pense em gritar por ajuda, ele disse, baixando a mão para soltar a corda da minha boca. Se fizer isso, morrerá.

Assenti. Tudo para ter aquele pano fora da minha boca.

Coma, ele disse. Em sua outra mão, havia um *mantou* do tamanho de uma meia enrolada, acinzentado e flácido. Olhei para a coisa e me lancei sobre ela.

Quando terminei – não demorou muito –, o homem se inclinou de novo, com um cantil na mão. Eu me lancei outra vez, mas ele empurrou minha cabeça para trás.

Eu faço, o homem disse.

Assenti e inclinei a cabeça ainda mais para trás, desesperada por algo que me esfriasse por dentro. Ele levou o cantil à minha boca aberta. Eu queria que toda a água do mundo entrasse na minha boca naquele momento, mas acabou antes mesmo que o gosto do *mantou* fosse lavado. O homem puxou de volta o cantil e o fechou. Depois voltou a enfiar o pano na minha boca e a passar a corda.

Virei a cada dois dias, ele disse. Talvez três. Fique quieta.

Então o homem fechou a tampa.

O que posso dizer quanto a ficar confinada em um espaço tão pequeno, no escuro? Eu vivia contorcida, com os joelhos no queixo, as costas curvadas como o rabo de um macaco. Depois de algum tempo, a dor dos membros dobrados se tornou tão insuportável que me perguntei se não conseguiria derrubar o barril se o chutasse com toda a força que me restava nas pernas. Mas aquilo não passava de um sonho. Após o primeiro dia, a dor entorpeceu, e depois se reduziu a um murmúrio. Quando eu dormia, que era o tempo todo, descansava a cabeça nos joelhos, com o balanço do mar me embalando até uma costa distante que não era exatamente o sono, mas um estado febril entre sonhar e estar desperta.

Eu via coisas. As lembranças me vinham com facilidade, e já não sabia a diferença entre o que era real e o que não era. Tudo nadava à minha frente, uma música distante da memória e do desejo.

Vi meus pais antes de terem sido levados. O sorriso do meu pai, os pelos grisalhos em seu queixo. Vi as mãos da minha mãe, rápidas como asas de pássaros enquanto trabalhavam no tear. E vi minha avó, ocupando os braços no jardim, o rosto moreno de sol. Eu me perguntei se havia chovido desde que deixara Zhifu. Se estava no mar, pensava, era como se flutuasse na chuva. Portanto, falava com minha avó, dizia a ela o quanto sentia sua falta, contava tudo o que havia me acontecido desde a última vez que nos vimos – com exceção das partes mais terríveis, porque não queria que ela se preocupasse. As lágrimas rolavam quentes e rápidas, e eu as pegava com a boca, imaginando que eram porco ou peixe salgado.

Também vi mestre Wang e a escola de caligrafia, senti o cheiro pungente da tinta fresca nos longos rolos de papel. As janelas da sala estavam abertas, e do outro lado havia mais rolos secando no pátio. Tentei ler todos os caracteres, mas não passavam de aranhas sobre a neve.

Quem não vi, no entanto, foi Lin Daiyu. Eu sabia por quê. Na história, Lin Daiyu nunca deixa a China – ela morre lá. Enquanto o navio me levava para cada vez mais longe de casa, eu me perguntava se ela e eu finalmente nos separaríamos. A Daiyu mais nova teria ficado encantada com aquilo, teria se sentido vitoriosa – finalmente nos livraríamos uma da outra e nossas histórias se dividiriam. No entanto, a Daiyu mais velha temia agora que Lin Daiyu não estava mais lá.

Era isso que eu queria o tempo todo, não? Era isso que significava ficar sozinha pela primeira vez na minha vida.

No terceiro dia, a tampa do barril se abriu de novo e o homem reapareceu como prometido, com outro *mantou* e o cantil de água.

Quer se levantar?, ele perguntou quando terminei.

Fiz que sim com a cabeça. Ele pegou meu braço e me puxou. Eu me senti sendo erguida, com uma dor latejante e aguda atrás dos joelhos que quase me obrigava a me curvar. Fazia muito tempo que minhas pernas não ficavam retas, e agora que tinham sido separadas contra sua vontade, cada movimento era uma violação dos ossos, dos músculos não utilizados e dos tendões dormentes. Mordi o lábio para não gritar, deixando que as lágrimas falassem por mim. Até que me vi de pé outra vez. Até que consegui ver.

O homem me soltou. Agarrei-me às laterais do barril e coloquei todo o peso do corpo nas mãos.

Pelas paredes rangendo e a escuridão, sabia que estávamos na parte de baixo do navio, aparentemente um depósito. Com minha visão limitada, enxergava o topo de outros caixotes, contêineres e barris como o meu. Alguns estavam empilhados, outros, solitários. Eu me perguntei quantos deles continham suprimentos de verdade, comida de verdade, temperos de verdade, e quantos deles continham meninas como eu. Seriam todas meninas de Jasper? Pertenceriam a outros homens malvados?

Chega, o homem disse. Retorne e pare de olhar em volta.

Venha amanhã de novo, por favor, implorei antes que ele enfiasse o pano na minha boca. Não conseguia imaginar outros três dias sem comida e água, sem ficar de pé. Minha calça estava suja e fedida das poucas vezes em que precisara me aliviar, porque não tinha opção.

Ele não disse nada. Eu me senti caindo de volta no barril, o cheiro pútrido dos meus poucos excrementos estendendo a mão para mim.

Fique quieta, o homem disse. E tampou o barril.

Continuou assim. O homem vinha principalmente à noite, quando o navio estava em silêncio. Ele me alimentava e permitia que eu ficasse de pé por alguns minutos. Uma vez, ele até me tirou de dentro do barril e ordenou que eu pulasse. Obedeci, sentindo como se aquelas pernas não fossem minhas, a julgar pela maneira como meus ossos roçavam os quadris, produzindo desconforto e dor. Passei longos períodos sem excretar, com o corpo fraco por ingerir apenas *mantou* e água. Quando não havia nada a digerir, não havia nada a eliminar. A algibeira no meu pescoço abria um espacinho no meu peito, e o cheiro fresco da menta era a única coisa que me impedia de sufocar.

Delirei. Primeiro em um frenesi, como se minha mente se afastasse de si mesma. Era como se pegasse fogo dentro das minhas orelhas e houvesse uma tempestade atrás dos meus olhos. Tudo parecia quente ao toque. Lembro-me de ter pensado que aquilo era morrer.

Depois veio o êxtase. Saí de mim e flutuei sobre tudo. Podia ver o mar, o navio, até eu mesma, agachada, exausta, magra, caída sobre os joelhos. Mas era bom. Era até lindo. Quem estava dentro daquele barril era outra pessoa. Eu estava protegida, estava livre, estava em tudo. Esqueci a fome e a dor. Só conhecia a efervescência.

Então me lembrei, com mais clareza do que em qualquer outro momento da vida, de um dia antes de tudo aquilo acontecer, quando meu pai chegou em casa com cerejas porque sabia que minha mãe gostava. Eu não gostava muito de cerejas – achava que eram sempre doces demais ou azedas demais, e ainda tinham caroço. Tampouco gostava do fato de a polpa vermelha manchar meus dedos e os cantos da minha boca.

Minha mãe, por outro lado, adorava cereja. Faria qualquer coisa para comê-las. Eu nunca a tinha visto tão animada quanto quando meu pai chegou com as cerejas naquele dia. Ela se levantou do tear na mesma hora e ficou pulando no lugar, batendo palmas. Tinha um sorriso amplo no rosto, tão amplo quanto a lua.

Meu pai despejou as cerejas em uma tigela e todos nos reunimos em volta, cada um pegando uma frutinha, ainda com o cabo. Vi minha mãe rolar a sua, redonda e brilhante, nas palmas das mãos, como se rezasse para ela. Depois a colocou na boca, segurando o cabo, e em um segundo aquilo era tudo o que havia – o cabo.

Você engoliu o caroço, falei, impressionada. Sempre tinha pesadelos com coisas que ficavam entaladas na minha garganta.

Minha mãe sorriu diante do meu horror. Às vezes, disse, acho que, se engolir as coisas que amo, elas vão crescer dentro de mim.

Não faça como sua mãe, meu pai me alertou, mas estava sorrindo também.

Nunca aprendi a gostar de cereja, mas gostava daquela lembrança que envolvia minha mãe e meu pai e minha avó, que de sua parte gostava mais de cereja que de pêssego, mas menos que de maçã. E envolvia a mim. Estávamos todos juntos nela, participando de algo que fazia um de nós intensamente feliz, o que em consequência deixava todos nós felizes. Ver você comer enche meu estômago, minha mãe costumava me falar. Eu sabia o que ela queria dizer. Quando finalmente saí daquela lembrança, sentia-me satisfeita.

Outras vezes eu pensava em Lin Daiyu, querendo que ela aparecesse. Lin Daiyu poderia me tirar dali para que flutuássemos juntas sobre o mundo, nossos corpos finos como papel, tão leves quanto o último dia de inverno. Eu queria entrar por sua boca, dormir dentro de seu corpo por anos e anos. Queria que ela crescesse dentro de mim. No auge da minha confusão, eu acho que queria amá-la.

Mas Lin Daiyu não apareceu.

O caractere da alegria, 樂, é composto por fios de seda sobre uma árvore. Como música em uma floresta, uma melodia que desliza pela copa das árvores. O caractere tem a aparência da sensação de alegria, mestre Wang me disse uma vez. A sensação de que você está acima de tudo, de que é impossível não se inflamar.

Sorri ao pensar naquilo. Quando o homem abriu a tampa do barril, deve ter me visto de olhos fechados, com lágrimas rolando pelo rosto, o corpo vestido de carvão, uma concha onde minha boca deveria estar.

E deve ter ficado com medo.

Um dia, o navio parou de se mover.

Àquela altura, eu não sabia mais se ainda tinha um corpo, mas sabia que era importante manter imóvel o que quer que restasse. Voltei a mim mesma e aguardei.

Ouvi batidas, depois risadas. O barulho de homens entrando no depósito, o som alto trazendo o medo de volta a mim pela primeira vez em semanas. Ouvi o ruído de barris e caixas pesados sendo deslocados e levados. Ouvi um homem dizer a outro homem para deixar aquele, que ele mesmo ia carregá-lo.

Este é especial, explicou.

Está um cheiro horrível, o outro homem comentou.

Eu me vi sendo erguida e carregada outra vez – mas agora não apenas nos meus sonhos. Deve ter sido então que caí com tudo. Não estava voando. Estava dentro de um barril cheio de carvão e da minha própria urina. No meu estômago não havia nada, na minha cabeça não havia nada, no meu coração não havia nada. Não se tratava do início glorioso que havia sentido diante do oceano, mas de um vazio que não vinha com nenhuma promessa de ser preenchido. Tiraram-me do navio e, quando o sol bateu no barril, foi como se a coisa toda pegasse fogo.

Por um momento, acreditei estar de volta a Zhifu. Foi o som das gaivotas que me enganou, seus guinchos ao mergulhar e subir. Depois, o barulho espumante do oceano, os rangidos do cais balançando. O ar estava fresco.

Aqui, aqui, alguém gritou em inglês. Senti que era carregada na direção daquela voz.

É esse?, a voz perguntou.

Quem quer que estivesse me carregando grunhiu em confirmação.

Ótimo, a voz disse. Pode deixar aqui.

Uma troca de palavras. O som de um cavalo relinchando. Eu me senti sendo baixada, e então, finalmente, tudo parou. Depois de semanas sendo levada no mar, eu estava imóvel.

Jasper espera que os honoráveis membros da Hip Yee fiquem

satisfeitos com a entrega, alguém disse. E então, outra vez, pensei ouvir alguém cantarolando em despedida.

Um chicote estalou. Estávamos em movimento outra vez, mas o cheiro do mar ficava mais fraco a cada segundo. Dentro do barril, o carvão se reacomodou à minha volta.

Eu estava nos Estados Unidos.

O que mais posso dizer? Devo contar que fui levada a uma espécie de cativeiro no St. Louis Alley, em Chinatown? Cheirava a urina e fezes e a casca de melão azedo. Devo contar que abriram o barril e o sol atacou meus olhos? Que me pegaram pelos braços? Que minhas pernas não respondiam, por isso fui amarrada a um mastro, onde a corda em volta da minha cintura se alojou na concavidade entre minhas costelas e meus quadris?

Devo contar que tiraram minhas roupas, minhas roupas imundas e pútridas, e cortaram o cordão de minha algibeira? Devo contar que jogaram água fria em mim, e uma parte minha ficou feliz por ser capaz de sentir alguma coisa? Ou devo contar do cativeiro em si, que me jogaram lá com outras garotas como eu, todas nuas, todas trêmulas, todas molhadas?

Em vez disso, falarei da mulher que vi entrando. Estávamos todas ali, no chão, amontoadas no meio do lugar, que era úmido e não tinha mobília. Éramos cerca de cinquenta. Nossos gemidos ricocheteavam nas paredes nuas, todas nós despidas, preparando-nos para a morte. Ali estávamos nós, no meio, e ali estavam eles, os homens que nos cercavam, que nos encaravam. Pensei no mercado de Zhifu e nos peixes que eram amontoados em pilhas, eu e muitos outros indo de comerciante a comerciante, olhando com fome para os peixes, a mente já imaginando qual seria o gosto, quanto tempo levaria para tirar as escamas, se a carne seria boa ou não, se os olhos iam saltar em nossa boca, quão amanteigado seria o cérebro, quão macias seriam as espinhas ou os ossos, se macias o bastante para quebrar sob nossos dentes ou se precisariam ser deixados em uma pilha à mesa. Era disso que me lembrava. De ser um peixe.

Eu a notei porque era a única mulher no grupo de homens que entrou. Seu rosto era lindo, sua boca era grande e imperiosa, seus olhos eram estreitos e pintados de preto. Eu a notei por causa do que ela usava, um vestido branco com uma fênix prateada bordada, e pensei: Ela deve ser uma mulher impiedosa se escolhe usar a cor da morte. Eu a notei porque os homens abriam espaço para ela passar, por sua simples existência, porque pisava entre eles como o vento açoitando os lençóis pendurados no varal.

Alguns dos homens apontavam uma menina aqui ou ali, então um dos empregados se apresentava e a arrastava até quem quer que a tivesse escolhido. A menina era passada a seu novo dono, toda encolhida, chorando, e em troca o empregado recebia um maço de papel, que depois descobri ser dinheiro. Estávamos sendo vendidas uma a uma, ou em grupos, e no entanto tudo em que eu conseguia pensar era no que aconteceria com aquelas que restassem ao fim do dia. Para onde iríamos?

A mulher não apontou para nenhuma menina. Ficou na frente, passando os olhos pelo corpo de todas nós. Seu rosto era inescrutável, seus braços estavam cruzados. Havia algo de diferente naquela mulher, não apenas em sua postura, que parecia a de uma imperatriz, mas em como não parecia notar nenhum dos homens à sua volta, que olhavam de soslaio para ela. Eles a odiavam, mas só porque a temiam, compreendi.

Então ela ergueu a mão e assentiu.

Você, um dos empregados disse, indo até a menina ao meu lado. Ela tentou se soltar dele, chorando. Ele a pegou pelo pulso, porque ela havia caído, e a arrastou até a mulher, que estalou os dedos. Imediatamente, dois homens que estavam logo atrás se apresentaram e pegaram a menina, que agora estava em prantos, e desapareceram na multidão.

Senti algo quente. Ergui a cabeça. A mulher mantinha os olhos fixos em mim, sem piscar. Decidi que havia uma crueldade nela. O empregado, que não saíra do seu lado, ficou na ponta dos pés e lhe sussurrou alguma coisa. A mulher não tirou os olhos de mim. Então ergueu a mão e assentiu.

Quase no mesmo instante, o empregado estava à minha frente, com as mãos no meu pulso. Você, ele disse, já me puxando na direção da mulher. Eu me vi consentindo. Se tentasse correr, minhas pernas se dissolveriam embaixo de mim.

Fiquei frente a frente com a mulher, com a coluna tão ereta quanto me era possível. Não choraria.

Seus olhos me avaliaram, começando pelos meus pés, depois minhas pernas, meu tronco, meus seios e enfim meu rosto. É você que sabe inglês?, ela perguntou. Sua voz profunda e estrondosa tinha o poder de desarmar.

Vamos, o empregado disse, sacudindo meu pulso, responda!

Sim.

Muito avançado, o empregado disse, orgulhoso. Mais do que qualquer outra menina aqui. Estudou com a melhor na China. Vai agradar clientes brancos, com certeza.

Pode ser, a mulher disse, mas ela é muito magra. Minhas meninas precisam de carne nos ossos. Esperem que eu esvazie a despensa até engordá-la? Não parece justo pelo preço que está pedindo.

Ah, Madame, o empregado se lamuriou, é o preço final.

Então vou levar só aquela, a mulher disse, já se virando.

Não, ele falou. Espere. Podemos fazer um acordo.

A mulher parou.

Dois mil em vez de dois mil e quatrocentos, o empregado disse. Não posso baixar mais. Meu chefe ficaria insatisfeito.

A mulher sorriu. O que acha?, ela me perguntou. É um preço justo para pagar por você?

Olhei para ela. Ambas sabíamos que eu não fazia ideia do que aquela quantia representava.

Dois mil então, a mulher disse, estalando os dedos. Os dois homens que eu tinha visto antes emergiram de repente e me pegaram pelos ombros.

Espere, eu disse a ninguém.

Eles me arrastaram até um coche, que esperava à porta. Vestiram-me e colocaram-me na parte de trás, onde a primeira menina se encontrava, com os membros bem junto ao corpo. Não conversamos. Se o fizéssemos, confirmaríamos que aquilo era real.

O coche rangeu com o peso da mulher, que passava instruções ao condutor. Começamos a nos mover, distanciando-nos do cativeiro.

Descemos a rua. As vias eram tortas, e nos víamos jogadas para trás e para a frente conforme subíamos e descíamos uma colina após a outra. Uma névoa incômoda pairava sobre nós, engolindo o coche enquanto avançava. Se subíssemos um pouco mais as colinas, pensei, talvez pudéssemos chegar às nuvens de alguma maneira. Então eu poderia voar para longe.

O coche virou em outra rua e arfei antes de me lembrar que não estava mais em Zhifu. As construções ali pareciam com as que havia visto na China – via-se as mesmas lanternas vermelhas penduradas nas fachadas das lojas, as mesmas faixas vermelhas com caracteres dourados. À minha volta, havia uma mistura de chinês e inglês, as pessoas passando de uma língua à outra tão tranquilamente quanto uma pedra que ricocheteia na superfície da água. Vi um homem sentado em um banquinho, quebrando sementes de girassol nos dentes. Alguém tocava flauta, embora eu não conseguisse ver de onde o som vinha. Dava até para sentir o cheiro de pães *su bing*. Estávamos nos Estados Unidos, mas como os Estados Unidos podiam ser tão parecidos com a China?

Finalmente, paramos do lado de fora de uma casa com a fachada entre o marrom e o dourado, no meio de uma rua movimentada. As portas do coche se abriram e a mulher saiu, vindo até nós. A outra menina fungou, com os olhos baixos. Eu encarei a mulher como se a desafiasse a dizer alguma coisa.

Bem, ela disse, fiz um favor a vocês duas. Não estão gratas?

Nenhuma de nós disse nada. A Madame fez uma pergunta, um dos homens ladrou. Respondam!

Olhei duramente para a Madame. Em outro mundo, ela

poderia conquistar imperadores. Naquele mundo, à luz do dia que começava a se espalhar, seu sorriso ocupava todo o seu rosto, concentrando todas as suas outras características. Para mim, parecia grotesco.

Elas aprenderão, a mulher disse.

Os homens nos pegaram e nos tiraram de lá. Desci os degraus aos tropeços e tive que me segurar para não cair, minhas pernas ainda moles pela falta de uso. Foi só então que olhei de verdade para a fachada da casa diante da qual havíamos parado. As luzes estavam apagadas lá dentro, e o lugar pareceria abandonado a um desavisado. Uma placa dizia apenas: LAVAMOS E PASSAMOS. De fato, um cheiro de sabão e de terra parecia cercar o lugar. As construções dos dois lados pareciam abrigar pensões.

Para dentro, a mulher disse, então se virou e entrou na casa.

Venha, eu disse para a outra menina, pegando a mão dela, que estava grudenta de ranho e lágrimas. Inspirei fundo, sentindo o peito mais leve sem a algibeira. Aquilo me deu alguma coragem. A menina resistiu, choramingando, mas a arrastei comigo pela porta da frente.

Aquele era nosso novo lar. Alguém nos levaria ao nosso quarto.

3

Nenhuma de nós sabia como Madame Lee havia se tornado Madame Lee, mas havia rumores, como um que dizia que ela não era madame coisa nenhuma. Era apenas uma de nós.

Ela era muito bonita, Jade dizia.

A amante de um poderoso capitão, Iris completava.

Os homens pagavam trinta gramas de ouro para olhar para ela!, Swan concluía.

Em algum momento dos rumores, Madame Lee se tornou uma das prostitutas mais bem pagas de São Francisco. Com o dinheiro que ganhou, abriu seu próprio bordel, trabalhando com a Hip Yee para importar meninas. Por mais medo que tenhamos de Madame Lee, temos ainda mais das *tongs*. Sabemos que elas controlam Chinatown, administrando restaurantes, casas de ópio, casas de apostas, bordéis, lavanderias e bordéis disfarçados de lavanderias. Não vejo a Hip Yee, mas a sinto, assim como sinto a presença de Jasper sobre mim – uma mão invisível no meu pescoço, uma palma fria na minha lombar. Às vezes, ouvimos suas vozes na rua e os estouros que se seguem, abrindo o céu. Na semana passada, uma *tong* alvejou um restaurante, matando os patronos de uma *tong* rival lá dentro.

Durante o dia, o bordel de Madame Lee se transforma. Nós nos transformamos também, de mulheres com o rosto pintado em garotas que lavam roupas. Algumas garotas já fizeram esse trabalho antes, enquanto outras, como eu, estão aprendendo agora.

Descobri logo cedo que o bordel de Madame Lee não existe, ou pelo menos não legalmente. É apenas uma lavandeira, e só temos permissão de falar do estabelecimento nesse sentido. Muitos anos antes de eu chegar, a cidade de São Francisco tentou ser mais rigorosa com os bordéis, embora, como Swan me contou, só para manter as aparências. Na verdade, muitos membros do governo e das forças policiais trabalhavam com as *tongs* para garantir que os negócios corressem bem. Alguns chegavam a ganhar dez dólares por garota vendida.

Não somos apenas nós que nos escondemos à plena vista; todos nesta cidade fazem isso. Os homens que vêm nos visitar durante a noite se transformam em demônios, suas sombras do tamanho de cavernas. Durante o dia, no entanto, são comerciantes, estudiosos, homens de negócios. Estou começando a me dar conta de que todo mundo tem duas caras: a que mostra ao mundo e a interna, que guarda todos os segredos.

Ainda não conheço minhas duas caras, ou qual é qual.

Se a polícia passa por aqui, o que acontece muito raramente, tudo o que veem é uma lavanderia apertada com dezesseis meninas correndo de um lado para o outro, o cabelo preso em um coque e suor escorrendo pelo rosto corado. Madame Lee é dona dos três andares, o que facilita a manutenção da mentira. No térreo ficam o vestíbulo e a sala de espera, onde funciona a lavanderia de fachada durante o dia. Bastam três meninas para transformar o lugar, primeiro tirando as tapeçarias luxuosas, depois escondendo os vasos nos armários. Elas enchem o cômodo de roupas e lençóis, e o toque final: posicionam uma bancada grande diante da escada que leva para os quartos. Tudo o que se vê ao entrar é uma lavanderia banal e organizada, impulsionada pela necessidade e pela eficiência. Precisamos ser convincentes, porque uma vez um inspetor chegou para vistoriar o imóvel e saiu exclamando que não havia muitos lugares que ainda lavavam roupa manualmente. Ele disse que talvez começasse a lavar suas roupas conosco agora. E de fato começou.

Madame Lee quer que as roupas sejam lavadas à mão, sem depender das máquinas a vapor em que outros estabelecimentos começaram a investir. Lavamos e passamos tudo nos fundos, trabalhando ao lado das chaleiras de água fervente. Os ferros são pesados e precisam ser reaquecidos no carvão sempre que a temperatura cai, mas não podem ficar quentes demais a ponto de estragar as roupas. Em muitos sentidos, o trabalho de lavanderia me parece mais exaustivo e exigente que o trabalho que esperam que façamos à noite. Talvez porque ainda não precisei trabalhar de verdade à noite, lembro a mim mesma.

Você é *sha*, Swan diz quando expresso isso. Ela é a mais velha e não tem nenhum problema em tirar vantagem desse título, tratando-nos como se fôssemos irmãs mais novas e tolas. Nenhuma de nós tem permissão para falar nossa língua nativa no bordel, mas Swan gosta de correr riscos, alternando-se entre o chinês e o inglês quando Madame Lee não está ouvindo. Acredito que faça isso para provar que ainda tem algo que lhe pertence. Você se sente assim agora, ela prossegue, mas será diferente quando começar a receber clientes.

Quando lavamos roupa, não usamos maquiagem. Mantemos a pele limpa e nossa testa chega a brilhar. Pareçam tão simples quanto possível, Madame Lee sempre adverte. À luz do dia, ainda somos apenas crianças. Muitas das meninas raspam as sobrancelhas para poder desenhá-las com o lápis à noite. Algumas têm pés enfaixados.

Swallow está de cara limpa, e sem a maquiagem consigo ver três sardas em sua bochecha. Pearl, a menina com quem cheguei, parece ainda mais nova do que realmente é, e seu nariz lembra uma maçaneta brilhante. Swan, que à noite pode ser muito afiada e cortante, parece ter acabado de acordar de uma soneca, com a pele inchada sem o pó de arroz. Ela é boa dobrando, portanto trabalha nesse setor. Pearl trabalha lavando. Swallow e eu passamos. Dá para saber quem são as passadeiras pelas mãos e os antebraços vermelhos, sempre esfolados, sempre machucados. À noite, lixamos nossos calos e passamos pó branco nos dedos. Minhas mãos estão maiores agora, podem carregar mais do que antes. Mudaram desde os dias em que eu ajudava minha mãe, trabalhava no jardim ou segurava o pincel.

Ainda são boas mãos, procuro lembrar a mim mesma. Ainda são minhas mãos.

Na lavanderia, as meninas se permitem esquecer o que as aguarda à noite. Fazem fofoca e contam piadas, soltam suspiros exasperados e exagerados quando o trabalho parece duro. Penso nas irmãs mais velhas que nunca terei. Mesmo diante da água escaldante e do cansaço de trabalhar debruçada o dia todo, poderia dizer que gosto do trabalho, porque é nele que tenho a chance de conhecer as meninas.

Já faz três anos que Swan está nos Estados Unidos. Ela foi sequestrada em Beijing aos 17 anos. *Wo yi wei*, eu ia me juntar a uma trupe teatral, Swan contou. Nasci para ser famosa. E Swan é famosa, pelo menos no bordel. Os clientes gostam de sua língua afiada, que ela usa para fazê-los rir como moleques travessos. De todas as garotas aqui, Swan é a que mais sabe sobre a atividade no bordel – quem vem, quem vai, quem fica. Ela despeja seu conhecimento sobre nós como se, de alguma maneira, isso a tornasse especial, mas todas já a ouvimos gritar enquanto dorme. Swan tem tanto medo quanto o restante de nós.

Iris, minha nova vizinha, é órfã. Não se lembra de como chegou ao bordel, só de que um dia estava nas ruas de Kaiping e, no outro, uma mulher – Madame Lee? – pegava sua mão e a guiava até uma casa enorme que cheirava a mel. Ela é risonha e estridente, está sempre fofocando e acho que realmente gosta deste lugar. Não faz muito tempo, Iris nos contou que cinquenta homens de *tongs* rivais haviam lutado por uma menina chinesa escrava em um beco perto de Waverly Place. Foi como se dissesse: Quero ser essa menina.

Pearl é a mais nova, e foi sequestrada por um capanga da Hip Yee. Sente muita saudade dos irmãos em Guangzhou, e às vezes a ouço chorar quando acha que ninguém mais está ouvindo. Pearl quer ser dançarina e acredita que vai conseguir. Seu único cliente vive prometendo que vai ajudá-la, porque tem ligações com uma companhia de dança. Então, ela espera, levando-o para seu quarto semana após semana.

Todas nós seguimos alguém que acreditávamos que ia nos salvar só para descobrir que tínhamos nos enganado, e que tal engano tinha um custo alto. Quando ouço as histórias delas, percebo que a Hip Yee tem centenas de Jaspers por aí, esperando para sequestrar menininhas. Éramos todas especiais. Nenhuma de nós era especial.

Swallow é o mistério. Branca como osso, silenciosa – não quieta, silenciosa –, ela não tem história e não fala do futuro. É a que tem mais clientes, e a explicação talvez seja seu silêncio. Há algo nela que pode ser reescrito infinitamente.

Nos meus primeiros dias no bordel, quis conhecê-la. Tratava-se de uma personagem que eu não conseguia ler ou descrever, seu rosto se alternando entre a noite e o dia – às vezes só uma menina, outras vezes uma mulher. Se mais nova ou mais velha que eu, se estava aqui por escolha ou circunstâncias, eu não sabia. Se esticasse o dedo e tentasse desenhá-la, saía apenas um punho fechado.

Ouvi dizer que ela veio sozinha, uma das meninas sussurrou. Simplesmente entrou e pediu para ver a dona do bordel. Que tipo de menina faria isso?

As outras diziam que Swallow era egoísta, que queria todos os clientes para si, que estava sempre cobiçando mais. Ela sempre se mantinha próxima de Madame Lee, aceitando as melhores roupas e joias para atrair os clientes que pagavam melhor.

Eu achava o mesmo, até que vi o que ela fez por Pearl. No nosso quarto dia aqui, Pearl foi escolhida por um homem que mais parecia uma porta. Ela deveria abrir um sorriso afetado, como havia sido ensinada, mas, em vez disso, foi ao chão, em lágrimas. Ele seria seu primeiro homem, e dava a impressão de que poderia quebrá-la. Senti as outras meninas se afastarem, como se a proximidade de Pearl pudesse torná-las menos desejáveis.

Swallow, no entanto, deu um passo à frente. Eu cuido de você, ela disse ao homem do outro lado do vidro. Desde que não conte nada disso à Madame.

Ela prometeu algo similar ao guarda que nos esperava na saída da vitrine.

O cliente não ficou chateado com a troca. Entrou e agiu como se Swallow fosse sua escolha o tempo todo. Madame Lee não soube de nada, e Pearl ficou quieta – com o rosto vermelho, mas quieta.

Swallow não apareceu para trabalhar no dia seguinte. As outras meninas lavaram, dobraram e passaram, com a língua entre os dentes. Tratava-se de um cliente rico, dava para ver nos sapatos lustrosos dele. Aquela egoísta, Jade havia dito ao ver o lugar de Swallow vazio. Passou a noite toda deitada e agora está dormindo, engordando. Ela roubou o seu cliente, Pearl, entende isso?

Terminei meu trabalho mais cedo. Em vez de voltar ao quarto de dormir, subi ao último andar e parei diante da porta de Swallow. Queria ver se era verdade o que haviam dito, que ela estava dormindo enquanto o restante de nós queimava a mão na água quente. A porta estava entreaberta. Comecei a andar mais devagar, de modo que o tempo se expandisse e estendesse diante de mim.

Swallow não estava na cama. Eu a encontrei na penteadeira, com os vários pós, lápis e ruges dispostos à sua frente, em preparação para o trabalho da noite. Seu reflexo parecia muito cansado, com círculos escuros debaixo dos olhos.

Era difícil olhar para ela, e mais difícil ainda desviar os olhos. Curvada à porta, tão perto de entrar no espaço que Swallow ocupava, compreendi por que ela era a preferida dos clientes. Mesmo exausta, com a maquiagem pela metade, Swallow era inebriante. Não era apenas seu queixo pequeno, seus lábios macios, sua aparência dócil, os sorrisos bem colocados e arrebatadores. Era todo o seu modo de ser – o mistério cuidadoso, o caráter indecifrável, mesmo quando estava a sós. Cada momento trazia consigo uma nova pergunta que precisava ser respondida. Eu via uma menina que era uma mulher, que tinha conhecimento absoluto de si mesma. Aquele era seu poder.

Aquele era o motivo de seu silêncio – que, na verdade, não era um silêncio, mas um contentamento com simplesmente existir como ela era.

E os clientes? Os homens? Eles queriam consumir aquele poder. Aquele era o motivo pelo qual a escolhiam repetidamente. Quem podia culpá-los? Swallow tinha em si algo que poderia alimentar um vilarejo faminto para sempre, caso compartilhasse. Se conseguissem fazê-la compartilhar.

Ela baixou a mão e a mergulhou no pó branco, revelando o outro lado do rosto. Tive que me segurar para não arfar. Um lado de seu rosto estava perfeitamente pintado, branco e pristino, enquanto o outro lado estava coberto de hematomas marrons, violetas, azuis.

Foi então que eu soube: ela não havia roubado o cliente de Pearl porque o queria para si. Ela o levara porque havia visto quem ele era melhor do que nós: um bruto e um bêbado.

Depois daquilo, o mistério de Swallow já não era mistério para mim. Tudo o que eu precisara fazer era olhar com afinco. As meninas diziam que ela ficava sempre perto de Madame Lee para ofuscar as outras. Eu sabia que ela ficava sempre perto de Madame Lee para conter sua ira, como na vez em que a mulher jogara água fervente em uma menina por falar baixo demais. As meninas diziam que Swallow era vaidosa, que estava sempre passando fome para que seu rosto ficasse mais bonito. Eu sabia que a comida que ela não comia ia para nossas tigelas. E quando diziam que Swallow era arrogante e esnobe, que odiava todas nós, eu sabia que se importar com os outros era amolecer, e que naquele tipo de lugar ninguém devia amolecer. Era por isso que Swallow se mantinha fria e distante – por todas nós, mas, principalmente, por si mesma.

A silenciosa, solene e sensual Swallow. Quando finalmente compreendi suas motivações, soube como escrever seu nome: 燕. Um pássaro vermelho-escuro com uma boca que lembra uma torquês. Asas bem abertas. Cauda larga. Alguns diriam que o caractere era simplesmente o desenho de um pássaro, mas eu sabia que continha outra verdade: para escrever o nome de Swallow, era preciso incluir fogo na base de tudo. Ela nunca se permitiria queimar. Em vez disso, seria ela mesma o fogo.

Eu a vi por quem ela era e pensei: Esse é o tipo de pessoa que quero ser.

Estou passando ao lado de Swallow, mas minha mente não está no trabalho. Está na conversa que tive com Madame Lee ontem. Ouvi o bastante das outras meninas sobre o que acontece quando um homem fica sozinho com uma mulher, a dor que dizem que ela deve suportar, o rastro de sangue que fica. Nunca nem beijei ninguém.

Está pensando em hoje à noite?

Ergo a cabeça e vejo que foi Swallow quem falou comigo. Quero gritar para alguém, para quem quer que seja: Swallow falou, Swallow falou! Mas me impeço. Tenho a sensação de que este momento deve ficar entre nós, de que ela está oferecendo um presente só para mim.

Como sabe?, pergunto. Tenho medo de que, se usar palavras demais, ou as palavras erradas, ela sairá voando.

Tive um pressentimento quando ela pediu para te ver, Swallow diz. Eu a imagino deitada na cama, depois que todos os homens foram embora e só resta ela, com o corpo sobre a esteira, ainda vivo, recordando. Como um corpo pode sobreviver? Swallow baixa o ferro sobre uma camisa. O objeto solta um suspiro satisfeito e o vapor sobe da superfície da mesa para envolver suas mãos.

Vai ser seu primeiro?

Confirmo com a cabeça. Nunca fiz isso, digo. Então me arrependo. Minha avó me ensinou que a verdade sobre meu passado, minha verdadeira identidade, é a única coisa que tenho para me proteger. Cada partezinha que entrego abala essa proteção.

Swallow volta a levantar o ferro, então o apoia ao lado da

camisa. Observo suas mãos empunhando-o, admiro sua habilidade, sua suavidade. Elas me lembram de minha mãe.

Está com medo?, ela pergunta, olhando para mim. Os hematomas em seu rosto, aos poucos se curando depois da agressão, agora estão cor-de-rosa. Seriam quase bonitos à luz do dia.

Sim, digo. Não sei o que fazer.

Ela pega a camisa da mesa e a revista em busca de vincos. A mim, parece perfeita, uma folha de puro branco. Swallow a passa para outra mesa, onde algumas meninas se ocupam de dobrar as peças enquanto fofocam.

Pegue outra camisa para mim, ela diz, apontando. Alcanço uma na pilha e a estico sobre a mesa.

Tudo o que precisa fazer, Swallow prossegue, alisando a camisa, é o que quer que eles desejem que faça. É a tarefa mais simples do mundo, na verdade.

Mas não sei o que isso significa, digo.

É tudo faz de conta, ela explica. Não é real. Para eles é, mas para você não é nada. É assim que você tem que pensar, como se fosse nada. Não é você, e você não é aquilo. Você continua sendo quem é fora daquilo.

Não compreendo, digo.

Quando eles fizerem, ela diz, erguendo as mãos e colocando uma sobre a outra, vai doer, principalmente da primeira vez. Vai parecer que está explodindo lá embaixo, e você vai querer arfar e gritar. Mas não faça isso. Às vezes eles ficam bravos, outras vezes ficam querendo mais. Você precisa esquecer que dói. Precisa ir a outro lugar. Você tem um lugar aonde possa ir?

Sim, respondo, pensando no pátio da escola de mestre Wang, pensando no jardim da minha avó, pensando no abraço caloroso da minha mãe e no tear trabalhando.

Ótimo, ela diz, voltando a pegar o ferro. Vá para lá e aguarde. Seu corpo saberá o que fazer. O que importa é sua mente. Você ainda não começou a sangrar, certo?

Balanço a cabeça. Isso é bom, Swallow diz. Uma coisa a menos com que se preocupar.

Para onde você vai?, pergunto. Posso estar indo longe demais, mas não quero parar.

Ela tira o ferro de cima da camisa. Observo seus dedos percorrerem a peça recém-passada, alisando os vincos. Eu durmo, Swallow responde, e seus olhos procuram os meus.

Temos uma hora entre a lavanderia e o bordel. Nesse período, todas esfregamos o corpo para tirar o cheiro de vapor do dia. As meninas que têm sorte, que não são consideradas gordas demais, recebem uma tigela de arroz. Vestimos a roupa que foi deixada na cama – às vezes blusa e calça de seda, às vezes um vestido de cetim. O que quer que Madame Lee pense que é apropriado para os clientes que virão. Cada menina se senta diante do espelho com o arsenal de maquiagens que lhe foi dado – ruge para as bochechas e os lábios, pó de arroz para o rosto, tinta preta para os olhos e as sobrancelhas. Algumas meninas aplicam ruge no lábio superior inteiro e apenas um pontinho que parece uma cereja no lábio inferior. Os homens brancos gostam disso, elas dizem, gostam que nos faça parecer ainda mais chinesas.

As meninas mais velhas arrumam o próprio cabelo. As meninas mais novas e inexperientes, como eu, esperam sua vez com a cabeleireira. Às vezes, quando ela está com as mãos no meu cabelo, fecho os olhos e imagino as mãos de alguém que me ama muito massageando meu couro cabeludo.

Esta noite, devo usar uma blusa de manga comprida cor de pêssego com botões brancos e gola forrada e uma saia combinando. Odeio as roupas que Madame Lee nos faz usar, desenhadas a partir das ideias dela e costuradas por uma senhora mais à frente na rua. Na China, ririam das roupas que usamos, que seriam facilmente identificadas como imitações de mau gosto. Aqui, elas deixam os homens brancos loucos.

Quando me olho no espelho, vestida e maquiada, vejo uma menina com olhos envoltos em preto e pálpebras cor de vinho.

Suas sobrancelhas são um dossel sobre os olhos. Ela é branca como porcelana e seus lábios brilham cor de sangue. Depois de dois anos fingindo ser Feng, o filho do vento, é chocante me ver assim. Quando me movo, pergunto-me se sou realmente eu que estou me movendo.

Minha avó uma vez me disse, quando reclamei do meu nome, que todos consideravam Lin Daiyu uma beldade. Acho que isso tem a ver com quão mórbida é sua história. Seria ela tão linda se não tivesse morrido pelo homem que amava?

Agora estou começando a entender que a tragédia torna as coisas lindas. Talvez seja por isso que, noite após noite, pintamos nossas sobrancelhas em longos arcos que fazem nossos olhos parecerem tristes.

Traço o caractere para homem, 男, na palma da mão. Homem: um campo e um arado, o arado como símbolo de poder.

Antes, eu achava que o amor era simples – um abraço, um beijo delicado na testa. Não sabia que poderia haver algo que não era *nem um pouco* amor, algo assim. Uma violação do corpo, uma explosão carmesim. Quem quer que seja o homem que me penetre, ele também será aquele que tirará tudo de mim. Eu poderia chorar pela perda da minha infância, mas não faço isso. Lamentar seria dar poder a quem quer que ele seja.

Homem: sem poder, é só um pedaço de terra cultivável.

Escolher entre isso e os barracos não é uma escolha. Devo acreditar que um dia surgirá uma saída. Lin Daiyu encontrou a dela: deixou-se morrer. Eu ainda não estou pronta.

Esta noite, não sou Daiyu. Esta noite, pode me chamar de Peony.

Quando desço e entro no salão, as outras meninas já aguardam. Estamos todas transformadas, como se a diferença entre o dia e a noite pudesse ser a pessoa inteira. Pearl parece pequena em seu vestido de seda com uma flor bordada no peito. Iris pula no lugar, fazendo suas pulseiras ressoarem. Swan é a que está mais maquiada, e o ponto em seu lábio inferior se move enquanto ela passa a língua nos dentes. Swallow está com o rosto virado, o queixo inclinado. Não falamos de Jade, que não está aqui, mas nenhuma de nós ocupa o lugar onde ela costumava ficar.

Ofereço um sorrisinho a Pearl. Ela volta os olhos bem redondos e já se enchendo de lágrimas para mim. Está se perguntando se seu cliente aparecerá hoje para salvá-la da ira de Madame Lee. Penso que em algum momento ela terá que ser mais corajosa.

Madame Lee entra. Ela fala conosco toda noite antes de abrir, lembrando-nos de qual é nosso dever. Também aproveita o momento para nos inspecionar, certificando-se de que nossos pulsos estejam tão brancos quanto nosso rosto, de que não engordamos demais onde importa, de que parecemos frescas, agradáveis aos olhos, deliciosas. Com frequência, ela nos diz que está orgulhosa de nós.

Algumas de vocês talvez tenham notado que está faltando alguém esta noite, Madame Lee começa. Quero que olhem para o lugar onde Jade costumava ficar. Ela foi mandada embora ontem à noite, porque estava roubando de mim.

Com aquilo, algumas meninas ficam inquietas. Uma delas abafa uma tossidela com a mão.

Madame Lee não nota, ou finge não notar. Jade dormia aqui, comia aqui, usava meus recursos e não ganhava nenhum dinheiro. Foram quase três semanas seguidas voltando de mãos vazias. Imaginem só. Imaginem dar tudo a alguém e não receber nada em troca. Não é diferente de roubar.

Não se ouve nem uma palavra em resposta. O que Madame Lee diz é sempre verdade.

Como sabem, ela prossegue, não é a primeira vez que isso acontece. Muitas meninas já roubaram de mim e receberam a punição merecida: livrei-me delas. Se estou falando de Jade é porque ela chegou antes de vocês, e mesmo assim sofreu as consequências de suas ações. Não quero que fiquem acomodadas, não quero que pensem que estão seguras só porque chegaram há mais tempo que as outras. Espero que todas trabalhem duro e tragam o dinheiro que me devem por morar aqui e se beneficiar de minha bondade.

Ela inspira fundo.

Ficamos olhando para os pés e o carpete, onde vinhas vermelhas e bronze se entrelaçam. Na perna, pratico a escrita do caractere para jade, 玉, um imperador com um traço diagonal em um canto, passando a ideia de três pedras de jade juntas. É o mesmo jade que vive no meu nome real.

Compreendido?, Madame Lee pergunta. Cada uma de nós sente seu olhar no topo da cabeça. Assentimos em grupo.

Muito bem, ela diz. Agora sejam doces com nossos clientes.

Organizamo-nos na formação oficial antes de entrar na sala com a vitrine – meninas mais novas na frente, mais experientes no meio e mais altas no fundo. Começo a me dirigir para a primeira fila, mas Madame Lee me para. Peony, ela chama.

As meninas estranham e olham para mim antes de mudarem de sala. Até mesmo Swallow, que já fez isso uma centena de vezes, me dirige um olhar antes de desaparecer. Quando todas se foram e estamos só nós duas, Madame Lee se aproxima, com seus dedos estrangulados por anéis.

Tenho uma proposta interessante a lhe fazer, ela diz. Sente-se.

Eu me sento, tomando cuidado para não amassar a saia. Madame Lee permanece de pé, e seus olhos brilham ao passar pelo meu corpo.

Um cliente especial virá esta noite, ela prossegue. Filho de alguém que tem sido muito generoso com a Hip Yee. A *tong* ordenou que eu lhe oferecesse uma menina de graça, para demonstrar sua gratidão.

O cliente, Madame Lee explica, pediu algo muito específico, algo que só você pode providenciar. Não está curiosa para saber o que é?

A voz de Swan força passagem até meu ouvido. *Yi ci*, ela cantarola, um cliente me pediu para me sentar em seu peito e botar meu café da manhã para fora. Dá para acreditar? Quando fiz isso, ele gemeu de prazer!

Todo mundo sabe que tenho as melhores meninas, Madame Lee diz diante do meu silêncio, com a mão na minha coxa. Mas o novo cliente é bastante peculiar. Só vai aceitar uma menina que nunca tenha estado com um homem branco.

Ela aperta mais forte, e seus anéis afundam na minha pele.

Entende por que você é a escolha perfeita?, Madame Lee pergunta. Todas as minhas meninas dormiram com muitos, muitos homens. Mas não você, Peony. Você permanece inviolada. E esta noite será o presente perfeito para um cliente muito especial.

Sua mão deixa minha coxa. Ela acaricia minha bochecha, depois esfrega os dedos, soltando um pouco de pó de arroz. Você é uma garota de sorte, Madame Lee diz. A Hip Yee vai ficar muito satisfeita.

Faço o que se espera de mim. Assinto, mantendo os cotovelos junto ao corpo, e sorrio. Tratarei bem o cliente, digo, pensando em onde Jade está agora e decidida a nunca ir parar naquele tipo de lugar.

Boa menina, Madame Lee diz, estendendo a mão para acariciar minha bochecha outra vez. Para não desviar o rosto, aperto uma mão contra a outra até minhas unhas chegarem perto de cortar a pele. O cliente está a caminho, Madame Lee explica. Você ficará com ele a noite toda.

Antes de ir embora, ela se vira para me olhar. Procuro parecer forte e corajosa, como Swallow. Peony, Madame Lee diz, meu nome escorrendo de sua boca, você fará o que ele pedir.

Ela sai e me deixa esperando. Fico pensando em que tipo de homem faria um pedido desses. Se será gentil comigo ou me baterá, como aquele homem bateu em Swallow. Penso no hematoma que deixara um lado do rosto dela parecendo água turva e me pergunto como meu próprio rosto ficaria.

As lanternas aqui são vermelhas e pretas, de modo que tudo parece um segredo. Isso é feito para esconder as imperfeições em nosso rosto, Swan sempre diz. Até mesmo maçãs danificadas parecem bonitas no escuro.

Cada som de rodas passando lá fora, cada risada ou grito,

deixa meu corpo tenso, meus braços mais próximos. Como farei isso?, pergunto a mim mesma. Será que posso morrer? Quando o cliente finalmente entra, não sei se tenho forças para me levantar do sofá.

Um lampejo na pesada poltrona de madeira à minha frente. Meus olhos vão direto para ele, cada nervo desperto pela alteração na atmosfera, tentando memorizar cada detalhe do cômodo, de mim, antes de tudo mudar. Amanhã, este cômodo não parecerá igual. Amanhã, não serei a mesma nele.

O lampejo aumenta, ocupando mais da poltrona. Então não é mais um lampejo, é uma forma e uma cor. Branca, cada vez mais branca. Poderia ser fumaça dos incensos queimando ou as sombras passando na rua. Poderia ser uma menina de uma história, uma menina que agora poderia ser chamada de mulher. Fecho os olhos em busca de calma. Quando os abro, vejo Lin Daiyu diante de mim.

Olá, ela diz. Sua voz sai um pouco rouca, como se tivesse chorado ou não a usasse havia um tempo.

Meus ombros colapsam contra o encosto do sofá. Eu estava convencida de que, ao cruzar o oceano, tínhamos finalmente nos separado, mas aqui está ela agora, o rosto branco como o peito de um cisne, o cabelo preto brilhante inexplicavelmente molhado. Não parece a Lin Daiyu da história, e sim a Lin Daiyu dos meus sonhos: tem olhos azuis, nariz comprido, lábios rosados. Sua jaqueta e sua saia de cetim cintilam na penumbra do quarto. Ela usa uma rede de pesca como xale.

Estava nadando?, pergunto, como uma tola. Então me lembro de onde me encontro e do que está prestes a acontecer, levanto-me e agito os braços na direção dela. É melhor você ir, digo, embora desejasse o contrário. Ela está aqui, nem sei como, o que faz com que eu não me sinta tão sozinha. Ambas cruzamos o oceano só para acabar aqui.

Não seja tão dramática, Lin Daiyu diz. Só estou aqui porque pediu minha ajuda, quer goste ou não.

Meus olhos correm para o relógio na parede. São quase

nove. O cliente não deve demorar muito, e Lin Daiyu não pode estar aqui quando ele chegar. Não sei se ela existe apenas para mim ou se outros são capazes de vê-la também. Onde posso escondê-la?

Como se soubesse a resposta, Lin Daiyu se levanta da poltrona e vem até mim. Uma versão mais jovem minha, talvez a versão que existia antes de tudo isso, quer correr. Mas algo – seria ela? – me segura.

Lin Daiyu está diante de mim agora, com os olhos azuis semicerrados. Quando você é lembrada como o rosto da tragédia, seu rosto deve estar sempre buscando o centro da Terra, penso. Então ela coloca as mãos úmidas no meu rosto e abre minha boca. Ficamos nos encarando: Lin Daiyu, a história que parece comigo; eu, a menina com o corpo vago. Houve um tempo em que eu a odiava, depois outro em que a temia, depois outro em que delirava a ponto de talvez me apaixonar por ela. Agora, não sei como me sinto. Mas Lin Daiyu não espera que eu descubra. Entra pela minha boca antes que eu possa fazer o que quer que seja e desaparece.

Madame Lee irrompe de sua sala, com as bochechas coradas. Ele chegou!, grita. Ela corre até a porta do bordel, uma mão em um grampo do cabelo, a outra me instando a levantar. Está pronta?

Eu me levanto, sentindo Lin Daiyu se espalhar dentro de mim. O que acha?, ela pergunta em meu pescoço. Estamos prontas?

4

O homem não é um homem, e sim um menino.

Consigo ver isso na maneira como se porta, como se seu corpo tivesse crescido mais rápido que o restante e ele ainda não se sentisse em casa. Seu *chang shan* cor de ameixa cai de seus ombros como um lençol sobre um arame. O menino fica parado, olhando, ao mesmo tempo em desafio e com medo, esperando que alguém duvide dele.

É um choque vê-lo aqui. Seus olhos têm a forma de peixinhos, seu cabelo castanho quase preto me lembra um cogumelo orelha-de-judas. Olhar para ele me faz sentir um aperto no coração pela minha família, pela minha casa. O menino não deve ser muito mais velho do que eu.

Ele não está sozinho. Dois homens brancos idênticos o acompanham, um de cada lado. Penso no caractere para gêmeos, 雙, com o par de pássaros no topo. Pássaros seguem e imitam uns aos outros durante o voo, e é assim que os dois homens fazem também – dois pares de braços cruzados, o esquerdo em cima do direito, dois peitos subindo e descendo com a mesma respiração quente. O menino parece querer fugir para tão longe quanto possível.

Bem-vindos, Madame Lee diz para os três, curvando-se.

Os dois homens brancos não retribuem sua mesura. É ela?, um deles pergunta. Dentro de mim, Lin Daiyu inclina minha cabeça, fazendo-me olhar para o chão.

Esta é Peony, Madame Lee diz, sua voz tão carregada quanto o verão. Um presente da Hip Yee. Ela servirá perfeitamente.

Ouviu isso?, o outro homem pergunta ao menino. A garota

é sua para que faça o que quiser com ela, Mule. Pode vir aqui? Pi-ou-ni, venha aqui.

Madame Lee se vira para mim, assentindo. Sigo na direção das vozes. Meus sapatos de tecido não fazem barulho sobre o tapete enorme no chão.

Ela vem quando ordenada, o primeiro homem comenta, animado. Pode se virar? Vire-se para nós, menina bonita.

Visualizo Swallow e como seus quadris a guiam em uma elipse, como suas costas se transformam em uma serpente dançando no ar. Viro para a direita, projetando os quadris.

Muito bom, ouço um dos homens dizer. Ah, muito bom.

Quando estou de frente para eles outra vez, ergo a cabeça, procurando os olhos do cliente. Seu rosto é fraco, seu queixo se mescla ao pescoço. Conto três cerdas pretas em seu lábio superior, cada uma apontando em uma direção diferente. Ele não olha para mim, preferindo encarar o espaço ao meu lado, com os lábios trêmulos. Percebo que está com tanto medo quanto eu.

Voltaremos amanhã de manhã, Mule, um dos homens diz, empurrando o menino para a frente. Ele tropeça e cai em cima de mim. Por instinto, eu o seguro.

Os dois homens brancos riem. Parece que ela *vai mesmo* cuidar de você esta noite.

Pego a mão do menino – macia como uma barriga – e o guio escada acima.

Ele se senta em minha cama. Fico à porta. No quarto ao lado, Iris já começou a entreter seu primeiro cliente da noite. As risadinhas dela atravessam a parede. O menino e eu não olhamos um para o outro.

Dentro de mim, Lin Daiyu respira outra vez. Assisto aos meus pés avançando, andando até onde o cliente está sentado. Lin Daiyu sopra meu pescoço. Eu me vejo levantando a mão, pousando-a no ombro dele.

O menino se assusta com o toque. O quê… o que você está fazendo?, ele pergunta.

Não é o que deseja?, pergunto. Senhor, Lin Daiyu acrescenta.

Ele abre o peito, endireita-se no lugar. Tenta parecer firme. Como posso ter certeza de que você é como quero?, responde. Quero uma menina que nunca tenha dormido com um homem branco. Sei que todas vocês, prostitutas, dormem, sei que deixam que as deflorem. Não quero uma menina que tenha se deixado manchar de tal maneira.

Nunca dormi, juro para ele. Nunca estive com ninguém.

Ele me encara, e o homem firme se desfaz. O menino volta a espreitar. Sou seu primeiro?

Sim, confirmo, e sinto algo afundar dentro de mim. Você tem muito a me ensinar, digo.

O menino murcha. Nunca estive com ninguém também, ele diz.

Nós nos encaramos, ambos curiosos, ambos se perguntando o que o outro fará. Se eu continuar falando, penso, posso retardar o fato, posso adiá-lo com minhas palavras.

Por que veio aqui?, pergunto. Quem eram aqueles homens com você?

O menino também parece feliz com o adiamento. São meus irmãos, ele diz. Meios-irmãos.

Seus pais são chineses?

Minha mãe é, ele diz. Meu pai é branco.

Como?, digo. Procuro traços de brancura nele. Lá embaixo, só vi aquilo que o tornava familiar a mim – o cabelo escuro, as maçãs do rosto largas, a cor de casa em seus olhos. Agora começo a descobrir aquilo que o diferencia – a ponte alta do nariz, a testa saliente. Ele poderia ser a mistura de dois rostos.

Meu pai conheceu minha mãe na China, ele diz. Dá para ver que a história é preciosa para ele, e dolorosa também. É o bastante para distraí-lo do assunto em questão. Ele me trouxe para os Estados Unidos quando eu era pequeno. Tenho uma irmã mais nova, que continua na China. Meu pai deixou ambas para trás.

E quem são seus meios-irmãos?, pergunto.

O rosto do menino se contrai, os cantos de seus lábios escurecem. Meu pai já tinha família aqui. E ninguém gostou quando trouxe um mestiço chinês. Agora, eles dizem que não acreditam que eu seja um homem. Dizem que minhas partes masculinas vieram com defeito, estragadas.

Não consigo evitar olhar para baixo.

Desculpe, ele diz. Noto as lágrimas em seus olhos. Estou falando demais. Sempre falo demais.

Foi por isso que veio?, pergunto. Para provar que eles estão errados?

O menino se vira e leva um lenço aos olhos. Sim, confirma. Eles dizem que só serei homem quando dormir com uma menina.

Sinto empatia por ele. Sofri, claro, mas pelo menos sei que fui amada no passado.

O menino se vira para mim, com os olhos secos e vermelhos. Mas isso não lhe diz respeito, ele ruge. Tire a roupa!

O rugido é forçado, falso. Não tenho medo dele.

Mesmo assim, obedeço. Desabotoo a camisa e a deixo de lado em silêncio, depois tiro a saia. Ele fecha os olhos, porque não consegue assistir. Assim que pisei no bordel, Madame Lee passou a providenciar quatro refeições por dia, deixando que eu repetisse o mingau do café da manhã e comesse o dobro de carne no jantar. Você precisa amadurecer aqui e ali, ela dizia, apontando e apertando. Nenhum homem quer se deitar com um menininho. Conforme os dias passavam, vi minhas pernas e meus braços engrossarem. Meus seios também estavam aumentando, e agora eram dois montículos novos e desajeitados no meu peito.

Fico completamente nua à frente dele, mas o menino só consegue olhar para meus pés. Ouço os gemidos de Iris no quarto ao lado.

Ele se levanta e aponta para a cama. Seu rosto é férreo, as lágrimas parecem duras nas bochechas.

Aonde devo ir?, eu me pergunto, relembrando as palavras de Swallow. Então me deito. Onde parece bom?

O menino sobe em cima de mim e suas pernas abrem as minhas, seus braços me cercam. Sua boca cheira a pera. Eu me concentro em procurar um lugar aonde ir.

Seu rosto despenca e seu nariz bate no meu. Suas maçãs do rosto roçam as minhas. Um beijo, penso. Suas mãos passam por mim, embora não queiram. Em suas palmas, eu me sinto escaldante.

Maldição, ele xinga, e então leva as mãos à calça. Não olho. No entanto, ouço o som do botão se abrindo, depois um farfalhar enquanto o menino a tira.

Eu me lembro de ter visto meus pais se abraçando quando era nova, do jeito que minha mãe simplesmente se encaixava nos braços do meu pai. Ele ergueu a cabeça dela e deu um beijo em sua testa, depois outro em seus lábios. Gostei de ver os dois juntos, os dois corpos se apoiando um no outro, procurando o outro como em rendição, tal qual árvores crescendo lentamente na direção da fonte de água. Sempre achei que era assim que se amava.

Agora, sentindo as coxas grudentas do menino contra as minhas, sei que não foi isto que eu vi tantos anos atrás.

Aonde posso ir? Não ao momento em que vi meus pais se abraçando – é uma lembrança sagrada demais. Nem a nada com minha avó. O rosto do menino chega mais perto, arfando, e ainda não tenho aonde ir. Pense, pense. Não quero estar aqui quando acontecer. A única coisa que resta a fazer é fechar os olhos com força e torcer para que seja o bastante para desaparecer.

Era isso que ela estava esperando. De dentro de mim, Lin Daiyu ressurge, e eu a sinto deslizando pelo meu corpo, seus membros inflando contra os meus. Deixe-me tentar, ela diz.

E eu penso: Fico feliz em deixar que permaneça comigo por um tempo.

Sinto um toque na bochecha. Abro os olhos. O rosto do menino assoma sobre o meu, seus olhos estão arregalados. Sinto outro toque na testa, uma gota. E percebo que ele está chorando.

Não consigo, o menino diz, e a cama range quando sai de cima de mim. Não consigo. Sou menos que um homem, como eles falam.

Eu me sento também. Você não é menos que um homem, digo. Dentro de mim, Lin Daiyu acha graça, mas recua.

Nunca me tornarei um homem se não conseguir fazer isso, ele diz, virando-me as costas.

Você não precisa fazer nada, digo. Pode dizer que fez. Se me perguntarem, confirmarei.

Ele me encara. Quantos anos tem, irmã?

Catorze, eu digo. E é verdade.

A mesma idade que minha irmã, ele diz. De tempos em tempos, recebo cartas me perguntando quando vou voltar para casa ou quando ela pode vir me visitar. Mas acho que não quero que ela venha, sabe? Fico com medo de que termine em um lugar assim.

O menino ri, depois baixa os olhos, depressa. Desculpe, ele diz. Pode se vestir agora.

Não precisa pedir desculpas, digo a ele. Eu me levanto, visto a saia e abotoo a camisa até o pescoço. Penso em Jasper, que eu deveria ter me encolhido ao seu toque e deixado que os comerciantes me pegassem em vez dele.

Diante daquela lembrança, eu digo: Talvez sua irmã seja mais esperta que eu.

Madame Lee está satisfeita no dia seguinte. No café da manhã, ela mostra meus lençóis manchados para as outras meninas. Rezo para que ninguém note que o tom do meu sangue perdido é o mesmo do ruge que uso nos lábios.

Eu disse que você era tudo o que o cliente queria, ela ronrona para mim. Sabia que você não me decepcionaria. Peony, meu orgulho. A Hip Yee ficará muito satisfeita.

Sim, Madame, digo, pensando nas lágrimas do menino no meu rosto, na maciez de suas coxas, na irmã mais nova dele. Obrigada, Madame.

As meninas ficam com ciúmes de mim. Na lavanderia, noto que estão me observando, que suas bocas falam por trás das mãos rosadas. Baixo os olhos e finjo me concentrar na camisa que passo.

Como se saiu?, Swallow pergunta.

Foi mais fácil do que pensei, digo.

Ela ri da minha resposta simples, mas tenta disfarçar. Vejo que algumas meninas levantam a cabeça e nos olham feio. Swan é uma delas.

Madame Lee disse que eu era seu orgulho. O que isso dizia das meninas que vinham recebendo clientes esse tempo todo? Abro um sorriso para Swan, como quem pede desculpas, mas ela desvia o rosto, fingindo não me ver.

No entanto, a sensação de ter feito Swallow rir é boa. Também é boa a sensação de compartilhar essa mínima similaridade. Pela primeira vez, sinto que talvez tenha uma amiga aqui.

Aquela noite, Madame Lee me segura de novo quando as meninas começam a se enfileirar. O cliente de ontem à noite voltou, ela diz, com um sorriso um pouco mais tenso no rosto. A Hip Yee quer que eu a ofereça de novo, sem cobrar.

Eu preferiria que ela não fizesse isso diante das outras meninas. Uma delas assovia entre os dentes. Swallow ergue uma mão para calá-la.

Quando o menino chega, está acompanhado dos meios-irmãos de novo. Foi muito bom, eles dizem a Madame Lee. Nosso menino quer mais!

Pensando bem agora, um deles diz, olhando para mim, acho que quero ir com essa aí também. Se ela for tão boa quanto Mule diz que é.

Se for comigo, digo, sem olhar para o rosto dele, com quem seu irmão ficará? Ele não quer uma menina que já tenha estado com um homem branco, esqueceu?

O meio-irmão fica furioso. Dá um passo à frente e agarra meu braço, enfiando os dedos até meus ossos.

O que disse, vadia chinesa?

Ouço um tapa e um grito. Um dos nossos guardas o atingiu no rosto. O meio-irmão está no chão, com a palma na lateral da cabeça.

Sinto muito, senhor, Madame Lee diz, mas não sente nada. Apenas quem paga pode tocar na mercadoria.

O meio-irmão cospe no chão. O outro meio-irmão o ajuda a se levantar. Eles empurram o menino para a frente, xingando.

Você receberá o que merece, eles me dizem. Não pense que vamos esquecer.

Eu disse a eles que fiz, o menino me conta quando estamos no quarto. E eles me disseram que deveria voltar, se havia sido mesmo tão bom quanto eu alegava. Então eu disse que voltaria. Mas, na verdade, acho que só quero conversar com você.

O nome dele é Samuel, que é de onde vem o apelido Mule. Ele tem 18 anos; já é um homem, pela idade. Seu pai é um banqueiro poderoso, alguém que ajuda a Hip Yee a esconder os lucros de suas atividades ilegais, incluindo esta. Samuel não sabe se vai poder ver a mãe e a irmã de novo.

Posso perguntar quem você era antes?, ele diz, hesitante. De onde veio? Onde está sua família?

Quero confiar nele, mas me lembro de que foi confiando em um desconhecido que acabei aqui. Então só falo com ele sobre o oceano, sobre como a água zumbia e rugia, sobre a cadência das gaivotas voando no alto. Sua boca saliva com minhas histórias. Ele nunca comeu peixe do outro lado do mundo. Digo a ele que deve ter o gosto do coração do oceano, se o oceano tiver coração.

Como é ter pai branco e mãe chinesa?, pergunto em troca. Depois do que vi no bordel, não consigo imaginar um homem branco sendo bondoso com uma mulher chinesa.

Não sei bem, ele diz, olhando para as próprias mãos. Eu

era muito novo quando meu pai me trouxe. Nem me lembro da cara da minha mãe.

E sua madrasta?

Ela me detesta, Samuel confessa. Diz que sou uma mancha, a escória do Oriente. A mulher é um demônio de cabelos amarelos, com gelo nos olhos. Queria poder dizer isso na cara dela.

Você deve odiar aqui, comento.

Ele confirma com a cabeça. Quero ir embora, diz, e seus olhos se iluminam como os de uma criança. Já ouviu falar de Idaho? Muitos homens chineses estão indo para lá. Precisam de gente para trabalhar nas minas. Acho que poderia fazer isso. Trabalhar em uma mina, provar a todos que sou um homem.

Idaho?, repito.

Fica no Leste. Bom, fica um pouco para o leste. Já ouviu falar de Boise? Dizem que reúne muitos chineses. Chamam a cidade de Oeste Selvagem. Um lugar onde uma pessoa pode ser quem quiser.

I-da-ho. Quando pronuncio como chinês, significa "amar um macaco grande". A ideia me faz rir.

Parece bom, não é?, Samuel diz, me observando. Tem grupos saindo o tempo todo. Acho que vou me juntar a eles logo. Qualquer lugar deve ser melhor que aqui.

Mas você tem dinheiro, comida, um lar aqui, digo. Por que renunciar a tudo isso para trabalhar em uma mina?

Você tem o mesmo aqui, ele responde, abarcando o quarto com um gesto. E vai me dizer que quer ficar?

Depois que Samuel vai embora, fico deitada na cama, ouvindo Iris cantarolar enquanto tira os pentes do cabelo. Teve uma sequência de noites boas e certamente receberá elogios de Madame Lee amanhã.

Não consigo parar de pensar no que Samuel disse. Quando ele for embora para Idaho, o que acontecerá comigo? Terei que começar a receber outros clientes para compensar o dinheiro que

Madame Lee receberia se eu não fosse oferecida de graça? Não importa. Meu tempo aqui é limitado. Um dia, ninguém mais me considerará desejável, e quando esse dia vier serei jogada na rua, como uma pedinte, e logo morrerei.

Lin Daiyu dorme dentro de mim. De tempos em tempos, uma tossezinha lhe escapa, e eu a sinto na parte inferior da minha caixa torácica. A doença que a acompanhou durante a infância parece persistir. Descanse, digo a ela. Não preciso que acorde para saber que nenhuma de nós pode ficar aqui.

5

Samuel me visita toda noite. É a única maneira de seus meios-irmãos o deixarem em paz. Ele me conta que até seu pai está orgulhoso, de certa forma. Não lhe custou nada tornar seu filho um homem.

A Hip Yee é muito grata a seu pai pela generosidade, Madame Lee lhe diz toda noite antes de me entregar. No entanto, seu sorriso parece cada vez mais contido.

Graças às visitas diárias de Samuel, Madame Lee não pode me vender para nenhum outro cliente. Sou a única menina do bordel que não traz dinheiro, no entanto, como presente da Hip Yee, também sou a mais protegida. As outras, com exceção de Pearl e Swallow, pararam de falar comigo. Swan, que não era ruim comigo, nem olha para mim agora – mas por acaso ela gostava de alguém? Para elas, de alguma forma, consegui me tornar a menina preferida da *tong* sem ter que trabalhar muito.

Não deve ser muito bom, uma das meninas anuncia enquanto lava roupa. Iris diz que mal dá para ouvir algo quando ele está lá. O que será que ela faz? Põe o menino para dormir?

Ignore, Swallow me diz. Isoladas das outras, nós nos tornamos mais próximas. De muitas maneiras, acho que ela é a única que entende. Começo a ansiar pelas manhãs, quando nos debruçamos sobre a roupa e nossos sussurros são como uma rede que nos mantém juntas.

Como consegue suportar? Noto algumas meninas torcendo calças e olhando feio para mim.

Estou aqui desde os 6 anos, ela diz. Sua cabeça está

inclinada, sua testa franzida, todo o seu foco no ferro quente que tem nas mãos. Você aprende cedo a suportar.

É a primeira informação que Swallow me oferece sobre sua vida. Fico surpresa, mas não deixo que ela note. Desde os 6 anos. Faz sentido então que ela não tenha tanto medo de Madame Lee, e que Madame Lee a trate diferente do que nos trata. Swallow não é apenas boa no trabalho – foi criada para ser.

Aquela noite, quando as meninas se alinham para a verificação final de Madame Lee, acho que consigo ver uma delicada compreensão entre ela e Swallow, em que nenhuma de nós prestou atenção antes. É algo que conheço da minha própria mãe: como ela sempre sabia, até antes de mim mesma, o que eu faria. Havia carinho, claro, mas também um conhecimento supremo de sua criatura. Para Madame Lee, Swallow era como uma filha.

Pearl ocupa o lugar habitual de Swan na lavanderia. Olho em volta – Swan não se encontra em parte alguma.

Ela ficou quase dez dias sem um cliente, Swallow diz, quando me nota procurando. Achou que Madame Lee ia deixá-la ficar, com a idade que tem?

Minha cabeça pende. Swan foi levada, e será como se ela nunca tivesse passado pelo bordel. No dia seguinte, uma nova menina ocuparia sua cama. Primeiro Jade, agora Swan. Quem será a próxima? Eu, assim que não tivesse mais a garantia de Samuel?

Um silêncio predomina na lavanderia hoje. As meninas falam baixo, não fofocam. Ninguém tem vontade. A ausência de Swan é outro lembrete a todas nós: Você não está segura aqui.

Por que não vem comigo para Idaho?, Samuel pergunta quando lhe conto sobre Swan e os barracos. Pode abandonar este lugar. Não terão como machucá-la se não estiver aqui.

A ideia já me ocorreu, mas um desejo maior ofusca a

promessa de Idaho: a casa de frente para o mar, minha avó e eu. Encontrar meus pais. Preciso voltar para casa.

Consigo chegar à China de lá?, pergunto. Tem um porto, como aqui?

Por quê?, ele pergunta, rindo. Está querendo voltar?

Não posso ficar aqui, digo.

Samuel olha para mim com uma expressão que não me é familiar. Claro, ele diz afinal. Claro, dá para ir à China de lá.

Certo, digo, sentindo uma felicidade frágil surgir. Terei que me disfarçar de homem. Precisarei de documentos falsos.

Vou cuidar de tudo isso, ele diz. Em duas semanas partiremos. Será bom irmos juntos. Posso proteger você.

Chove o tempo todo em São Francisco. Nunca caem tempestades, mas uma leve neblina continua pairando no ar mesmo depois que a chuva para. Esta noite, depois que Samuel vai embora, a chuva volta forte e rápida, atingindo minha janela em um *staccato* urgente.

Chove a manhã e a tarde inteiras. As meninas não gostam, dizem que ficam com dor de cabeça e o cabelo arrepiado. Nesses dias, ficam felizes por não sair. Mantenho a cabeça baixa e faço meu trabalho, mas a chuva e minha avó preenchem meu coração.

No fim de tarde, Madame Lee me tira do trabalho na lavanderia e me leva até sua sala.

O pai do seu rapaz está muito feliz, ela diz, o que significa que a Hip Yee está muito feliz. Quero agradecer a você, Peony.

Eu é que devo agradecer à madame, digo.

Ela acha isso divertido e dá risada, mas seus olhos permanecem duros. Você é uma menina muito boa, ela diz, no mesmo tom doce que usou da última vez que nos falamos. O que quer que esteja por vir não pode ser coisa boa.

Você deve ter notado que Swan não está mais conosco, ela prossegue.

Sim, digo.

Eu a mandei embora. Madame Lee projeta o beiço. Uma pena, na verdade. Se soubesse manter a boca fechada...

Tinha sido mesmo pela boca que fora mandada embora? Ou pelo rosto cada vez mais maduro? Baixo os olhos para meus sapatos. O motivo não importa, só o que Madame Lee diz.

A questão é que Swan deixou clientes muito ricos, ela diz, inclinando-se, aproximando o nariz do meu rosto. Então pensei com meus botões: é justo que uma das minhas melhores meninas seja desperdiçada com um baixote mestiço? Todos aqueles homens com bolsos gordos. Não quer saber como eles são?

Mas sou um presente da *tong* para um único homem, digo. Se dormir com outros, não serei mais dele. Madame, acrescento.

Ela não esperava essa resposta de mim. A máscara cai, e vejo pela primeira vez o verdadeiro rosto de Madame Lee. Não aquele que ela usa para falar com os clientes, nem mesmo aquele que usa para falar conosco. É um rosto inexpressivo, que se preocupa apenas com negócios, dinheiro e poder. Coisas que tornam seu rosto cruel.

Você é mais burra do que eu pensava, ela diz. Tente entender o que estou dizendo: tenho uma fila de homens querendo passar uma noite com você. Eles me pedem isso toda vez que visitam, e toda vez tenho que dizer: Não, senhor, ela não está à venda. Sabe quanto dinheiro me oferecem? Não, porque não sabe o que significa estar na minha posição. Eis o que você vai fazer: quando não estiver com o menino, vai começar a receber outros clientes. E não dirá nada a ele.

E se a *tong* descobrir?, pergunto.

Então ela me dá um tapa que faz minha cabeça virar para o lado. Não acho que isso será um problema, Madame Lee diz. Então, tão depressa quanto caiu, sua máscara retorna. Olhe só para você, minha querida. Desde que teve seu primeiro homem, está cada vez mais encantadora. Suas bochechas estão mais coradas, seu cabelo está mais brilhante. Pode culpar os homens por desejá-la?

Não há mais nada que eu possa dizer. Nunca houve, na verdade. O plano de Madame Lee sempre foi esse: apaziguar a Hip Yee e embolsar algum dinheiro às minhas custas. Eu me levanto para sair, minha bochecha ardendo com a força de sua mão.

Peony, Madame Lee diz antes que eu feche a porta, sua voz não mais fingindo doçura, esta será sua última noite apenas com aquele menino. Amanhã, você se abrirá para o mundo.

A mulher de cabelo amarelo, madrasta de Samuel, serviu carneiro azedo para ele no café da manhã. Samuel me conta que passou a tarde toda vomitando enquanto os dois meios-irmãos riam e socavam seu estômago. Agora, ele está sentado na minha cama, com o pescoço vermelho e os olhos vidrados, o hálito cheirando a couro cru.

Tem que ser amanhã, eu lhe digo. Mal ouvi o que Samuel me disse, porque não consigo tirar a conversa com Madame Lee da cabeça. Temos que ir para Idaho amanhã.

Samuel para, olhando-me com espanto. Digo a ele o que Madame Lee me disse: que amanhã, se eu ainda estiver aqui, meu corpo será dilacerado pelo pior tipo de homem. Seus olhos ficam vermelhos diante da ideia. Sei que está pensando na irmã.

Há um grupo com o qual possamos partir?, pergunto.

Sempre há, ele responde. Vou encontrar um ao qual possamos nos juntar. Essa não é a parte difícil. A parte difícil é conseguir documentos falsos em tão pouco tempo.

Digo a ele que essa não é a única parte difícil. A vigilância de Madame Lee é forte. Os guardas à porta revistam cada cliente que entra e sai. Um homem não pode entrar no bordel como um e sair como dois.

Certo, Samuel diz, sentando-se. E durante o dia?

Durante o dia é ainda pior. Explico a ele que a lavanderia tem uma equipe enxuta – quando uma menina falta, todo o equilíbrio é perturbado. Se eu não aparecer para trabalhar, Madame Lee saberá imediatamente.

Ficamos sentados em silêncio, pensando. Iris tem um cliente novo esta noite, que está bêbado, a julgar pelo que ouço. Tudo de que precisamos é de um momento em que os guardas não estejam olhando, um momento em que eu possa escapar pela porta aberta. Sou pequena. Posso correr. Correrei tão rápido quanto preciso para nunca mais voltar a esta vida.

De repente, Samuel se levanta da cama. Já sei, ele diz, cheio de energia. Já sei.

Samuel me explica tudo, todo o seu plano. Não sei se é um bom plano, mas concordo com ele. Se conseguirmos, deverei minha vida a você, digo.

Peony, ele diz.

Não, penso. *Daiyu.*

Ótimo.

Vamos começar.

6

Preciso contar algo, digo a Swallow.

Na manhã seguinte, estamos de volta à lavandeira, Swallow, eu e as outras meninas. O bordel teve uma noite movimentada. Muitas meninas se amparam para ficar de pé, tendo dormido apenas algumas horas antes que o trabalho do dia começasse. Elas não conseguem disfarçar os bocejos amplos. Pearl esfrega os olhos com a parte interna do pulso. Iris não está fazendo suas brincadeiras: só olha para a frente, sem se concentrar. Até Swallow está com olheiras escuras.

Contar algo?, ela repete devagar, os olhos fixos na camisa que tem nas mãos. O que poderia ser? Você não está pensando em fugir, está?

Eu não esperava que Swallow fosse adivinhar. Por outro lado, se adivinhou, só pode significar que deseja fazer o mesmo, não?

Estou, sim, respondo.

Por um momento, acho que ela não me ouviu. Swallow se debruça e alisa a camisa sobre a mesa. Uma mecha de cabelo preto cai em seu rosto. Ela a prende atrás da orelha.

Como?

Quero contar, digo. Mas só posso fazer isso se prometer vir comigo.

Swallow olha para mim, sorrindo. É um sorriso triste e sábio, como se ela estivesse esperando que eu dissesse isso desde o dia em que cheguei.

Você sabe que não posso fazer isso, Peony.

Não, digo. Não sei, não. Ninguém merece ficar aqui assim.

Eu mereço, ela diz.

Swallow é minha amiga, ou talvez algo ainda mais próximo. Nas primeiras horas da manhã, quando estou deitada na cama, ouvindo os comerciantes armarem suas barracas, as conchas rasparem as panelas quentes, imagino como seria se fugíssemos juntas. Poderíamos cuidar uma da outra, encontrar uma maneira de sobreviver. Eu poderia lhe ensinar caligrafia, e ganharíamos a vida com isso. Ou poderíamos abrir nossa própria lavanderia. Todo mundo precisava de roupa lavada, não importava onde morava.

Agora, no entanto, esse sonho está se desfazendo. O "não" tranquilo de Swallow me deixa brava. Sinto algo feio surgir em um lugar sombrio e subir para minha garganta.

Você acha que vai ser jovem e bonita para sempre, sibilo. Então abaixo, e meu ferro exala vapor. Olho em volta e encontro os olhos de Pearl. Não sei quanto tempo faz que está nos observando, mas isso não importa agora. A cada dia que passa, digo a Swallow, você murcha mais um pouco. E depois? Será jogada nos barracos ou na rua e morrerá!

Não é minha intenção dizer isso. Ou talvez seja. Tudo o que sei é que preciso que ela venha comigo.

Acha que Madame Lee vai gerenciar esse lugar para sempre?, Swallow pergunta. A camisa em suas mãos já está lisa, mas ela continua passando o ferro e a palma.

Faço uma pausa. Não pensei em Madame Lee ou no futuro do bordel, é verdade. Na minha mente, o bordel sempre existiria, e Madame Lee também. A pergunta de Swallow, no entanto, faz com que perceba minha miopia. Madame Lee envelhecerá um dia, assim como as meninas que ela joga na rua. O que vai acontecer então? O bordel terá que continuar. A Hip Yee, os clientes e outras pessoas escusas cuidarão disso. É como o mundo funciona.

Sei o que as meninas dizem a meu respeito, Swallow prossegue. Que vim para cá por vontade própria. Que abordei Madame Lee e perguntei se podia trabalhar como prostituta. É o que você acha também?

Ela vira o rosto para mim, e seus olhos parecem pedras molhadas.

Era o que eu achava, digo.

Quer saber a verdade?, Swallow pergunta. Meu pai me trouxe aqui. Eu tinha três irmãos mais velhos e estávamos sem comida. Ele me arrastou desde casa até os degraus da frente de Madame Lee. Jogou-me aos pés dela e disse que aceitaria o que tivesse para dar. Madame Lee lhe deu duzentos dólares. Eu o vi ir embora com o dinheiro na mão. Ele nem olhou para mim.

Não digo nada, pensando em Bai He e nas meninas da minha vila que iam para a cidade dos pais e nunca mais voltavam.

Três irmãos, Swallow repete, com amargura. Três irmãos, e colocar comida na boca deles era mais importante que eu.

A raiva ainda me sustenta. A raiva não me permite olhar nos olhos dela.

A Hip Yee quer que eu comece meu treinamento de madame em alguns meses, Swallow diz afinal. Deslocarão Madame Lee para comandar um novo bordel do outro lado da cidade.

E o que você disse?, pergunto, já sabendo a resposta.

Eu disse sim.

Um grito. Ambas nos assustamos. Uma das meninas queimou a mão. Ela corre até a pia e a coloca sob a torneira. Olho para a mão da menina, vermelha, brilhando. Estou olhando, mas não enxergando.

Então você pretende manter esta sala de tortura viva, digo.

Lugares como este sempre existirão, ela diz. Pelo menos aqui, como a nova madame, posso fazer mais. Posso ajudar mais as meninas aqui dentro do que lá fora.

Mentirosa!

Tento manter a voz baixa, mas me saio muito mal. Achava que Swallow era melhor que o restante de nós. Melhor que Madame Lee, melhor que as meninas que disputavam clientes. Achava que Swallow estava acima de tudo isso. Só agora vejo como fui tola em confiar nela. Swallow não passa de outra Madame Lee, e um dia terá todo um harém de meninas trabalhando para ela, morrendo por ela. Revisito o caractere do seu nome: 燕. Há fogo, sim, mas eu o estava vendo da maneira errada. Há um motivo para o fogo estar sob o restante, sob a boca, o norte e o vinte. O fogo é ganancioso e buscar queimar tudo acima. É o que Swallow é: consuntiva, destrutiva.

Tenho pena de você, digo.

Sim, tenha pena de mim, ela retruca, depois retorna à camisa, esfregando-a entre os dedos. Aceitei há muito tempo que esse seria meu destino. Se fugisse com você, o que faria? Como contribuiria? Nunca conheci outra vida, Peony. Sei que esse não é seu nome verdadeiro. Swallow tampouco é o meu. Só que é. É o nome que me foi dado quando entrei aqui. Você existia antes e existirá depois disto. Para você, é fácil partir. É a salvação. Para mim, é o oposto. Consegue entender?

Não consigo, não agora. Swallow não passa de uma covarde, enredada demais em suas circunstâncias para conseguir ver além delas. Quero lhe dizer que ela é muito mais que o bordel, que deveria procurar segurança, felicidade e liberdade. Mas a menina diante de mim não é esse tipo de mulher. Ela não acredita que seja esse tipo de mulher.

Sim, é tudo o que digo. A raiva está passando, substituída pela tristeza. Pode guardar meu segredo de Madame Lee e das outras?

Isso eu posso fazer, ela diz. Aqui não é seu lar. Você não pertence a este lugar. Precisa seguir em frente, Peony. Sei que pode seguir em frente.

Tudo o que quero no momento é chorar. O choro borbulha dentro de mim como a água um instante antes de a chaleira chiar, mas sufoco isso. Se conseguir escapar esta noite, se conseguir ir para bem longe deste lugar, para nunca retornar, se conseguir começar a esquecer quem são Madame Lee, suas meninas e os clientes, então, e só então, me permitirei chorar.

7

Quando o trabalho na lavanderia se encerra, eu me vejo no quarto, sentada na cama, quase incapaz de respirar.

O plano. Tenho que me lembrar do plano.

Tantas coisas podem dar errado. E as consequências serão reais, mortais. Madame Lee me jogará na rua. Ou me matará com as próprias mãos. Talvez me ofereça aos cachorros ferozes que ficam no beco atrás do bordel, os quais latem e ganem noite adentro, seus gritos não muito diferentes daqueles que escapam pelas portas fechadas em volta da minha.

Repasso tudo várias vezes na cabeça. O que pode acontecer. Se isso ocorrer, como ficam as coisas? Se aquilo ocorrer, o que eu faço? Não há espaço para erros.

Ontem à noite, Samuel me disse: Você sabe que o que acontecerá também depende da nossa sorte, não sabe?

Não existe isso de sorte, retruquei. Sorte é o encontro da prontidão com a oportunidade.

Aprendi isso com mestre Wang. Pare de focar na sorte, ele costumava dizer. Comece a focar em como criar sua própria sorte. Acha que um mestre calígrafo depende da sorte? O que acontece no papel é o encontro do treino com o convite aberto da página.

Pratique, ele dizia. A prática vai acalmar você, e através da calma sua energia será renovada e seu espírito estará pleno.

Pratique, penso agora. Eu me sento diante da penteadeira. O plano, o plano, o plano. Não há outra opção. Tem que funcionar. Repasso cada segundo do plano, abro cada porta fechada, libero todas as prateleiras. De novo. De novo.

Na madeira escura, traço um javali sob um telhado. Telhado: um ponto rápido em cima, depois uma forte cobertura horizontal. Javali: uma linha vertical torta, várias linhas mais curtas saindo dela. É o que chamamos de lar: 家.

Desenho esse caractere, fazendo traço a traço na madeira de novo e de novo, até que isso se torna uma prática também, até que eu esteja na escola de caligrafia em Zhifu, em vez de em um bordel em São Francisco. A madeira zumbe sob meu dedo. Meu braço se agita, uma asa no meio do voo.

Se eu pudesse ter continuado assim, sempre assim, seria feliz.

Mestre Wang estava certo: praticar me deixa calma. Noto que minha mente se afasta das visões de fracasso e desespero a cada traço, a cada veio de madeira que passa sob meus dedos, e em vez de lembrar, sinto que sei. Que tenho certeza. Faz muito tempo que não tenho certeza. Que segurança e paz a certeza pode trazer? É isso, dou-me conta, que eu mais quero: a segurança do saber. E, no momento, sei muito pouco, se é que sei alguma coisa.

Prática. Sim, mestre Wang, penso enquanto meu braço se move independente do meu corpo. Não tive muitas oportunidades até aqui, mas pelo menos estou treinando.

Faço uma maquiagem simples hoje. Se conseguir escapar, não quero ter muita gente olhando para mim. É melhor que seja algo que possa limpar rapidamente. Um pouco de ruge nos lábios, um pó leve no rosto. Em vez de apagar minhas sobrancelhas e pintar outras no lugar, uso um lápis de carvão para destacá-las – algo que posso limpar com um lenço. Digo à cabeleireira que Madame Lee quer que eu faça meu próprio cabelo. Eu o puxo para trás e prendo com um pente de jade falso. Assim mechas não cairão no rosto quando eu correr.

Diante do espelho, noto pela primeira vez o quanto mudei em relação à minha lembrança. Não sou mais uma menininha, não sou uma mulher: sou algo no meio do caminho. Há algo de novo em mim, um combate nos olhos. Eu poderia superar um tigre com minha esperteza, se precisasse. Poderia montar nas costas de uma águia e fazê-la desviar de seu caminho. Pergunto-me se não é Lin Daiyu me olhando de dentro, ou se sou mesmo eu.

Fora do quarto, uma menina ri. Isso me assusta, e o combate em meus olhos some. Pisco uma, duas vezes. Quando volto a olhar meu reflexo, sou um cordeiro recatado, um gatinho manso. Sou o que quer que queiram que eu seja, como Swallow disse, e talvez essa seja minha maior arma.

As meninas já estão alinhadas quando desço. Madame Lee está passando de uma em uma, inspecionando-as. Swallow está mais ou menos no meio, mas não me olha.

Pearl, Madame Lee diz, batendo com o leque na coxa da menina. Estamos lhe dando porco demais?

Não, madame, Pearl responde, aterrorizada. Ela tenta ajeitar o vestido.

Madame Lee cutuca a barriga de Pearl e a ponta de seu dedo desaparece. Acho que estamos, sim, ela diz. Você não terá mais almoço e jantar, apenas café da manhã. Nenhum homem quer dormir com um porco relaxado, concorda?

O peito de Pearl sobe e desce tão rápido que parece que ela está tentando se livrar do ar que tem no corpo. Não chore, não chore, repito mentalmente. Madame Lee passa para a próxima menina, com os olhos atentos. A menina treme, mas a mulher fica satisfeita. Em seguida vem Cloud, uma menina alta com um olho azul-acinzentado e outro preto-amarronzado.

Cloud, Madame Lee diz apenas, e a menina se encolhe toda. O cliente de ontem me contou uma história engraçada. Ele disse que você se recusou a atender um de seus pedidos. Sabe do que estou falando?

A menina fixa o olhar no chão, tremendo.

Cloud, Madame Lee repete. Então lhe dá um tapa. O som

ecoa pelo cômodo, um estalo que divide todas ao meio. Ninguém ousa se mover. Com exceção de Cloud, que solta um gemido doloroso. Suas lágrimas correm livres agora.

Menina patética, Madame Lee escarnece. Não merece trabalhar aqui. Acha que é dona deste lugar? Quando desobedece a um cliente, desobedece a mim.

Ela acena. Guardas emergem. Cloud começa a uivar quando os vê.

Por favor, madame, vou me sair melhor, farei o que quiserem, por favor, só me deixe ficar.

Mas os guardas já estão arrastando-a pela lavanderia rumo à porta dos fundos. Os gritos dela soam cada vez mais distantes, até que tudo fica quieto depois de uma batida.

Madame Lee segue adiante na fila. Que isso sirva de lição para todas vocês, ela diz. Quando desobedecem a um cliente, desobedecem a mim.

As meninas seguintes escapam com pouco – uma delas pintou os olhos errado, outra está usando um penteado que a faz parecer filha de um camponês. São coisas fáceis de consertar, Madame Lee só as faz prometer que isso nunca vai se repetir antes de prosseguir. A última menina diante da qual ela para é Swallow.

Todas prendemos o fôlego. Swallow é quase impecável – Madame Lee nunca parou para criticá-la. A própria Swallow parece estar surpresa, porque ergue os olhos rapidamente e volta a baixá-los.

Swallow, minha querida, Madame Lee murmura. Minha honesta, obediente e trabalhadora Swallow. Gostaria de me contar alguma coisa?

Swallow não diz nada, mas nega com a cabeça.

Nada sobre algo que possa ter ouvido?, Madame Lee insiste. Nada sobre alguém tentando ir embora de nosso lar?

Não sei de nada, madame, Swallow diz. Sua voz sai baixa, mas firme. Quem iria querer ir embora deste lar encantador?

Madame Lee não segue em frente. Permanece diante de Swallow, olhando para ela, sorrindo. Reconheço seu sorriso – é o sorriso de Jasper. O mesmo sorriso que ele me dirigiu antes de fechar a tampa do barril.

Antes que ela possa dizer qualquer coisa, a porta do bordel se abre com tudo. Três corpos entram. A fileira de meninas se desfaz e elas se espalham em todas as direções. Seus vestidos de seda esvoaçam no ar como enguias coloridas. Os dois guardas se dispersam – um vai atrás das meninas, o outro procura proteger Madame Lee.

Vejo de relance cabelos pretos misturados com amarelos. É Samuel e seus dois meios-irmãos. Os três estão emaranhados como cobras.

Acabem com isso!, Madame Lee grita.

Os guardas avançam para separar os três. Samuel está arfando. Um líquido escuro escorre de seu nariz. Eu me pergunto se está ferido, mas então ele olha para mim e assente. É o sinal. Saio do meu lugar ao pé da escada e vou para o meio do cômodo. Ninguém repara.

Como ousam?, Madame Lee pergunta, ofegante. Como ousam se comportar assim no meu estabelecimento?

Viemos buscar a menina, um dos meios-irmãos diz.

Menina?, Madame Lee repete. Que menina?

Aquela menina, o outro meio-irmão diz, apontando na minha direção.

Um silêncio recai sobre o cômodo e todas as cabeças se viram para mim. Sinto os olhos de Swallow na minha pele.

Ela?, Madame Lee pergunta, incrédula. Recebi instruções de meus chefes para que ela seja exclusiva do seu irmão, como sabem. Por que os cavalheiros não escolhem outra? Posso lhes dar quatro, cinco, quantas satisfazerem seu apetite!

É mesmo?, o primeiro meio-irmão diz, soltando-se do guarda que o segurava. Então por que Mule nos disse que vai oferecê-la a outros homens a partir de hoje?

Madame Lee olha pasma para eles. Agora não há volta, penso. O plano tem que funcionar. Qualquer outra coisa resultaria na ira dela, e na minha morte.

Ele passa o dia todo se vangloriando de que essa menina é boa de cama, o outro meio-irmão diz. Sua voz é bem diferente da voz do irmão – mais baixa, mais grave. Lembra um lobo.

Queremos comprovar por nós mesmos, o primeiro meio-irmão diz. Queremos ver se a menina é tão boa quanto ele diz. Se é verdade que ela pode virar um homem do avesso.

Com a boca aberta, em choque, as meninas se viram para Madame Lee. A política sempre foi clara: clientes que destroem a propriedade ou desrespeitam a madame são banidos do bordel. Aqueles dois homens não estavam longe de fazer ambas as coisas.

Por um longo tempo, Madame Lee não diz nada. Então acena, e os guardas recuam.

Vocês invadiram meu lar e perturbaram a paz, ela diz. Assustaram minhas meninas. E agora querem fazer negócio. Conseguem ver que a coisa não parece boa para vocês, cavalheiros?

Talvez, o segundo meio-irmão responde. Mas me pergunto se os seus chefes ficarão felizes ao descobrir que você toma suas próprias decisões e desobedece às ordens deles. O que nos impede de ir até lá agora mesmo e contar? Imagino que jogarão você na rua, ou cortarão sua garganta, ou cortarão seus dedos cheios de anéis. O meio-irmão cospe no chão aos pés dela. Madame, ele diz, com um sorriso malicioso. Até parece.

Ela não responde. Sei que está pensando no que foi dito. Pergunto-me o que fará, se a razão vencerá o orgulho.

Muito bem, Madame Lee diz por fim. Todo o calor se dissipa do cômodo. De agora em diante, ela é sua sempre que quiser. Agradeço sua discrição, cavalheiros. Será nosso segredinho.

Um momento, o primeiro meio-irmão diz. Precisamos inspecionar a mercadoria antes de comprar.

É verdade, o segundo meio-irmão completa, esfregando as mãos. Essas putas parecem todas iguais. Queremos vê-la de perto.

Madame Lee se vira para mim. Não precisa dizer nada: já sei o que fazer. Vou até os dois meios-irmãos e Samuel, sentindo todos os olhos do cômodo nas minhas costas. A cada passo, preciso me forçar a seguir. Lembrar como meus pés funcionam, como respirar. O plano. Tenho que seguir o plano.

Até que me coloco diante deles.

De minha posição, vejo que seus lábios parecem escorregadios. Quando me concentro de verdade, também vejo que eles têm um pouco de Samuel. Os dois me encaram, ambos sedentos.

Então, o primeiro meio-irmão diz.

Ah, o segundo meio-irmão diz.

Começo. O giro que pratiquei, o sorriso furtivo, os olhos semicerrados (com sombra cobre), o pescoço exposto. Tudo como treinado. Giro e ouço os dois meios-irmãos ofegantes. Giro e noto os olhos de Madame Lee – ela parece maior do que nunca, com as bochechas coradas de agitação, mas satisfeita. Giro de novo e noto os olhos de Pearl – deslumbrada, boquiaberta. Giro de novo e tento notar os olhos de Swallow, mas ela não está olhando para mim, e sim para o chão, depois para os guardas, depois para o chão de novo. Finalmente, giro uma última vez e noto os olhos de Samuel, os olhos que eu estava esperando o tempo todo.

Assinto.

Vocês... não podem... ficar... com ela!

Samuel ganha vida, usando seu corpo pequeno e firme para empurrar o primeiro meio-irmão com tudo. Anos de frustração, fúria, tristeza e isolamento vêm à tona quando ele avança. Samuel lança o primeiro meio-irmão na direção de um grupo de meninas reunidas no outro extremo do cômodo. O homem cai em cima delas, derrubando duas. Os guardas correm para desvencilhá-las.

Mas Samuel ainda não terminou. Ele empurra o segundo meio-irmão, talvez ainda mais forte, tomado pela fúria e pelo desespero. O segundo meio-irmão aterrissa sobre um dos guardas.

Agora!

É minha deixa. Samuel pega minha mão e eu me sinto sendo puxada para trás. Madame Lee levanta a cabeça e vem em nossa direção, com a boca aberta em um terrível "O". Os meios-irmãos tentam se levantar e se desemaranhar das meninas e dos guardas, que foram pegos de surpresa. Como não recebem ordens claras de Madame Lee, acabam se demorando.

O que ninguém, nem Madame Lee nem os guardas nem nenhuma das meninas, percebe é que a porta foi aberta quando os três homens entraram aos tropeços, mas nunca foi fechada. Só eu e Samuel sabemos disso, porque foi como planejamos. E será assim que venceremos.

A mão de Samuel na minha é a única coisa de que tenho consciência, a única coisa que posso seguir. Ele me puxa para a porta – não sei nem se meus pés tocam o chão. De repente, estamos lá fora, fora do bordel, fora do terror, com os gritos das meninas nos perseguindo e o rugido furioso de Madame Lee estilhaçando todos os ossos da cidade.

Os guardas irrompem do bordel diante das ordens dela (Peguem-nos! Peguem-nos!) e vêm atrás de nós. Algo tomou conta de mim, no entanto, algo que me permite acompanhar o ritmo de Samuel, algo que faz meus braços se movimentarem tão rápido quanto os dele. Corremos – voamos – pela rua, em meio às luzes vermelhas e amarelas dos estabelecimentos ao redor, ao barulho de música e risadas, ao tilintar das panelas e frigideiras, ao tamborilar incessante, e acho até que ouço peças de *mahjong* sendo movimentadas, batendo umas contra as outras. Nossos corpos são guiados por uma força além de nós. Viro a cabeça e vejo os guardas tentando nos alcançar, mas, enquanto eles perdem velocidade, nós ganhamos. A magia está do nosso lado.

As pessoas saem do nosso caminho em uma surpresa tardia. Samuel sabe o caminho, sabe para onde está me levando. Fazemos curvas fechadas em becos, emergimos em ruas que não conheço, damos meia-volta, viramos, viramos, viramos. Nunca vi as ruas de São Francisco e não fazia ideia de que a cidade tinha morros tão íngremes. Minhas pernas queimam, minhas coxas estão moles, não sou nada mais que carne pulverizada, e o ponto onde meu ombro encontra meu peito protesta com meus braços indo para a frente e para trás, para a frente e para trás. Mas não paramos. Continuamos correndo. Corremos até nossos pulmões virarem areia quente e uma cobra se contorcer em minha garganta.

Então somos apenas nós, sozinhos com nossa respiração, que não passa de um ruído estridente. Samuel leva um dedo aos lábios, com os olhos arregalados.

Tentamos ouvir. Passos, gritos, corpos caindo na terra. Mas não há nada. Ainda assim, não nos movemos. Precisamos ter certeza. Um minuto, depois cinco, depois dez. Nada. Outro minuto, outros cinco, outros dez.

De novo, nada.

Então Samuel olha para mim, com um sorriso no rosto, feliz como nunca o vi. Um alívio toma conta de seu corpo e todas suas partes tensas relaxam.

Estamos livres.

Sorrio de volta. Então faço como prometi. Permito-me chorar.

8

Samuel puxa uma pedra solta da parede atrás de mim. Vejo sua mão desaparecer e retornar com um pacote. Ele o coloca em meus braços.

Vista isso, Samuel diz.

Essa parte do plano foi ideia minha. Nunca levariam uma menina chinesa a Idaho. Já um menino chinês… Seria só mais um corpo nas minas.

Começo a desabotoar o vestido. Estou ansiosa para me livrar do meu uniforme maldito. Algo me impede, no entanto. Olho para cima e vejo dois brilhos na noite: o branco dos olhos de Samuel me seguindo.

Vire-se, digo, e não acho que estou sendo maldosa.

Os brancos desaparecem. Bem devagar, noto. Mas agora não é o momento. Posso lidar com isso depois.

Termino de desabotoar o vestido e o desço pelo corpo. O tecido pega nas partes onde o suor se acumulou e formou uma salmoura grudenta. A brisa fresca da noite faz minha pele arder. Confiro se os brilhos brancos não retornaram antes de prosseguir.

No lugar das roupas do bordel, visto o que Samuel trouxe: calça preta, *chang shan* preto, sapatos de pano pretos. É bom voltar a usar roupas que escondem meu corpo, como se eu estivesse nadando no oceano e ninguém, nem Madame Lee, nem Jasper, pudesse me pegar.

Pode se virar agora, digo a Samuel.

Pego o último item do pacote, uma tesoura, e entrego a ele.

Sei que está escuro, digo, ajoelhando-me e tirando um pente do cabelo. Faça o melhor que puder.

Ele respira fundo. Então, pela terceira vez na vida, ouço o corte afiado da tesoura, mais ou menos na altura da minha bochecha. Uma mecha leve cai diante do meu corpo – eu a ouço ao passar. Outro corte. Já sinto a cabeça mais leve. Tudo parece mais leve sem o peso do bordel sobre mim. Os cortes prosseguem. Paro de contar e começo a conjecturar a quem Madame Lee vai dar meu quarto. Aposto que Pearl.

Ela sabia, digo a Samuel enquanto ele corta. Madame Lee sabia que alguém ia tentar escapar. Perguntou a Swallow a respeito. Como acha que descobriu?

As paredes não são grossas, ele responde, tomando cuidado para cortar reto.

Mesmo assim, murmuro. O que acontecerá com elas? Estou pensando em Swallow, pensando se ela vai contar a verdade a Madame Lee. Talvez sim. É mais ambiciosa do que eu imaginava.

A *tong* proprietária do bordel ficará furiosa, Samuel diz. Se descobrirem que Madame Lee estava agindo pelas costas deles, provavelmente será punida.

Madame Lee disse que pagaram um preço alto por mim, conto.

Então talvez mandem alguém para recuperar você.

Não digo nada. Não pensei nessa parte do plano. Para mim, o bordel começava e acabava naquela casa. No entanto, assim que as palavras saem da boca de Samuel, tenho certeza de que vou ser seguida. Por quem? Jasper?

Quando isso vai acabar...?, murmuro.

Samuel não diz nada. Não tem coragem de me dizer que deve ser assim.

Quando termina de cortar meu cabelo, ele pigarreia. Levo a mão à nuca e a esfrego, sentindo como me senti quando minha avó o cortou pela primeira vez, antes de me mandar a Zhifu. A pele exposta é lisa e cheia de vida. Pego as pontas espetadas do meu cabelo. Samuel cortou mais curto do que eu gostaria.

Obrigada, digo. E agora?

Não muito longe daqui, há uma estalagem onde três homens chineses aguardam por mim, prontos para partir para Boise pela manhã. Não sabem que você vai junto, Samuel diz, olhando para baixo. Acham que sou só eu. Foi tudo o que pude fazer em tão pouco tempo. Mas daremos um jeito.

Era tudo o que você podia fazer, eu o reasseguro, tentando não soar muito preocupada.

Quase me esqueci, ele diz, levando a mão ao bolso e tirando de lá meu novo documento de identificação. Madame Lee tinha documentos falsos para todas as suas garotas, mas, sem a proteção dela, eu nunca mais seria Peony.

Como conseguiu assim tão rápido?, pergunto.

Fui a uma *tong* rival, ele responde, orgulhoso. Disse que forneceria informações sobre a Hip Yee e quem a ajuda a lavar dinheiro em troca de dois documentos novos. Não foi uma decisão difícil para eles.

Samuel, digo, pensando em como ele era magro e frágil. Poderiam ter sequestrado ou matado você.

Mas não o fizeram, ele diz. E agora temos como partir. Pode acender um fósforo?

Faço como ele pede e seguro a chama sobre o papel. No topo, lê-se "Estados Unidos da América – Certificado de residência". Embaixo, há os detalhes da pessoa que devo me tornar, Jacob Li. No canto inferior esquerdo, há a foto de um garoto. Não somos nem um pouco parecidos, penso.

De repente, sinto um aguçamento súbito, como se antes tudo tivesse sido contado através da mesma névoa que encobria a cidade. Fica mais claro do que nunca que já não me encontro em um quarto em Zhifu, em um barril de carvão, em um bordel. Estou finalmente livre, mas com essa liberdade vem um novo decreto. Para me manter livre, devo me manter oculta. Preciso assumir rapidamente minha nova identidade, penso. Não tenho tempo de permitir que Daiyu venha à tona.

Apago o fósforo e estendo a mão para pegar o documento,

mas Samuel o dobra e o guarda no bolso. Eu fico com os documentos por enquanto, ele diz. O meu e o seu.

Não sei onde exatamente nos encontramos, mas sei que estamos longe do bordel e mais longe do mar do que antes. Quando chegamos à estalagem, o responsável pede para ver nossos documentos antes que possamos dizer qualquer coisa. Samuel os tira do bolso e entrega com pompa e segurança, mas estou nervosa. O menino da foto não parece comigo, mas é jovem o bastante para ter sido eu em algum momento. O estalajadeiro não percebe a diferença, só assente e aponta para as escadas. Dá para ver que não gosta da nossa companhia.

Subimos até o quarto andar, então nos dirigimos à segunda porta à esquerda. Samuel a abre e me faz entrar.

Três homens, como prometido. Todos chineses, como prometido. Estão sentados no chão e se sobressaltam com minha entrada, parecendo confusos. Há um catre desarrumado no canto e, ao lado, uma mesa com uma jarra de água. Eles estenderam os cobertores e lençóis da cama no chão. Há três pacotes junto à janela.

Está atrasado, um deles diz. Parece mais velho, com o cabelo grisalho. E trouxe alguém?

Este é…, Samuel começa a dizer.

Jacob, complemento depressa, lembrando-me do documento. Meu nome é Jacob Li.

Hum, o homem grisalho murmura, e concluo que ele é o chefe ali. Quem é você, Jacob?

Jacob é meu amigo, Samuel diz, com tranquilidade. Ficou sabendo da nossa viagem até Boise e quis vir junto.

Ah, o homem grisalho diz, aproximando-se. Não temos espaço para mais um.

Olhe só para ele, Samuel diz. É muito pequeno.

Posso ajudar, digo, com a voz baixa e rouca, como treinei. Posso fazer o que precisarem que eu faça.

O homem grisalho desdenha, chegando ainda mais perto.

Quero recuar, mas a porta está atrás de mim. Seu olho está sujo, Jacob, sabia disso?

Procuro me controlar para que minha expressão não se altere, para que meus lábios não se abram em um momento tolo de pânico. Esfrego os resquícios de sombra com a manga do *chang shan*, torcendo para que não tenham chegado a nenhuma conclusão. O homem grisalho ri outra vez, depois volta ao lugar onde estava quando entramos.

Não importa, ele diz. O que é um corpo a mais? Vocês dois podem dormir no chão. Não há cobertores o bastante para todos nós, então vão ter que se aquecer com as roupas do corpo. Ou talvez possam manter um ao outro aquecidos, ele comenta, e seus olhos brilham. Você gostaria disso, não é, garoto? Aposto que sim.

Os outros dois riem. Percebo que é a Samuel que o homem grisalho se dirige. Fico esperando que ele retalie de alguma forma, mas suas bochechas ficam coradas e tudo o que ele faz é assentir. Então gesticula para mim e vou para um canto, o mais longe possível dos três homens, muito consciente de que estão todos me observando, mesmo quando não parece.

Não consigo dormir. Tenho medo demais do que está por vir. Os roncos dos três homens ressoam pelo quarto. O piso duro de madeira faz meu quadril doer. Samuel tampouco dorme. Sei disso porque não o ouço se mover.

Penso no bordel. No rosto de Madame Lee quando percebeu o que estava acontecendo, sua fúria e seu medo – sim, medo – enquanto Samuel me puxava porta afora. O pânico das meninas quando um dos meios-irmãos caiu sobre elas, e os xingamentos dele. A única pessoa que não vi foi Swallow. O que ela estava fazendo nos últimos momentos antes de eu desaparecer?

Se eu voltar a São Francisco um dia, talvez Swallow esteja encarregada do bordel, talvez não seja mais chamada de Swallow, e sim de madame. Pelo menos àquela altura Peony será uma lembrança distante. A ideia me agrada, e me permito sorrir na escuridão. Acho que sinto Lin Daiyu sorrir em algum lugar dentro de mim também.

Antes que o sol nasça, já estamos de pé. A escuridão distorce o quarto, e os três homens são formas difusas que se levantam devagar, gemem e se espreguiçam. Samuel está sentado com os cotovelos nos joelhos, observando-me.

Você dormiu?, ele pergunta.

Um pouco, minto.

Descemos a escada. O lugar está vazio e o estalajadeiro não está. Os homens têm um pequeno fardo cada um, mas não tenho nada além das roupas que Samuel me deu.

Preciso me lembrar de me curvar quando ando, de colocar mais peso nos passos, de ocupar mais espaço. Meus ombros são espadas, meus braços são martelos. Cada movimento é uma afirmação, cada momento de quietude é uma pontuação.

Mestre Wang me disse uma vez que a caligrafia nos leva de volta ao Dao, a natureza celestial nos humanos. Comunicamos o Dao através de boas linhas. Assim, a maior conquista de todas é uma linha perfeita.

Para fazer uma boa linha, é preciso deslocar a ponta do pincel no meio de cada pincelada, o que evita que pelos rebeldes criem pontos. Uma boa linha, seja grossa ou fina, comunica força interior. Pertence a si mesma, sem deixar espaço para fraqueza ou desordem de espírito.

Esse é o tipo de homem que posso fingir ser, decido enquanto sigo adiante com os outros. Alguém forte, contínuo e íntegro, em vez de uma menina de lugar nenhum, como Daiyu.

Acho que está funcionando, porque os outros homens não olham para mim enquanto esperamos por algo diante da estalagem. Só Samuel, que está tremendo um pouco. Em São Francisco, as manhãs são frias independentemente da estação, e a água no ar poderia muito bem ser gelo.

Você nunca sobreviverá em Idaho se acha que isto é frio, o homem grisalho diz a Samuel. Aprume-se, garoto! Seja homem.

Cutuco Samuel, como uma maneira de sinalizar que deve ignorá-lo. Ele se afasta de mim. Vejo-o cerrar o maxilar para se impedir de tremer.

Uma carroça chega. O homem que a conduz é branco. Ele desce e se posiciona ao lado do veículo enquanto nos inspeciona.

Achei que tivesse falado quatro, ele diz ao homem grisalho, referindo-se a mim.

É um garoto pequeno, o homem grisalho garante, então aponta para Samuel. Ele tem dinheiro.

O condutor vai até Samuel, olhando para nós dois. Cem, diz. Cada.

Samuel solta uma risada nervosa. Senhor, é o dobro do que os outros estão pagando.

Eu disse cem, china, o condutor repete. Ou você tem algum problema no ouvido?

Samuel suspira. Enfia as mãos nos bolsos e pega uma algibeira. O condutor mantém os olhos nele. Ao seu lado, sinto-me muito pequena.

Isso, muito bem, garoto, o condutor diz quando Samuel lhe entrega o dinheiro. Agora subam.

Subimos na carroça. Eu me sento com os joelhos junto ao queixo, a bunda direto na madeira. O condutor vai na frente e grita para os cavalos partirem. A carroça sai, rangendo sob nosso peso.

Era o dinheiro que usaríamos para comer e dormir em Boise, Samuel sussurra para mim.

Dou de ombros, muito embora tais palavras me deixem em pânico, porque sei que o homem grisalho nos encara com os olhos estreitos. Está calculando alguma coisa. Ergo o queixo, torcendo para que isso me deixe mais masculina. Ele não desvia o rosto.

A carroça vai nos levar até Boise?, pergunto a Samuel. Não tenho ideia de quão longe fica.

Samuel esconde a risada na manga da camisa. Não, ela vai nos levar até a estação de trem.

Uma vez, minha avó me contou, muito antes de você chegar a este mundo, um comerciante britânico construiu uma longa estrada de ferro que passava diante do portão Xuanwu, em Beijing. Ele queria mostrar a tecnologia à corte imperial, mas os governantes temiam o trem. Consideravam-no peculiar e estranho ao extremo. Então mandaram desmantelar a ferrovia.

Sempre imaginei um trem como algo entre uma cobra e um dragão, uma criatura capaz de voar pelo mundo. Conforme nos aproximamos da estação, ouço o estrondo, sinto a terra vibrar. Sei que estou certa – um trem deve ser uma besta, viva, capaz de se mover.

A carroça para do lado de fora da bilheteria. O homem amarra os cavalos e vem nos entregar nossas passagens.

Quando chegarem a Boise, ele diz, digam que foi Jordy quem os mandou. Levarão vocês ao lugar certo.

Um a um, descemos da carroça. Parece estranho estar rodeada de gente, ser tão livre. Não estou aprisionada por ninguém, percebo, pela primeira vez em muito tempo. Aqui, há brancos e chineses por toda parte, carregando pacotes e malas, disparando e esquivando-se para entrar no trem. Sou lembrada dos meus primeiros dias em Zhifu, atordoada pela comoção e o som de tantas vozes. Eu me sinto uma criança outra vez.

Seguimos o homem grisalho até a bilheteria, onde verificam nossos documentos, depois nossas passagens, e mandam que sigamos em frente. Então vejo o trem. Não é uma cobra nem um dragão nem um meio-termo, e sim uma máquina preta gigantesca. Ela brilha sob o sol, soltando fumaça. Sob suas rodas enormes, vejo os trilhos de que minha avó falou. Pergunto-me como alguém pode ter construído algo assim.

Em chinês, "trem" é "carruagem de fogo". Acho que nunca vi um fogo tão extenso assim.

Nosso compartimento fica no fim do trem. Como vim de última hora, tenho que dividir a cama. Os três homens nem perguntam, só vão colocando suas coisas em cada um dos beliches. Samuel e eu trocamos um olhar.

Como eu disse, vocês podem esquentar um ao outro, o homem grisalho comenta. Ele e os outros dois riem e sobem cada um em sua cama.

Bem, Samuel diz, olhando para mim.

Bem, digo, evitando seus olhos.

Nós nos sentamos na cama e esperamos. O trem vibra em uma frequência frenética, e seus tremores fazem a pele dos meus pés coçar. Chuque-chuque-chuque-chuque, ele respira. Como se ofegasse e quisesse que todos a bordo ofegassem junto.

Quando o trem sai, eu me seguro a Samuel antes de lembrar que homens não fazem isso. Meu mundo inteiro se move, como aconteceu quando eu estava no barril de carvão no navio, mas prometo a mim mesma que desta vez, desta vez, não ficarei presa. Desta vez, vou me sair melhor. Tenho que me sair.

De Daiyu a Feng a Peony a Jacob Li. Quando voltarei a ser eu mesma? E, se voltar, saberei quem é essa pessoa?

À noite, Samuel e eu nos apertamos na cama. Ele me diz para ficar para dentro, porque sou menor. O homem grisalho está na cama em cima da nossa e geme ao se deitar. O colchão afunda um pouco sob seu peso, e minha vontade é de cutucá-lo, para me certificar de que continua ali. Todos percorremos um longo caminho. Nem perguntei a eles de onde são.

Vocês têm sorte de serem ambos pequenos, meninos, o homem grisalho diz lá de cima. Se fossem homens, nem caberiam aí.

Fico em silêncio.

Sinto algo quente na cintura. A mão de Samuel. Com essa mão, sinto que me pergunta se pode ficar assim perto de mim. Não nos tocamos desde o dia em que ele foi ao meu quarto e subiu em mim. Com essa mão na parte inferior das minhas costas, ele está me perguntando se eu recordo.

Ponho minha mão para trás e aperto a sua, colocando-a ao lado de seu corpo. Torço para que seja o bastante. Durma um pouco, é o que quero dizer. Durma um pouco, digo a mim mesma.

9

A primeira coisa que faço em Boise é procurar o mar.

Desde que consigo me lembrar, sempre houve um mar às minhas costas, meu cabelo sempre cheirou a sal. Tanto na China quanto nos Estados Unidos, pelo menos sempre vi a mesma massa de água. Gosto de pensar que, nesse sentido, não estou tão longe de onde estava.

Boise, no entanto, não tem mar. Não tem porto, não tem gaivotas voando no céu, não tem umidade no ar. A maior parte dos rostos são brancos. Muito poucos, percebo quando saímos da estação, se parecem com o meu. Somos uma anomalia aqui, avançando juntos pelas ruas em nossos *chang shans*, e a trança de um dos homens chama a atenção de um menino de olhos verdes. Ele puxa a saia da mãe e aponta. Ela olha para nós e o puxa consigo, mas não sem antes franzir os lábios e o nariz.

Achei que você tinha dito que ia ser fácil ir daqui para a China, sussurro para Samuel.

E vai, ele insiste.

Onde estão todos os chineses?, pergunto. Você disse que tinha vários aqui.

E tem, Samuel afirma. Ou tinha.

Há muitas árvores em Boise. A brisa da tarde de agosto é fresca e deliciosa. O outono se anuncia pela cidade, com vermelhos, laranja e amarelos coroando o topo dos choupos e bordos. Tudo parece mais espaçado, como se tivéssemos espaço para simplesmente ser. Vou me dar bem aqui, penso.

Chegamos a uma estalagem no centro, do lado de fora da qual grupos de chineses se reúnem. Alguns usam calça e jaqueta, outros usam *chang shans* compridos como os nossos. Muitos mantêm sua trança. Fico impressionada com eles – diferentes dos homens de onde vim, no entanto iguais; carne, osso, sangue, tudo familiar, tudo próximo a mim. Sinto uma necessidade intensa de pedir que me levem para casa, de falar com eles em uma língua que não seja inglês, de simplesmente ficar ao lado deles e sentir, por um momento, alívio.

Lá dentro, o estalajadeiro, que também é chinês, nos dá as boas-vindas. O lugar fica anexo a um templo chinês, mas, enquanto os templos em Zhifu eram majestosos, com telhados curvados e preciosos azulejos, este é apenas uma construção de toras de madeira de dois andares, sem nada de extraordinário.

Não era o que estava esperando?, Samuel brinca ao ver minha confusão. Então, mais sério, ele explica que esse tipo de templo pode ser encontrado em Idaho e mais a oeste, segundo histórias que ouviu de chineses que retornaram da região. Dá para chamar isso de templo ou de ponto de encontro, Samuel diz. Ou até mesmo de casa de aposta. Por aqui, é tudo o que temos. Pelo menos nenhum homem branco tem autorização para entrar.

Onde ficam os outros?, pergunto.

O estalajadeiro pega um mapa e circula as cidades e regiões onde sabe que há templos. Guardo o mapa no bolso da camisa. Samuel disse, É tudo o que temos, e lembro que faço parte desse "nós" oculto. Gosto de saber que esses templos estão espalhados pelo estado, que mesmo em um lugar que me é tão pouco familiar como este há pequenos lembretes de como é se sentir em casa.

Samuel paga pelo nosso quarto com o dinheiro que sobrou. Garanto que ele peça camas separadas. É pequeno e ordinário, mas também é a primeira vez que ficamos a sós em algum tempo. Os outros três homens vão para o quarto ao lado do nosso. As tábuas do piso rangem com seus corpos se dispersando e se acomodando. Pela manhã, encontraremos o homem que nos ajudará a conseguir trabalho.

Bem, Samuel diz, sentando-se no que imagino que vá ser sua cama.

Bem, digo, com a voz normal em vez do tom grave que criei para mim mesma.

Estou segura. Finalmente, finalmente, depois de fugir, correr, esconder-me e esquivar-me, estou segura. Aqui não há Jasper, Madame Lee ou meios-irmãos. Penso no caractere para voar, 飛, seu corpo um ninho de asas, e o traço em minha coxa, passando o dedo de um lado a outro, de um lado a outro, cada vez mais forte, mais feliz, mais livre, até imaginar que o caractere deve estar maior que meu corpo, maior que o catre, maior que o quarto.

Ainda não posso ser eu mesma aqui, mas tudo bem. Pelo menos posso imaginar que sou feita de asas.

Sonho com uma floresta. Árvores altas, com galhos que parecem toldos. A grama um pouco úmida. Estou descalça.

Não estou só. Meu primeiro pensamento é que Lin Daiyu está comigo, mas me sinto pesada, de modo que ela ainda deve se encontrar dentro de mim. Quem quer que seja a pessoa, não a vejo, só a sinto ao meu lado e a ouço. Eu me viro, mas ela está escondida por uma névoa densa.

Estamos indo a algum lugar, eu e a pessoa que não consigo ver. À nossa volta, os pássaros trinam, e sua música não é reconfortante, mas misteriosa e provocante.

A pessoa que me acompanha para. Eu prossigo. Ela me diz alguma coisa, grita, mas o grito é abafado e tudo o que ouço é um rugido nos ouvidos, como o barulho do mar em Zhifu, como um cobertor na minha cabeça, sufocando-me.

À noite, sinto uma pressão nas costas. Dou um pulo, mas algo toca minha garganta, uma lâmina afiada e fria.

Silêncio, alguém sussurra em meu ouvido. Ou contarei a todo mundo quem você realmente é.

Conheço essa voz. É do homem grisalho.

Achou que eu não fosse descobrir?, ele sussurra, e sinto seu hálito azedo. Eu sabia que tinha algo de diferente em você.

Uma sombra se desloca pelo quarto. Samuel está aqui também, eu lembro. Samuel, meu bondoso salvador, Samuel, o menino chorão que me ajudou a chegar até aqui.

Me ajude, peço a ele.

No entanto, Samuel não se move. Só afunda no chão, e meu coração afunda junto.

Então o homem grisalho abaixa minha calça. Depois abaixa a sua. Depois sinto algo contra minha bunda, algo macio, flácido, morno. Repetidas vezes, sinto seu órgão pulsando contra mim, carnudo, desesperado. Ele não consegue, dou-me conta.

O homem grisalho xinga. Algo escorre pelas minhas costas: uma mão, os dedos gelados. Ela desce pela minha pele até se enfiar entre minhas pernas, e sinto aquela frieza me adentrar por onde ninguém nunca me tocou, até agora.

O homem se esfrega em meu cabelo tosado, seu hálito umedece minha orelha por trás. Seus dedos secos me arranham por dentro, como se ele tentasse me esvaziar de algo que quisesse para si. Penso em suas unhas sujas, com terra embaixo, nos nós dos dedos quadrados, e sinto tudo. Suas unhas deixarão cicatrizes. Pare, penso. Pare, pare, pare.

Do outro lado, Samuel começa a chorar.

Deve ser isso que a desperta. Os dedos do homem grisalho continuam a me arranhar, e a dor é forte. É como se ele esfregasse por dentro. A cada movimento de sua mão, sinto Lin Daiyu crescer dentro de mim, até ficar maior que nós dois, até sair de mim e ver nossos corpos lá de cima.

Fico esperando que ela pegue a faca dele e corte sua garganta. Ou arranque seus dedos. Ou faça qualquer outra coisa além do que está fazendo, que é gritar Pare, pare, pare, como eu. Aqui, somos ambas órfãs de mãe e pai, uma um fantasma e outra pouco mais que isso, ambas acreditando muito em si mesmas sem que isso dê em nada. Olhe só para nós, Lin

Daiyu, quero dizer entre os gritos. Talvez sejamos iguais, no fim das contas.

Quando termina, e não sei o que terminar significa, porque estou concentrada na luz da vela iluminando o rosto de Samuel, o homem grisalho sai de cima de mim e deixa um rastro leitoso no colchão. Eu me solto de seus braços frouxos e subo minha calça até a cintura. É estranho ficar de pé. Parece que estou vazando.

Obrigado, menino, ele diz a Samuel, e abotoa a calça. Talvez agora eu o chame de homem.

Tudo o que consigo ver é Jasper, tudo o que consigo sentir é seu sorriso prateado, como ele riria se pudesse me ver agora, o homem grisalho não é diferente de Madame Lee, que não é diferente do próprio Jasper. Como o mal está todo conectado. O espaço entre minhas pernas parece vazio, inútil. O homem grisalho me olha como se dissesse: Vamos repetir isso depois. Então vai embora.

A figura encolhida contra a parede solta outro soluço de choro.

Você deixou que ele fizesse isso comigo, digo. Não fez nada para impedir. O que sua irmã diria?

Samuel se curva sobre si mesmo e geme. Estou chorando também.

Você não é melhor que seus meios-irmãos demoníacos, digo.

Lin Daiyu continua flutuando sobre nós. Suas lágrimas explodem quando tocam a pele de Samuel. Que vergonha!, ela grita. Que a morte o encontre depressa!

Ele já sabia, Samuel alega. Disse que só queria entrar para falar com você. Disse que um homem de verdade entenderia.

Ele estava certo, cuspo. Antes, você era bom. Agora, não é nada além de um homem.

Isso faz Samuel recuar, o que me deixa feliz. A dor na minha barriga aumenta. O homem grisalho levou minha parte mais preciosa, algo que eu não queria lhe dar. Que eu não estava pronta para entregar. Algo que era meu. Por que não podia ser meu para sempre, ou pelo tempo que eu quisesse?

Você disse que deveria sua vida a mim se escapássemos, Samuel choraminga.

Não assim, digo.

Ele não levanta a cabeça para me olhar. Vá embora, diz, chorando. Vá embora, se me odeia tanto.

A euforia da minha liberdade recente há muito se foi. Não posso mais confiar nele, nunca deveria ter confiado em ninguém. Eu deveria saber disso. Agora sei.

Lin Daiyu desce do teto e volta a entrar pela minha garganta, levando nossas lágrimas consigo. Calço os sapatos, abro os ombros e volto a me tornar Jacob Li. Tento não pensar no ardor entre minhas pernas, em quanto quero chorar e nunca mais parar. Em vez disso, procuro sentir a certeza do peso de Lin Daiyu dentro de mim. Antes de sair, enfio a mão no bolso da jaqueta de Samuel e pego meu documento. Ele não se move.

O corredor lá fora está quieto e preto, mas não me sufoca. Fico feliz em vê-lo. Piso na escuridão.

Você não está sozinha, repito para mim mesma.

Você não está sozinha, Lin Daiyu confirma. Atrás de nós, Samuel solta um lamento sofrido.

Fecho a porta.

PARTE III

Pierce, Idaho

Primavera de 1885

1

A mulher continua deitada na cama. Quer se sentar, mas a criada insiste para que não o faça, argumentando que isso exigiria muito dela. A mulher sabe que deve ouvi-la, portanto permanece deitada, olhando para a tapeçaria que cobre a cama. Acima, nuvens brancas e uma plantação de juncos. O vento empurra tudo para um lado. Na tapeçaria do céu, o corpo fino dos grous a faz lembrar das sobrancelhas pintadas de sua tia. Ela olha para cima, perguntando-se quando vai parar de sentir aquele gosto de terra.

O que começou como um rumor – de que o homem que ela ama estava noivo de outra pessoa – tomou corpo e se tornou um decreto, estrangulando-a. Alto demais, alto demais, ela pensa. Haviam chegado ao fim os dias de acreditar que poderiam ficar juntos. Havia sempre alguma profecia, sempre um destino no caminho. Agora ela sabia que não era para ser.

Com as costas apoiadas nas fronhas de seda, ela sente aquilo que chamam de sangue pulsando sob sua pele, querendo sair.

É melhor a senhora se deitar, a criada insiste. A mulher não quer ouvi-la. Sabe que essa deve ser a sensação de ter o coração partido. Sentiu o mesmo quando sua mãe morreu, mas agora parecia muito pior. Tudo o que sabe é que precisa acabar com isso.

A mulher sente um grande inchaço, como se um mundo todo crescesse dentro de si. Está em seu estômago agora, uma massa de sofrimento. Está em seu peito agora, pressionando suas costelas. Está em sua garganta agora, um saco cheio de polpa, estourando.

Ela não sabe aonde isso levará, mas sabe que, se encontrar

a coisa, vai se sentir melhor. Por isso, abre a boca, e a coisa sai. Respingos carmesim mancham sua camisola branca, a colcha de seda cor de mel, os dedos de suas meias. As criadas pulam para trás.

A mulher acha que é a coisa mais linda que já viu. Sente-se muito melhor. Por que estão me olhando assim?, quer perguntar para as criadas. Quando abre a boca, no entanto, não sai som. Só aquilo que chamam de sangue, com ferocidade.

Ela sente que está afundando na cama, sente o corpo todo envelopado por travesseiros, agora pintados de vermelho. Inclina a cabeça e assiste ao vermelho empapar a frente de sua camisola. Sente o esterno quente, depois muito frio.

As criadas se movimentam depressa agora, gritando umas com as outras, perguntando o que fazer. Uma delas questiona se deveria ir *buscá-lo*, outra diz que talvez não seja uma boa ideia, considerando que é o dia do casamento dele. Algumas choram. A mulher quer pedir que fiquem quietas, que a deixem desfrutar do momento, mas elas não entendem. Não conseguem evitar o medo.

Ela mesma não tem medo. Permite-se voltar a olhar para o teto. Quando deixa a visão borrar, parece que os grous batem as asas e que os juncos balançam de um lado a outro.

A mulher pensa no homem, que já foi um menino. Agora recém-casado. Ela sempre planejou esperar por ele, e ele prometeu esperar por ela. Passa-lhe pela cabeça que ele mentiu o tempo todo, mas a mulher prefere deixar a ideia para lá. Não importa mais, ela pensa. Acabou, e sou grata por isso.

As criadas estão quietas agora, com medo de se mexer. Elas a observam com os olhos cheios de lágrimas. Muitas ainda soluçam. A mulher se lembra do dia em que chegou, quando era apenas uma criança adoentada e sem mãe. Continua sendo uma criança adoentada e sem mãe, mas pelo menos agora sabe que não se resume a isso.

Os grous sobre ela se dobram e expandem, suas asas a atraem. A mulher estica o braço na direção deles e se sente escapulir, sente o corpo ser levado para o céu. Não sabia até agora que podia voar.

Mais tarde, quando contam a seu amado a notícia (não diante de sua nova esposa, claro), dizem que ela morreu em paz. Não mencionam que ela começou a cuspir sangue, que não conseguia parar. Não contam que o sangue a sufocou de dentro para fora.

2

A nevasca vem em algum momento da noite. Quando acordo, minha respiração forma nuvenzinhas cinza no ar. É manhã. Lá fora, o mundo congelou. Fico na cama só mais um pouquinho e fecho os olhos. O frio deixa meus dedos duros.

Em manhãs assim, recupero lembranças calorosas da minha infância, torcendo para que me aqueçam. Eis uma: o calor irradiando dos grandes vidros marrons em que minha mãe faz conservas de *suan cai*. Mais tarde, no jantar, os pedaços frisados pungentes e deliciosos acompanhando fatias de porco e batata. Outra: o calor nas dobras dos lenços que minha mãe usava no pescoço. A mais importante: ver a neve sentada sobre os ombros do meu pai, minha cabeça voltada para o céu enquanto os ombros dele aqueciam a parte de trás dos meus joelhos. Se pudesse me erguer um pouco mais, insisti com ele, eu poderia ver como é a neve antes de se transformar em neve.

Quando o inverno chegava à nossa pequena vila de pescadores, o frio não ia mais embora: permanecia no ar. Meu pai dizia que o frio se agarrava a todas as gotas de água que ainda não haviam encontrado seu lar no oceano, e que era aquilo que o fazia grudar em nossas roupas, nosso cabelo e até nossos ossos. Eu adorava o frio, adorava que nos fizesse ficar juntos dentro de casa. Quanto mais frio fazia lá fora, mais quente ficávamos lá dentro, os quatro rodeando uns aos outros como gatos.

Quando abro os olhos, estou de volta ao armário da loja. Vejo o cobertor vermelho em cima de mim, minhas roupas penduradas na parede, a madeira marrom da porta de correr. O sol já se levantou, o que significa que devo fazer o mesmo.

Levo as mãos à parte de trás dos joelhos para me aquecer por mais um momento. Sob eles, imagino os ombros do meu pai.

Nam me diz que não haverá carregamento hoje. Tem neve demais, ele explica, ninguém consegue entrar. Varra a frente, Jacob, por favor.

Calço botas de pelo e desapareço dentro do casaco.

Pierce é uma cidade mineradora que se tornou popular há alguns anos. Agora, sofre com os excessos dessa popularidade. Nam e Lum dizem que os dias de mineração já acabaram, com grande parte da terra exaurida por conta do *boom* anterior. Muitas das pessoas que vieram para cá no auge já foram embora, mas os vestígios do dinheiro e da esperança que trouxeram consigo permanecem aqui.

Antes, havia muitos chineses aqui, Nam me contou logo de início. Eles trabalhavam nas minas e recebiam um bom dinheiro por isso. Vinham todos à loja! Agora, não sobrou ninguém. Só a barbearia do Cheng e a lavanderia. E a gente.

Era isso que você e Lum faziam antes da loja?, perguntei. Trabalhavam como mineiros?

Ele não respondeu, preferindo olhar a distância enquanto revivia uma lembrança a que eu nunca teria acesso. Não o culpei por isso – imagino que eu deva ficar com a mesma cara sempre que penso em casa.

A loja, chamada Pierce Big Store, fica em uma construção no centro onde funcionava uma perfumaria que foi à falência, espremida entre a loja de artigos de couro e a alfaiataria. De fora, ninguém imagina que seja tão grande, mas a loja surpreende à sua maneira. Quem entra vê que o espaço é estreito, mas também comprido. Tão comprido que Nam e Lum conseguem expor nas prateleiras comida, artigos domésticos e até parte das ferragens que vendem. Nos fundos, há um cantinho com cestos de diferentes ervas e ingredientes medicinais – sementes de lótus, tâmara e *goji* secas – que deixam a loja sempre com um cheiro amargo, o que me lembra do jardim da minha avó. Ali, uma cortina de contas separa a loja do restante da construção. À direita, há um cômodo pequeno que antes era usado como armário. À esquerda, um cômodo maior onde Nam e Lum dormem. Mais para a frente no corredor, um depósito onde ficam os produtos que chegam, e depois uma cozinha pequena e um banheiro. Durmo no quartinho que antes era usado como armário. Não é muito diferente do meu quarto na escola de mestre Wang, por isso o adoro. O corredor leva a um beco nos fundos. Nam e Lum penduram a roupa lavada ali, que funciona como uma espécie de cerca, impedindo que as lojas vizinhas nos vejam.

Removo a neve da entrada até o sol estar alto no céu. Uma a uma, cabeças emergem das portas, lamentando os danos causados pela nevasca. O correio vai continuar fechado. Na porta ao lado, o alfaiate diz à esposa que terão sorte se um cliente que seja aparecer hoje. Cheng, o barbeiro, acena para mim de seu estabelecimento vazio. Mais para baixo na rua, as cortinas da Foster's se abrem, e o homem lá dentro olha pela janela e xinga. Ele também não receberá nenhum carregamento hoje. A neve atrasou tudo.

Nam está organizando o dinheiro no caixa quando volto para dentro. Ele fica olhando enquanto tiro o casaco. A neve cai em montes no chão.

Está frio lá fora?, ele pergunta. Gosta de fazer isso, perguntar coisas cuja resposta já sabe. É sua maneira de ser simpático comigo.

Confirmo com a cabeça, a ponta das orelhas queimando de frio. Posso limpar, digo, apontando para a água no chão.

Ele diz que é melhor eu ir ajudar Lum com o inventário de ontem primeiro. E não se esqueça de tomar água quente, Nam fala. Não faz bem para o corpo passar tanto frio.

A qualquer pessoa acompanhando o curso da minha vida, pode parecer que parte dela foi escolhida e reconstituída aqui, agora. Só que a reconstituição não é exata: no lugar de mestre Wang, há dois homens do sul da China que falam um chinês que não me é familiar, cheio de vogais cadenciadas e tons imperceptíveis; no lugar de caligrafia e calígrafos, há latas de alimentos, frutas secas e afins, e pessoas que compram essas coisas. E, em vez de Zhifu, eu me encontro em um lugar chamado Pierce, em um lugar chamado Idaho, em um lugar chamado Estados Unidos.

Mas o trabalho é o mesmo. Varrer, limpar, arrumar – tudo isso mimetiza meus dias com mestre Wang e a escola, e nesse sentido sinto algo que poderia ser chamado de alegria. Antes que o primeiro cliente entre na loja, varro e passo o esfregão duas vezes, tiro o pó das prateleiras, reponho o feijão (o produto que mais vende) e limpo as janelas. Nam com frequência diz que meu trabalho é imaculado. Quando isso acontece, sinto certo orgulho contido. Viu?, quero dizer a mestre Wang, com quem sonho um dia ver entrar pela porta. As coisas que me ensinou não foram desperdiçadas.

É um sonho improvável, eu sei. Mestre Wang nunca deixaria sua escola. Cada vez mais, no entanto, eu me vejo desejando que alguém visse tudo o que posso fazer com o que sei.

Quando a limpeza termina e as portas se abrem, vou para o quarto dos fundos, onde recebo carregamentos e faço o inventário. Se não precisar encontrar um fornecedor ou escrever cartas para contatos fora do estado, Lum se junta a mim nesse trabalho. Acima de tudo, ele adora a beleza da organização.

Há um acordo tácito entre eles: Nam lida com os clientes, Lum lida com os números. Nos fundos, conto os itens enquanto Lum anota tudo no livro-caixa. É um trabalho simples, tranquilo. Na hora do almoço, nós nos sentamos sobre caixas fechadas e comemos arroz quentinho e ovos de pata com sal. Às vezes, uma fatia de presunto do açougue da rua. Nam se junta a nós, mas sempre come depressa, porque adora receber os fregueses.

Pequeno e redondo, com 50 e poucos anos, Nam tem um rosto tão gorducho quanto um pãozinho, suas feições concentradas no meio, de modo que sempre parece haver mais carne que rosto. Quando ele ri, o que acontece com frequência, parece um recém-nascido, com as bochechas opalescentes, os olhinhos tal qual besouros, a boca aberta em uma alegria descarada. Sua trança – robusta, generosa, leve – combina com o restante dele. Quando a vejo balançando atrás dele, compreendo por que é Nam quem lida com os fregueses. Parece que poderia vender qualquer coisa a qualquer pessoa com sua natureza sincera e sua alegria sem fim. Sempre afável, sempre buscando agradar.

Lum é diferente. É uma cabeça mais alto que Nam, o que o torna um gigante em comparação a mim, e tem traços agudos e óculos redondos. Sua trança chega a tocar o chão. Mestre Wang uma vez me disse que homens com tranças longas respeitam o próprio corpo e o corpo de seus ancestrais, e é assim que sei que Lum é um bom homem. Ele se move depressa, fala pouco e sorri ainda menos. Lembra uma flauta de madeira, com a coluna sempre ereta e tão fino que o vento poderia soprar sem atingi-lo.

Juntos, eles formam uma estranha dupla. Mas trabalham bem assim há anos e me dão o que mais valorizo: a possibilidade de permanecer anônima, de trabalhar em silêncio e existir sem ser questionada. Em troca, eu lhes dou o mesmo, permitindo que sua história permaneça um mistério para mim. Quanto mais souber, penso, mais fácil será me apegar. Aprendi isso com Swallow.

Com a partida da maioria dos chineses, a Pierce Big Store não tem se saído bem. Nam e Lum continuam otimistas, principalmente Nam, que está sempre pensando em dias melhores. Seja por má sorte, seja por equívoco, a loja fica um pouco adiante do único outro magazine de Pierce. A Foster's é quase tão antiga quanto a cidade, e seus clientes são fiéis. A cidade toda é fiel. Nam e Lum, no entanto, continuam confiantes de que podem atrair mais clientes, por isso baixam os preços e fazem pedidos grandes. O trabalho duro nunca trai ninguém, Lum sempre comenta. É um de seus ditados preferidos.

Os clientes que ainda vem são, em maior parte, chineses. Não nasceram aqui, tendo vindo de Guangdong com a esperança de encontrar ouro e trabalho, e assim conseguir dinheiro para trazer a família também. Você me lembra do meu filho, um deles me diz, com lágrimas se acumulando nos olhos castanhos. Você me lembra de tudo, quero responder. É uma verdade infantil. Ele me lembra de algo que eu não sabia que poderia ser perdido – a sensação de estar onde se deve estar. Há uma diferença entre ser um recém-chegado e viver em um mundo que não se parece com você, que faz lembrar a todo momento de sua particularidade. Idaho é assim para mim. Portanto, quando nossos fregueses chineses pedem painço e cebolinha, quando compram alcaçuz e canela, eu os observo com ternura, acompanhando seus movimentos. Sinto sua falta, embora nem conheça você, quero dizer a um mineiro, ao homem da lavanderia, a um criado. Mas sempre me impeço de me aproximar mais, recordando aquela noite na estalagem em Boise, a dor entre minhas pernas e o choro.

Os poucos clientes brancos que vêm à nossa loja são furtivos, quietos. Agem como se tivessem feito algo errado só de estarem aqui. Nunca ficam muito tempo. Como são tão poucos, invento nomes e histórias para eles. Há uma mulher que está sempre de preto e compra apenas gengibre. Eu a chamo de viúva. Há um grupo de meninos que fica do lado de fora da loja, empurrando-se e rindo, desafiando uns aos outros a entrar. Quando um finalmente entra, eu o chamo de soldado.

Esses fregueses não bastam para manter a loja sempre em funcionamento, mas Nam e Lum não parecem preocupados – planejam atrair mais clientes brancos oferecendo os mesmos produtos da Foster's. Tampouco me preocupo. O que quer que aconteça com a loja, com os clientes, com Nam e Lum, não me importa. Os dias passam sem me tocar, como se eu tivesse sido arrancada, removida, colocada para assistir a tudo de lado. Sou o caractere de perdido, 迷, um grão de arroz que não vai a lugar nenhum. Quando falo, minha boca se move, mas estou longe. Quando varro, minhas mãos sentem a água do mar, não o cabo da vassoura. Meu corpo pode estar aqui, em Pierce, mas meu coração anseia por Zhifu.

Samuel mentiu. Idaho não fica mais perto da China, porque Idaho não tem mar. Aqui, não há navios que possam me levar de volta para casa. Só há terra, montanha, vale. Muita terra e muito verde. Quando, logo depois de sofrer violência pelas mãos do homem grisalho, perguntei à primeira pessoa que vi se podia me apontar a direção do porto, ela riu na minha cara. E me dei conta do que deveria ter sabido o tempo todo.

Quando Nam e Lum discutem sobre a loja e reclamam do clima, só aceno e murmuro em concordância, esperando que seja o bastante. Porque estou pensando na minha mãe, no meu pai, na minha avó, em mestre Wang e na escola de caligrafia. Até o momento em que cheguei a Pierce e encontrei a loja, minha vida se dividia em duas: antes e depois do sequestro. Agora, há mais uma divisão, uma possibilidade: o retorno. É aí que minha felicidade reside, e, quando a neve, o frio e os pesadelos do passado ameaçam me esmagar, penso no futuro, o futuro em que reencontro minha família, o futuro em que retorno à tutela de mestre Wang e me torno uma mestra calígrafa também. Nesse futuro, estou plena, satisfeita, bem. Nesse futuro, estou unificada.

3

Esta é a história de como um menino se tornou homem.

Mudei quando deixei Samuel em Boise aquela noite. Quando ganhei a rua, deixando o bocejo preto da escada da estalagem para trás, vi-me em uma nova realidade. Estava em uma cidade que não reconhecia e havia acabado de ser violada da maneira mais indescritível. Não teria como impedir outros homens de fazer o que homem grisalho havia acabado de fazer. Era pequena demais. Uma sombra passou diante de mim – alguém fazendo a patrulha ou um bêbado cambaleando de volta para casa. Quando ele se virou para me olhar, percebi que nunca mais estaria segura – não de verdade.

Eu tinha escapado do bordel, mas nunca escaparia dos homens ruins. Eram todos iguais, fosse na China, em São Francisco ou em Idaho. Era fácil localizar um animal ferido quando se estava com fome – e aqueles homens estavam sempre com fome.

Aquela noite, não dormi. Andei pela cidade até encontrar uma igreja com portas em arco bem grandes e altas, capazes de me esconder nas sombras quando me encolhia. Ainda era agosto, mas já ventava muito mais do que em São Francisco. Levei os dedos à boca e os chupei para mantê-los quentes. Dentro de mim, Lin Daiyu dormia e acordava, batendo contra minha caixa torácica. Nas sombras, ela não conseguia esquecer o homem grisalho. Não conseguia tirá-lo da cabeça.

Eu queria lutar contra a lembrança da mão do homem grisalho dentro de mim. Ele não tinha o direito. Então a raiva tomou conta de mim. Decidi que não podia mais ser Daiyu. Não até ter certeza de que não seria mais vulnerável a homens malvados. Não até voltar para casa.

O que significa ser um homem? Ser menino não era tão difícil. Fosse eu um moleque maltrapilho no mercado de peixes ou Feng, o estudante de caligrafia, podia simplesmente me chamar de menino e me tornar um. Só que ser um homem exige mais. Para que o estratagema funcione, a transformação deve se dar sob a pele, em todos os cantos de mim que nem sequer consegui compreender ainda.

O que significa ser um homem? Minhas experiências me diziam uma coisa: era uma questão de acreditar ser invencível e forte, dono de tudo.

Pelo resto da minha jornada, eu, Daiyu, teria que me manter escondida. Em meu lugar, Jacob Li emergiria.

Deixei Boise no dia seguinte, em busca de cidades com templos chineses como aquele que ficava anexo à estalagem. Tinha o mapa de Idaho que havia recebido e nenhum plano, mas acreditava que, em cidades com templos chineses, pelo menos eu não me destacaria muito. Perambulei por campos de mineração e cidades pequenas, lugares chamados Meridian, Middleton e Emmett. Ainda que a cidade tivesse mesmo um templo, eu nunca entrava nele, porque não conseguia tirar da cabeça o homem grisalho e os dedos furiosos de suas garras. Se eu continuasse em movimento, pensava, poderia sobreviver à violência e superá-la. Por isso seguia em frente, e quando começava a sentir aquela sensação insuportável de estar insegura, impura, exposta, me movia de novo, e de novo, e de novo. Até que o inverno veio e me vi em um lugar chamado Idaho City, com neve até os joelhos, impedida de me deslocar.

Em Idaho City, permiti que Jacob Li assumisse o controle por completo. Eis o que eu havia aprendido: nos Estados Unidos, ser menino era fácil, mas ser homem era essencial. Como homem, eu podia olhar para outros homens sem ter medo de ser visto.

Como homem, eu via muito mais. Via como eles olhavam para as mulheres quando acreditavam que ninguém mais prestava atenção, como seus olhos tentavam ver através da pele. Nesses homens, eu também via Jasper, o homem grisalho, Samuel, todos os clientes do bordel, os dois meios-irmãos. Via até Madame Lee. Eles estavam em toda parte, os homens malvados. A única maneira de escapar deles era me tornar eu mesma a versão mais crível de um homem.

Comecei a ficar de olho nos homens à minha volta, rastreando seus movimentos e maneirismos. Sempre começava com o corpo. Os pés, duas raízes firmemente plantadas na terra. As pernas, exigentes, capazes, feitas para caminhar, para chutar, para correr, para dar passos largos, para ir embora sempre que desejado, para ir aonde desse na telha sem qualquer impedimento. A parte logo abaixo do umbigo, o lugar onde residia todo o poder. Um lugar sobre o qual não falo. O meio do corpo, feito para rir alto, maduro com o conhecimento de que a morte é menos temível para os homens. Com esse conhecimento, a barriga fica livre para se expandir e encolher como quiser. O peito era mais próximo de um escudo de armas que de pele e ossos. Os braços ficavam prontos para pegar, balançar, furtar, representar. As mãos eram, ao mesmo tempo, palmas e punhos cerrados. O pescoço nunca se mostrava vulnerável. A cabeça era certeira.

Treinei o que via – deslocar o peso do corpo, franzir a testa, manter o peito e os ombros largos e poderosos. Esse modo de se movimentar não era fácil, porque pertencia a alguém que conhecia a perfeita liberdade. Como eu não conhecia, movia-me como menos que um homem. Mesmo assim, eu me movia. Aprendi a esconder minhas reações naturais, minha propensão a rir de pequenices que me encantavam, a lidar com as coisas com concisão e deliberação, e não com ternura.

Aquele inverno, trabalhei em um açougue onde nem me permitiam olhar para a carne. Lin Daiyu continuava a dormir dentro de mim, o vento incessante de Idaho levando-a ao estupor. Àquela altura, minhas bochechas eram sulcos, meus dentes eram vergonhosos. Durante o dia, eu ficava com os nervos à flor da pele, sempre atenta a cada movimento, a cada gesto, perguntando-me se teria me revelado ou não. À noite, ficava nas cabanas de toras que haviam sido abandonadas e transformadas em alojamento para os trabalhadores chineses, a maioria mineiros atrás de ouro em lugares que já haviam sido pilhados por homens brancos. Outros trabalhavam em lavanderias, onde cuspiam água com a boca para passar a roupa. Eu mal dormia, lembrando-me de que, da última vez que me permitira pegar no sono, acordara com o punho de um homem dentro de mim. Então ficava deitada ali, tentando ouvir qualquer alteração nos ruídos, com o corpo tenso, cada fibra de cada músculo bem contraída. Às vezes, sonhava acordada que Jasper ou a *tong* entravam pela porta e me arrastavam para a escuridão. Naquelas noites, eu me mantinha acordada beliscando a parte interna do braço.

O inverno tirava, mas também dava. Forçou-me a passar um tempo no mesmo lugar, o que não fazia desde que havia deixado Samuel em Boise. Com a estagnação, um plano emergiu: eu precisava encontrar uma maneira de voltar para a China. Sabia que estava longe do mar e que não tinha dinheiro suficiente para pagar pelo transporte. E não podia voltar para a Califórnia porque tinha medo da *tong* e de seus espiões, e mais ainda de Jasper. Precisaria encontrar outra saída.

Em frente ao tribunal no centro de Idaho City, paguei cinco dólares a um jovem mensageiro por um mapa de Idaho e região. Pelo mapa, descobri que havia outras rotas até o mar, portos com navios em um lugar chamado território de Washington. Eu poderia viajar para o Norte e depois para o Oeste, até que tudo o que visse fosse mar e céu. Lá, encontraria um navio de partida para a China. Na China, encontraria minha avó. Com minha avó, encontraria meus pais. Um dia, mestre Wang também. Um dia, abriria minha própria escola de caligrafia. Era um sonho difícil, mas não impossível. Tudo o que eu precisava, no fim das contas, era parar de me mover, ganhar dinheiro o suficiente para fazer a viagem ao Oeste e voltar para a China.

Então a primavera veio e o açougueiro disse que não tinha mais trabalho para mim, muito embora o estabelecimento estivesse mais movimentado que nunca. Não fui a única a ser dispensada – os trabalhadores com quem eu dividia hospedagem também se viram sem emprego quando seus antigos empregadores de repente decidiram que não precisavam de ajuda. Tive que voltar a me deslocar, gastando o pouco dinheiro que possuía para viajar até a próxima cidade, e a próxima depois dessa, aceitando qualquer trabalho que conseguisse encontrar. Recebia no máximo cinquenta centavos por um dia de trabalho. Tinha muito pouco.

Trabalhei como engraxate, em uma lavanderia e até como intérprete para uma família branca. Vendi flores, que carregava em dois cestos equilibrados nos extremos de uma vara apoiada em um ombro. Mas esses trabalhos eram difíceis de encontrar e ainda mais difíceis de manter – era como se toda cidade secasse ao meu toque. Tive que lembrar a mim mesma de me manter saciada comendo quase nada, guardando a pouca comida que conseguia comprar até o fim do dia, quando comia tudo de uma vez só. Pelo menos então eu podia fingir que estava cheia, mesmo que apenas por um momento.

Durante todo esse tempo, Lin Daiyu continuava dormindo.

Em Elk City, quando meu último trabalho, de novo em uma lavanderia, terminou, subi na traseira de uma carroça que seguia para noroeste. Ela não era a única – sempre havia um grupo de nós se movendo de um lugar a outro, procurando se estabelecer. A maior parte dos homens era de Guangzhou, de modo que eu não podia falar com eles, e nos entendíamos através da única língua que tínhamos em comum: o silêncio. Um a um, os homens saltavam quando a carroça parava. Alguns procuravam por um terreno para si. Outros, estavam fugindo. Alguns, como eu, tentavam encontrar o caminho de volta para casa.

Quando a carroça parou pela última vez, eu era a única que restava. Vi-me diante de uma loja e de dois homens que pareciam comigo pintando as palavras PIERCE BIG STORE na placa da fachada.

Diferentemente de mestre Wang, Nàm e Lum não pediram que eu me provasse. Contrataram-me na hora, oferecendo comida, abrigo e uma pequena soma pelo meu trabalho. Assim, alterei meu plano: se eu conseguisse economizar duzentos dólares, poderia iniciar minha jornada ao Oeste, ao território de Washington, e voltar à China. O dinheiro pagaria por viagem, hospedagem, comida e navio. E o mais importante: proteção. Minha ideia era esperar o inverno, trabalhar na primavera e economizar o máximo possível para partir ao fim do verão. Pierce seria a última cidade de Idaho em que eu trabalharia.

Àquela altura, eu não tinha dificuldade de me considerar Jacob Li. Mantinha o cabelo curto, acima das orelhas, com medo de que se deixasse crescer e fizesse uma trança aquilo abrandaria demais meu rosto. Mas havia outras coisas que não tinha levado em consideração. Um dia, Nam se perguntou em voz alta como minha garganta podia ser tão lisa, considerando minha idade. A partir daquele dia, comecei a usar um lenço enrolado no pescoço, para escondê-lo.

E havia as coisas mais difíceis. Os dois montinhos no meu peito pertenciam a uma mulher, o tipo de mulher que os homens queriam. Eu não era aquilo e não queria que os homens me quisessem, então passava um pano cor de creme no peito e a cada volta que dava me sentia endireitando, contendo meu poder no peito, ficando mais firme e menos vulnerável.

Quando acordei certa manhã, pouco depois de ter chegado a Pierce, e senti a cola fria entre minhas pernas, sabia mesmo sem ter olhado que havia chegado. Quando aquilo acontecia no bordel, Madame Lee forçava as meninas a enfiarem algodão lá no fundo e servir os clientes normalmente. As meninas faziam uma celebração secreta quando uma de nós sangrava pela primeira vez. É um sinal de que você se tornou mulher, diziam. Naquela manhã, enquanto lavava minhas roupas de baixo com manchas de ferrugem na água fria, esfregando o tecido, deixei um soluço de choro escapar. Houve um tempo em que me tornar mulher, me tornar adulta, era algo que eu ansiava. Agora que finalmente era uma, aquilo só tornava tudo muito mais difícil.

O sangramento durou quatro dias. Meu estômago era um navio em meio a uma tempestade no mar, balançando e se debatendo. Cortei trapos que ficavam jogados pela loja e comecei a enfiá-los na calça, correndo para trocá-los a cada duas horas. Eu acordava cedo para lavar os trapos e tudo começava de novo. Quando o sangramento finalmente cessou, no quarto dia, voltei a respirar.

Era solitário ser Jacob Li.

Para concluir minha transformação, forcei-me a parar de treinar caligrafia quando era Jacob Li. Jacob Li não sabia caligrafia. Suas mãos eram grosseiras, ásperas, um tanto desajeitadas. Não sabiam segurar o pincel direito. Às vezes, quando a loja não estava cheia e eu me punha a olhar para o chão, tentando recordar a sensação do oceano no meu cabelo, de repente me pegava movendo o dedo para escrever um caractere contra a coxa. Jacob Li cerrava as mãos em punho e reprimia aquela necessidade.

Apenas à noite, quando ninguém está vendo, posso descansar e permitir que minhas mãos vaguem livres. Toco minhas coxas para sentir que continuam aqui, íntegras. Massageio meus seios, que coçam por causa do tecido apertado, e sinto como crescem ou encolhem de um dia para o outro. Acima de tudo, permito que minhas mãos tracem toda a caligrafia que desejarem, escrevendo e reescrevendo caracteres que estiveram comigo esse tempo todo, meus amigos e professores em momentos de necessidade. A sensação do meu dedo fazendo os traços, os pontos e as linhas é o bastante para me deixar com vontade de chorar. É um lembrete de que não me perdi, de que ainda estou viva.

Antes de pegar no sono, repito o plano, como faço toda noite. Partir de Pierce ao fim do verão. Ir para o território de Washington. Encontrar o caminho de volta até o outro lado do oceano.

4

Ele entra um dia em que a neve endureceu e se transformou em uma concha branca, cada passo dando a impressão de que ossos estão sendo esmagados. É um dia sem movimento, portanto Nam me pede para cuidar da loja enquanto faz o inventário nos fundos. Lum saiu a trabalho.

Ele entra, e é tão alto quanto Lum, as costas retas como uma tábua. Tem cabelo preto, sobrancelhas pretas e fortes, pescoço à mostra. A pele ali é outonal.

Ele pergunta pelo proprietário. Sua voz é suave, sai do peito. O som me envolve, chamando a atenção dos pelos dos meus braços, das minhas pernas e até de trás das minhas orelhas. Digo a ele que Nam está nos fundos e pergunto se gostaria que eu fosse buscá-lo.

Não há pressa, ele diz, posso esperar. Tento me ocupar, mas meus olhos ficam voltando para ele. É um jovem chinês, um dos mais jovens que já vi em Pierce. Há algo nele, algo em sua pele lisa e cor de pêssego, que me lembra de casa, de um jeito que não sinto há muito tempo.

Nam, que ouviu a porta se abrir, aparece. Por que não disse que temos um freguês?, ele me pergunta. Então se apressa para cumprimentar o jovem, limpando as mãos na calça.

Olá, o jovem diz. Você vende breu aqui?

Nam diz que não, mas que pode encomendar, se o jovem precisar. Nenhum de nós entende o pedido, mas a promessa de um novo cliente deixa Nam animado. O jovem se junta a ele no balcão e lista nomes de marcas do tipo de breu que está procurando.

Jacob, Nam me diz, preciso que vá para os fundos da loja. Acabou de chegar um carregamento de arroz para verificação.

O jovem se vira para me olhar, deixando que meu nome se encaixe ao molde da pessoa à sua frente. Seu rosto é calmo, seus olhos são sérios. Para ele, sou apenas um menino.

Penso no jovem o restante do dia.

Três semanas se passam. Neve suja se acumula nas ruas, empurrada para os lados para abrir caminho para a retomada da vida após a nevasca. As ruas estão enlameadas, a terra castigada forma picos de ondas marrons. Um vento uivante sucede a nevasca, cortando as árvores nuas e açoitando nossos rostos. Observo a placa de madeira da Foster's balançar. Pessoas passam, andando o mais rápido que podem. Ninguém ousa ficar do lado de fora por muito tempo.

Dentro da loja, no entanto, está quente. A fornalha no canto brilha alegre, e quando não temos clientes fico diante dela, virando as mãos de um lado e do outro até ficarem laranja. É outro dia sem muito movimento. Lum foi se encontrar com um fornecedor do outro lado da cidade. Nam me disse para ficar na frente e ajudar os clientes.

Ouço a porta se abrir atrás de mim e o uivo do vento que se segue.

Olá, ele diz.

Hoje, o jovem está usando um sobretudo preto e um chapéu que o faz parecer um menino. Aquilo me desarma, apesar da confiança visível em sua mandíbula.

Fico feliz em ver você outra vez, ele diz. Fui informado de que meu carregamento chegou.

Ele se aproxima sem hesitar. Suas pernas se movem, mas o restante do corpo não, como se fosse sustentado por uma corda. Projeto a mandíbula e endireito a coluna, em uma tentativa de imitar sua postura.

Sim, eu me ouço dizer. Volto para trás do balcão. O jovem

me segue, trazendo consigo o cheiro de chá e madeira muito velha. Dentro da minha cabeça, há um rugido fraco, como se o vento agora vivesse dentro de mim.

O breu está na gaveta sob o balcão, bem embrulhado em papel pardo e amarrado com barbante. Eu o pego e coloco sobre o balcão.

Quanto devo?, o jovem pergunta, pegando uma algibeira.

Cinquenta centavos, digo. Minha voz não quer sair. Ele assente e começa a colocar as moedas no balcão, uma a uma.

Eu deveria estar contando as moedas, mas em vez disso fico olhando para suas mãos. São boas mãos. Com dedos compridos, juntas baixas, resistentes, firmes. As unhas são largas e planas, o dedão é musculoso, as palmas são lisas. São mãos que mais parecem leques, como se pudessem se abrir e cobrir o mundo todo.

Você está bem?, eu o ouço perguntar.

Desculpe, eu digo, desviando o olhar. Coloco as moedas na palma e as deposito no caixa. Obrigado, volte sempre.

Seria possível tornar essa compra mensal?, ele pergunta da porta. Eu o vejo ali, com a mão na maçaneta, e penso que a única coisa o separa do calor desta loja e do vento violento é a porta. Penso que gostaria que ele ficasse aqui, compartilhando do calor. O jovem gira a maçaneta. Faço uma careta, esperando que o vento o leve para longe. Não vá, quero dizer. Mas só assinto.

Ele abre a porta. O vento geme, agitando um pouco seu sobretudo. Mantenha-se aquecido, o jovem me diz, erguendo as sobrancelhas em preocupação.

Eu o vejo se afastar, um borrão preto contra o dia cinza. Ele mantém a cabeça baixa para evitar o vento, com uma das mãos no chapéu e outra enfiada no bolso, segurando o breu. Eu observo até não conseguir mais vê-lo, passando os dedos pelo lugar onde as moedas foram depositadas.

Vou contar a Nam sobre o breu. Então retorno à fornalha e fico virando as mãos. É só depois de fazer isso cinco vezes que percebo que elas não precisam ser aquecidas, tampouco meu rosto ou meus membros. Meu corpo já está ardendo.

Depois que ele vai embora, digo a mim mesma para me manter longe. Porque, a esta altura, conheço a sensação de perigo: a pele queima, as pernas incham com sangue. O estômago sente fome mesmo que esteja cheio. Não sei por que o jovem faz com que me sinta assim, mas sei o que meu corpo está tentando me dizer: é uma ameaça. Desta vez, prometo ouvir. Não serei pega outra vez. Não haverá mais Jasper, Madames Lee, Samuel ou homens grisalhos. Serei apenas eu.

De novo e de novo, mestre Wang dizia. Pratique as pinceladas de novo e de novo, até que o caractere se materialize no ar quando fechar os olhos. Até que o entenda tão bem que tudo o que seu corpo precisa fazer é segui-lo.

Tenho treinado para este momento, colocando-me em perigo de novo e de novo, esperando pelo dia em que o reconheceria. Desde o começo, ser eu mesma só me levou à escuridão. Em vez disso, devo praticar apagar, revirar e recriar o eu até que tudo o que precise fazer seja desaparecer.

Nas semanas que se seguem, encontro maneiras de desaparecer quando vejo o jovem na loja. É fácil me agachar nos fundos e ficar ali até ouvir a porta se abrir e fechar outra vez. Lum não me pergunta nada, só me dá ordens por cima do livro-caixa. Nam sempre parece notar que estou sumida só depois, não antes. Não me importo. Para eles, sou apenas o pequeno e excêntrico Jacob Li.

Pelo menos estou viva. Pelo menos me resta fôlego para sobreviver mais uma noite. Digo a mim mesma para esquecê-lo, quem quer que seja. Dou um nome ao sentimento que fica comigo quando ouço sua voz se propagar pela loja. E digo a mim mesma que nada de bom pode vir de ser queimada viva.

5

Em março, a neve ainda cai, às vezes parecendo pó, às vezes como um cobertor jogado sobre nós, até que tudo – cantos, arestas, vales, picos – esteja coberto. Gosto de ver como o mundo se altera quando é tocado pela neve – galhos pendem sob a sombra branca, pedras pontiagudas se tornam redondas e macias, e me regozijo com o fato de que agora algo nivela homens e feras, pedindo para nos curvarmos diante do que não podemos controlar. Quando não tenho muito trabalho, caminho pela cidade imaginando como as árvores devem ser no verão, se dão flores ou não. Podem ser lavanda, coral, brancas. Podem ter frutos.

Os negócios finalmente estão melhorando. Nam e Lum estão felizes. Foster, por outro lado, não está. Nós o vemos do lado de fora da nossa loja, em silêncio, imóvel. O frio não o incomoda. É um homem pesado, que parece brigão. O orgulho de Pierce, de acordo com Lum, que encontrou um perfil dele na *Pierce City Miner*. Foster foi campeão de luta na juventude, e ainda apresenta sinais disso, com ombros largos e fortes, suas orelhas deformadas. Vê-lo me deixa perturbada – ele é uma ameaça diferente das que encontrei até agora. Talvez seja porque não precisa fazer nada. Ele sabe que sua presença é incômoda por si só.

Quando Foster assume seu lugar diante da loja pela quarta vez na semana, pergunto a Nam e Lum se devo dizer a ele para sair.

Não fale com aquele homem, Lum ordena. Desconfia das intenções de Foster, assim como desconfia de todo mundo, e ultimamente anda com o livro-caixa junto do peito, como se isso tornasse a loja impenetrável.

Nam retorce as mãos, mas, em questões como essa, sempre cede. Não tenho dúvida de que Foster tem boas intenções, ele me diz quando Lum sai. Só se preocupa com sua loja, assim como nós nos preocupamos com a nossa.

Isso porque nossos clientes brancos estão começando a se multiplicar. Eles nadam diante dos meus olhos como um único ser. Olá, como vai, posso ajudar com alguma coisa?, pergunto a eles. Devo ser uma espécie de assistente, como Nam coloca, alguém capaz de providenciar o que quer que eles precisem rapidamente. Esse é outro ponto em que podemos ser melhores que a Foster's.

Seu inglês não é tão ruim, uma mulher com cabelo cor de gelo me diz, como se me presenteasse com algo precioso.

Agradeço, embora não ache que se trate de um elogio. Por dentro, tenho vontade de lhe contar como aprendi a língua. Quero falar do quarto com uma janela pequena, tão alta que nem mesmo uma escada comum alcançaria. Quero falar da velha de bengala. De me debruçar sobre os livros, agachada, e permitir que sons estrangeiros saíssem da minha boca. Quero contar à mulher de quando fui enfiada em um balde cheio de carvão e atravessei o mar, tudo para chegar aqui, diante dela, que me diz que meu inglês não é tão ruim e espera que isso seja uma coisa boa.

Em vez disso, assinto e curvo meu corpo para que ela saiba que sou grata.

Outros não têm coisas tão agradáveis a dizer. Um senhor manda que pare de encará-lo e me chama de pagão amarelo. Uma menininha aponta para mim e pergunta ao pai por que tenho essa cara. Um menino não muito mais novo que eu ri e faz um gesto com os dedos. Outra mulher recua e chama o marido, que vem correndo e ameaça me prender por ter falado com sua esposa. Sou lembrada de como os homens olhavam para nós na Madame Lee – como se fôssemos algo completamente diferente, e portanto assustador. No bordel, eles superavam o medo nos dominando. Não tenho certeza do que farão aqui, mas estou começando a entender que, neste lugar chamado

Idaho, que faz parte do que chamam de Oeste, ser chinês ou chinesa é como ter uma doença. Quase dia sim, dia não, um dos homens do xerife vem e pede para ver nossos documentos. Entrego a folha amarelada que peguei de Samuel, a coisa mais preciosa que possuo. Como o estalajadeiro de São Francisco na noite em que escapei, os homens do xerife não veem diferença entre mim e o menino cuja foto aparece no meu documento. Tudo o que veem é uma pessoa chinesa.

Mais do que nunca, tenho plena consciência do que sou. O espaço entre meus olhos e meu nariz, meu nariz e meus lábios, meus lábios e meu queixo pode ser algo que me torna diferente, até mesmo inferior. Se meus pais pudessem me ver, dariam risada. O que faz você pensar que é tão especial?, perguntariam. Mas, aqui, sou mesmo especial. Os brancos fazem com que eu seja. Por que mais se afastariam quando passo, evitariam meus olhos, sussurrariam coisas que não posso ouvir? Meu corpo está coberto de sílabas em outra língua, o pergaminho de um reino que existe desde muito antes deles e continuará existindo até muito depois que eles se forem. Sou algo que não conseguem decifrar. Sou algo que temem. Todos nós somos.

Ainda assim, apesar da doença de sermos chineses, o número de clientes aumenta. Nossos preços são bons demais para que não aproveitem. Eles ficam alertas enquanto fazem compras, indo de uma prateleira a outra, com um olho na mercadoria e outro em busca de alguém que possa reconhecê-los, alguém que perguntará por que estão comprando sabonete dos chinas quando há uma boa loja americana mais adiante. Quando pagam, eles não falam, só botam as moedas no balcão antes de sair correndo de cabeça baixa.

Um dia no fim de março, com a temperatura alta e o sol iluminando nossas janelas, vejo um grupo se reunir do lado de fora da loja. É tão cedo que ainda não abrimos, por isso aceno e aponto para a placa de FECHADO à porta.

Ninguém responde ao meu aceno.

Eles se aproximam da porta. Acho que reconheço alguns: um homem branco que passa pela loja todo dia e nunca entra, só fica olhando para dentro como se pudesse começar um incêndio assim; uma mulher branca que às vezes vejo na mercearia; um homem loiro que entrou uma vez só para dizer que nunca compraria nada de nós. Há muitos outros que não reconheço, mas seus olhos me dizem que basta conhecer um para conhecer todos.

Nas mãos, carregam placas com letras grandes em tinta preta. RAÇA ODIOSA, leio em uma. MENINOS PEQUENOS, leio em outra. ESCÓRIA. CHINAS. PAGÃOS.

Ainda estou tentando entender o que as placas significam quando o grupo começa a gritar. Tudo começa com uma voz, frágil e fria. Então outra se junta a ela, aguda e anasalada, e mais outra, estrondosa e furiosa, depois outra e mais outra, até que não se trata mais de vozes separadas, e sim de uma só. Diante dos meus olhos, as pessoas se transformam de seres humanos em formas com pescoços, braços, pernas e uma única voz, uma voz terrível que soa como um trem parando.

Os chineses têm que ir embora, a voz entoa. Têm que ir, têm que ir, os chineses têm que ir embora!

Um dos homens brancos na frente da multidão dá um passo adiante e pressiona o rosto contra a vidraça, mostrando os dentes. Vejo dois caninos da cor do intestino de um porco. Ele estica os lábios sobre o vidro e a saliva brilha entre os dentes. Suas pálpebras se abrem, revelando finos padrões carmesim em contraste com o branco dos olhos. Quando me nota, o homem recua e cospe na minha cara. O cuspe aterrissa no vidro e escorre, mas me encolho mesmo assim. A multidão comemora.

Só então compreendo tudo. As placas são para nós. Os gritos são dirigidos a nós. A multidão está aqui por nossa causa.

Nam vem correndo dos fundos depois de ouvir os cânticos diante dos janelões. Estamos fechados, ele me diz antes de tudo.

Então seus olhos passam pela multidão lá fora, pelas letras nas placas, e sua voz se perde.

Eles simplesmente apareceram, digo, e percebo que estou gritando.

Nam não se move. Não sei de onde veio ou o que teve que suportar, mas tenho certeza de que nunca enfrentou esse tipo de coisa. Algo bate contra o vidro, e ambos nos encolhemos – alguém atirou uma maçã podre.

Decido agir. Antes que o próximo objeto possa acertar a janela, solto as persianas. Elas caem fazendo barulho, e em um instante o rosto raivoso desaparece. Mas as vozes continuam estrondosas. Se as maçãs podres não quebrarem as janelas, acho que as vozes podem consegui-lo.

O que faremos?, pergunto a Nam, afastando-me da janela e me colocando ao seu lado. Não podemos abrir a loja com esse tumulto lá fora.

Nam esfrega as têmporas e fecha os olhos com força. Está murmurando alguma coisa. Nam, chamo, em voz alta, e desta vez levo as mãos a seus braços e o sacudo. O que faremos?

Preciso pensar, ele responde com a voz fraca. Pela primeira vez, soa como um velho.

Sabemos que estão aí, a multidão grita. Covardes! Bastardos sorrateiros! Saiam, saiam, seus amarelos!

Mesmo com as persianas fechadas, estamos vulneráveis demais, expostos demais. Esconder os rostos lá fora só lhes deu mais poder, só permitiu que se transformassem em algo gigante e mortal. Não mais humanos, e sim feras.

Eles não nos conhecem, Nam diz, parecendo magoado. Falarei com eles. É tudo um mal-entendido. Sim, eles hão de ouvir.

Penso no homem com os dentes arreganhados, o rosto colado à janela. Digo a Nam que não acho que ouvirão.

Mas é tarde demais. Nam se move a uma velocidade surpreendente para um homem de sua idade, saindo do meu lado e chegando à porta antes que eu possa impedi-lo. Abro a boca para gritar NÃO, com a mão estendida, mas a comoção lá fora já inflou. Ele desaparece e a porta se fecha com um clique.

Então sinto mais uma vez o que já senti tantas outras – o medo chegando veloz, instantâneo. Corro para a janela e enfio um dedo entre as persianas.

Nam está lá fora, seu corpo redondo firmemente plantado no chão. A multidão se afasta ao vê-lo, recuando como uma única entidade. Nam diz alguma coisa com a voz calma e firme. A multidão fica quieta. Parece ouvir.

No entanto, algo acontece enquanto ele fala. A multidão volta a fazer barulho, primeiro baixo, então cada vez mais alto, até que os corpos poderiam grunhir sob o peso da raiva. Não ouço mais a voz de Nam. Acho que nem ele mesmo ouve. O homem que arreganhou os dentes está de volta à frente da multidão agora, olhando para Nam e gritando, suas orelhas vermelhas como ameixas.

Então acontece – depressa, quase depressa demais para que meus olhos vejam. Um objeto passa voando pela orelha do homem e aterrissa ao lado do pé direito de Nam, que se inclina para ver o que é. Pelo modo como congela, sei que está primeiro confuso, depois com medo. Afasto mais uma lâmina da persiana da outra para conseguir ver melhor, então percebo que é uma pedra.

Antes que Nam e eu possamos reagir, outra pedra cruza o ar, desta vez acertando a janela acima da minha cabeça. Arfo, afastando as mãos da persiana.

Então sei, sem precisar ver, que o caos irrompeu lá fora. Ouço vozes que não são mais vozes, e sim rosnados ferozes. Quando volto a espiar por entre a persiana, a multidão se dispersou, mas não para voltar para casa – estão todos avançando. Não consigo mais ver Nam – a multidão se fechou sobre ele, com as placas erguidas no alto e cada vez mais pedras atingindo as janelas, salpicando o vidro como granizo.

Tenho que trazê-lo para dentro, penso. Podem matá-lo.

A porta está bem ali. Consigo vê-la. Já a abri e fechei

centenas de vezes. Tudo o que preciso fazer é avançar alguns passos, atravessar o batente e pisar lá fora.

Mas aquilo que me manteve viva até agora me segura no lugar. O instinto confiável – de me proteger, de fugir – retorna, e meu corpo é rápido em lhe dar as boas-vindas. Meu corpo lembra bem.

Mova-se, grito. Fico ali, tentando sair de mim mesma, enquanto as vozes lá fora chegam perto de matar. Grito com minhas mãos, meus braços, minhas pernas, coisas que não reconheço mais, assim como não reconheço o coração que bate dentro de mim.

De novo, ela me ouve. De novo, ela vem me salvar. Sinto minha boca se abrir, sinto algo comprido, curvado e escorregadio cair no chão. Lin Daiyu rasteja para fora de mim e agora vai me salvar. Agora vai nos salvar.

Eu a vejo correr até a porta, mas quem faz isso sou eu. Vejo sua mão agarrar a maçaneta, girando-a. Ouço as vozes lá fora e deixo que me carreguem adiante. Sua fúria me atinge como água gelada. Lin Daiyu me diz para cobrir o rosto com os braços, e eu obedeço. Lin Daiyu diz que vai procurar por Nam, manda que eu tome cuidado com as pedras.

Ele está ali, deitado no chão, formando uma bola. A multidão dança à sua volta, chutando-o, cuspindo nele. Parem, digo, chorando, e odeio isso, porque não acho que muitos homens chorem. Lin Daiyu me joga na direção dele.

Matarei qualquer um que ferir você, ela promete.

Nam não se move. Eu me ajoelho ao seu lado. Não consigo parar de chorar. Por favor, digo à multidão. Eles fazem tanto barulho, seus dentes são tão afiados. Eu digo: Ele não fez nada de errado. Eu digo: Deixem-nos em paz.

Alguém agita a placa de RAÇA ODIOSA diante do meu rosto. Ergo os olhos e vejo o homem branco que arreganhou os dentes para mim. De perto, seu rosto é todo bexiguento, e ele parece enfeitiçado, como se tivesse encontrado ouro. O homem ergue a mão em punho. Se a multidão descobrir que sou uma garota, o que vai impedi-la de me violar como o homem grisalho fez? Mergulho e cubro o corpo de Nam com o meu, rezando para que Lin Daiyu faça como prometido.

Mas o que quer que eu esteja esperando não vem. Em vez disso, sinto alguém me levantar pelo *chang shan* e me arrastando para longe. Não!, grito, pensando em Nam, que continua no chão.

Pare de se debater, a voz que me arrasta grita. Pare! Temos que voltar para dentro.

A última coisa que vejo antes que a porta se feche é o homem branco que arreganhou os dentes para mim. A multidão continua agitada à sua volta, mas ele permanece imóvel. O homem ergue uma mão e aponta para mim, com a boca contorcida em um sorriso grotesco. Então se vira para a multidão e acena, fazendo todos se dispersarem como se fossem moscas. As vozes morrem. Um a um, eles voltam a ser homens e mulheres. Um a um, cospem à porta da Pierce Big Store antes de se virarem para ir embora.

6

Acabou, uma voz diz, de um lugar a anos de distância. Você está em segurança agora.

Mas Nam..., digo. Estou chorando, com o rosto no braço. Tudo o que consigo ver é seu corpo lá fora, nada além de um saco de terra, e os brutos que o chutaram repetidamente.

Ele está aqui, a voz responde, mais perto de mim que antes. Estamos a salvo. Pode olhar agora.

Espero que Lin Daiyu me diga para não o fazer. Como não ouço nada, levanto a cabeça.

Nam está deitado de costas no chão, as pernas formando o número quatro, os braços caídos sobre a barriga, mas gemendo, e não morto. Corro até ele.

Não estou ferido, ele diz ao me ver. Você está, Jacob?

Balanço a cabeça, indicando que não, que estou bem. Ele vê minhas lágrimas e ri.

Você está chorando por mim, diz. É bondade sua.

Alguém se move atrás de nós e me lembro de que não estamos sozinhos. Alguém nos salvou, alguém emergiu da multidão e nos apanhou, trouxe-nos para dentro em segurança. Eu me viro para encarar nosso salvador e agradecer, mas minha voz falha.

É ele. O jovem que vem comprar breu. Depois de todo o esforço que fiz para evitá-lo, ele está diante de mim.

Você está bem?, o jovem pergunta. Quer se levantar?

Ele me estende uma mão enluvada.

Não a aceito. Jasper foi um salvador, mas me salvou de uma ameaça só para me lançar em algo muito pior. Samuel também. A palavra "salvador" não significa nada para mim.

Você, digo. Por que está aqui?

Nam bate no meu braço. Qual é o seu problema?, ele pergunta. Esse jovem salvou nossa vida.

Mas Nam é velho e crédulo. Sei mais do que ele. A multidão era pequena a princípio, mas cresceu. Teria sido difícil para qualquer um se infiltrar nela, e mais ainda para alguém chinês. Aquilo só podia significar uma coisa – o jovem estava em meio à multidão o tempo todo.

Você é um deles!, grito. Olho em volta desvairada, procurando por Lin Daiyu. Chegou a hora de cumprir sua promessa. Mas fico chocada ao vê-la sentada sobre o balcão, passando os dedos pelo cabelo. Lin Daiyu me ignora.

Juro que não sou, o jovem diz.

Mentiroso! Fico de pé em um pulo e tento tirar Nam de perto do jovem. Ele protesta, afastando minhas mãos. Você estava misturado à multidão e agora está aqui conosco. O que quer? Por que o mandaram? É porque se parece conosco? Acharam que confiaríamos em você?

Jacob, Nam murmura. Um fio de sangue escorre por seu queixo.

A visão do sangue, somada ao horror do que acabou de acontecer, me domina. Solto Nam – ele cai no chão com um leve baque – e me afasto para que a bile jorre da minha boca.

Deixe-me…, o jovem começa a dizer, mas meu corpo se convulsiona antes que ele possa concluir a frase. Meu vômito sai fino como água. Na escuridão da minha mente, os rostos giram na multidão, as bocas se abrindo e fechando, tão vermelhas quanto a coisa escorrendo pelo queixo de Nam. Tenho certeza de que, se vomitar o bastante, tudo vai voltar a ser como era. O protesto nunca terá acontecido, este jovem não estará mais à nossa frente, Nam e eu não estaremos no chão. Voltarei a ser apenas Jacob Li, silencioso e confiável.

Quando termino, agora produzindo apenas sons vazios para o chão, percebo que vomitar tudo só me deixou sem nada.

Enxugo a boca com as costas da mão e tento me levantar.

Ele precisa de ajuda, o jovem diz, apontando para Nam. Pode ter quebrado uma ou duas costelas. E você mesmo não está bem. Pode me deixar ajudar, por favor? Pelo menos me deixe esperar com vocês até que o médico chegue. Mandei chamá-lo quando vi a multidão.

Suas palavras são bondosas, mas não confio nelas. Eu me viro para dizer algo a Nam, mas ele já está assentindo, chamando o jovem para mais perto com uma mão. O jovem não hesita. Avança e se inclina, passando uma mão por baixo da cabeça de Nam e apoiando a outra nas costas dele. Então os dois olham para mim.

Jacob, Nam diz. Venha ajudar.

Só machucou um pouco, o médico diz. Nenhuma costela quebrou.

Nam não pode se exceder, o que significa que não pode carregar nada pesado, erguer os braços acima do peito ou passar muito tempo de pé. O médico diz isso para Lum, que acabou de voltar de uma viagem de quatro dias até o condado de Murray, depois afirma que tivemos sorte.

O médico vai embora. A rua está mais silenciosa e vazia quando ele sai. Lum observa sua partida, furioso. Não compreende como isso pode ter acontecido. Nam e eu tentamos explicar, mas nem nós mesmos compreendemos inteiramente.

Há algo que possa ser feito?, Lum pergunta afinal, e sabemos que não espera uma resposta de nós.

O jovem, que aguardava nas sombras, aparece com um bule de chá quente.

E você, Lum diz. Você salvou os dois.

Nelson, o jovem diz. Meu nome é Nelson Wong.

Sou Lee Kee Nam, Nam diz. Estes são Leslie Lum e Jacob Li.

Nelson abaixa a cabeça para cada um de nós antes de servir o chá. Ele o faz com simplicidade, sem os floreios e gestos dos homens que tomavam chá com meus pais. O líquido tem um tom âmbar quente. Estou louca para bebê-lo, mas uma voz dentro de mim me impede.

Veneno, ela avisa.

É tarde demais – o chá foi servido aos proprietários, que só podem antecipar o alívio que trará. Antes que eu possa agir, Lum dá um gole sedento. Espero que ele solte a xícara, que a cerâmica caia no chão e se quebre. Espero que seus olhos saltem das órbitas, que ele leve as mãos ao pescoço, que se engasgue. O banquinho de madeira tomba atrás de mim. Estou pronta para jogar o chá quente no rosto de Nelson.

Lum engole, sente o cheiro e toma outro gole. Então deixa a xícara de lado e esfrega as mãos. Parece igual a antes.

O que há de errado com você?, ele pergunta ao me ver. Beba seu chá enquanto ainda está quente.

Endireito o banquinho e me sento, com as bochechas queimando. Não olho para Nelson.

Como soube do que estava acontecendo?, Lum pergunta a ele.

Eu estava vindo para a cidade e vi pessoas correndo, Nelson diz. Comecei a correr também, sem saber o motivo. Dava para ver que tinha algo de errado. Quando cheguei aonde a multidão se reunia, percebi o que estava acontecendo. Vi vocês dois.

Enquanto ele fala, pego minha xícara de chá, só para ter algo nas mãos. Está escaldante, mas deixo meus dedos a tocarem, querendo que o líquido queime a cerâmica e lave toda a dor que meu corpo contém.

De repente, Nelson se vira para mim, e seus olhos encontram os meus pela primeira vez desde aquela manhã. Seguro a xícara com mais força.

Você deveria ter ficado aqui dentro, ele diz. Foi muito perigoso o que fez. Os dois poderiam ter morrido.

Qualquer medo que sinto dele desaparece, substituído por fúria. Não preciso que me diga o que é certo e o que é errado.

Você queria que eu tivesse ficado aqui dentro? Nam poderia ter morrido.

Espero que Nelson retruque, mas ele não o faz. Só sustenta meu olhar. Minha reação paira no ar, e a raiva envolve a todos nós.

Sinto muito, ele diz. Sei que só estava tentando ajudar seu amigo.

Eu me pergunto se está tirando sarro de mim. Fiz o que qualquer pessoa faria, digo, só isso.

Foi Foster, Lum diz. Todos o vimos do lado de fora da loja, como um espectro. Está bravo conosco por termos roubado seus clientes.

Foster não estava lá, Nam diz, assustando todos nós. Fazia um longo tempo que não falava, só mantinha os olhos fixos à porta. Agora, ele olha para Nelson em busca de respostas. Quem eram eles? Você sabe?

Nelson se recosta e suspira. Noto um vergão em sua mandíbula.

Sei, sim, ele diz. Estão crescendo. A multidão que viram hoje não estava protestando apenas contra vocês ou contra a loja. Estava protestando contra todos os chineses.

Ficamos os três refletindo a respeito. *Protestando contra todos os chineses.* Penso nas pequenas cidades mineradoras por onde passei no ano anterior, nos trabalhos que desapareceram de repente, sem explicação. Tudo começa a fazer sentido.

É Lum quem quebra o silêncio. Isso tem a ver com a lei que o presidente aprovou?

Lei?, repito. Que lei?

A lei que proíbe os chineses de entrarem nos Estados Unidos, Lum responde, seus olhos brilhando por trás dos óculos. Como se devêssemos nos considerar sortudos só de estar aqui, rá!

Ninguém mais ri, muito menos Nelson. Sim, ele diz. Desde que a lei foi aprovada, as pessoas na cidade estão deixando cada vez mais claro que não nos querem aqui. E não é só aqui, é em toda parte. Um amigo em Boise disse que há protestos quase toda semana e que a multidão que se reúne é cada vez maior.

Silêncio de novo, mas desta vez pode ser de tristeza. Olho para minhas mãos, ainda pequenas demais, femininas demais. Estas mãos não poderiam fazer nada para me proteger dos fanáticos lá fora.

Precisamos de um plano, Lum diz. Caso voltem.

Não, Nam discorda. Não devemos dar trela. Talvez eles desistam.

Lum balança a cabeça, seu rosto ficando vermelho. Você ouviu o que este jovem disse. Em Boise, eles atacam toda semana. E vão aumentar. Se acontecer aqui, como sobreviveremos? Quem vai querer comprar nesta loja?

Não podemos lutar contra eles, Nam diz, seu corpo murchando como se tivesse um vazamento. Se ignorarmos, pode ser que desistam. Talvez vejam que somos pessoas boas e honestas. Não queremos problemas.

Lum resfolega. Acha que vão desistir? Pois não vão. Você verá. Amanhã ou depois de amanhã ou depois de depois de amanhã, eles voltarão. E aquele Foster também.

Nam bate a mão boa na mesa. Nunca o vi assim, nem parece o homem alegre com quem convivi nos últimos meses. Os eventos da manhã parecem ter transformado algo nele. Pela primeira vez, parece maior que Lum.

Não venha me dar sermão, Nam fala. Não foi você quem sofreu o ataque. Fui eu. E eu digo que é melhor ignorar.

Lum baixa os olhos. Sei que não concorda, mas não quer brigar. Não agora. Que seja, ele diz, então dá as costas. Mas se voltarem e apontarem uma arma para sua cabeça, não venha pedir minha ajuda. Só se lembre do que disse: que é melhor ignorar. Veremos se funciona.

Não pude deixar de notar suas mãos, Nelson me diz depois.

É quase noite, e a lenta retirada do sol me deixa com aquela sensação lúgubre de quando as coisas chegam ao fim antes de que estejamos preparados. Quando o chá ficou frio e o corpo de

Nam começou a escorregar do assento, eu o levei para a cama, deitei-o com toda a delicadeza possível e levei uma toalha quente a seu estômago. Nelson se ofereceu para ficar e ajudar Lum a fazer o jantar.

Estou perto das janelas da frente, repassando a cena de mais cedo mentalmente, quando ouço sua voz atrás de mim. É isso, penso. Nelson viu minhas mãos e sabe que não sou quem digo ser. Ele não foi mandado pela multidão de mais cedo: foi mandado pela *tong* e por Jasper para me encontrar. Eu me pergunto se este é o momento em que Nelson vai enfiar um saco na minha cabeça e me arrastar para a noite. Viro-me para encará-lo.

Ande logo com isso, digo a ele. Já me cansei dessa história.

Como?, Nelson pergunta. Só quis dizer... só notei suas mãos porque você tem mãos de artista.

Pela terceira vez hoje, Nelson Wong me surpreende. Fico inquieta, sem ter nada para dizer.

Toco violino, ele diz, gesticulando com as mãos. Reconheço outro artista quando vejo um.

Violino, repito. Não me lembro de ter aprendido a palavra em meus estudos de inglês.

Siu tai kam?, ele diz. *Xiao ti qin?* Seu chinês é redondo e distante, algo que ele precisa buscar. Percebo que Nelson não nasceu com nossa língua na boca.

Ainda assim, entendo do que está falando. E com isso uma lembrança me vem, algo triste e gutural flutuando pela janela aberta. Como a perda soaria se fosse transformada em música. Minha mãe, fechando os olhos e levando as mãos ao coração. Ela dizendo: Esta música me faz pensar na minha mãe.

Desculpe se perturbei você hoje, Nelson diz.

Nunca toquei violino, digo. Não sei por que estou dizendo verdades a ele. Mas minha mãe sempre admirou músicos, por isso admiro também.

O rosto dele se ilumina, muito embora esteja escuro agora. Você deveria ir me ouvir tocar um dia.

Outra surpresa. A ideia é ridícula, a última coisa que eu esperaria ouvir. É assim que ele escolhe me atrair para qualquer que seja o mal que planejou? Espero que meu corpo volte a arder, espero que o alerta venha da minha barriga. Em vez disso, sinto apenas um zunido insistente.

É uma sensação nova para mim, mas desta vez não sei dizer se é ruim ou não. Como não sei nomeá-la, tenho medo dela.

Talvez eu vá, digo a Nelson.

7

Depois do protesto, as coisas ficam tranquilas por um tempo. As únicas lembranças daquele dia são um discreto trincado na janela, não muito diferente de uma mancha, e as costelas feridas de Nam. Varro a loja, espano entre cada lata, pote de vidro e saco, encho as prateleiras até estarem lotadas de novas mercadorias. Somos uma loja farta, abastecida, Lum diz quando vê meu trabalho. Quem não gostaria de vir aqui?

Os dois não param de falar de Nelson, que ele deve ser um guardião enviado para nos proteger. Tenho experiência própria com guardiões, quero dizer a eles enquanto elogiam sua altura, seu semblante bondoso, sua rapidez. É um bom jovem, Lum insiste em dizer. Você poderia aproveitar para aprender uma ou duas coisas com ele, Jacob.

É bom ter amigos, Nam diz. Você não quer envelhecer como eu, que tenho apenas Lum para chorar minha morte. É melhor ter família. Está ouvindo, Jacob?

Tem algo acontecendo comigo. Eu deveria estar pensando em uma maneira de me manter longe de Nelson Wong, mas, em vez disso, fico pensando em suas mãos e suas unhas largas e lisas, nas meias-luas brancas na base. Fico recordando aquele momento em que os dedos dele dançaram pelas minhas costas enquanto levávamos Nam para a cama para esperar pelo médico, e em como Nelson foi rápido em pedir desculpas.

À noite, traço seu nome na minha coxa. Nelson. Em chinês, Ni Er Sen.

Destrincho os caracteres. Se decifrar seu nome, saberei quais são suas intenções. Não é um nome fácil de domar. Ni e Er são apenas sons com a intenção de imitar sua contraparte em inglês. Por sua vez, *sen*, 森, é uma floresta. Duas árvores embaixo e uma em cima.

Três árvores, uma floresta. Nelson, como uma floresta, é pleno. Deve ser um homem que contém muitas coisas – que tipo de coisas, ainda não sei.

O tempo dirá, Lin Daiyu promete. *As mãos do músico nunca mentem. Até a resposta do choro do rio elas contêm.*

Passar um ano adormecida lhe fez bem. Desde que a multidão a despertou, ela ficou mais forte a cada dia, e agora não precisa mais dormir dentro de mim. Em vez disso, Lin Daiyu aparece quando quer e passeia sem pedir permissão. Ela me lembra cada vez mais da Lin Daiyu da história, aquela que prega peças, escreve poemas e canta sobre seu túmulo florido. Sua tosse se reduziu a um pigarro.

Se toca *qin*, ele não pode ser tão ruim, ela me diz. Eu também toco, e não sou. Ou se esqueceu disso?

Digo que não, não esqueci. Lin Daiyu incha de satisfação, e me pergunto se ela pode estar certa em relação a Nelson.

A queimação retorna, mas desta vez gentil, como o sol da tarde na minha pele. Quando durmo, ela está comigo; quando acordo, ela sai de mim, rosada e púrpura, devido ao brilho dos meus sonhos. Procuro pela ameaça que no passado temi, mas ela está me escapando, substituída por essa nova sensação que ainda não tem nome.

Sabe me dizer o que é isso?, pergunto a Lin Daiyu. Hoje, ela está sentada no balcão da loja, enchendo a boca de flores congeladas. Estão mortas, mas continuam lindas cobertas de gelo. Quando Lin Daiyu as morde, elas se estilhaçam e se desfazem contra seus dentes.

Não chego nem perto de saber tudo sobre os homens, ela responde. Água escorre de sua boca e forma uma poça no chão.

Não estou falando do que aconteceu com *você*, digo, correndo para enxugar a poça com a manga da camisa.

Então do que *está* falando?

Quero saber se Nelson Wong é um homem mau, digo. Quero saber se essa sensação dentro de mim é boa ou ruim.

Flores de pessegueiro, seda rosa na primavera a desabrochar. Bela é a dama convidada a cantar.

Não brinque, digo. Minha pergunta é sincera.

Como saberei?, ela protesta. Não faz muito tempo você não queria nada comigo. Agora olhe só para você! Pedindo conselhos. Confia tanto assim na minha pessoa?

Se Nam, Lum ou um freguês entrassem, eu seria levada para o lugar aonde mandam os lunáticos. No entanto, tenho coisas a dizer à menina cujo nome recebi.

Pode me culpar por odiá-la quando eu era mais nova?, pergunto.

Lin Daiyu termina com as flores e lambe a ponta dos dedos. Você me magoa assim, ela diz. Mas agora sabe que não devo ser odiada. Agora você precisa de mim. Sempre precisou.

Não digo nada. Ela já sabe tudo o que tenho a dizer.

Lin Daiyu fica olhando para mim. Nelson Wong não é um homem mau, ela diz por fim. Na verdade, gosto dele. Quanto à sua pergunta sobre essa sensação ser boa ou ruim, não tenho como respondê-la. Tudo o que posso dizer é que é ao mesmo tempo boa e ruim.

Ela faz uma pausa, depois dá risada e diz: Ou talvez não seja nem um nem outro.

Quero empurrá-la do balcão onde está sentada. Isso não me ajuda em nada, digo. Sou uma garota tola conversando com fantasmas.

Está bem, Lin Daiyu fala, levantando-se para ir atrás de mais flores. Mas eu lhe disse o que, até onde sei, é verdade. Não é culpa minha se você é teimosa demais para acreditar em mim. Sempre foi assim, não falei?

Lum estava certo: a multidão retorna. Sete dias depois do incidente, ouvimos a mesma voz coletiva, sentimos a mesma marcha rumo à nossa porta, as botas chutando terra, neve e coisas mortas. Seres celestiais! Gafanhotos do Egito! Voltem para seu Reino de Flores! Nós nos atemos ao plano: trancamos as portas, baixamos as persianas e ficamos em silêncio. Não tentamos discutir, não mostramos a cara. A multidão protesta por uma hora antes de se dispersar. Fico sentada com as costas apoiadas na porta, como se meu corpo fosse o bastante para impedir as pessoas de invadirem. Lum se senta comigo e me diz para manter a coluna ereta.

É assim que um garoto se torna um homem, Jacob, ele diz.

8

No oeste de Idaho, três mineiros chineses são acusados de roubo. São levados para a floresta e amarrados cada um a uma árvore pela trança. Então, cortam-lhes a garganta.

No sul de Idaho, um homem chinês é enforcado no alto de um portão.

No leste de Idaho, um menino chinês de 14 anos é arrastado da casa da família e enforcado com um varal.

No norte de Idaho, um machado voa na noite e arrebenta uma lanterna. Um templo chinês pega fogo, os corpos brilham lá dentro.

Em Pierce, do lado de fora da nossa porta, uma multidão se reúne toda semana.

Em meados de maio, a neve se transforma em água, encharcando a terra. Gosto da sensação do sol na cabeça, do calor tranquilo no meu escalpo.

Hoje, o médico anuncia que as costelas de Nam estão curadas. Para comemorar sua recuperação, ele e Lum me dão o dia de folga. Vá fazer alguma coisa fora daqui, dizem para mim. Ficaremos bem sem você.

Não me arrisquei a sair desde o dia em que Nam foi atacado. Depois, a loja ficou parecendo o único lugar onde eu estaria a salvo. Pelo menos lá dentro eu sentia que estava protegida e com minha própria gente. Não havia perigo de minha verdadeira identidade ser revelada. Mas, hoje, a multidão não veio e a rua está vazia. O céu está daquele azul que chega a doer os olhos. Os estabelecimentos à nossa volta abriram as janelas. Até mesmo a Foster's parece amistosa.

Não me lembro da última vez que tive um dia livre, só para mim. Eu poderia ir à padaria, pegar o caminho até a igreja, dar uma olhada no tribunal. Poderia seguir até as montanhas cobertas de neve que beiram a cidade e continuar andando até Pierce terminar e outra coisa começar.

Ou você poderia ir *vê-lo*, Lin Daiyu sussurra, e sinto sua respiração na minha nuca.

Ela parece se divertir com minha confusão em relação a Nelson, como se não passasse de um jogo frívolo. Pare, digo. Piso na rua e ajusto o lenço em meu pescoço.

Ele quer que você vá, Lin Daiyu prossegue. *Convidou* você.

Já faz um mês, digo. O jovem chamado Nelson Wong só passou na loja algumas poucas vezes depois, uma para comprar breu e as outras para ver como Nam estava. Não saí dos fundos durante suas visitas, mantendo as palmas pressionadas contra o rosto para acalmar o rubor quente. Digo a Lin Daiyu: Ele já deve ter se esquecido do convite que fez.

Um mês não é nada quando se viveu tanto quanto eu, ela retruca.

A trilha que leva para as montanhas ainda está úmida da neve, o tribunal está cheio e a igreja parece melancólica demais para um dia tão lindo. A brisa agita meu lenço. Sei que está tentando me puxar em determinada direção. Eu me viro e começo a caminhar para o norte, voltando pelo centro até o Twinflower Inn.

Se eu me magoar, a culpa será sua, digo a Lin Daiyu.

Ela não diz nada, só ri como se tivesse um pássaro preso na garganta.

Nelson Wong não esqueceu o convite que me fez. Quando abre a porta e me vê ali, com um pé já recuado e pronta para fugir, ele me dá passagem para entrar.

As mãos de Lin Daiyu me empurram adiante.

Nelson aluga um dos maiores quartos do Twinflower Inn. Quando lhe pergunto como consegue pagar pelo lugar, ele responde que conhece alguém muito generoso.

A primeira coisa que vejo é um instrumento deitado sobre uma mesa baixa diante da lareira. Deve ser o violino. Não se parece com os instrumentos de corda que já vi, cujo corpo lembra o esqueleto de um peixe. É mais como o corpo de uma mulher, curvilíneo, espaçoso e pleno. Diante do fogo, o *xiao ti qin* se transforma em um pêssego profundo.

Nelson pergunta se eu gostaria de beber alguma coisa, depois vai preparar o chá. Olho em volta. Na minha casa de infância, na vila de pescadores, as tapeçarias da minha mãe adornavam as paredes. Na escola de mestre Wang, peças de caligrafia ficavam estendidas diante de nós. No bordel de Madame Lee, um papel de parede vermelho e dourado observava cada movimento nosso.

As paredes do quarto de Nelson, no entanto, estão nuas. A única coisa que encontro do homem que agora vem na minha direção é uma fotografia sobre a cornija da lareira. De alguém que parece ser um pai e alguém que parece ser uma mãe, junto de uma versão mais nova de Nelson. Um nariz que parece uma bolota, olhos ovalados, pálpebras que quase afilam. Ele olha para mim, parecendo ter algo na boca. Os pais sorriem.

Sinto saudades dos meus.

Nelson me convida a sentar, pedindo desculpas pelo quarto quente. Meus dedos se movem melhor no calor, ele explica, então os sobe e desce por um pescoço invisível para me mostrar. Eu digo que não me importo.

Talvez seja o calor do cômodo, mas há uma serenidade nele, uma gentileza que aprendi a não esperar de um homem. Como as paredes nuas do cômodo, Nelson é exatamente o que parece. Nunca conheci outro homem assim.

Fico feliz que tenha vindo visitar, ele diz. Fiquei com medo de ter feito algo para lhe ofender. Como quando perguntei sobre suas mãos.

Conte que você achou que ele estava tentando matar você, Lin Daiyu me provoca, beliscando meu braço.

Eu a ignoro. As costelas de Nam finalmente estão curadas, é tudo o que falo.

Que notícia maravilhosa, Nelson comenta.

Percebo que estou sentada como Daiyu se sentaria, com as pernas fechadas, os joelhos pressionados um contra o outro, as mãos juntas sobre as pernas. À minha frente, as pernas de Nelson estão abertas de tal maneira que o espaço entre elas lembra um diamante. Seu corpo é mais relaxado, mais aberto. Movo os pés, tentando imitá-lo.

O fogo está quente demais?, ele pergunta ao ver o que faço.

Digo que não. Digo que é um belo quarto, em uma bela pousada. Digo que ele não fez nada para me ofender e peço desculpas caso tenha dado tal impressão.

Ele sorri ao ouvir a última parte. Espero que possamos ser amigos, Nelson diz. Não restam muitos de nós em Pierce.

Nam me disse que antes havia muito mais, comento.

Nelson confirma com a cabeça. Bebe seu chá. Havia mesmo, ele explica, ainda mais na época das minas. Inúmeros chineses trabalhavam aqui. Inclusive meu pai.

Aqui está, uma menção a um tempo antes que se tornasse quem é agora. Suas palavras são como um vaga-lume voando no escuro que eu pego com ambas as mãos e seguro, sabendo que tenho muito pouco tempo antes que a luz se apague.

Onde estão seus pais agora?, pergunto.

Meu pai morreu há alguns anos, ele explica. As minas destruíram seus pulmões. Minha mãe morreu pouco depois. Acho que de tristeza.

Ah, solto. Sinto muito.

É muita bondade sua, Nelson diz. Às vezes, acho que poderia me perder na tristeza. Então lembro a mim mesmo de como tenho sorte. Fiquei com eles tanto quanto possível. Muitos perderam os pais ainda mais jovens.

São palavras corajosas, mas seus olhos contam uma história diferente, de solidão e talvez até de medo. Ele desvia o rosto depressa, mas consigo ver isso antes, a mesma história que habita em mim.

Antes que possa me impedir, solto: Também não tenho mais meus pais.

As palavras deixam minha boca flutuando, sendo finalmente expostas ao mundo. Perto de mim, Lin Daiyu puxa o ar por entre os dentes, deixando de brincadeira. Por que disse isso a ele?, ela sibila. Não deve contar a ninguém sobre seu verdadeiro eu.

Quer dizer, não sei onde eles estão, gaguejo. Desapareceram.

O olhar de Nelson encontra o meu, e desta vez ele não esconde a dor em seus olhos. Ah, Jacob, diz. É por isso que você parece triste o tempo todo?

Então ele notou. Eu poderia me esforçar ao máximo para apagar meu verdadeiro eu da minha aparência, mas isso sempre seria visível. A mesma melancolia que marcou minha infância me acompanhou até a vida adulta. Agora, amplificada por uma tragédia real, ela sempre ficaria óbvia no meu rosto. Sim, quero dizer a Nelson. Quero chorar. Depois de tantos anos mentindo e me escondendo, isso é o mais perto que cheguei de contar a verdade. Lin Daiyu balança a cabeça, mas eu a ignoro.

Não é minha intenção parecer triste, digo. Mais uma verdade.

Foi a primeira coisa que notei em você, Nelson comenta.

Minha avó dizia que eu sempre parecia estar chorando, conto a ele. A terceira verdade me escapa facilmente.

Nelson dá risada. Tomo meu chá. Jasmim. Sinto algo além do chá dentro de mim, reconfortante e ávido. Diante de Nelson, sinto que um grande peso foi deixado de lado. Lembro-me de um tipo especial de papel que mestre Wang me mostrou certa vez, um papel maduro tingido de laranja, com um padrão que lembrava as listras de um tigre. Só era possível chegar àquele efeito com um tratamento pesado do papel, que o tornava denso e rígido, mas também fazia sua superfície cintilar como a neve, atraindo a atenção. Um lembrete de que o que é endurecido também pode ser lindo.

Vai voltar outro dia?, Nelson me pergunta antes que eu parta. Respondo que sim, embora Lin Daiyu tente cobrir minha boca.

Ótimo, ele diz. Seremos grandes amigos.

9

O xerife Bates é um homem de ombros largos. Seu rosto, agora sarapintado e bexiguento, insinua certa beleza passada, uma pátina gradualmente arrancada pelo tempo. Tudo o que resta é um bigode rígido e amarelo e sobrancelhas brancas como clara de ovo. Cada movimento seu é precedido por um estômago duro e insistente.

A ideia foi de Lum. Os protestos diante da loja finalmente pararam, mas foram sucedidos por novos terrores. Em vez de carregar placas, agora a multidão prefere colar cartazes em nossas janelas. Como parte de minhas tarefas diárias, saio com um pano e um balde de água quente para esfregar frases e xingamentos como EXPULSEM OS CHINAS, FERAS DE OLHOS PUXADOS e AMARELOS SUJOS até sair. Na manhã seguinte, eles reaparecem.

Os cartazes são um incômodo menor em comparação com as outras coisas. Deixam pacotes à nossa porta, contendo fezes, bile ou órgãos de animais. Depois da terceira vez, comecei a jogá-los no lixo sem abrir. Eles continuam vindo, no entanto.

Alguém que não sei quem é vem à loja todo dia e deixa ratos mortos em todos os cantos, entre as latas de tomate, em cima dos sacos de arroz. Passo a tarde inteira limpando a loja e tentando me livrar do cheiro, e ainda assim temos que dormir com as janelas abertas e a manta cobrindo a boca.

Certa manhã, acordamos e descobrimos que alguém arrombou a loja e urinou em todo o chá. Essa acaba sendo a gota d'água.

O senhor tem que fazer alguma coisa, Lum diz ao xerife.

Fizemos tudo direitinho, Nam diz, com as mãos abertas. Conseguimos uma licença e a documentação está de acordo. Temos todo o direito de estar aqui.

O xerife nem entra na loja. Não sabem quem fez nada disso?

Foi por isso que chamamos o senhor, Lum responde. Temos uma ideia, mas certeza, não.

Desculpem, senhores, o xerife Bates diz, mas não posso prender ninguém se não tiver nem mesmo um suspeito.

Mas o senhor tem, Lum insiste, com a voz tensa. A multidão. É só cercá-la e perguntar de um em um! Pergunte a Foster por que ele fica parado do lado de fora da nossa loja, como um espectro!

O xerife hesita. Eu poderia fazer isso, ele diz. Mas daria muito trabalho e faria muito alarde. Se eu fosse vocês, não acusaria o sr. Foster de nada. Não acredito que queiram chamar esse tipo de atenção para si.

Quando eu era pequena, achava que não havia nada mais correto ou honesto que um guardião da lei. Diante do xerife envelhecido, acho que estou começando a ver a verdade em relação aos poderosos.

Então não fará nada?, Nam pergunta. É outra pergunta cuja resposta ele já sabe.

Consigam um suspeito ou uma testemunha digna de crédito, o xerife diz, virando-se para ir embora. Até lá, aguentem, senhores. Talvez seja um bom momento para considerar a possibilidade de deixar a cidade. A lavanderia chinesa acabou de fechar, não sabiam? As pessoas estão fazendo as malas.

Lum dirige um xingamento ao lugar onde o xerife estivera. As mãos de Nam continuam estendidas, mas vazias, sem ter em que se segurar. Devemos considerar a possibilidade de partir, Lum diz afinal. Nam solta um gemido estrangulado, depois vai para os fundos da loja.

Devemos mesmo considerar, Lum repete, agora para mim.

O verão acabou de começar, mas logo terminará. Se pretendo começar minha jornada para o território de Washington, não posso me mudar de novo e procurar outro trabalho. A loja tem que dar certo. Esta cidade tem que dar certo. Muito embora eu não queira admitir, tenho outro motivo para querer ficar aqui.

Uma testemunha, Lum murmura. Onde podemos encontrar uma testemunha?

Já temos uma, digo.

Você quer que eu testemunhe?

Retornei ao quarto de Nelson, e desta vez estou bebendo. É minha primeira vez. Minha mãe sempre me disse que o álcool era algo reservado aos homens e às divindades. Estou fingindo ser uma dessas coisas. O primeiro gole faz minha língua se enrolar, os cantos da minha boca salivarem. Um fogo segue o caminho da bebida até minha garganta. Contraio o rosto sem querer, fazendo Nelson rir.

Só assim o xerife Bates vai fazer alguma coisa, respondo.

Só posso dizer a ele o que vi, Nelson argumenta. Um ou dois rostos. Não me lembro de todo mundo que estava lá.

Já é alguma coisa, digo.

Nelson toca meu braço. Algo dentro de mim se abranda.

Você tem que saber, Jacob, que homens como o xerife Bates são… tendenciosos.

Pergunto a ele o que aquilo significa.

Deixe-me colocar assim: não acho que o xerife Bates faça muita questão de colocar um dos dele na cadeia, Nelson diz.

Mas não explica o que quis dizer com "um dos dele".

Vamos falar de outra coisa, Nelson propõe. Ou posso tocar para você.

Ah, excelente, Lin Daiyu diz, emergindo da lareira com o nariz vermelho. Quero conferir a técnica dele.

Nelson coloca a bebida de lado e se levanta, seu corpo incandescente. Com a mão esquerda, posiciona o violino debaixo do queixo, no ponto em que ombro, peito e pescoço convergem.

Imagino que tenha feito isso muitas vezes ao longo da vida; pressionar o violino contra a clavícula e deixar que a música vibre do osso para o restante do corpo, até que ecoe por todo o seu esqueleto.

Quando Nelson posiciona o arco sobre as cordas e começa a tocar, tudo desmorona. Conheço a tristeza em camadas de *er hu*, o assovio oco da flauta, as gotas de *gu qin*. Até este momento, no entanto, não conhecia o violino.

A primeira nota é um lamento, mas então os dedos de Nelson dançam e pulam, o arco corta as cordas. A música é uma infantaria, depois um exército, perto de se tornar tão grande que não cabe neste quarto, nesta cidade, nem mesmo no mundo. A melodia se flexiona e Nelson se flexiona junto, mergulha e arrebata assim como ele, seu corpo não mais um corpo, mas um instrumento também, o músculo que a música usa para fazer suas exigências. O rico vibrato me penetra. Os dedos de Nelson descem pelo braço do violino, o dedão está enganchado, os outros quatro dedos batem e puxam a corda mais fina. Uma nuvem de breu se forma a cada toque do arco, como uma flor soltando pólen. É uma liberação linda e operística.

Olhando para Nelson, meu coração se preenche. Eu não sabia que o homem podia criar algo assim.

Estou um pouco bêbado, ele diz quando a música acaba. O vermelho brota no ponto em seu pescoço onde o violino apertou a pele.

Foi esplêndido, digo. Não sei se é assim que um homem elogia outro, mas a bebida me dá coragem. Você toca como se *fosse* a música. Faz com que ela pareça viva.

Foi só aceitável, Lin Daiyu murmura, retornando à lareira.

Minha mãe disse uma vez que eu precisava tocar com mais emoção, Nelson conta. Eu me pergunto o que acharia de como toco agora.

Imagino a mulher da foto na cornija conosco neste quarto, debruçada sobre um Nelson mais jovem, corrigindo seus dedos.

Foi ela que ensinou você a tocar?

Nelson confirma com a cabeça. Minha mãe tocava desde pequena, diz. Meu primeiro violino pertenceu a ela.

Caímos em um silêncio natural. Mantenho os olhos no chão, mas meu coração está acelerado, e corro o risco de que fuja de mim. Não há hesitação com Nelson, não há dúvida. Nem mesmo a mais leve. Ele simplesmente ergue o violino no ar e deixa que a música o comande. Devia ser isso que mestre Wang queria dizer com um calígrafo que atingia sua forma final. Eu o invejo.

10

Em algum lugar em Pierce, um homem branco acorda e depara com um xerife constrangido à porta. Ele foi fazer algumas perguntas relacionadas à depredação da loja dos chineses. Uma testemunha alegou tê-lo visto nos protestos, e talvez outras testemunhas o tenham visto rondando a loja. O homem nega e o xerife tenta acreditar nele, mas infelizmente algo precisa ser feito. Por seus supostos crimes, o homem passa dois dias detido.

Parece ter funcionado. Após a prisão, as coisas melhoram na loja. O dia não amanhece mais com cartazes colados nas janelas. Os pacotes param de chegar. Não se veem mais ratos mortos. Os negócios parecem normalizar. Talvez finalmente tenhamos saído da sombra da montanha, Nam diz.

No entanto, ainda que parem de nos assediar, as coisas só pioram em outros lugares. Pouco depois de a lavanderia chinesa fechar, o mesmo acontece com a barbearia de Cheng. Está ficando perigoso demais aqui, ele diz a Nam. Voltarei a Guangzhou. Leio no jornal – na quarta página, uma menção rápida no canto – sobre uma multidão que saqueou Chinatown e linchou seus moradores. Os corpos foram remexidos e ridicularizados, castrados e decapitados. O jornalista justifica aquilo como o *direito dos americanos à revolução*.

11

Às vezes, entre suas aulas, Nelson aparece na loja. Ele me diz que só está passando o tempo, mas sei, pela maneira como endurece quando clientes brancos entram, que está preocupado que algo aconteça. Nelson é mais alto que a maioria dos chineses de Pierce, e seu passo firme e seu nariz sério deixam claro que não se abala facilmente.

Ficamos entre as prateleiras, com uma caixa de latas de ameixas secas aos meus pés esperando para ser organizada. Nelson aponta os damascos, as ameixas, os pêssegos e pergunta qual seria a palavra para cada um deles na minha versão de chinês. Ele só aprendeu algumas poucas palavras quando pequeno. Seus pais, que vieram da mesma região que Nam e Lum, queriam que ele falasse bem o inglês.

Xing, digo a ele, paciente. *Li zi*. *Tao*.

Tao, Nelson experimenta, e seus lábios parecem envolver o som. Sua expressão determinada me faz rir.

Nam, que não suporta ser tão duro quanto Lum, chama meu nome do balcão e pergunta se já terminei o trabalho. Nelson e eu abaixamos a cabeça, levamos a mão à boca e rimos ainda mais, então seguimos para os remédios e as ervas. Ele pega uma raiz seca amarela, cujo nome eu digo que é *huang qi*.

Hum, ele diz, sentindo a lisura com o dedão. Não sei que nome dão a isso em inglês.

Talvez seja melhor nem tentar, digo. É melhor deixar algumas coisas como devem ser.

Não conto a ele sobre as manhãs no jardim com minha avó, que adorava *huang qi* acima de tudo.

Temos um nome em comum, essa raiz e eu, Nelson diz. Acha que isso significa que serei imortal?

Acho que significa que vocês dois são meio amarelos, digo a ele. O que é uma coisa boa.

É a vez de Nelson rir. De novo, Nam pergunta com brandura se terminei o trabalho do dia. Em tardes assim, voltamos a ser crianças bobas. Ficamos felizes em nos sentirmos assim, porque significa que a pior coisa que pode acontecer é levarmos um sermão de Nam. O mundo real pode esperar um pouco, penso.

Outras vezes, Nelson me traz pequenos presentes, embora nunca chame assim, como doces ou um pedaço de carne da mercearia. Fico preocupado que não esteja comendo o bastante, ele diz com sinceridade, colocando a comida em minhas mãos. Você é magro demais para um homem da sua idade.

Outras vezes, ele me olha por um longo momento antes de dizer: Gostaria de ter crescido com um irmão. Ou talvez só gostaria de ter um irmão como você.

Digo a ele que não é tarde demais. Podemos ser irmãos agora.

Foi fácil criar uma narrativa pra Nam e Lum: tudo o que eles precisavam ouvir era que eu trabalharia duro. Não se preocupavam com de onde tinha vindo, como chegara ali ou quem eu era.

Mas Nelson não é Nam nem Lum. Ele faz pausas e perguntas, espera que as coisas façam sentido e sejam concluídas. É reflexivo, contemplativo. É um músico, afinal de contas. Nasceu em Pierce, filho de uma antiga violinista de uma companhia de teatro itinerante e um mineiro. Ensina violino a dez alunos que nunca se tornarão grandes mestres.

Não vejo problema nisso, Nelson diz. Não se trata de saber se serão bons ou não, mas de ajudá-los a criar a própria música. Mesmo que não soe perfeita, será linda, porque eles a tocarão.

Ele é diferente de mestre Wang, que só acreditava na

propagação da arte se fosse do tipo certo, feito de acordo com as regras. Nelson quer propagar toda a arte possível, porque para ele tudo é arte.

Ele diz que minha expressão é séria demais, que eu não deveria ter medo de abrir o peito. Então leva as mãos aos meus ombros e os empurra para trás. Eu reajo como um arco esticado.

Cuidado com ele, Lin Daiyu me avisa.

Não sei do que está falando, digo a ela.

Não demora muito para que Nelson faça as perguntas que eu já sabia que faria, e estou pronta para respondê-las.

Primeiro: De onde você veio? Depois: Quem é você? E: Onde você gostaria de estar? Com Nelson, aprendo que Jacob Li não pode ser apenas Jacob Li. Também deve ser Jacob Li, um filho, um habitante, alguém com desejos. Deve ser uma pessoa completa.

O que conto a Nelson é uma versão remendada de muitas mentiras e meias verdades: que trabalhei em uma casa de lámen em São Francisco e vim para Idaho em busca de um trabalho melhor e um salário maior. Que estou tentando juntar o bastante para voltar à China e encontrar meus pais.

Deve ser o comportamento calmo dele, a maneira de encarar todo mundo com os olhos firmes, que torna tão fácil revelar sombras da verdade. Porque, muito embora eu terei partido quando o verão acabar, gosto de saber que deixarei para trás partes minhas que são reais. Pelo menos para Nelson elas importam.

Lin Daiyu não vê mais graça em nada disso. Ela me alerta de que estou me tornando muito descuidada e voluntariosa. Insiste que eu pare.

Sei que está tentando me proteger, digo a ela, mas talvez seja demais.

Isso a deixa eriçada. Não me importo. Estou ficando melhor em dizer "não" para ela.

12

Em um dia claro no fim de maio, Nelson aparece radiante na loja. O sol saiu depois de uma semana de tempo nublado, tornando tudo mais convidativo.

O que estava fazendo?, ele pergunta quando vê minhas bochechas coradas.

Digo que estava carregando caixas pesadas nos fundos, o que não é verdade. A verdade é que estava contando o dinheiro que economizei para voltar para a China. Depois de quase dois anos em Idaho, juntei cento e quarenta dólares. Faltando apenas três meses para minha jornada ao Oeste, quase já alcancei meu objetivo, que são duzentos dólares.

Duzentos dólares para viajar até o território de Washington e pagar minha passagem. Será o suficiente? Tem que ser, digo a mim mesma. Eu poderia esperar um pouco mais, claro. Mas isso implicaria atravessar o oceano no inverno, e não sei se sobreviveria.

Pode se ausentar por uma ou duas horas?, Nelson pergunta. Ele exala alguma coisa, uma energia frenética que nunca vi.

Não, não pode, Lin Daiyu responde de atravessado.

Acho que Nam e Lum não vão se importar, digo. Estamos perto da hora de fechar.

Seria terrível desperdiçar um dia assim, Nelson comenta.

Seguimos rumo ao sul, na direção da escola. Lin Daiyu não vem conosco. Nelson caminha depressa, e preciso trotar para acompanhá-lo. Quando chegamos à escola, damos a volta pelo lado esquerdo da construção. Nelson olha para trás para confirmar que estamos a sós.

Aonde estamos indo?, eu pergunto.

Ele não responde, só faz sinal para que eu o siga.

Atrás da escola tem um caminho que leva até as árvores. Para alguém que passasse por ali, pareceria um trecho gramado como qualquer outro, mas, conforme me aproximo, vejo que a grama está toda inclinada para o mesmo lado, sugerindo uma trilha.

Venha, Nelson diz, e adentra as árvores.

Dá para ver que pouca gente anda por essa trilha. Cicutas roçam em nós, as folhas grudando na minha camisa. Passamos por um tanque de tartarugas, um aglomerado de abetos caídos, flores silvestres. Fico achando que são coisas que Nelson quer me mostrar, mas ele segue em frente, avançando com um propósito. Quando chegamos a alguns arbustos, Nelson para. Tenho a impressão de que é isso – não pode haver nada além dessa parede maciça de espinhos e ramos emaranhados. Nelson, no entanto, já está se agachando para passar.

É um pouco apertado, eu o ouço dizer.

Sei que sou pequena o bastante. Eu passo e sinto um ramo roçar minha nuca. Verifico se meu lenço continua no lugar. Quando endireito o corpo, vejo um caminho diante de nós e Nelson correndo por ele.

Era isto, Nelson diz, sem fôlego, que eu queria mostrar a você.

Ele se encontra no meio de uma clareira cercada por cicutas, sorrindo com os braços abertos. Acima de Nelson, as árvores se curvam para formar um teto verde. O sol aberto salpica a grama com sua luz vítrea. Apesar da barreira cuidadosamente erguida por Jacob Li, eu me lembro do caractere para alegria, 樂, que não pode existir sem uma árvore.

Eu me junto a ele no meio da clareira e olho para cima.

Encontrei este lugar há alguns dias, Nelson diz. Acho que ninguém sabe que está aqui.

O que estava procurando?, eu pergunto.

Talvez depois eu lhe conte, ele responde.

Nelson trouxe pão de milho, ovos cozidos e chá gelado em uma lata. Entendo por que gosta deste lugar. Lá fora, o mundo para. Ou, pelo menos, se torna muito pequeno. Somos só nós, a grama e as cicutas, envoltos pelo céu safira. O vento aqui é mais lento, devido à proteção das árvores.

Respiro fundo várias vezes. Em Idaho, é mais difícil respirar, como se meus pulmões não conseguissem se expandir completamente e absorver todo o ar que deveriam. Às vezes, penso no tempo que passei no barril e me pergunto se respirar todo aquele carvão não provocou danos irreparáveis. Ao meu lado, Nelson se deita na grama, embora alguns trechos de neve cintilante ainda pontuem o chão. Seus olhos estão fechados; suas mãos entrelaçadas sobre a barriga.

Uma vez, eu quis um peixe do mercado. Quis tanto que não conseguia ver mais nada, só sentir a satisfação dele escorregando pela minha garganta. Não desejava nada além da plenitude que viria, do calor de estar alimentada.

Olhando para Nelson agora, percebo que o quero como queria o peixe: com muita vontade e total entrega. Ele parece perfeito nesta clareira, nós parecemos perfeitos, um dormindo e o outro aguardando. Quero envolvê-lo com meus braços, quero usá-lo como minha armadura – Nelson, tão seguro de si, com a música, o arco e a luz infinita. Eu me pergunto como se chama o sentimento, esse de querer tanto alguma coisa que seria capaz de devorá-la.

No que está pensando?, ele pergunta. Não estava dormindo, no fim das contas.

Respondo que no clima, em como a sensação do sol é boa. Então lhe devolvo a pergunta.

Estou pensando, ele diz, abrindo os olhos, que você sabe tudo sobre mim e eu não sei quase nada sobre você. É verdade que me contou algumas coisas, mas acredito que haja mais para saber.

Lin Daiyu aparece atrás de uma árvore. Entre os carvalhos e pinheiros enormes, ela parece uma casca de milho. Tome cuidado, diz, subindo o vestido enquanto caminha em nossa direção.

Pela primeira vez, meu instinto não é mentir. Eu poderia continuar contando as mesmas meias verdades que já havia começado a contar. Ou poderia desenredar minhas mentiras, puxar os fios que decidem o que é Daiyu e o que é Jacob Li, até me tornar íntegra, totalmente eu mesma outra vez. Seria tão fácil, neste lugar onde tudo parece bom e verdadeiro.

Então me lembro de Samuel, de seu rosto pálido e nervoso, de seu sorriso ávido, e me lembro do corpo do homem grisalho investindo contra o meu, da suavidade dele, que não era nem um pouco suave, e sim algo repugnante e cruel. Sei que Nelson não é como Samuel ou o homem grisalho. Mas ainda assim é um homem.

Então lhe conto uma verdade tão bizarra que parece uma mentira. Digo que me sequestraram na China e me mandaram para São Francisco dentro de um barril de carvão.

Ele franze as sobrancelhas. Sinto muito, Jacob, diz. Há dor em sua voz, e percebo que é por mim. Quero esticar a mão e tocá-lo, mas não faço isso.

Todo mundo tem uma história trágica, digo, torcendo para soar como um homem.

Isso não significa que deve ter que sofrer, Nelson diz, baixo, sentando-se. Deve haver uma maneira de remediar parte dessa dor. Estive pensando... Talvez eu possa começar ajudando a encontrar seus pais.

Lin Daiyu solta uma gargalhada. Por um momento, penso que Nelson está brincando e quase me junto a ela em sua risada. Então ele se levanta, seus olhos em brasa, e percebo que está falando sério.

Sei que sente muita falta deles, Nelson diz.

Não era o que eu esperava que dissesse. Suas palavras dissolvem o portão dentro de mim, fazendo com que as lembranças extravasem. Minha mãe mostrando a uma cliente – a esposa de um general – sua mais nova tapeçaria, com uma fênix soltando fumaça branca no céu. Meu pai tomando chá com o general e a risada dos dois ocupando a casa toda, como se alguém tivesse deixado um trovão entrar. Eu com aquele rasgo sem fim no coração, por eles, por nós, por qualquer magia que exista no mundo que me leve de volta e me permita ficar ali para sempre. As palavras de Nelson convidam a algo novo – uma permissão, talvez, para prantear.

Eu sinto, digo.

Então me permita ajudar, Nelson diz. Tenho um velho amigo em Boise. Eu o conheci quando era mais jovem, quando minha mãe me mandou para estudar violino lá. Sua família na China é muito bem relacionada. Ele pode usar essas conexões para descobrir o que aconteceu com seus pais.

O plano soa perigoso, já parece estar naufragando. Começo a me arrepender de ter contado a Nelson algo próximo da verdade. Seria o amigo dele confiável? Se conseguissem encontrar meus pais, descobririam que eu não era Jacob Li, e sim Daiyu, a filha perdida. O que viria depois eu não sabia e não queria descobrir.

Nelson, digo afinal, escolhendo minhas palavras com cuidado. Não contei a você toda a verdade. Meus pais não desapareceram. Eles estão mortos.

Como assim?

Jacob Li assume, mentindo como nunca menti. Eu não menti, digo a Nelson. Eles estão desaparecidos, em certo sentido. Desculpe, mas me pareceu doloroso demais dizer isso em voz alta para você pela primeira vez.

Ah, Nelson fala, voltando a se sentar. Vejo na transformação em seu rosto que ele escolhe acreditar em Jacob Li. Achei que poderia ajudar, Nelson diz. Meu amigo não se importaria. Ele é muito bondoso. Não seria maravilhoso se você pudesse descobrir o que aconteceu na sua casa?

A criança em mim que é Daiyu não será sufocada sem brigar. Ela imagina como seria saber exatamente onde seus pais estão, receber um pedaço de papel com o endereço escrito. Aparecer à porta deles, onde quer que seja agora, e deixar que saibam que ela ainda é sua filha, depois de todo esse tempo. Eles estão em algum lugar, esperando por ela.

Talvez você e seu amigo ainda possam ajudar, digo. Com essa frase, sei que estou abrindo um mundo do qual não poderei voltar. Agora há um buraco no tecido do céu, que continuará se abrindo até que eu tenha minha resposta, até que eu o consiga reparar como a deusa Nuwa o fez. Olho nos olhos de Nelson e me sinto cada vez mais decidida e sincera.

Digo a ele: Meus pais se foram, mas há duas pessoas que eu gostaria de encontrar. Elas tomaram conta de mim depois que os perdi. Foram bondosas comigo quando eu ainda era jovem. Gostaria de saber o que aconteceu a elas, talvez até agradecer.

Estou falando de meus próprios pais, claro, mas Nelson não sabe. Ele acha que meus pais estão mortos e que fui criada por dois desconhecidos. É assim que deve ser. Se meus pais não forem meus pais, Jacob Li e Daiyu podem permanecer separados.

Quando Nelson e eu nos despedimos, temos um plano: iremos a Boise juntos para encontrar seu amigo. Não preciso tomar nenhuma decisão por enquanto. Comeremos um bom jantar e veremos um concerto de violino de alguém que ele admira. Nós nos sentaremos no teatro e ouviremos uma bela música. Nossos ombros acabarão se roçando sem intenção, então olharemos um para o outro e sorriremos.

De volta à loja, Lin Daiyu me encara sentada na cama. Você se esqueceu de como minha história termina?, ela pergunta.

Não é a mesma coisa, digo a ela. Não somos iguais.

Você diz isso, mas olhe só para nós, Lin Daiyu retruca, jogando a cabeça luminosa para trás. Não temos família e estamos sozinhas em um lugar que não é nosso lar. Amamos pessoas que só vão nos causar dor no final. Espere só pelo final. Você verá.

Não é a mesma coisa, repito.

13

O amigo é alto como Nelson. Ele usa um *chang shan* marrom e uma calça preta. Pelo brilho suave do tecido, dá para ver que tem dinheiro de sobra. Como Nam e Lum, e diferentemente de Nelson, usa uma trança que vai além dos quadris, tão grossa quanto massa enrolada. Ainda é tarde, e o sol bate em sua testa produzindo um brilho que me lembra de melões recém-cortados.

O nome dele é William. Em chinês, seria Weilian, que denota força e honestidade. Posso confiar em um nome desses, eu me convenço.

Nós nos encontramos no centro de Boise, em um restaurante chamado The Larch. William entra primeiro, depois Nelson, depois eu, com Lin Daiyu nos seguindo de perto, os pés mal tocando as tábuas do assoalho. O interior cheira a mofo e cortiça. As janelas estão fechadas, deixando o restaurante em uma escuridão forçada. Noto o branco dos olhos dos clientes do restaurante, ainda mais branco que os rostos, enquanto nos seguem pelo salão. William, nosso líder, não parece reparar. Mantém a cabeça erguida, os ombros abertos e a coluna ereta, como se o topo de sua cabeça fosse puxado por um fio. Ele caminha com orgulho e confiança, como se desafiasse aqueles que pretendem impedi-lo com os olhos.

Enfio as mãos nos bolsos para impedi-las de tremer. Tenho lembranças demais do que aconteceu quando estive em Boise. A estalagem anexa ao templo chinês. A sombra comprida de Samuel na parede. Nelson se vira para trás para se certificar de que continuo ali, e eu me lembro de endireitar o corpo. Atrás de mim, Lin Daiyu sobe e desce uma mão pelas minhas costas.

Nós nos sentamos a uma mesa nos fundos. É minha primeira vez como cliente de um restaurante, e a exposição da novidade me deixa inquieta. William e Nelson, que não têm motivos para se esconder, sentam-se livremente, o corpo deles à vontade em seu pertencimento. Imito William e me instalo em uma cadeira. Fico feliz de estarmos de costas para a parede.

Um a um, os clientes desviam os olhos e voltam a se concentrar em sua própria mesa. Penso nas raposas famintas que ficavam do lado de fora da escola de caligrafia, que olhavam para tudo o que não fôssemos nós. Elas achavam que, se não soubéssemos que estavam olhando, passariam despercebidas. Mas sempre as víamos. Nós as víamos e sabíamos que estavam jogando conosco, aquelas raposas famintas que fingiam ler as paredes. Na verdade, esperavam pelo momento em que baixássemos a guarda e virássemos o rosto para levar tudo embora.

Faz bastante tempo que William e Nelson não se veem, mas isso não os impede de conversar largamente. Observando os dois, penso nas meninas do bordel. No passado, elas foram o mais próximo que eu tive de amigas. Eu me pergunto o que diriam se me vissem agora, um homem baixinho de cabelo curto. E me pergunto se estão se alimentando bem, se estão saudáveis, como deixarão o bordel. Sei que nunca sairão por decisão própria, mas é bom fantasiar por um momento.

William pergunta a Nelson sobre Pierce – *aquela cidade entediante* –, sobre seus alunos – *aqueles cachorrinhos ingratos* – e sobre quando ele finalmente vai cumprir o que prometeu e viajar o mundo inteiro juntos – *ainda estou esperando, Nelson, ainda estou esperando!* Quando William fala, seu corpo todo se move. Quando ele ri, parece inflar, depois desmorona contra o que houver por perto – Nelson, a borda da mesa, o encosto da cadeira. Mais de uma vez, Nelson tem que estender as mãos para segurar os copos de água quando William ri.

Então, William finalmente diz, virando-se para mim. O famoso Jacob Li. Nelson falou muito a seu respeito.

É mesmo?, digo, forçando a voz a ficar mais grave que o normal. William parece ter a mesma idade de Nelson, que poderia muito bem ter a mesma idade que eu. Ficar perto de homens da minha idade faz com que me sinta ainda mais vulnerável, como se, por se conhecerem, soubessem que que não sou como eles.

Contei a William o que você me contou, Nelson diz, simpático. Sobre o casal que está procurando.

O casal. Meus pais. A mentira inextricavelmente ligada à minha vida real entregue a um completo desconhecido. Espero que valha a pena, Lin Daiyu murmura.

William se debruça sobre a mesa. Tenho excelentes contatos na China, ele diz para nós dois, mas principalmente para mim, que sou quem precisa ouvir aquilo. Posso ajudar a encontrar quase qualquer pessoa que esteja procurando.

Pressiono os lábios um contra o outro, pensando no que minha avó diria. Desde o começo, ela me disse para manter a boca fechada, para nunca contar a verdade sobre quem eu sou. Minha avó ia querer que eu ficasse quieta agora. Mas, depois de minha conversa com Nelson, não pude evitar pensar: já não aconteceu comigo o que de pior podia acontecer? Mesmo protegendo minha identidade, escondendo-me atrás de outras identidades, fui sequestrada, enviada para o outro lado do oceano, vendida a um bordel e traída por um homem que considerava um amigo.

E... quero saber onde meus pais estão. Há coisas que podem ser embaçadas, fatos tão próximos da verdade que podem se tornar a verdade. A prática faz a verdade. Agora é só uma questão de recontar a história.

Meus pais morreram quando nasci, digo, e as palavras bem ensaiadas saem com facilidade. Sinto que Nelson se debruça sobre a mesa, porque nunca ouviu a história da minha vida até agora. Até mesmo Lin Daiyu fica quieta e estreita os olhos em curiosidade.

Na minha cabeça, vejo a verdade, meu passado real, e uma faca passando sob ele – em uma manobra delicada, que só pode ser realizada pela mais hábil mão – para removê-lo. O que permanece é algo que parece meu passado, mas obscurecido.

Fiquei órfão, mas sobrevivi graças à bondade de outras pessoas do meu vilarejo, digo. Um casal. Os dois tomaram conta de mim e se certificaram de que eu tivesse comida o bastante, mesmo quando eles não tinham. Chamavam-se Lu Yijian e Liu Yun Xiang.

Faz muito tempo que não digo o nome dos meus pais. Na verdade, talvez nunca os tenha dito em voz alta. Nunca houve motivo para chamá-los de nada além de *die* e *niang*.

Esse casal me tratou como se eu fosse da família, prossigo. Independentemente do que acontecesse na vida de ambos, eles faziam com que eu me sentisse seu filho.

Em muitos sentidos, contar a mentira é mais fácil. Contar a mentira significa que tudo aconteceu com alguém que não sou eu.

Quando eu tinha uns 12 anos, prossegui, eles desapareceram. Depois, descobri que foram presos. Não sei o que aconteceu em seguida, porque nunca mais ouvi falar dos dois. E logo fui sequestrado e trazido para os Estados Unidos.

William balança a cabeça e assovia. Nelson olha para mim como se nunca tivesse me visto.

Agora é o grande momento. Digo para o rosto em transe de ambos: Quero encontrá-los. Quero agradecer a eles, deixar que saibam que estou vivo e bem, que seu trabalho duro não passou despercebido, que sou grato.

A mentira está completa, a história foi aperfeiçoada. Mestre Wang ficaria orgulhoso, penso. Minha prática realmente se transformou em minha própria arte. William se recosta com uma expressão assombrada no rosto. Esse casal altruísta merece saber que você está vivo. Você agiu certo ao me procurar!

William promete que fará o que precisarmos que faça. Foi tomado pelo sentimentalismo. Esqueça as histórias que nos ensinaram, diz, batendo a mão aberta sobre a mesa. Sua história é verdadeira, mas não aconteceu só com você. Aconteceu com muitas pessoas como você.

Nosso almoço chega. São necessários quatro garçons para carregar tudo: bolinhos quentes, linguiça de funcho, batatas fritas, presunto cozido, legumes, torta de ostras, costeletas. Carneiro assado e geleia de groselha em um prato chamado carne *à la mode*. William vê meus olhos arregalados e dá risada, então diz que já pagou por tudo. O restaurante todo fica olhando para nós, ofendido por nossa ousadia, então compreendo por que ele escolheu um restaurante branco em vez de um em Chinatown. Nelson balança a cabeça de um jeito que me diz que William costuma fazer isso. Agora, sei quem é que está pagando pelo quarto de Nelson no Twinflower Inn.

Lin Daiyu geme na cadeira ao meu lado, de olho na torta de ostras.

Coma o quanto quiser, William diz, ainda me observando.

Hesito a princípio, passando algumas batatas para meu prato. A casca é aromática e polvilhada de alecrim, e o interior é quente, suculento e um pouco doce. Uma mordida se transforma em dez, e sou incapaz de parar. Não consigo me lembrar da última vez que pude comer assim, sem um objetivo em mente ou uma dívida que precisaria ser paga. Deve ser essa a sensação de simplesmente estar vivo, penso, enquanto corto as costeletas. É a alegria de não ter que se preocupar com nada.

Você estava dizendo que os Estados Unidos o decepcionaram enormemente, Nelson comenta, virando-se para William.

A boca do outro está cheia de presunto, mas ele fala mesmo assim. Seja sincero, Nelson, ele diz. As coisas pioraram desde que aquela lei horrível foi aprovada, e agora uma multidão está se reunindo na sua cidade. Está mesmo surpreso?

Eu estava lá, digo, querendo participar da conversa. Trabalho na loja diante da qual tudo aconteceu.

Então certamente pode nos dar uma ideia melhor do que Nelson, o idealista, William diz, movimentando um garfo com um pedaço de carneiro. Jacob, como diria que a nova lei afetou você?

Estamos falando da lei que bane os chineses?, pergunto, com medo de dizer a coisa errada.

Sim, da Lei de Exclusão, William confirma, estudando-me de perto. Mentalmente, escrevo "exclusão", 排: uma mão ao lado de "errado".

Ela nos afetou terrivelmente, digo, sabendo que é o que William quer ouvir. Seria de imaginar que tratariam nossa gente melhor.

William para de mastigar.

Você deve estar brincando, ele diz. *Que tratariam nossa gente melhor?* Você se esqueceu? Ele se vira para Nelson, indignado. Nelson, diga que ele está brincando.

O velho pânico retorna – aquele que sinto quando estou perto de ser descoberta. Abro a boca para dizer alguma coisa, para inventar qualquer desculpa, mas Nelson fala antes que eu possa.

Talvez estejamos sendo um pouco arrogantes, ele diz, simpático. Não podemos esquecer que a viagem de Jacob aos Estados Unidos não foi das mais fáceis. Talvez ele não saiba porque não lhe permitiram saber.

Não digo nada, torcendo para que isso confirme as palavras dele.

Quase uma década atrás, Nelson explica, criaram a Lei Page, que impedia mulheres chinesas de entrarem no país.

A Lei de Exclusão, William o interrompe, é só a pincelada final no grande quadro do rosto que os Estados Unidos devem ter. É vil!

Entendo, eu digo.

Sempre me perguntei por que fui escolhida aquele dia no mercado de peixes. Por que me deixaram tão magra, tão suja, cortaram meu cabelo, deixaram-me em meio ao carvão. Por que tive que ser Feng, o órfão, em vez de Daiyu. Jasper me escolheu porque eu parecia um menino. Meu rosto taciturno e meus olhos cansados, que no passado tinham me protegido, no fim haviam se provado minha maior fraqueza. Eu poderia me passar facilmente por um menino, e mais facilmente ainda por um barril de carvão. Quando Jasper me viu no mercado de peixes aquele dia, viu alguém que poderia ser reescrito.

Nelson está falando agora. Eu me afasto do quarto em Zhifu e tento acompanhar suas palavras. Desde então, ele diz, as coisas andam ruins para os chineses aqui. Bem, já eram ruins antes, mas a lei permitiu que as pessoas fossem abertas em relação a seu ódio.

Mas não entendo, digo. O que fizemos a eles? Por que nos odeiam?

William ri. Por quê? Uma mesa próxima olha para nós cheia de aversão. William encara os fregueses, com os lábios franzidos. Eles nos odeiam porque acham que somos uma ameaça. Acham que vamos roubar o emprego deles. Têm medo de que seduzamos as mulheres. Eles nos odeiam porque acreditam, ainda que não cheguem a admitir, que são melhores do que nós. E isso não é só aqui. Está acontecendo em toda parte.

Meu pai era mineiro, Nelson diz em voz baixa. Precisou suportar muita coisa, porque eles tinham medo de que os chineses roubassem os trabalhos na mineração.

É especialmente ruim no Oeste, William concorda. Aqui, as pessoas nos chamam de pagãos, chinas, celestiais de olhos puxados. Sabe o que essas palavras significam, Jacob? Sabe que nossos olhos são motivo o bastante para nos odiarem?

Seus olhos são iguais aos meus quando criança, minha mãe costumava me dizer.

William está inflamado agora, animado pela comida e pela bebida. Os brancos se consideram a raça superior, ele diz. Antes, pelo menos eram discretos em seu ódio. Tocavam fogo, saqueavam e matavam, mas não de maneira tão pública. Agora que a Lei de Exclusão foi aprovada, eles acreditam que Deus lhes deu o direito de nos expulsar.

Tenho certeza de que essa não foi a intenção daqueles que fazem as leis, Nelson comenta, conciliador.

William volta a rir, embora saia mais como um latido. Quem faz as leis são os maiores culpados, meu amigo! Podem não tocar fogo em cada Chinatown pessoalmente, mas perdoam a violência através das leis que aprovam. Existe um acordo tácito. O que esperam que pensemos? Que querem nos proteger?

Não é possível que apoiem a violência, Nelson insiste, firme. Talvez não tenham imaginado…

Você sempre acha que as pessoas são boas, William diz, e ouço pena em sua voz. Desde que consigo me lembrar. Às vezes, eu me pergunto se ter alunos brancos e frequentar a casa deles deixou você ainda mais manso. Aprovar uma lei que bane os chineses. Impedir nossas mulheres de vir legalmente, de modo que a proporção é de uma mulher para cada cem homens. Você sabia que na Califórnia os chineses não podem depor em seus próprios julgamentos? Julgamentos de situações em que fomos vítimas de saque, em que incendiaram nossa casa, cortaram nossa trança! Cada nova lei diz que não temos direitos, que não merecemos segurança, amor, conforto. Que não merecemos viver. Já fizeram isso com os negros e os índios. Dizem que nenhum de nós merece humanidade.

Nelson fica quieto. Faz bastante tempo que paramos de comer, e a comida, antes gloriosa, agora está fria. Acho que a raiva de William me confunde. Ele fala como se fosse o fim do mundo, mas, enquanto o observo respirando como um touro enfurecido, sinto que será tudo em vão.

Mas, como dizem, William prossegue, *toda ação tem uma reação igual e oposta*. E contarei um segredinho a vocês dois: venho pensando na reação igual e oposta perfeita.

Do outro lado do salão, um menino de cabelo dourado enfia a mão em seu prato de ervilhas. Há uma certeza cruel na maneira de seu braço descer pelo ar. A mãe tenta segurá-lo enquanto o pai limpa a bagunça. A expressão do menino se desfaz com a interrupção, depois seu rosto fica vermelho.

Não demora muito para que ele comece a chorar e se debater na cadeira.

Tenho amigos em São Francisco, William diz, falando mais com Nelson agora. Eles me contaram que há uma organização lá chamada Seis Companhias Chinesas. Todas estão por aqui há décadas, mas só recentemente se uniram. As coisas estão especialmente ruins em São Francisco, sabiam? As Seis Companhias estão fazendo tudo o que podem para se opor à violência contra nosso povo. Fazem um bom trabalho, inclusive mandando de volta para a China meninas sequestradas pelas *tongs* para trabalhar em bordéis. Às vezes, mandam de volta até o corpo de pessoas que morreram aqui.

Lin Daiyu agarra meu braço, embora nem precisasse fazer isso. Já estou prestando atenção.

William nota a mudança no ar. É uma organização forte, ele diz, dirigindo-se a nós dois agora. Mas precisam de mais dinheiro e mais gente. Precisam de recursos. É disso que estou falando, Nelson. Vou me mudar para São Francisco e me juntar a eles, me juntar à luta. E quero que você venha comigo.

Nelson pensa por um momento. Então diz que apoia William em sua escolha, mas ainda não está pronto para deixar Pierce. Tem coisas importantes a fazer. William pergunta o que poderia ser mais importante que aquilo. Eu me pergunto a mesma coisa.

Isso só diz respeito a mim, Nelson fala, sem ser rude. A conversa está terminada.

William balança a cabeça. Está decepcionado, mas não surpreso. Não é a primeira vez que Nelson lhe diz não.

Ele se vira para mim. E quanto a você, Jacob?, pergunta. Poderíamos partir em setembro.

Nelson coloca uma mão no meu ombro. Isso faz com que eu sinta como se meu corpo fosse uma parte dele. Quero que continue assim, quero que nós dois lentamente nos transformemos em um só. Sei que Nelson me toca em alerta, mas só consigo notar o quanto sua palma é quente quando seus dedos se abrem sobre minha pele.

Deixe-o, William, Nelson diz. Jacob já tem o bastante com que se preocupar sem você levá-lo a São Francisco. O melhor que pode fazer por nós dois é descobrir o que aconteceu com aquele casal. Como Jacob pediu.

Nelson se levanta e sua mão deixa meu ombro. Sem ela, meu corpo fica gelado, como se lhe faltasse algo vital. Vou ao banheiro, ele diz. Mas deixe Jacob em paz.

Nós o observamos se afastar com seu andar confiante, passando por entre as mesas com facilidade.

Nelson é maravilhoso, William diz, suspirando. Mas também pode ser frustrante.

Quero ir com você, digo.

Ah, William diz, sorrindo. Que bela surpresa.

Sua expressão é presunçosa, como se ele tivesse triunfado sobre Nelson. Eu a ignoro e me concentro na felicidade que se espalha lentamente pelo meu peito. Por muito tempo, eu me perguntei como encontraria o caminho de volta para casa. Tinha algumas ideias – guardar dinheiro, ir até o território de Washington, entrar escondida em um navio –, mas, se realmente pensasse a respeito, concluiria que era quase impossível. A viagem em si poderia me matar. Com a oferta de William, meu plano, antes tão frágil, se solidifica. Viajaremos juntos – com conforto, a julgar por suas roupas. Ele nos protegerá com seu dinheiro. Quando chegar a São Francisco, quando finalmente encontrar algum representante das Seis Companhias, revelarei minha história. Vão me ajudar a voltar para casa. Vão me ajudar a encontrar minha avó. É tudo o que eu sempre quis, uma resposta tão simples e fácil que mal consigo acreditar nela.

Aceite, Lin Daiyu implora. Aceite e nos leve de volta para casa.

Partiremos em setembro?, pergunto.

No dia 12, William diz. Venha me encontrar aqui. Então partiremos para o Oeste.

Estendo a mão. Ele a aperta, a expressão presunçosa retornando ao seu rosto. Você não vai contar a Nelson?

Prefiro não contar, digo. Assim será mais fácil partir. Você entende.

Claro, William diz. Você é muito mais do que acredita, Jacob Li.

Não sei o que ele quer dizer com isso, mas fico quieta. William acha que vou prestar um serviço ao meu povo, que busco justiça tanto quanto ele. Deixarei que acredite nisso. A julgar por nosso breve tempo juntos, ele se considera íntegro e muito sábio. Pode até amar Nelson, mas também se considera superior ao amigo. E a todos nós.

Quando Nelson retorna, mantenho uma expressão neutra.

Nós nos despedimos na rua. Algumas pessoas brancas desviam de nós, depois se viram para olhar feio. Eu as vejo se afastar e penso no menino de cabelo dourado com suas ervilhas.

Foi bom conhecer você, William me diz, apertando minha mão outra vez. Ele me passa um pacote de papel pardo com um formato estranho. Eu o pego e me surpreendo com seu peso. Quero que guarde isto na loja e use se tiver problemas, William diz. Nelson pode ensinar como.

Agradeço. Não sei se gosto dele ou não.

O resto do dia é agradável. Com a esperança de retornar à China e Nelson ao meu lado, as lembranças da minha primeira vez em Boise já não pesam tanto. Passeamos pelo centro, rindo de tudo o que não podemos comprar, depois entramos na Idaho Street, com Nelson à frente. Noto uma mudança. As construções são simples e marrons, mas o ar em volta emana uma energia familiar. Então me dou conta de que todos na rua se parecem conosco.

Já sabendo a resposta, pergunto a Nelson: Onde estamos?

Chinatown, ele diz.

O que é Chinatown: um quarteirão ou dois de construções. Passamos por uma loja que vende todo tipo de produto e outra que anuncia ervas e remédios. Aqui, o consultório de um praticante de medicina chinesa. Ali, uma casa de apostas. Do outro lado da rua, a água suja de uma lavanderia escorre para a calçada. Também há casas, dentro das quais imagino cabeças com cabelo tão preto quanto o meu. Sinto uma pontada de saudade do meu antigo lar e tristeza pelo atual. Chinatown termina quando chegamos à rua 8. Ocupa um espaço tão reduzido, tão subjugado em comparação com o país que lhe dá nome. Para muitos dos moradores, este pode ser o único pedaço da China que lhes resta.

Noto Nelson me observando. Este lugar lembra você de casa?

Você nunca foi à China, não é?

Penso nas montanhas cobertas por musgos e na força do oceano. Quero mostrar a Nelson a vila de pescadores, quero levá-lo até o rio e entrar na água com a calça arregaçada até os joelhos para encher as mãos de peixes. Comeríamos por dias. Ficaríamos tão cheios que tudo o que nos restaria fazer seria dormir. E talvez então eu mostrasse Daiyu a ele.

Irei com você um dia, Nelson promete. E sei que está sendo sincero.

Mais tarde, quando estamos a caminho do teatro, um policial nos para e exige ver nossos documentos. Ele aperta os olhos para minha foto e depois para meu rosto. Este aqui não parece com você, diz.

Mas é ele, Nelson afirma, pondo-se à minha frente. Se tem algum problema, ficaremos felizes em aguardar seus superiores chegarem.

É tarde, e o jantar já deve estar esperando pelo policial em casa. Ele devolve o documento e me diz para arranjar uma foto melhor antes de ir embora.

Tento enfiar meu documento no bolso do peito, mas Nelson me impede. Deixe-me ver, ele diz, com o papel já nas mãos. Sinto o coração bater bem depressa. Ao olhar de um branco, todos os chineses são iguais. Só que Nelson é um de nós. Ele vai saber.

Pelo que parece ser um longo tempo, ele não diz nada. Então me devolve o documento. O policial tem razão, ele diz, voltando a andar. Você tem que arranjar uma foto melhor.

Há uma comoção do lado de fora do teatro, uma multidão reunida. Ouço palavras que já se tornaram familiares para mim agora, como *pagãos de olhos puxados*, *bastardos de olhos fechados*, *bestas amarelas*.

Perto da entrada, vemos que a multidão não se dirige ao teatro, mas à lavanderia do outro lado da rua. O proprietário, um chinês baixo e robusto com as narinas bem abertas, está diante da porta. Ele grita de volta para a multidão, sua coluna bem ereta em desafio. Nelson me diz para abaixar o gorro na cabeça e esconder o rosto com o lenço. Ele pega meu braço, e eu não resisto. Nós nos escondemos atrás de um homem com casaco cor de feno e sua esposa de pernas magras, então entramos no beco ao lado do teatro.

Sinto muito, Nelson, digo. A noite está arruinada.

Ele balança a cabeça, como se isso pudesse esconder a decepção em seu rosto. Queria que você ouvisse um violinista de verdade tocar, Nelson diz.

Posso ouvir um violinista de verdade tocar quando quiser, digo. Tem um aqui na minha frente.

Nelson baixa os olhos, mas vejo um sorrisinho em seu rosto. Andamos pelo beco, ouvindo os gritos da multidão cada vez mais fracos. Ele ainda não soltou meu braço.

Seu amigo William não estava mentindo em relação às multidões, digo.

Ele quase nunca mente, Nelson diz.

Então por que não quer ir à Califórnia com ele?

Na esteira da multidão, sou ousada, como se dissesse: nossa vida acaba de ser ameaçada e sobrevivemos, por isso você me dirá a verdade.

Ah, Nelson diz. Nossos passos ficam mais lentos, porque a expectativa os deixa pesados. Queria ter uma resposta mais interessante, ele prossegue. A verdade é que Pierce sempre foi meu lar. Há coisas lá que importam muito para mim. Não sei se estou pronto para partir.

Coisas como seus alunos?, pergunto. As amizades que cultivou?

Sim, ele confirma. Coisas assim.

Não tenho coragem de perguntar se Nelson me incluiria entre essas coisas.

Então ele se vira para mim, e ambos paramos ao mesmo tempo. O almoço com William, a tarde passeando por Boise, até mesmo o encontro com a multidão, tudo parece ter nos trazido a este momento, em que estamos tão próximos que poderíamos cair um em cima do outro. Não consigo distinguir seu hálito do meu. Não sinto mais meu corpo, só uma grande fusão, como se eu tivesse sido uma gota de água isolada no oceano e agora finalmente me permitisse ser consumida por ele. Há algo de encantador e até heroico em deixar outra pessoa olhar para você. Nos olhos de Nelson, eu poderia salvar vidas.

E quanto a você?, Nelson pergunta, com a voz suave e despida. Que motivo tem para não ir?

Então me lembro: ele não sabe a verdade. Não sabe que eu vou.

Qualquer magia que houvesse entre nós se dissipa. Setembro está longe, penso. Mentirei para ele agora e continuarei mentindo até o dia de ir embora. Recuo um passo, e parece que atravessei montanhas, vales e vastas planícies, chegando a uma terra que Nelson não pode alcançar. Ele vê a mudança em minha expressão, a antiga guarda subindo. Então também dá um passo para trás, deixando o braço cair ao lado do corpo.

Ambos desviamos o rosto. Solto uma risadinha tensa. William é seu amigo, digo, e agradeço a ajuda dele, mas essa retaliação de que fala, essa ideia de *uma reação igual e oposta*... me parece tolice.

Então acha que é melhor não fazer nada?

Não foi isso que eu disse, respondo. Para mim, William está sendo um pouco arrogante. Somos tão poucos, e eles tantos. O que podemos mudar?

Nelson volta a andar, agora sem olhar para mim. Sabe, Jacob, ele diz, eu estava pensando em Nam e Lum, e até mesmo em você. A multidão quase matou Nam e você, e desde então vem aterrorizando a loja. William não está errado quanto a isso acontecer em todo o país. Mesmo que não formos para a Califórnia, não deveríamos descartar a possibilidade de fazer *alguma coisa*. Não acha que vale a pena?

Vim para cá contra minha vontade, Nelson, digo. Este não é meu país. Este não é meu povo. Não é problema meu.

Entendo, Nelson diz. Acho que dá para voltar à pousada daqui.

Sei que o decepcionei, mas também estou indignada. Por que me pedir para participar de algo de que nunca pedi para fazer parte?

Saímos do beco e damos em uma rua vazia que parece familiar, mas não amistosa. Nelson nem nota isso, caminhando com passos mais tranquilos agora que nos afastamos do teatro. Não o acompanho. Algo aqui parece muito errado.

Então entendo o que é. Mais adiante, entre a farmácia e um prédio abandonado, está a estalagem anexa ao templo onde passei minha primeira noite em Boise.

Vamos mais rápido, digo, correndo para acompanhar Nelson. Estou louca para abandonar este lugar e nunca mais voltar. Quando passamos diante do lugar, baixo os olhos, ignorando as luzes reconfortantes e os murmúrios em chinês vindos de dentro. Um lugar assim deveria parecer acolhedor, um lar, penso com amargura.

Um pedinte sentado nos degraus da frente nos observa passar. Ele grita algo em chinês – um poema, parece. Percebo que está bêbado, que as palavras colidem umas com as outras, atropelam-se. Tento ouvir o que ele está recitando, mas não é um poema que eu reconheça. Então compreendo.

Espere, digo a Nelson, e me viro para o pedinte.

Conheço esta voz. Eu a ouvi todas as noites em um verão inteiro. Tiro um fósforo do bolso e o acendo, então o seguro perto do rosto do pedinte.

Argh, ele faz, e se esconde, tentando afastar minha mão. Qual é o seu problema?

Seu cabelo está comprido e todo emaranhado, alguns fios pretos cobrem seu queixo e sua mandíbula. Mesmo sob a imundice e o vômito, reconheço seus olhos, tão indefesos quanto os de uma vaca.

Samuel?

Hã? Ele se vira para mim, e o cheiro de álcool atinge meu rosto. A chama do fósforo bruxuleia.

Samuel, o que está fazendo aqui?

Nelson está atrás de mim. Você conhece esse homem?, ele pergunta.

Eu o ignoro. Não posso contar a Nelson sobre Samuel, o menino que chorou no meu quarto em São Francisco, o menino que queria ser homem.

Vocês têm dinheiro?, Samuel nos pergunta. Eles me mandaram embora. Samuel ergue as mãos juntas. Quando olho para elas, tenho que me esforçar para não vomitar.

Uma mão está ali, com a palma voltada para nós, estendida. A outra não é uma mão, só carne, algo sem forma, a pele roxa e mutilada. A textura é de mingau. Os ossos foram retirados, percebo. Então sinto o cheiro – de carne podre, de pus seco, de sangue enferrujado. Cubro a boca com minha mão livre.

Oh, não, Nelson exclama.

Samuel baixa as mãos, decepcionado. Não adianta, ele murmura, deixando o corpo cair. Então volta a recitar seu poema incompreensível.

De onde o conhece?, Nelson pergunta. Outra vez, eu o ignoro.

Sua mão, digo a Samuel. O que aconteceu com sua mão?

Hã?, Samuel grita. Isto? Ele volta a erguer a mão que não é uma mão diante do meu rosto. É meu pagamento por tudo o que fiz.

O que você fez?, Nelson pergunta a ele, tentando soar bondoso.

Peguei algo que não devia, Samuel responde. Como eu ia saber?

Do que está falando?, Nelson pergunta. O que pegou?

Hum... hã... ela, Samuel solta. Mas veio a um preço. Ele fez questão.

Olho para a massa que é sua mão, uma mão de que me lembro bem. Uma mão que vi descansando sobre seu joelho todas as vezes em que Samuel se sentou na minha cama no bordel.

Então o que ele está dizendo começa a fazer sentido.

Ele?, digo, com a voz falhando, incapaz de pronunciar seu nome. Foi *ele* que fez isso com a sua mão?

Hã?, Samuel diz, apertando os olhos para mim. Ele? Sim, *ele, todos eles!* Ele me encontrou e veio com meus meios-irmãos. Mas não contei nada sobre ela! Pelo menos para isso ainda sirvo!

Nelson cutuca minhas costas. Acho que devemos ir, ele diz. Não temos como ajudar este homem.

Diante de mim está Samuel, o menino do meu passado, e a meu lado está Nelson, um homem do meu presente. Ele tem razão. Não há nada que eu possa fazer agora. Preciso seguir em frente.

Quando faço menção de ir, no entanto, Samuel agarra meu braço com a mão boa. Sua pegada é surpreendentemente forte, seus dedos são como garras. Ele segura logo abaixo do cotovelo. Nelson se apressa a tentar me soltar, mas nem precisa fazer isso, Samuel me larga pouco antes, rindo e voltando a deixar o corpo cair.

Conheço você?, Samuel pergunta. Conheço alguém parecido com você.

É melhor irmos, Jacob, Nelson volta a dizer. Ele está bêbado demais.

Desta vez, dou ouvidos a ele. Deixamos Samuel nos degraus, mas sua risada nos assombra mesmo depois de estarmos de volta à nossa pousada.

O que acontecerá com ele?

Nelson baixa os olhos. Você viu a mão dele, diz. Não sobreviverá por muito tempo sem cuidados. Para ser sincero, não sei como sobreviveu até agora. O álcool deve estar entorpecendo tudo. Por ora.

Depois que subimos, Nelson me diz para lavar o braço onde Samuel me tocou. Concordamos em voltar para Pierce na manhã seguinte.

É só quando fecho a porta do quarto, certificando-me de que há algo que me separa do mundo exterior, que me permito soluçar com o punho fechado diante da boca.

Samuel, o tolo, o ingênuo, o menino ávido que falava tanto de seus sonhos de vir para Boise e se tornar um homem. Ele deve ter deixado isso escapar para os meios-irmãos pelo menos uma vez. Então, para alguém que estivesse realmente procurando, não seria difícil encontrar os dois e convencê-los a seguir Samuel para puni-lo por suas transgressões. E esse alguém poderia usar Samuel para me encontrar.

Não tenho dúvida de quem é o "ele" da história de Samuel. Jasper está aqui. Quando permito que seu nome se materialize diante de mim, o restante dele se materializa também, até que não passo de uma criança pequena em um quarto, enquanto ele é maior do que o céu.

Agora vai me ouvir?, Lin Daiyu diz, pegando minhas mãos. Temos que ir. Não estamos seguras aqui.

A Daiyu presa ao barril de carvão fugiria. Correria rápido para longe. Só que não sou mais ela, lembro a mim mesma. Esta Daiyu tem amigos que são boas pessoas, uma cama que só usa para dormir, uma maneira segura de voltar para casa. E esta Daiyu sabe coisas que Jasper ainda não sabe. Como meu novo nome. E meu novo rosto.

E quanto ao homem grisalho?, Lin Daiyu insiste. Ele sabe que você não é um homem.

Então eu me lembro outra vez daquela noite. Samuel chorando no chão, o homem grisalho espreitando à porta. Se Jasper encontrasse o homem grisalho, saberia tudo sobre Jacob Li. O homem grisalho não me protegeria como Samuel protegeu.

Então vamos, Lin Daiyu diz. Vamos fugir, como fizemos antes. Continuar fugindo até chegar em casa.

Poderíamos fazer isso, penso. Partir durante a noite e seguir para o Oeste agora mesmo. Sem deixar nem um bilhete a Nelson. Nelson. A ideia dele batendo na minha porta pela manhã, batendo eternamente, me enche de tristeza. E o que Nam e Lum diriam quando eu não voltasse? É cedo demais. Não estou preparada para começar minha viagem assim.

Não temos dinheiro o suficiente para ir para o Oeste, digo a Lin Daiyu, torcendo para que ela não enxergue os outros motivos fermentando em meu coração. Não sem a ajuda de William.

Ela balança a cabeça para frente e para trás, e seu cabelo entre preto e prateado chicoteia em protesto. Estou tentando proteger você.

Lembre-se, digo a Lin Daiyu, dois anos me separam deles.

Acredito nisso. Em dois anos, tudo pode mudar. O sangue que escorre entre minhas pernas transformou meu rosto, que antes tinha a forma de um ovo. Minhas maçãs do rosto se destacaram, meu nariz ficou mais largo. Ainda tenho a mesma expressão taciturna, mas agora com um propósito.

Dois anos, e não sou mais uma criança.

Veja, digo, recuando para mostrar meu corpo a Lin Daiyu. Estou mais comprida aqui, mais larga aqui. E tem de concordar que estou mais alta.

Concordo, ela diz, inspecionando-me.

Com Nelson ao meu lado, seria quase impossível me distinguir de qualquer outro chinês. Estou muito longe da menina-menino do mercado de peixes em Zhifu. Estou muito longe da menina-menino chorando na cama da estalagem.

Como foi mesmo que mestre Wang me ensinou? Devo ser firme e forte, como a marca preta na página. *Um bom traço comunica força interior. Ele pertence inteiramente a si mesmo, sem deixar espaço para a fraqueza e o transtorno do espírito.*

Firme e forte, firme e forte, repito para mim mesma. Inspiro firmeza e expiro força. Abro os olhos e vejo Lin Daiyu de pé também, espelhando-me, inspirando e expirando. Observá-la me acalma.

Jasper pode estar aqui, mas não conhece a pessoa que me tornei. Ainda assim, está se aproximando, e uma hora vai me encontrar, tenho certeza. A música do dia desaparece, os sentimentos calorosos despertados ao pensar no rosto de Nelson parecem ridículos agora. Como pode ter se acomodado tanto, Daiyu? Esse tempo todo, Jasper estava se movendo, aproximando-se. Perceba o quanto ele chegou perto.

Lembre-se de que este não é seu lar, digo a mim mesma à noite. Você terá que encontrar o caminho de casa antes que ele a encontre.

Setembro parece distante demais.

Pearl está chorando, e Swan não para de gritar por causa de suas bainhas puídas. Iris dá risadinhas, seus dedos cobrindo a boca como as grades do lado de fora de nossas janelas. Jade está aqui também, com os pés sujos. Estamos alinhadas, esperando que Madame Lee entre, como sempre faz, e confira uma por uma. Já anoiteceu, e os clientes logo chegarão.

Só que não é Madame Lee que entra. É uma mulher com uma boca que parece mais um bico, entre vermelho e laranja, afiado como uma faca. A mulher abre os braços, que não são braços – o que eu achava que eram as mangas de seu vestido de seda na verdade são asas. Ela fica diante de nós e abre a boca. Tudo o que vejo dentro é uma língua cinza se movimentando na escuridão.

Quando acordo, escrevo uma carta para William perguntando se ele poderia me fazer mais um favorzinho. E que eu adoraria se não comentasse nada a respeito com Nelson. *É um assunto pessoal, como deve compreender.* Eu a levo ao correio antes de o sol nascer, temendo que a luz do dia me torne mais vulnerável, depois corro para encontrar Nelson na pousada, com a imagem da língua cinza e dura de Swallow pressionando meu crânio.

14

Junho chega, e a terra fica multicolorida. Há ranúnculos, papoulas alaranjadas e cravos brancos, plantas com botões que parecem gotas d'água, grindélias, rosas-caninas e flores que parecem vasos virados de cabeça para baixo. Ainda mais impressionantes são os pinheiros que margeiam a cidade, os quais se endireitaram e encheram acompanhando o ritmo agradável do verão. Nelson diz que não há verão melhor no mundo que o de Idaho, e, quando as flores começam a se abrir, salpicando os caminhos que conduzem às colinas e às montanhas, como tinta no pincel rebelde, acredito nele.

O verão é lindo, mas estou distraída e vivo desconfiada. Jasper pode ter acabado de chegar a Boise, mas, quando chegar à conclusão de que não estou mais lá, vai revirar todas as cidades de Idaho perguntando por uma menina que se parece com um menino que se parece comigo. Pierce é uma cidade grande, mas há cidades muito maiores e mais movimentadas nas quais ele deve passar primeiro: Idaho City, Warren, Richmond e as cidades da região do rio Salmon. Eu me lembro da voz que ouvi aquele dia no cais de São Francisco, do som vago de alguém cantando em despedida. Ele continuará procurando enquanto o verão der lugar ao outono, passando pelos mesmos lugares que eu, até vir parar aqui. Não deve chegar a Pierce antes de setembro, concluo. E, a essa altura, já terei partido.

Agora que voltou a esquentar, Nam e Lum trabalham ainda mais duro para trazer mais clientes à loja. Quando o tempo está bom, Nam declara, as pessoas querem gastar dinheiro. Ele e Nam têm um plano para aumentar ainda mais os lucros durante o verão. Não terminaremos como a lavanderia ou a barbearia de Cheng. Lum calculou e determinou que geleia será o produto que os clientes mais vão buscar em um verão tão bom quanto este. Em meados de junho, carregamentos de geleia começam a chegar à loja. De groselha-preta. Framboesa. Maçã. Melão. Caixas cheias de potes de vidro ocupam o quartinho dos fundos, empilhadas até chegar ao teto. Logo, não há mais lugar para sentar. Lum e eu nos revezamos para fazer o inventário, e o cheiro suave de nectarina e ameixa nos segue aonde quer que vamos.

Nenhum de nós se surpreende quando a previsão de Lum se prova acertada. Basta uma mulher branca alegre, frequentadora da igreja, comprar uma geleia de limão. Na manhã seguinte, há uma fila de cinco pessoas esperando a loja abrir. Não somos a única loja de Pierce que vende geleia, mas somos a única que vende uma geleia deliciosa, bem consistente. Ninguém conhece nossa marca. Nam diz que é especial, de uma fazenda no território de Washington. Eu não sabia o que era geleia antes de chegar aos Estados Unidos, ele me diz, alegre. É sexta-feira e as prateleiras estão vazias – é a terceira sexta-feira seguida em que isso acontece. Em dias assim, quando as vendas são boas, Nam se torna uma versão elevada de si mesmo, maior, efervescente, cuja energia é incontrolável. Você acreditaria se eu dissesse que a melhor geleia é feita por chineses?, ele me pergunta. Os clientes acreditariam?

O dono da Foster's não vem mais ficar diante da nossa loja. Lum acha que isso é bom, um sinal de que o homem enfim admitiu sua derrota. Nam decide dar nossa geleia para Foster, sem cobrar. Como uma oferta de paz, ele diz. Nam me manda até a outra loja com uma amostra de nossos melhores sabores. Deixo a cesta do lado de dentro da porta da Foster's. No dia seguinte, quando vou buscá-la, vejo que os potes foram quebrados e a geleia cintila como sangue ao sol. Não contei isso a Nam.

A Pierce Big Store não é o único negócio que prospera na cidade. O verão traz uma nova leva de estudantes de violino para Nelson, e ele fica tão ocupado que semanas se passam sem que nenhum de nós o veja ou tenha notícias dele. Isso é bom, digo a mim mesma. Assim fica mais fácil mentir para ele – sem precisar dizer nada.

Sua cor não está boa, Nam me diz certa manhã de domingo. Você passa tempo demais dentro de casa.

Lum concorda, o que não é comum. Faz bem tomar um pouco de sol, ele diz. Livra a pessoa de bactérias e doenças. Sair não vai te fazer mal, Jacob. É assim que a gente mata as coisas ruins que tem por dentro.

Coloco pão e um pote de geleia de framboesa em um saco, além de salada de pepino e alho da noite anterior. Faz um dia maravilhoso e quero surpreender Nelson, já que faz muitos dias que não o vejo. Não penso em Jasper, o que é incomum. Quero ter este dia para mim, penso. Um dia sem precisar olhar para trás.

Quando chego ao Twinflower Inn e bato na porta do quarto de Nelson, ninguém atende. Pressiono a bochecha contra a madeira escura da porta, pensando em todas as vezes que ele passou por ela. O ar aqui é sagrado. Do outro lado, está tudo quieto. Nelson não tem aula aos domingos, deve ter saído para almoçar ou resolver alguma coisa, concluo.

Do lado de fora, é difícil ignorar a confiança do sol da tarde. Eu me lembro do que Lum disse sobre o sol matar as coisas ruins dentro do corpo e me pergunto se mataria os demônios que me perseguem caso fique ao ar livre por tempo o bastante. Fecho os olhos e giro no lugar, abrindo os braços como se pudesse apreender a luz. Sentir esse calor é um luxo por si só.

China imundo, alguém murmura atrás de mim. Tinham que enforcar você.

Ouço isso um segundo tarde demais; quem quer que tenha dito já foi embora quando me viro. Começo a regressar à loja pensando no discurso de William aquele dia, no ultraje em sua voz enquanto ele falava sobre todas as atrocidades que vinham sendo cometidas contra pessoas como nós. Se eu fosse ele, ficaria furiosa também.

Ainda bem que logo estaremos em casa, Lin Daiyu diz.

Eu concordo.

O sol bate nas minhas costas, exercendo uma pressão firme e alegre que faz com que me sinta plena e leve ao mesmo tempo. Na metade do caminho, decido que não seria tão ruim ficar um pouco mais ao ar livre. A comida no saco que carrego nas costas bate na minha lombar como um gentil lembrete. Penso na tarde em que Nelson e eu fomos à clareira secreta atrás da escola, uma lembrança mergulhada na mesma luz fabulosa das minhas lembranças de infância. As árvores da clareira devem conter todos os tons de verde agora. Eu me viro e sigo na direção da escola. Nam e Lum podem esperar um pouco mais. Hoje é para ser o meu dia.

Quando chego à escola, sigo o caminho que Nelson me mostrou, à época quase invisível, agora com a grama bem amassada e desgastada. Ele deve vir com frequência. Sorrio ao pensar nele passando pelos galhos, pelos arbustos e pelo tanque de tartarugas. Quatro delas tomam sol em um tronco caído, as costas marrons quase soltando fumaça. Penso na minha avó, em como deve estar o tempo em nossa vila neste momento. Durante o verão, o calor se mistura com a umidade do mar, deixando-a quase inabitável – só de pisar fora de casa seu corpo ficava todo grudento. Pelo menos as plantas prosperavam lá, nossos vegetais, nossas frutas e ervas. Elas amavam o solo e a umidade, por isso agradecíamos ao clima, que nos permitia sobreviver e nos presenteava com aquela vida contínua.

Minha avó me disse que conversaríamos quando chovesse. Em Idaho, o clima é sempre seco, mas já não sofro com isso. Logo poderemos falar uma com a outra.

A clareira está à frente e se abre para mim quando me aproximo. Só que não sou a única aqui. Nelson está bem no meio, como se fizesse uma apresentação para as árvores em volta. Ele está de costas para mim, a coluna ereta e os ombros abertos, seu cabelo preto em forte contraste com os verdes e azuis. Uma felicidade intensa toma conta de mim. Mal posso esperar para dizer seu nome, para ver seu rosto quando ele se virar e deparar comigo aqui.

No entanto, Nelson não está só. Tem mais alguém aqui. Uma jovem sai do meio das árvores, com a pele de alabastro intocada. Seu cabelo é de um belo fio amarelo e cai sobre os ombros. Poderia ser algo que minha mãe teceu. A jovem é extraordinária – tudo nela, desde as roupas finas até a touca em sua mão pálida me diz que é alguém amada, alguém querida. E quando a vejo sei que não chamarei Nelson, que devo ficar onde estou, atrás dos arbustos.

Nelson se vira para a jovem e faz sinal para que se aproxime. Ela obedece e estende as mãos na direção dele. Seu rosto é comprido e sua mandíbula é larga, mas suas feições são delicadas – o nariz é um botão de rosa, os lábios são como um arco, seus olhos são iridescentes e nebulosos, como os de alguém que acabou de despertar de um sonho. Quando Nelson se vira, os lábios da jovem se abrem em um sorriso e seus olhos o procuram. À luz do sol, os dentes dela brilham como opala.

Vejo os dois se abraçarem, e a jovem apoia a cabeça no mesmo lugar onde Nelson descansa o violino. Em volta, as árvores dançam com a brisa, suas folhas varrendo o céu. Tudo está perfeito para Nelson e sua jovem – o dia está perfeito, com o sol alto e o vento gentil. Tudo está onde deveria, exceto eu.

De repente, sinto vergonha. Não sou nada além de uma menina presa no corpo de um menino, de uma mulher fingindo ser um homem. Amor, 愛, a entrega do eu pelo outro. Mas, para fazer isso, é preciso ter um coração livre, que possa ser oferecido. Não tenho nada a oferecer a Nelson porque nada que tenho é de verdade.

Ele acaricia a cabeça da jovem com a mesma mão que acredito ser boa e gentil. Não quero ver mais. Sou a mancha que macula o quadro sublime dos dois. Tão discretamente quanto possível, eu me viro e volto pelos arbustos e pelas árvores.

Só quando tenho certeza de que não podem me ouvir, eu corro, com as mãos cerradas em punhos, afastando com socos a lembrança do que vi. Não olho para trás.

Já senti muitas coisas e dei a elas muitos nomes. Esta, não quero nomear. É como se alguém tivesse amarrado uma pedra a meu coração, apertado a ponto de fazer as veias incharem, e depois a jogasse na parte mais profunda do oceano.

Quero lutar, mas sei que é inútil. Não estou afundando por causa da pedra, e sim porque eu sou a pedra.

O que você esperava?, Lin Daiyu me pergunta depois. Que ele a amasse? Ele nem a conhece. Rá! Nem você mesma se conhece.

Cala a boca, digo a ela. Cala a boca, cala a boca, cala a boca.

Você é uma menina fingindo ser um homem, que carrega um fantasma consigo. Ele nunca amaria alguém assim.

Eu sei, digo. Quero que ela vá embora. Nunca pedi que ele me amasse.

Então por que está chorando?

15

O verão é como uma música que chega ao fim e retorna ao refrão. Toda noite, conto o dinheiro do saco escondido debaixo do travesseiro. Todos os trabalhos e toda a economia. Fiz tudo o que podia, digo a mim mesma. O resto caberá a William.

Não procuro mais Nelson, e ele não aparece mais na loja. Imagino que esteja ocupado com seus alunos e com a jovem de cabelo dourado. É difícil acreditar que ela exista fora de um lugar tão mágico e intocado quanto a clareira, mas deve existir. De outra maneira, por que me sentiria como me sinto?

Ni Er Sun. O nome dele é uma floresta. Talvez ele tenha ido para lá: uma floresta tão densa que não posso segui-lo.

Certa noite, quando sou a única acordada, eu me esgueiro até a lixeira nos fundos da loja. Procuro por um pote de geleia que chegou mofado e foi jogado fora. Uma vergonha, Nam exclamou, com medo de que um pote ruim pudesse estragar todo o seu negócio. Nós o escondemos no fundo da lixeira, sob caixas manchadas e cascas de arroz endurecidas. Quando encontro, eu o abro. A geleia dentro tem uma pelugem branca. Pode haver universos inteiros ali. Pouco a pouco, vou tirando a geleia do pote e jogando no chão, até que ele esteja vazio, espelhando como me sinto por dentro. Sussurro o nome de Nelson dentro do pote. Sussurro suas mãos impecáveis, sua ternura certa, o brilho do violino à luz da lareira. São boas lembranças. São lembranças dolorosas. Então sussurro a deusa de cabelo dourado também. Pelo menos terão um ao outro. À minha volta, cigarras cantam na noite, e acredito que seja em aprovação. Quando termino, volto a tampar o pote e o devolvo ao fundo da lixeira. Por ora, deve bastar, digo a mim mesma. Se posso deixar tudo isso aqui, e deixar em paz, então posso encontrar uma maneira de ser feliz.

Você disse que mataria quem quer que me magoasse outra vez, digo a Lin Daiyu mais tarde, na cama. Não é uma acusação, e sim um lembrete. Pelo menos é o que digo a mim mesma.

Ela não diz nada. Sabe que o que estou lhe pedindo não é real. Não importa o que eu diga, sabe que não tenho a força necessária para desejar o mal de Nelson.

William me escreve duas vezes, mas nenhuma carta inclui a informação que estou aguardando. Ele só me fala do progresso das Seis Companhias Chinesas, de como vamos ajudá-las, nas palavras de William, com o dinheiro dele e meu espírito de luta.

O plano: encontrá-lo em Boise primeiro. Lá, pegaremos o trem para São Francisco. Ao chegar, vamos nos reunir com um dos organizadores das Seis Companhias, um amigo de William que nos aguarda.

Meu plano: em algum momento, quando for a hora certa, revelarei minha verdadeira identidade aos líderes das Seis Companhias. Eles saberão o que fazer.

São pessoas confiáveis?, pergunto a William em uma carta.

Essa deve ser a menor de suas preocupações, ele me responde. William escreve com traços grossos e mão pesada, como se fosse a única maneira de garantir que cada personagem fosse visto e compreendido. *Essa é a organização chinesa mais antiga e poderosa dos Estados Unidos. Se não confiar neles, em quem vai confiar?*

Penso no barril de carvão, no quarto imundo em que todas as meninas do navio foram mantidas, nos gritos no bordel à noite. Então vejo os líderes das Seis Companhias, e por algum motivo todos têm rostos como o do meu pai. Bondosos, benevolentes, heroicos até. Deve haver bondade no mundo, afinal. Quero acreditar nisso.

Já é algo. Uma esperança.

Em meu coração, há pouco espaço para tristeza por deixar Nam e Lum, mas ainda assim a sinto. Os dois foram alguns dos poucos homens que encontrei nos Estados Unidos que não tinham propósitos malignos, que simplesmente me receberam e me permitiram conviver com eles sem julgamentos. Quando vejo Nam persuadindo os clientes ou Lum franzindo a testa por trás dos óculos, penso no sangue que corre dentro deles. É o mesmo sangue que corre dentro de mim, um sangue aquecido pela mesma face do sol. Viemos da mesma terra, falamos línguas próximas. Por isso tudo, acho que poderia amá-los. Mesmo assim, mantenho minha partida em segredo. Como com Nelson, dizer a verdade a eles só tornará a partida mais difícil.

Nem pense nisso, Lin Daiyu me avisa.

Mas eu penso. Penso no pote no fundo da lixeira, que o vidro poderia quebrar de tanta coisa que contém. Um dia, em um momento de fraqueza e sofrimento infantil, procuro por ele. Minhas mãos vasculham em meio às frutas podres e ao cheiro úmido de jornais velhos, mesmo sabendo que o pote se foi há muito tempo.

É melhor assim, Lin Daiyu diz. Agora você pode se curar de verdade.

16

No fim, a decisão não é minha. Nelson vem até mim no último fim de semana de agosto. Faz semanas que não o vejo. Estou repintando o nome da loja em letras grossas, porque o calor do verão fez a pintura antiga descascar.

Olá, ele diz. Por que tem me evitado?

Não tenho evitado você, respondo. Só ando muito ocupado.

Por causa da loja?, ele pergunta. Não houve mais protestos, houve?

Se tivesse havido, você se importaria?

Há uma pausa, uma inspiração aguda em surpresa. Ele pergunta: O que quer dizer com isso? Está chateado comigo?

Não, digo. Por que escondeu de mim?

Escondi o quê?

Você sabe o quê. O pincel pende flácido na minha mão e a tinta amarela sangra na terra.

Ah, ele diz. Então era você.

Não digo nada.

Caroline jurou ter ouvido algo aquele dia, Nelson prossegue. Tem algo nas árvores, ficava repetindo. Não acreditei nela. Agora sei que era você. Certo, Jacob? Era você em meio às árvores aquele dia?

Fico constrangida, como se tivesse perdido algo que todo mundo já soubesse. Então assinto, querendo que ele desvie o rosto.

Você está chateado porque escondi de você. O tom de Nelson é suave, até mesmo dócil. Ele diz: Tem todo o direito. Somos amigos, e amigos não fazem isso. Pode me perdoar? Contarei tudo, se quiser ouvir.

Nelson não está bravo e não me acusa de espionar. Eu me viro para encará-lo pela primeira vez. Seus olhos descascam minha pele, expondo a carne crua por baixo.

Venha, ele diz, estendendo uma mão. E eu a pego.

O nome da jovem é Caroline, e ela é irmã mais velha de um aluno de Nelson. Caroline acompanhava todas as aulas, observando Nelson ensinar sonatas de Bach e arranjos de Vivaldi. Ele não dera muita atenção àquilo – talvez a jovem apenas estivesse interessada no desenvolvimento do irmão. Até que, um dia, quando o menino não estava vendo, Caroline enfiou um bilhete no estojo do violino de Nelson.

Que gracinha, Lin Daiyu diz, brincando.

Na privacidade de seu quarto no Twinflower Inn, Nelson me conta tudo sobre ela. Diz que é inteligente. Uma boa alma. Viveu em Pierce a vida toda e sonha em se tornar professora da escola. É muito boa com crianças.

A família dela sabe?, pergunto. Nelson não responde.

Espera se casar com ela?

Não espero nada, ele diz. Muito menos casamento, considerando que ainda é ilegal para nós. Não, só espero tentar ser feliz pelo tempo que puder.

Penso em Nelson ensinando o irmão mais novo de Caroline enquanto ela o observa. Os olhares e sorrisos secretos que trocariam, sabendo que depois, quando estivessem a sós no quarto de Nelson ou na clareira, se encontrariam em um calor unificado, separado do mundo externo. As mãos de Nelson no pescoço fino dela, um brilho suave transformado em música.

Que cena perfeita, penso. Não consigo esconder a feiura do rosto, ou o anseio profundo que me puxa pelo estômago.

Não faça careta, minha mãe costumava dizer. Seu rosto vai congelar e você vai passar o resto da vida assim. Nelson não nota. Só consegue sorrir. É um sorriso diferente, um sorriso que nunca o vi dirigindo a Nam, Lum ou até mesmo a mim.

Leve, sem esforço, como algo que já estivesse usando quando pegou no sono na noite anterior. É como se o rosto de Nelson tivesse congelado mesmo, mas naquela expressão beatífica.

E se vocês forem pegos?, pergunto. Recordo uma notícia que Lum viu no jornal sobre um chinês que passou cinquenta dias preso por abraçar uma mulher branca na rua.

Ninguém sabe, Nelson diz. Só você.

Penso no bordel de Madame Lee. Nenhum dos homens brancos que entravam e se lançavam sobre as mulheres dali, todas meninas chinesas fingindo ser mulheres, tinha ido parar na prisão. Eles iam e vinham livremente. Quem quer que fossem tinham orgulho de ser exatamente aquilo.

Acha que estou sendo idiota?, Nelson pergunta, olhando para mim.

Respondo que não, que ele só está amando.

Você já amou alguém, Jacob?

Penso em todas as pessoas na minha vida que se enquadrariam sob aquela palavra e digo que sim, sem ir além.

À porta, Nelson põe uma mão no meu braço, e desta vez seu peso é quase cruel. Nam e Lum vão me perguntar como Nelson está, por que não entrou para vê-los, se terminei de registrar os sacos de areia no quartinho dos fundos. Retornar a uma vida na qual eu não tinha essas informações parece estranho, como se não pertencesse mais a mim.

Vai me ajudar a guardar meu segredo, Jacob?

Nelson confia muito em mim. Eu o encaro e digo que sim, pensando que farei de tudo para me certificar de que ele só conheça a felicidade.

17

Quando setembro chega, há uma mudança notável no ar – as noites ficam roxas, trazendo um frio diferente consigo, um frio que promete um outono duro e um inverno vingativo. Logo cedo pela manhã, quando levo a mão à janela da frente da loja, sinto-a pulsar com um frescor que sobe pelo meu braço e chega até o pescoço. Em cinco dias, partirei para Boise para me reunir a William. Estou tão perto de casa que poderia tropeçar e cair nela.

No entanto, em uma terra vasta a leste, coroada por montanhas e envolta por ventos incessantes, algo terrível acontece.

É Nelson quem traz a notícia. Um massacre, segundo ele. Estou almoçando com Nam e Lum quando Nelson irrompe no cômodo, e a palavra soa mais como um prato quebrado do que qualquer outra que eu tenha ouvido na língua inglesa.

Nam e Lum ficam confusos. Não sabem o que a palavra significa. Eu mesma não tenho certeza.

Veja só quem finalmente veio visitar os velhos Nam e Lum, Nam diz, fingindo indignação. Lum se levanta para pegar outra cadeira. Eu, no entanto, fico olhando para o rosto de Nelson, que está branco. Se ele usou essa palavra, teve um motivo. Está nos contando algo que mudará tudo.

Lum volta com uma cadeira e a coloca diante da mesa. O almoço é peixe seco e arroz, e as espinhas agora sem carne já estão empilhadas em nossas tigelas. Nelson vai até a cadeira, mas não se senta. Parece olhar para além de nós.

Nam bate palmas na frente de seu rosto. Ei! Está doente? Quer chá? Jacob, pegue um pouco de chá de gengibre.

Houve um massacre, Nelson diz antes que possa me mover. Vinte e oito pessoas morreram, quinze estão feridas. Todas chinesas.

Desta vez, estamos todos ouvindo. A luz no cômodo assume um tom cinza doentio. As espinhas de peixe apodrecem diante de nossos olhos; com o conforto da refeição esquecido, elas não passam de um lembrete de ossos e morte.

É Nam quem quebra o silêncio. Não pode ser verdade, ele diz. Onde ouviu isso?

Todos na cidade sabem, Nelson responde. Deve sair no jornal em breve. Foi em Rock Springs, no estado de Wyoming. Mineiros brancos foram armados até Chinatown e abriram fogo. Alguns dizem que tocaram fogo em construções com gente dentro.

O caractere para fogo, 火, surge diante dos meus olhos, laranja, furioso, pegajoso. Não se pode escrever fogo sem incluir o caractere para pessoa, 人. Fogo é alguém preso entre duas chamas.

Não, Nam diz. Mas todos sabemos que isso não significa nada, que o que Nelson disse deve ser verdade. Nós nos viramos para olhar para a entrada da loja, como se esperássemos que a multidão já estivesse aqui, segurando rifles e espingardas em vez de placas.

Nelson se joga na cadeira. Não sei o que dizer. Nenhum de nós sabe. Tudo o que podemos fazer é imaginar os chineses, que devem ter gritado e tentado fugir. Mas gritar deve ter sido inútil. Eles devem ter erguido os braços em rendição, implorado para os canos das armas. Tudo inútil. Tudo em vão, enquanto sangue escorria de seus corpos, enquanto ardiam em chamas. Viro as mãos para cima, olhando para as veias azul-escuras na parte interna do pulso. O mesmo sangue aquecido pelo mesmo sol.

Ficamos assim até ouvirmos a porta se abrir e o sino soar. Em algum lugar, um cliente precisa de algo. É como nos lembramos de que continuamos vivos.

18

Dois dias se passam antes que haja alguma menção no jornal. Eu deveria estar finalizando os preparativos para a partida, mas a notícia do massacre não me deixa, tornando meus movimentos lentos e enchendo minha cabeça de vento. William falou de injustiças contra os chineses, mas eu nunca pensaria em algo parecido. O massacre foi precedido por uma multidão em protesto? Penso em Nam e Lum e na loja sendo alvejada.

O dinheiro sob meu travesseiro continua escondido, sem ser contado. Isso irrita Lin Daiyu, que não para de falar na viagem. Que diferença essa notícia faz, considerando o que você já sabia?, ela pergunta. Já sabíamos como eram os Estados Unidos. Por isso precisamos ir para casa.

Não tenho uma boa resposta para ela. Lin Daiyu tem razão, mas os corpos queimados me deixam doente por dentro. Sonho com chuvas de sangue, e, quando acordo, minhas mãos procuram freneticamente sob a camisa pelo meu coração, para se certificarem de que ele continua batendo, de que meu sangue continua meu.

A notícia sai na segunda página do *Pierce City Miner.* A manchete, logo abaixo do anúncio de uma nova fórmula de graxa para sapatos, é pequena:

LEVANTE EM ROCK SPRINGS: MINEIROS ENTRAM EM AÇÃO.

A manchete não usa a palavra para o que aconteceu: massacre. Não menciona os vinte e oito mortos, os quinze feridos, os corpos carbonizados. Leio o artigo, concentrando-me em cada palavra. *Mineiros de Rock Springs, descontentes com as práticas de contratação injustas que favorecem chineses em seu detrimento, tomaram as rédeas da situação por meio de um levante em Chinatown. Embora o resultado não tenha sido ideal, não se pode ignorar que houve circunstâncias atenuantes da violência.*

Repito a última frase. Quero entender o que significa "não tenha sido ideal". Vinte e oito mortes não foram ideais? O fato de que as pessoas foram encurraladas em sua própria cidade, em um lugar que criaram para elas? O fato de seus corpos terem ficado no meio da rua, o sangue se misturando à terra e manchando o chão?

Levo o jornal comigo ao Twinflower Inn. Os rostos brancos por que passo se concentram em mim, como marcas de tinta manchando meu campo de visão. Pela primeira vez, sinto grande desprezo por essas pessoas, como se fossem diretamente responsáveis pelo que aconteceu.

Você viu isso? Jogo o jornal na mesa diante da lareira do quarto de Nelson.

Ele está limpando o violino com um pano branco. As cordas gemem e suspiram conforme ele as esfrega. Vi hoje de manhã, Nelson responde, parecendo cansado. Não estou surpreso. Você está?

Sua tranquilidade, algo que sempre admirei, agora me enfurece, outra coisa que acontece pela primeira vez hoje. O que "circunstâncias atenuantes" significa?, pergunto. Por que não chamam de massacre? Assassinato?

Eles não são os únicos. Seus olhos encontram os meus, devagar, como se o mero ato de erguê-los consumisse toda a energia que lhe resta. Vários jornais em Wyoming expressaram apoio aos mineiros brancos. Muitos acham que eles estavam certos.

Como podem dizer isso? Foi assassinato, todo mundo sabe!

Sente-se, Jacob, Nelson diz. Sei que está bravo. Também estou.

Eu me sento.

Andei pensando no que William falou, ele diz. Fui rápido em declinar seu convite, mas não acho que ele estivesse errado em querer ajudar. Massacres como este continuarão acontecendo, a menos que façamos alguma coisa.

Pergunto se isso significa que ele vai se juntar a William em São Francisco.

Não, Nelson responde. Mas William me contou que em lugares como Boise Basin, Califórnia e Oregon, as pessoas tentaram processar a cidade por atrocidades contra chineses. Acho que devo agir nesse sentido, fazendo algo similar.

Então você vai processar Rock Springs?, pergunto.

Tentarei, Nelson diz. E, com sorte, não o farei sozinho.

Eu me encolho diante de seus olhos. Nelson confia na boa vontade dos outros. Para ele, o que é errado será corrigido porque o mundo é justo. Nelson pensa em mim como uma pessoa que pode fazer parte dessa boa vontade e justiça, mas não sou essa pessoa, não posso fazer isso. Sou uma criança nascida em um mundo onde até agora o mal prevaleceu. Como acha que vim parar aqui, diante de você?, quero perguntar a ele.

Digo que não, que não posso.

É uma grande decepção, ele diz.

Este não é meu país, eu o lembro.

E acha que é o nosso?, ele pergunta. As pessoas que moram aqui hoje nem sempre o fizeram. Esta terra foi roubada, e roubar se tornou um esporte. As pessoas que tomaram esta terra não têm ninguém em mente além delas mesmas e da própria sobrevivência.

Sinto muito, digo a ele. Acredito no que você quer fazer, mas não posso ajudar.

Por que, não se importa?

Neste momento, preciso que Nelson me olhe com qualquer outra expressão do que a que tem no rosto, que é de pena, de decepção, de necessidade de reescrever a pessoa boa e corajosa que ele acreditava que eu era. Porque vou encontrar William e seguir para a Califórnia, eu me ouço dizer. Entrarei em contato com as Seis Companhias Chinesas e pedirei para me mandarem de volta para casa.

A expressão dele não se altera. Poderia fazer anos que estamos neste quarto, conhecendo apenas um ao outro, e essa coisa morrendo entre nós.

Quando partirá?, Nelson pergunta, e não é interesse que marca sua voz.

Em três dias, digo a ele.

Entendo.

Acha que sou idiota? Agora sou eu quem faço a pergunta.

Não, ele responde. Acho que é egoísta.

É engraçado como, depois de tudo por que passei, isso seja o que mais me magoa. Sei que minha expressão está se desfazendo diante dele. Agora não sou mais que uma erva daninha. Agora sou inútil. Eu não deveria dizer nada, mas as palavras dele, seu julgamento imediato do meu caráter, tiraram algo de mim. Experimento outra primeira vez: a primeira vez que sinto necessidade de reclamar a mim mesma.

Como pode me chamar de egoísta?, pergunto, sabendo que minhas palavras nos levarão a um lugar de onde nunca poderemos retornar. Quando, esse tempo todo, você está saindo com *ela*? Ela é um deles. Como sabe que ela não acha o mesmo? Se for pego, acha que ela vai junto com você? Não, ela dirá que você a forçou. Chamará você de pagão de olhos puxados, mais um china que atacou uma mulher branca inocente por não conseguir controlar seu desejo animal.

Eu poderia afundar no silêncio que se segue. Nelson se levanta e vai até a porta.

Vá embora, por favor, Jacob.

Não me movo. Será que ele não consegue ver? Se o mundo podia ser tão facilmente dividido entre brancos e não brancos, então não havia exceção. Sempre haveria aqueles no poder e aqueles que não tinham poder.

Vá!, ele grita agora, e é a última primeira vez deste dia de primeiras vezes. A primeira vez que o vejo assim, e sei que Nelson também pode ficar furioso, ser vil e violento. Eu me levanto e tento me manter firme, mas, quando seus olhos duros perfuram os meus, já me sinto desmoronar.

Depois disso, não há volta. Nelson bate a porta quando saio. Ouço-a sendo trancada do outro lado.

Quando volto à loja, está escuro e perdi o jantar. Nam e Lum já estão dormindo, mas me deixaram uma tigela de arroz, agora morno, e vegetais em conserva. Sinto um aperto no coração quando vejo a tigela, um sinal de que alguém cuida de mim, um lembrete de que já fui criança e filha, de que havia gente que me amava o bastante para se certificar de que eu estivesse alimentada e satisfeita. Não tenho fome esta noite. Deixo a comida lá fora para que um gato sortudo a encontre.

Eu não deveria ter dito o que disse a Nelson. Talvez esteja errada quanto a Caroline, mas eu não poderia sair de Pierce sem saber que tentei protegê-lo. Se agora ele me odeia, que seja por esse motivo, pelo menos. Sabendo disso, minha vida em Pierce e minha amizade com Nelson não terão sido um desperdício de tempo.

Não peço a ele que me ame. Tudo o que preciso é que fique bem. Se deve me odiar para ser feliz, que seja.

Lembre-se, Lin Daiyu diz, este não é o seu lar. Isso não é problema seu. Eles que lidem com este país sórdido. Você precisa voltar para a China.

O sofrimento não vai durar para sempre, digo a mim mesma.

Um traço só pode ser considerado forte quando tem convicção o bastante para se manter no papel. Traços fortes são importantes, mas como fazer um traço forte com um pincel macio? A resposta é: com resiliência.

Um pincel resiliente é aquele que, depois de depositar a tinta no papel, já se prepara para a pincelada seguinte. Mas não se alcança a resiliência impondo maior pressão. Não, o artista deve dominar a arte de soltar o pincel, dar-lhe espaço e liberdade para se reencontrar.

Na verdade, resiliência é algo simples. É saber quando insistir e quando abrir mão.

19

Duas noites antes da minha partida para Boise, uma tempestade cai. Raios cortam o céu, e penso: Deve ser assim que pareço por dentro, não íntegra, mas com muitas partes separadas por algo que não posso controlar.

Pela manhã, Lum me entrega uma carta. Passei no correio e me deram isso, ele diz. Parece que chegou faz alguns dias, mas se perdeu na confusão da tempestade.

No canto superior esquerdo, há uma mancha de água. O nome de William lembra uma lagarta preta, engordada pela umidade. O envelope é mais pesado que de costume, e quando o pego sinto uma grande responsabilidade. É isso que eu estava esperando.

Lum fica curioso e pergunta quem é meu amigo. Nam entreouve, e de repente ambos se encontram à minha porta. Notaram as cartas que venho recebendo, dizem, e decidem que vão brincar de adivinhar quem é William. Fico ouvindo suas piadas e risadas, mas não conto nada. A carta permanece no bolso da camisa o resto do dia, seu peso, um talismã. Quando chega a hora do jantar, Nam e Lum decidem que William é um enamorado não correspondido.

Quando, mais tarde, seus roncos vibram pela loja, pego a carta e a abro. Minha respiração acelera. A carta em si não foi danificada pela água. Aliviada, desdobro as páginas esperando ver os traços grossos de William, só que desta vez eles parecem inclinados, até apressados. Só de olhá-los, mestre Wang concluiria que William estava ocupado com outras coisas.

Acendo um fósforo e o seguro perto da primeira página.

Jacob, a carta começa.

Peço desculpas por ter demorado tanto para enviar estas informações a você. Encontrar o casal sobre quem perguntou foi mais difícil do que eu imaginava. No fim, entretanto, o encontramos. Ou melhor: descobrimos o que aconteceu com eles.

Lu Yijian e Lin Yun Xiang eram comerciantes de tapeçarias em Zhifu, provavelmente antes de tê-los conhecido. Anos antes, eles se mudaram para uma pequena vila não muito distante da cidade. Lá, tiveram uma filha e continuaram trabalhando com tapeçaria. Deve ter sido nesse momento que você os conheceu.

Eis o que talvez não saiba: Lu Yijian e Liu Yun Xiang também ajudavam a Sociedade do Céu e da Terra, uma organização secreta que oferecia proteção para as classes mais baixas. Os detalhes não estão claros, mas imagino que ajudassem apoiadores da dinastia Ming a se esconder da corte Qing, provavelmente disfarçando-os como monges budistas. A corte desconfiava de seu envolvimento, mas nunca conseguiu provar nada. Lu Yijian e Liu Yun Xiang eram espertos: não mandavam cartas, preferindo se comunicar através dos desenhos das tapeçarias. Para o observador comum, uma fênix era apenas uma fênix, um lótus era apenas um lótus. Para quem sabia ler as tapeçarias, eram datas, horários, instruções.

Pelas informações que meu contato conseguiu, um oficial Qing que se passava por um membro da sociedade os denunciou. Nunca saberemos o que foi que os levou a tentar ajudar o impostor. Provavelmente o fizeram por pura bondade. Depois de descobertos, eles foram jogados na prisão e sentenciados à morte. Lu Yijian foi executado primeiro. Fizeram Liu Yun Xiang assistir, depois a executaram também.

Os dois deixaram uma filha e a mãe de Lu Yijian, embora eu não tenha conseguido descobrir o que aconteceu com as duas.

Já seu segundo pedido foi um pouco mais fácil de atender. O bordel em questão é de propriedade da Hip Yee e é comandado por uma mulher que chamam de Madame Lee. Ou melhor, era comandado, porque aparentemente ela foi tirada de seu cargo pela tong. *Quem o comanda agora é uma tal Madame Pearl, que de acordo com meus amigos leva jeito para os negócios. A menina sobre quem perguntou, Swallow, não trabalha mais no bordel. Não consegui encontrar nenhum registro dela. E o homem sobre quem você perguntou, Jasper Eng, foi morto pela Hip Yee depois que uma das meninas que vendeu escapou.*

Espero que esta carta lhe traga o que estava procurando. Mande lembranças a Nelson. Vejo você em Boise. São Francisco nos aguarda.

Com carinho,

William

20

Muitos anos atrás, quando brincava em uma vala perto de casa, encontrei um gafanhoto gordo e verde, com as patas dispostas como as pernas de uma cadeira intrincada. Nunca tinha visto um gafanhoto daquele tamanho. Eu o peguei pela perna de trás e corri até em casa, ansiosa para mostrá-lo aos meus pais. Poderíamos mantê-lo como animal de estimação, alimentando-o até que ficasse do tamanho de um gato pequeno. Irrompi porta adentro com um braço esticado.

Quando meus pais me viram e mostrei a mão, não havia nada ali. Eu não estava segurando o gafanhoto, só sua perna traseira. Em minha pressa para mostrá-lo aos meus pais, eu a havia arrancado de seu corpo. Talvez tivesse sido o vento, talvez meus braços se movendo enquanto eu corria. Ou talvez o gafanhoto tivesse decidido no meio do trajeto que uma vida sem uma perna era melhor que qualquer que fosse o destino que o aguardava, por isso ejetara seu corpo e deixara apenas uma perna tão fina quanto um cílio, que em determinado ponto detinha todo o poder do mundo, mas agora não detinha nenhum.

Depois disso, minha mãe pegou a perna do gafanhoto dos meus dedos e a colocou no parapeito da janela, onde ela murchou e se enrolou ao sol. Passei o resto do dia olhando para a perna, perguntando-me se assim eu poderia fazê-la voltar à vida. Depois de um jantar insuportável, meu pai me perguntou o que eu havia aprendido aquele dia. Comecei a chorar. Não sou uma assassina ou uma pessoa ruim, eu disse. Precisava que acreditassem em mim. Só queria mostrar a vocês algo extraordinário, expliquei.

Minha mãe foi gentil. Suas intenções eram boas, ela disse, mas suas ações a traíram. De agora em diante, Daiyu, você deve entender que essas duas coisas não podem ser separadas. Não importa quais sejam suas intenções: você precisa pensar em suas ações e tomá-las com base na verdade. Apenas uma dessas coisas não a torna uma boa pessoa. Compreendeu?

Como você poderia ter salvado o gafanhoto?, meu pai perguntou. Se realmente o considerou tão magnífico quanto diz?

Pensei a respeito. Estava muito arrependida. Poderia tê-lo carregado em ambas as mãos, falei, juntando-as. Poderia ter corrido um pouco mais devagar ou simplesmente andado. Poderia ter vindo para casa e levado vocês até a vala, para que o vissem.

Ou você poderia ter prosseguido com sua vida sem tocá-lo, minha mãe disse.

A sugestão dela me surpreendeu. Como os outros saberiam do gafanhoto se eu não tivesse provas dele? Não pedi explicação, no entanto. A perna no parapeito da janela tinha ficado marrom e escurecido àquela altura, e eu estava cansada de falar sobre o gafanhoto, cansada de sofrer com sua morte. Em algum momento, a perna cairia do parapeito e seria varrida e jogada fora com o restante das coisas mortas em nossa casa.

Agora, olhando para a carta de William, começo a entender o que minha mãe disse. Eu não precisava ter provas do gafanhoto. Se minhas intenções e minhas ações estivessem alinhadas, nunca precisaria de provas. Meus pais estavam tentando me ensinar que, em um mundo como este, tudo o que conta somos eu e minha palavra.

Então sou atingida por uma tristeza esmagadora por tudo o que perdi. Meus pais não eram apenas meus pais. Também eram pessoas que trabalhavam em prol do que acreditavam. Eles acreditavam em mim, por isso se esforçavam para me educar bem. Acreditavam na família, por isso construíram um lar amoroso para todos nós. E acreditavam na decência do ser humano a ponto de perder a vida por isso. Suas intenções e suas ações eram uma coisa só. Era isso que os tornava boas pessoas e foi isso que tentaram me ensinar.

Vamos embora, ouço a voz de Lin Daiyu dizer, de um lugar que acho que recordo. Anda, temos que sair daqui.

Sua voz é uma corda amarrada à minha cintura. Deixo que ela me puxe, atravessando o tempo, a terra e o oceano, até que eu esteja de volta à minha cama, ao meu quartinho, à loja.

Meus pais estão mortos. Nunca mais os verei nesta vida. Meus pais estão mortos.

Algo vem da minha barriga, um anseio profundo que viaja por todo o meu corpo. É uma pedra que não pode ser movida, um sol que se põe pela última vez, um vento que nunca vai parar de uivar. Sinto falta deles. Eu os amo. Não tive tempo o bastante com eles. Tento fechar os olhos, esquecer as imagens de seus últimos momentos, mas em vez disso os vejo ao meu lado, seu calor, o ritmo controlado de sua respiração. Eu faria qualquer coisa para tê-los de novo comigo. Para ouvir minha mãe dizer meu nome outra vez e saber que, independentemente do que acontecesse, esse mero ato me protegeria do que viesse.

No escuro, eu me fecho em mim mesma, mantendo a carta junto ao peito. Permito-me chorar. Lin Daiyu chora comigo, e seus soluços parecem tentativas de puxar o ar. Ambas conhecemos esse sentimento. Ambos o sentimos da mesma maneira.

Você está pálido hoje, Nam me diz aquela manhã. Está ficando doente?

Digo que não, que só dormi mal. Ele me deixa tirar o restante do dia de folga. Coma melão para esfriar o corpo, Nam diz, levando as costas da mão à minha testa queimando. Depois, fico vendo enquanto ele arruma as tinturas de iodo na prateleira atrás do balcão. Sinto um poço de carinho por ele. É simplesmente um homem tentando fazer o melhor possível. Estamos todos tentando fazer o melhor possível.

21

Por que não está estudando o mapa?, Lin Daiyu pergunta. Por que não arrumou a mala para a viagem? Ainda vamos para Boise amanhã, certo? Certo?

Não sei o que responder a ela.

Você prometeu, Lin Daiyu diz.

Sim, eu digo, querendo que ela cale a boca.

Houve um tempo, quando eu estava curvada dentro do barril de carvão, envolta em minha própria urina, que eu pensava em me vingar de Jasper. Eu era jovem, portanto a palavra não tinha um nome ainda. Entre os pesadelos e os momentos acordada, no entanto, com a testa apoiada na lateral do barril, eu conseguia fechar os olhos e imaginar um futuro em que Jasper e eu nos reencontrávamos. Eu estaria mais firme e mais poderosa, mais segura de mim mesma. Seria a visão exata da caligrafia mais verdadeira e forte que já existiu. Nem mesmo o vento poderia me derrubar. Jasper pareceria pequeno, murcho. Eu executaria minha vingança. Encheria seu corpo de peixes mortos e podres. Ia enfiá-lo em um balde e rolá-lo colina abaixo, para que caísse no mar.

Nessa fantasia, eu sempre vencia. Mas imagino que esse seja o perigo de viver fantasiando. Porque durante esse tempo todo não me preparei para a verdade: Jasper e eu nunca nos reencontraríamos.

Ele está morto, e eu não estou. Ele está morto, e eu não estou. Ele está morto. E eu não estou.

Eu deveria me sentir aliviada, deveria me sentir livre. Deveria ser um prazer triunfante descobrir que Jasper sofreu o mesmo fim para o qual enviou tantas meninas. Espero por isso, pronta para respirar sem restrições, como venho desejando todos esses anos. Mas não é assim. É só a notícia de outra morte, de outra vida extinta no meu rastro. Não lamento por ele. Lamento por quem eu era quando o encontrei.

O que tenho a temer agora que Jasper não é mais uma ameaça? Quem é Daiyu sem um vilão? Quem serei agora que posso ser qualquer coisa?

A última resposta que William me dá é outra que eu não esperava ouvir: Madame Lee não trabalha mais no bordel, e quem assumiu seu lugar foi Pearl.

Pearl. A menina pequena e chorona que seguiu comigo no coche quando fomos ambas levadas do cativeiro. Essa é a menina – a mulher – que comanda o bordel?

E a notícia de que Swallow foi banida. O tempo todo, acreditei que ela fosse leal a Madame Lee, a pessoa que a sucederia. Eu me lembro de sua voz, de algo que Swallow me disse em nossa última conversa. *Pelo menos aqui, como a nova madame, posso fazer mais. Posso ajudar mais as meninas aqui dentro do que lá fora.* Na hora, eu ficara furiosa com ela. Nem ouvi esse comentário, pelo menos não como ouço agora, considerando tudo o que sei. Lá de dentro, como a nova madame, ela poderia fazer mais. O que estava planejando?

Você sabe, Lin Daiyu diz. Sempre soube. Só estava magoada demais para ver. Não a culpo. Eu me senti da mesma maneira.

Sim, eu sabia. Swallow, que sempre tentou nos proteger do pior dos homens, que aceitava o corpo deles no seu para que não tivéssemos que o fazer. Ela ia querer ficar, receber o poder de madame. Para destruir o bordel por dentro. Em vez de fugir de seu destino, como eu fiz, ela escolheu enfrentá-lo.

Mas ela não se tornou a madame, Lin Daiyu recorda. Por que não?

Ela tem razão. Algo aconteceu para que Madame Lee se voltasse contra Swallow. O que mudou?

Um pássaro carrega no bico uma flor, Lin Daiyu recita. *Nunca mais falará o que for.*

Minha liberdade deve ter custado a Swallow a dela. Ao escapar aquela noite, admiti a culpa de Swallow – que ela sabia mesmo dos meus planos. Todos aqueles dias fazendo confidências durante nosso trabalho na lavanderia, todos os sorrisinhos e olhares de carinho – como Madame Lee não teria notado nossa amizade em um lugar onde a amizade não sobrevivia? Swallow, que falava menos que qualquer outra. Ela se entregou a mim, e eu a entreguei a Madame Lee. Minhas intenções e minhas ações estavam a mundos de distância umas das outras. Eu sempre seria a menina que arrancava a perna do gafanhoto.

Agora eu me lembro de ter escrito o nome de Swallow duas vezes, pensando que o havia feito corretamente. No entanto, estivera errada. Não importava como o escrevia, falhava em compreendê-la. E o mais importante: falhava em ver minhas próprias fraquezas.

Posso um dia ser íntegra assim? Posso um dia me considerar unificada? Não escrevo um caractere perfeito há meses. Talvez não mereça fazer isso.

Na lista de coisas que perdi, acrescento a mim mesma.

22

Você prometeu, Lin Daiyu me lembra outra vez. Promessa é dívida.

De fato, promessa é dívida. Mas essa é diferente da promessa que meus pais me fizeram de que sempre estariam aqui para mim? Ou da promessa que fizeram a si mesmos de que fariam tudo em seu poder para ajudar os que não tinham poder? Ambas são promessas. Ambas são importantes. Meus pais eram pessoas muito boas. Eles me amavam. Mas atendiam a um chamado maior.

Mestre Wang me ensinou sobre a beleza exterior que equivale à beleza interior. Ele me ensinou sobre o coração que já conhece a arte e a mão que simplesmente obedece. Caligrafia e uma vida de bondade, beleza e verdade – é tudo o mesmo, estou começando a perceber. Por muito tempo, tenho me agarrado às pérolas de sabedoria que mestre Wang me ofereceu, usando-as para iluminar minha vida nos momentos de escuridão. Só que nunca soube bem como utilizá-las, só esbocei caracteres na página. Meus pais, Swallow e até mesmo Nelson eram pessoas que seguravam o pincel com firmeza e canalizavam verdade, paixão e integridade nele. Eram pessoas que seguiam seu coração.

Essa é a intenção. Essa é a ideia.

No passado, perguntei-me se poderia perdoar meus pais por terem me deixado sozinha. E perguntei o mesmo em relação a Swallow. Agora percebo que a única pessoa a perdoar sou eu mesma.

E espero que você me perdoe também, digo a Lin Daiyu. Ela estreita os olhos e agarra meus braços com as unhas afiadas.

Não faça isso, ela responde. Nunca vi Lin Daiyu brava assim. Se fizer, não haverá retorno.

Sempre podemos partir no próximo verão, digo. Mas, no momento, há pessoas precisando de ajuda. E sei como ajudar.

Aqui nem é seu lar, ela rosna, levantando-se. Está descalça e suas mãos estão cerradas em punhos. Lin Daiyu está furiosa, fumegando. Esta não é sua cidade, este não é seu país, esta não é sua língua. Esqueceu-se de quem é? Seu lar é a China. Sua família é a China. Tudo o que você conhece é a China. Veio para cá contra sua vontade. Por que escolheria ficar com essa gente?

É a nossa gente, digo. Chineses estão morrendo. Chineses já morreram. Quem eu seria se não ajudasse?

Antes você não se importava!, ela exclama. Não tenho medo de que a ouçam. Ninguém nunca a ouve. Por que agora? Por quê? Por causa dele?

Ela está falando de Nelson. Digo que não, que não é por causa de Nelson. Na verdade, ele tem muito pouco a ver com minha decisão.

O que eu faço?, Lin Daiyu pergunta, e está soluçando agora, com a cabeça nos joelhos. Ela quer desesperadamente ir para casa. Olho para Lin Daiyu e tudo o que vejo é uma pequena órfã confusa, perdida na cidade grande.

Com toda sua beleza trágica, com seu passado comiserador, Lin Daiyu, o ídolo, não era perfeita. Usou a tristeza de sua infância e o horror de sua morte para se embrenhar na história como uma menina irrepreensível, sem mãe e sem amor. Pobre Lin Daiyu, as pessoas diziam, balançando a cabeça. Uma tragédia depois da outra. Uma criança não consegue aguentar tanto.

No entanto, a julgar pela própria história, Lin Daiyu não era um anjo. Podia ser mesquinha e cruel. Podia reclamar, gritar e chorar, podia ser implacável e sem consideração. Os outros personagens da história se deixavam cegar por sua tragédia, de modo que as pessoas reais também se deixavam.

Agora eu enxergo. Lin Daiyu não era uma heroína; poderia ser a vilã, considerando toda a sua suscetibilidade, suas inclinações doentias, seu desejo inalterável por um rapaz que depois se casaria com outra pessoa. Se era uma heroína, isso se devia ao fato de que morria cedo demais. Eu me pergunto quem haveria se tornado se não tivesse cuspido sangue na cama e desabado em uma poça carmesim. Mas não importa. Sua história termina aqui. A minha, não.

Volte, digo a ela. Volte para dentro e compreenderá.

Nunca fui capaz de tocar Lin Daiyu, mas estendo a mão mesmo assim, na direção daquilo que parece ser sua mão. Não sinto carne nos dedos. É estranho pensar que já a odiei e temi. Agora, sinto algo diferente. E ela sente também. Para de chorar e olha para mim, seus olhos parecendo pequenas luas crescentes.

Cuidei tão bem de você, Lin Daiyu diz. Ela volta a tossir e seu corpo se movimenta em ondas delicadas. Nunca devemos nos separar.

Eu sei, digo. Volte para dentro e deixe que eu cuide de você.

Ficamos assim por um longo tempo, Lin Daiyu e eu. A cada inspiração, eu me sinto mais certa da minha decisão, menos temerosa. Conforme o sol começa seu lento rastejar pelo horizonte e a luz se infiltra pelas janelas e por baixo das portas, iluminando os cantos do quartinho, Lin Daiyu se move.

Abro a boca para ela. Lin Daiyu levanta um pé e o enfia na minha garganta.

Estou muito cansada, ela diz, como uma criança, sua voz rouca por causa da tosse. Então Lin Daiyu termina de entrar e eu a sinto se acomodar no fundo de mim. Fecho a boca, torcendo para que as batidas do meu coração sejam o bastante para fazê-la dormir.

Lin Daiyu estava certa. Antes, eu não me importava. Este não era meu lar. No grande esquema das coisas, tudo o que eu queria era voltar para minha avó e reencontrar meus pais.

Egoísta. Foi do que Nelson me chamou.

O que meus pais me diriam agora? *Suas intenções devem*

sempre corresponder a suas ações, Daiyu. Quero ser firme, forte e reta, meus traços pretos como tinta, meus cantos nítidos e claros. Quero ser alguém de quem possa me orgulhar. Não alguém governada pelo destino, mas alguém certa de que sua vida é resultado das escolhas que fez. Esse é o tipo de pessoa que quero ser: um traço perfeito.

Sou Daiyu, quero gritar para o mundo, e sou filha de dois heróis. Nos últimos três anos, venho trocando de identidade como alguém troca de casaco – Feng, Peony, Jacob Li –, quando na verdade o que estava procurando era aquela que veio comigo, o nome que meus pais me deram.

Swallow sabia. Desde o começo, ela sabia quem era, sabia como proteger os outros. Penso no nome dela de novo, nos caracteres que ficam sobre o fogo, e pela terceira vez reconsidero o que significa. Fogo, aquilo que queima mais forte que qualquer outra coisa, que só pode crescer e crescer, iluminando o caminho para os outros, extinguindo a doença, transformando a escuridão em ouro. Swallow era isso.

Começo a traçar dois caracteres na coxa. É só quando termino que percebo que nunca tentei escrevê-los juntos.

Daiyu, 黛玉. *Dai* é preto, *yu* é jade. Já escrevi o caractere para preto quando estava aprisionada no quartinho em Zhifu. Na época, eu não pensava nele como parte do meu nome. A mesma boca e o mesmo solo sobre o mesmo fogo. O mesmo fogo que pode ser encontrado no nome de Swallow. Depois *yu*. Um imperador com um traço dentro. Meu nome é feito de fogo, terra e imperadores. Sou um jade precioso, uma faixa escura de grandeza. Os caracteres queimam na minha coxa. Eu me pergunto se posso fazer jus ao meu nome. Não ao nome de Lin Daiyu, mas ao meu.

A resposta é muito simples.

PARTE IV

Pierce, Idaho

Outono de 1885

1

Quando Nelson abre a porta, tudo o que diz é: Ah.

Olá, digo.

É cedo, o sol acabou de coroar no horizonte. Um bocejo paira entre nós, esperando para se dar.

Você continua aqui, ele diz, e há uma pergunta embutida.

Posso entrar?

Depois de nossa última conversa, Nelson deveria fechar a porta na minha cara, deixar-me esperando no corredor para sempre, mas ele não faz isso, porque é Nelson, e Nelson é bom. Ele abre mais a porta e eu entro, notando a pouca distância entre seu peito e meu ombro. Pelas superfícies há jornais, livros de direito grossos como minhas coxas, folhas com rabiscos de Nelson, tudo empilhado de maneira ordenada. Ele não desistiu de sua missão de processar Rock Springs.

Achei que já teria partido a esta altura, ele diz.

Com uma pontada embotada de tristeza, imagino William no trem para São Francisco, com um assento vazio ao seu lado.

Decidi ficar.

William sabe?

Escrevi para ele esta manhã, respondo. Mas ele saberá quando eu não aparecer em Boise.

As chamas da lareira tremulam e golpeiam como rabos de tigre. Os olhos de Nelson estão vermelhos. Ocorre-me que talvez ele não durma há dias. Quero entrar nele e acender o que quer que tenha se apagado, insuflar calor em seu corpo outra vez. O fogo da lareira não é o bastante.

Você estava certo, digo, em voz baixa.

Em relação a quê?

Eu estava sendo egoísta.

Eu não deveria ter dito isso, ele comenta sem olhar para mim.

Deveria, sim, digo. Você só disse a verdade. Eu *estava* mesmo sendo egoísta.

E quanto ao seu retorno?

Meu retorno pode esperar, respondo. Quero ajudar você. Não conseguirá fazer tudo sozinho.

Isso faz com que se vire para mim, e fico surpresa em ver tristeza em seu rosto. Não tristeza por ele, não tristeza pelos mineiros de Rock Springs. Tristeza por mim e por aquilo de que Nelson sabe que tive que abrir mão para estar aqui agora. Não consigo encará-lo. Sua franqueza torna minha decisão de ficar ainda mais definitiva.

Precisamos de um advogado, Nelson diz quando o momento passa. Escrevi para todos que consegui encontrar aqui e em Wyoming, mas nenhum aceitou nosso caso. Talvez isso tudo acabe antes mesmo de começar.

E quanto às Seis Companhias?, pergunto. Podemos escrever pedindo ajuda. Escreveremos em chinês e faremos com que nos ouçam.

Nelson baixa os olhos, envergonhado. Não sei escrever em chinês, ele diz.

Eu posso escrever, digo, sem pensar. Outra verdade que levei anos escondendo e é revelada em questão de segundos. Ser sincera não me assusta mais. Escrevo lindamente, digo. Aprendi com um mestre calígrafo.

Ele ri.

O que foi?, pergunto na defensiva. Não acredita em mim?

Como poderia não acreditar?, Nelson diz. Você esqueceu, Jacob? Antes mesmo que nos conhecêssemos, eu disse que você tinha mãos de artista.

Começamos na mesma hora, aqui no quarto de Nelson. Ele fica de pé e eu me sento à mesa, agora sem livros e papéis.

Na mão, tenho uma caneta. O peso não é igual ao de um pincel, não é o mesmo que me ajoelhar diante de um rolo de pergaminho, mas ainda assim sinto a alegria que só pode vir de um corpo se curando.

A cidade promete proteger seus moradores, o que inclui todos os moradores, e não só alguns, Nelson recita. Em nosso tempo separados, ele revirou jornais e arquivos estaduais em busca de registros de cidades mineradoras com uma comunidade chinesa considerável em Idaho, Oregon e Wyoming. Encontrou ocorrências de violência contra chineses que remontam a vinte anos, e algumas delas resultaram em ações judiciais contra seus perpetradores.

Acusação de negligência... Expurgo violento... Propriedades destruídas, danificadas ou perdidas... Violência coletiva brutal... Precedente, precedente, precedente...

Escrevo. Água. Cavalo. Montanha. Dente. Caracteres que foram deixados de lado, guardados em prateleiras fora de alcance, retornam a mim agora. Madeira. Olho. Grama. Pássaro. Eles se acumulam na ponta da caneta, impacientes para serem escritos. Algumas palavras não sei escrever em chinês, e no caso das mais simples penso em caracteres que poderiam ser combinados para criá-las, permitindo que meu coração me guie, como mestre Wang me ensinou. As outras, Nelson me ajuda a soletrar em inglês. Meu braço se move depressa, os antigos músculos disparando sem hesitar. Visualizo a deusa Nuwa da história de Lin Daiyu. Cada traço meu é um reparo celestial da minha pessoa.

A mente pode esquecer tudo o que quiser, mas o corpo recorda. Passo a tarde ali com Nelson, lembrando. Acho que é o que já fiz de mais íntimo com alguém.

Você escreve mesmo lindamente, Nelson diz depois, segurando a carta finalizada. Três folhas, frente e verso. Quando ele as segura contra a janela, a luz as atravessa e consigo ver todos os caracteres em preto de uma vez só, como pequenos ossos na carne do papel. Parece forte.

Agradeço a ele. Nunca escrevi na presença de ninguém além de mestre Wang. É uma sensação nova. Por um momento, espero ouvir meu antigo professor apontando todas as falhas e inconsistências da escrita. Você segurou com força demais, ele poderia dizer. O coração não está totalmente afinado aqui. Nelson, no entanto, não se importa com essas coisas. Ele fica em silêncio, admirando caracteres que não sabe ler.

Você deve estar orgulhoso, Nelson diz afinal.

Digo que estou mesmo.

2

Uma semana depois, na véspera do Festival da Lua, Nam e Lum fecham a loja mais cedo para celebrar. Baixamos as persianas, trancamos as portas, penduramos lanternas vermelhas e acendemos incenso às divindades pedindo sorte. Nam faz bolos lunares com recheio de semente de flor de lótus, os quais me lembram daqueles que minha avó fazia, com xarope e uma solução de carbonato de potássio e bicarbonato de sódio, que formavam uma crosta macia e brilhante. Meus pais e eu costumávamos nos reunir em volta da mesa da cozinha e esperar que minha mãe cortasse o bolo em quatro pedaços, um para cada um de nós. Nam não segue muito a tradição e a cerimônia, preferindo servi-los e nos incentivar a comer rapidamente. Mordo o meu e as sementes de flor de lótus grudam na minha gengiva. É doce, mas não tem gosto de casa.

Colocamos laranjas, peras, melões e vinho do lado de fora da loja. Uma oferta a Chang'e, a deusa da lua. Sua história é assim: Chang'e era esposa do arqueiro Houyi. Certo ano, dez sóis se ergueram no céu, e seu calor somado castigou a Terra. Com sua grande habilidade, Houyi derrubou nove desses sóis. Impressionada com seu desempenho, a Rainha do Céu lhe enviou o elixir da imortalidade, que transportaria quem o tomasse ao céu e o transformaria em um deus. Como não queria deixar sua amada Chang'e para trás, Houyi deu o elixir a ela para que o guardasse.

Só que os dois não estavam a salvo, claro. As histórias são sempre assim. Um aprendiz de Houyi, chamado Pengmeng, entreouviu o plano. Certa tarde, quando Houyi saiu para caçar, Pengmeng invadiu a casa dos dois e tentou fazer com que Chang'e lhe entregasse o elixir. Ela se recusou a fazê-lo, preferindo engoli-lo. Então voou para a lua, o lugar no céu mais próximo da Terra, porque queria se manter perto do marido. Na lua cheia, Houyi sempre fazia uma oferenda com as frutas e os bolos preferidos de Chang'e, torcendo para que ela estivesse bem e plena, para que visse o quanto ele a amava e sentia sua falta, até mesmo àquela distância.

Quando eu era pequena, fazíamos essas ofertas também, para que a lua cheia brilhasse sobre nossas frutas e bolos. Eu imaginava Chang'e, a deusa solitária, sentada na lua, com a barriga explodindo de toda a comida posta para ela. No fundo, sabia que nunca estaria satisfeita, não sem a pessoa que mais amava no mundo.

Dentro da loja, o lar que construímos para nós mesmos, o cheiro de comida nos envolve. Lum cozinhou um peixe inteiro com alho e cebolinha. Temos arroz, linguiça, frango com gengibre e o *lao huo tang* de Nam, que passou horas no fogo. Quando a lua aparecer, nós a veneraremos e afastaremos o mal soltando fogos de artifício na rua. Nam e Lum estão de bom humor, um pouco bêbados do vinho de ameixa e com o rosto corado.

Nelson está aqui também.

Nam abre outra garrafa de vinho de ameixa e nos serve. Sem vocês dois, ele diz, com o rosto tão vermelho que deve estar quente ao toque, não sei o que Lum e eu teríamos feito. Estamos felizes por tê-los aqui.

Sim, Lum anuncia, erguendo seu copo. O vinho o deixou animado e afetuoso, muito diferente do homem severo que perambula pela loja com o rosto escondido atrás do livro-caixa. A outros mil anos! Prosperidade e fortuna em Idaho!

Nelson e eu rimos, erguendo o copo também. Penso que são o mais próximo que tenho de uma família. Por um momento, considero acordar Lin Daiyu para lhe mostrar como uma família pode ser. Ela ia gostar de saber.

Antes que eu o faça, no entanto, Nam afasta a cadeira da mesa e se levanta. Vejam, ele exclama, apontando para a janela. A lua saiu.

Levados pelo vinho de ameixa, saímos para a rua silenciosa. É quase meia-noite. As janelas escuras da Foster's nos olham em reprovação. Nam acende o primeiro fogo de artifício e o coloca no chão.

Cinco, quatro, Lum começa a contar.

Voltamos para a loja sussurrando alto, como crianças querendo ser pegas. Três, Lum prossegue. Nelson belisca meu braço e eu bato nele, brincando. Dois, Lum diz, com o corpo todo. Nam fica na ponta dos pés, com as mãos cruzadas sob o queixo.

Um.

Um estouro, seguido de um estrépito. O fogo de artifício estala e brilha, explodindo em estalidos ensurdecedores. Cada um é uma estrelinha que se abre, disparando para se juntar a Chang'e na lua. Nam grita, depois sai para acender outro, e mais outro, até que a rua toda, o mundo todo, se enche do *pá-pá-pá* dos fogos. Eu me pergunto se vamos acordar alguém. Não me importo.

Olho para Nelson. Está sorrindo como as pessoas fazem quando pensam que não tem ninguém olhando, de maneira solta e leve. Suas pálpebras, pesadas de vinho, estão semicerradas. Pode relaxar agora, Jacob, ele diz quando me vê olhando, e percebo que mesmo neste momento de extrema felicidade, mesmo sabendo que Jasper está morto, continuo tensa, porque foi assim que aprendi a ser desde que fui mandada para Zhifu em uma carroça. Só que Nelson não sabe de nada disso. Conhece apenas o homem que vê agora. Ele sai do meu lado para correr na direção dos fogos de artifício, então pula no lugar e grita, seus braços se agitando descontroladamente, como se ele pudesse ser levado para longe pelo vento. Lum, que não é afeito a exageros, se junta a Nelson com o rosto voltado para o alto. Nam continua acendendo fogos de artifício. De dentro da loja, fico observando os três, e de repente me pego sorrindo como Nelson.

Venha, Jacob, Lum grita. Sob a luz dos fogos, é como se ele tivesse sido pintado de laranja. Saio para me reunir a eles. Nelson pega minha mão e sacode meu braço. Deixo que o faça, sorrindo. Nossa carta logo chegará às Seis Companhias, portanto, esta noite, temos permissão para nos sentirmos invencíveis. Ele inclina a cabeça para trás e uiva para o céu, e eu faço o mesmo, fechando os olhos e projetando minha voz para muito longe, querendo liberar tudo o que carrego dentro de mim, todos os momentos em que tive medo, em que me senti pequena ou derrotada, talvez liberar até mesmo Lin Daiyu. Deixo tudo sair, torcendo para que algo diferente assuma esse lugar.

Quando vamos dormir – Nam pega um colchão para Nelson, que bebeu tanto que não consegue andar até em casa –, nossa barriga está mais cheia do que em meses. Nam e Lum cambaleiam até o quarto, sem se importar em lavar os pés antes. Nelson se deita ao lado dos caquis secos e eu o observo do corredor. Mesmo no escuro, ele sente meu olhar.

Fico feliz que tenha vindo para cá, Jacob, Nelson diz. E fico feliz que ainda esteja aqui.

Quero dizer muitas coisas a ele, mas não o faço. Só fico esperando que se acomode sob o cobertor antes de ir para minha própria cama. Os fogos de artifício não param de dançar nem mesmo quando fecho os olhos.

3

Ouço as batidas primeiro.

Por um momento, acho que perdi a hora. A loja deve estar sempre aberta durante o dia. Então ouço Nam e Lum falando freneticamente no quarto e sei que também acabaram de acordar.

Visto a calça e a camisa. Verifico se meu peito continua enfaixado e reto. Nam e Lum chegam antes de mim ao corredor.

As batidas prosseguem, agora mais fortes.

Nam pergunta a Nelson do que se trata. Ele responde do chão, com a voz lenta de sono. Então ouço a porta da frente ser destrancada. Uma voz mais profunda e diferente se junta à conversa. Já a ouvi antes. Nam e Lum ficam em silêncio, depois começam a gritar. Procuro pela voz de Nelson, mas não a ouço. Saio para o corredor e para a luz da manhã.

Nelson, Nam e Lum estão todos à porta. A voz profunda pertence ao xerife Bates, que não vejo desde sua primeira visita à loja, depois dos protestos. Ele parece estar acordado há horas.

Tento me aproximar, aos tropeços, e me recosto a uma prateleira. O barulho assusta o xerife Bates, que rapidamente leva a mão à lateral do corpo. Ele pega um objeto preto e reluzente que reconheço como uma arma. Ouço um clique, depois Nelson arfando.

No chão!, o xerife grita, e aponta a arma para mim.

Nam e Lum ficam em silêncio, com as mãos erguidas. Nelson é o primeiro a se abaixar, deitando de bruços. Os outros dois fazem o mesmo em seguida. Eu não faço. Não entendo o que está acontecendo ou por que o xerife Bates está apontando uma arma para mim.

Eu disse *no chão, porra!*

Jacob, Nelson me alerta.

Não tenho tempo de entender. Faço como os outros e me abaixo. O piso de madeira está frio. Nós nos esquecemos de acender a fornalha ontem à noite, de tão bêbados e exaustos que estávamos.

A porta range, então o xerife Bates grita para alguém lá fora. Tenho medo de levantar a cabeça para ver. Ouço a porta se abrir outra vez, depois o som de muitas botas pesadas entrando na loja. Algo tilinta. Nam e Lum gemem. Nelson permanece em silêncio. Então ouço botas ao lado da minha orelha.

Vou atirar em quem se mexer, alguém grunhe.

Penso no pacote de papel pardo que William me deu aquele dia em Boise, com um revólver pequeno, que escondi em um saco de painço no depósito. Em como está distante agora. Sinto meus braços sendo puxados para trás, depois duas algemas prendendo meus punhos e me machucando. Alguém me coloca de pé.

Vocês estão presos pelo assassinato de Daniel M. Foster, o xerife Bates ladra para nós de algum lugar que não consigo ver. Serão levados para a prisão do condado de Pierce, onde aguardarão julgamento.

Meu corpo gela na hora. O homem carrancudo que ficava parado de maneira ameaçadora diante da nossa loja está morto? *Um espectro*, como Lum o chamava.

Nam reage primeiro, ecoando meus pensamentos. Assassinato?, ele exclama. Foster?

Como? Lum pergunta do chão. Quando? Por quê?

Nelson é o último a falar, o pânico apressando as palavras a saírem. A família dele já sabe?

Não fale comigo, garoto, o xerife Bates diz. Agora venham conosco, sem resistir.

Saímos da loja um a um. Tem uma carroça nos esperando na entrada e uma multidão reunida diante da Foster's. Algumas mulheres choram, outras levam a mão à boca. Os homens estão sérios.

Nelson, sussurro enquanto subimos na carroça. O que está acontecendo? Do que eles estão falando?

Ele não me responde. Não sei nem se me ouve.

Não estamos sozinhos na carroça – já tem alguém ali. Ele parece conosco, penso. O jovem não reconhece nossa presença. Um de seus olhos está começando a ficar roxo.

A carroça sai. Nossos corpos são jogados uns contra os outros. Minhas mãos estão presas atrás de mim, meus braços estão dormentes. Tento escrever alguma coisa, qualquer coisa, com o indicador, mas os caracteres não saem.

4

Sentimos um cheiro podre ao entrar na cadeia. A caminhada até a cela não é longa – a prisão do condado de Pierce é uma construção simples de dois andares com dez celas e sem janela. Lar de ladrõezinhos e clandestinos, e agora o nosso. Aqui dentro, o ar é frio e rançoso. Poderíamos estar em uma caverna enterrada no canto mais escuro do mundo. Este é um lugar para coisas esquecidas.

Um guarda segue à nossa frente, e outro atrás de nós. Caminhamos em fila: primeiro Nam, depois Lum, Nelson, eu e o quinto homem, que não disse nada até agora. À minha frente, Nelson mantém a cabeça firme e centrada sobre o pescoço ainda forte. Observá-lo faz com que eu me sinta ancorada. Não tropece, garoto, o guarda de trás avisa, e suas palavras mordiscam nossos calcanhares. Quero falar com Nelson, quero fazer perguntas aos guardas e exigir respostas, mas o eco abafado de nossos passos me diz que não é hora de ser leviana com as palavras. Nam, Lum e Nelson também ficam em silêncio. Todos sabemos, sem que nos tenham explicado, que não dizer nada é nossa melhor defesa.

Finalmente pegaram os malditos chinas, uma voz grunhe de dentro de uma cela. Alguém cospe a nossos pés quando passamos. De uma cela, vêm uivos. Não consigo me convencer a olhar para quem quer que esteja produzindo esse som. Os guardas permanecem indiferentes. Eu me pergunto se já se acostumaram a tais ruídos, se não veem mais as pessoas dentro das celas como humanos, mas como carne em um cômodo.

Ocupamos a cela vazia ao fim do corredor do segundo andar. É pequena; mal caberíamos se nos deitássemos uns ao lado dos outros. Outro cômodo escuro do qual não posso escapar. Outra jaula.

Entramos, e o cheiro de mijo acumulado por dias em um balde no canto é opressivo. O guarda da frente fecha a porta, parecendo alegre. Finalmente vão ter o que merecem, olhos-puxados, ele cantarola. Então coloca a chave no cadeado e a gira. Um clique devastador ecoa pela prisão. Depois, os dois guardas vão embora.

Deve haver algum engano, digo, virando-me para Nelson. Como podem achar que matamos aquele homem?

Não acredito que ele esteja morto, Lum ladra. Quero ver o corpo. Onde estão as provas?

Ele não pode estar morto, Nam diz, tímido. Quem mataria um homem daqueles?

O que você acha?, Nelson pergunta, e levamos um momento para entender que não está falando com nenhum de nós, e sim com o quinto homem na cela.

A iluminação é ruim, mas nos viramos para ele. Seu cabelo está todo emaranhado, seus lábios estão brancos e rachados. Percebo que seu rosto está cheio de hematomas que ainda não apareceram totalmente. Os homens que nos capturaram eram capazes de fazer algo assim?

Nam é o primeiro a se aproximar do homem. Olá, ele diz, encorajando-o de maneira bondosa. Quem é você?

O homem não está acostumado a receber tanta atenção. Talvez nem deseje isso. Ele recua, seus olhos arregalados. Balança a cabeça.

Pode falar conosco, Nelson diz com gentileza. Quem é você? Por que o trouxeram aqui?

O homem gesticula, apontando para a boca. Observo seus dedos traçarem círculos, então compreendo por que não diz nada.

Ele é mudo, falo. Em seguida, dirijo-me ao homem: Você não poderia falar mesmo se quisesse, não é?

O homem olha para nós, pesaroso. Então abre a boca. No lugar da língua, há um verme contorcido de carne sarapintada.

Sem cabeça. Nam recua e se agarra a Lum. Viro o rosto para o ombro para não vomitar.

Nelson é o único que parece não se importar. Ele leva uma mão ao ombro do homem.

Foram aqueles homens que fizeram isso com você?

O outro nega com a cabeça e sacode as mãos. Aponta para a boca, depois balança a cabeça de novo. Então aponta para o olho ficando roxo e para o lugar onde os guardas estavam pouco tempo antes.

Deve ter sido outra pessoa, digo, engolindo a bile. Mas os machucados são novos.

O homem assente. Ergue um dedo e começa a traçar algo no ar.

Ele está tentando escrever, Nam percebe.

Não consigo ler, Lum diz.

Vou até o homem e pego sua mão. Ele me olha como se eu o tivesse ferido. Aqui, digo, estendendo a palma. Escreva aqui.

Ele hesita, depois estende um dedo com a unha afiada e pontiaguda. Na minha palma, traça um caractere que não demoro a compreender.

Pessoal, digo, este é Zhou. Tento não sentir pena pelo caractere do nome dele, 周, que inclui uma boca larga.

É uma vitória pequena, mas importante. Nós nos alternamos oferecendo as mãos, e quando Nam volta a reunir coragem até olha dentro da boca de Zhou e lista algumas ervas que temos na loja, como se algo pudesse regenerar uma língua cortada. A alegria da descoberta, no entanto, é passageira. Não demora muito para que cada um de nós encontre seu próprio lugar na cela para ficar de pé, para se sentar, para abraçar as pernas junto ao peito e chorar sobre os joelhos.

5

Depois de saber do destino dos meus pais, não pude deixar de imaginar seus últimos dias. Visualizei a escuridão da prisão e tentei conjurar o medo que sentiam. Pensava que, se conseguisse me projetar ali, seria o mais próximo possível de nos reunirmos. Pelo menos eu poderia estar com eles no fim de sua vida.

Agora, não preciso ir tão longe em minha imaginação. A escuridão deles é a minha, seu medo está solidamente alojado no meu peito, e eu finalmente posso considerá-lo meu. É a reunião pela qual ansiei o tempo todo, mas não é doce. Qual é o problema, Daiyu?, eu me pergunto. Você já esteve em situações ruins antes. Não teve tanto medo quanto agora.

Só que agora é diferente, argumento. Você passou por coisas demais para que esse seja o fim. Agora, sobreviver é mais importante do que nunca.

Não tenho medo da morte. Tenho medo de não viver mais.

Minha voz flutua na escuridão, sem rumo. Precisamos de um plano, diz.

Através dos guardas, ficamos sabendo que a audiência será realizada amanhã de manhã. Pergunto a Nelson o que exatamente isso significa. Vamos poder apresentar nossa versão e nos defender? Nossos clientes mais fiéis poderão atestar nossa boa reputação? Um interrogatório significa que haverá alguém ouvindo. Quem? Eles decidirão nosso futuro?

É bom se preparar, Nelson me diz. Mas eu não ficaria muito esperançoso. Lembra o que William disse? Na Califórnia, eles não permitem que chineses deponham nem no próprio julgamento.

Mas uma audiência não é um julgamento, digo. E o lembro do que sei ser verdade: temos que ensaiar e nos preparar, independentemente de qualquer coisa. Quando não se tem mais nada no mundo, pelo menos se tem isso.

Juntos, repassamos o dia. Nam e Lum fecharam a loja mais cedo para o Festival da Lua. Vimos algo estranho na Foster's? A loja recebeu os clientes de sempre, dentro dela seu proprietário misterioso, agora morto. Ninguém parecia suspeito.

Não saímos da nossa loja o dia todo, Lum aponta. Como poderíamos tê-lo matado? Precisa haver testemunhas para esse tipo de coisa.

Eu não fiquei lá o dia todo, Nelson diz. Cheguei à noite, depois das aulas.

Mas você é um bom homem, Nam diz. Ninguém ousaria acusá-lo!

Nós quatro olhamos para Zhou, o homem sem língua. Todos nos perguntamos a mesma coisa.

Estendo a palma para ele. Aqui, digo. Conte-nos onde estava.

Seu dedo é duro, a pele seca e cheia de calos. Fecho os olhos e convido a sensação de seu dedo a se materializar diante de mim, correndo dos nervos na minha palma pelo meu corpo e para uma tapeçaria flutuante que não pode ser vista. Seus traços são lentos. Ele quer se certificar de que eu entenda bem.

Zhou chegou a Pierce ontem à noite, vindo de Elk City, digo ao restante do grupo. Bebeu alguma coisa no bar, depois foi para o alojamento em uma das cabanas perto do rio. O senhorio pode confirmar isso.

Bem, Nam diz, então somos todos inocentes.

Lum, no entanto, não fica satisfeito. Eles vão distorcer tudo, diz. Todo mundo sabe que a Pierce Big Store concorre diretamente com a Foster's. Isso nos dá um motivo.

Mas estamos nos saindo melhor que ele, Nam protesta. Foi Foster quem passou todos aqueles dias do lado de fora da nossa loja. Era ele quem tinha um motivo para nos matar.

É verdade. Muito antes dos protestos, a primeira ameaça veio do silêncio de Foster do lado de fora da loja. Eu me lembro de sua expressão agourenta, depois a visualizo morta, apodrecendo. A ideia me faz estremecer.

Quem faria algo assim?, pergunto. E por que acusar todos nós?

Isso é óbvio, Lum diz. É a melhor maneira de nos tirar de Pierce. Os negócios estão indo bem demais. Eles nunca nos quiseram aqui e, ao nos acusarem de assassinar Foster, poderão se livrar de nós para sempre.

Nam parece prestes a chorar. A ideia de deixar sua loja e a vida que construímos para trás é dolorosa para ele. Mas Nelson não tem nada a ver com isso, ele diz. Por que envolveriam você em tudo isso?

Eu me pergunto, Nelson fala, mas não completa a frase.

Nam e Lum começam a falar entre si em sua própria língua. Zhou se recosta à parede e fecha os olhos, expirando longamente. A conversa o deixou exausto. Também estou exausta, mas busco conforto em Nelson. Ele quer dizer alguma, está mantendo alguma verdade fora do nosso alcance. Quero perguntar a ele, mas nossa cela é pequena demais. Em vez disso, eu me recosto à parede e fecho os olhos, como Zhou. Sinto Lin Daiyu respirar na minha barriga, seus roncos agitando meu sangue, mas nem diante do novo perigo ela acorda. Nosso último confronto deve tê-la enfraquecido. Em algum momento, penso, o corpo para de lutar e aceita que o que tiver que acontecer acontecerá. Esse pensamento me envergonha na mesma hora. Como poderia não lutar?, digo a mim mesma. Olho para Nelson mais uma vez. Ele encara o chão com a expressão neutra, os olhos vazios. Vê-lo desse jeito me assusta.

Horas depois, a porta da cela se abre e um homem que não me é familiar entra. Um cheiro azedo toma conta de tudo. A porta é fechada com um baque.

O homem rasteja até a parede e cai contra ela, pegando no sono de imediato. Seu cabelo é preto e comprido, dividido em duas tranças que caem sobre o peito nu. Ele usa calça de camurça e um pedaço pequeno de tecido cobre o lugar onde suas pernas se encontram. Uma parte considerável de seu rosto está pintada de cor de madeira. Nelson me disse que os primeiros mineradores chineses de Idaho teriam morrido se não fosse pelos índios, que lhes vendiam suas colheitas e os conduziam a jazidas de ouro no sul do estado. Sinto uma compaixão repentina pelo homem diante de nós.

Ele deve ter bebido bastante, Nam diz, cutucando-o com um dedo.

Devemos acordá-lo?, pergunto.

Deixe-o dormir, Lum diz. É melhor dormir que ficar acordado aqui.

Não falamos muito pelo restante do dia, com os rompantes ocasionais de conversa logo morrendo. Ao fim do dia, levam o homem bêbado embora e o substituem por pão duro para nós. Ele acorda e cambaleia, com baba escorrendo da boca. É com inveja que o vemos partir.

Qual é o passo certo agora?, quero perguntar a mestre Wang. Repasso as lições que ele me ensinou, os caracteres que poderiam se aplicar. Não há regra para lidar com a injustiça, com o perigo real. Não há regra para a incerteza do ser. Tudo o que ele me ensinou estava relacionado à arte, e apliquei à minha vida toda. Mas não há lição para onde estou agora.

De que adiantou tudo aquilo, pergunto a ele, se eu viria parar aqui? Por que saber todos esses caracteres se não posso fazer nada com eles?

6

Pela manhã, os guardas nos enfiam em uma carroça que nos espera lá fora. Saímos como entramos – com as mãos atadas, em uma fila única solene. O sol é intrusivo esta manhã, em vez de receptivo. Fecho os olhos, torcendo para que o tilintar vítreo na minha cabeça vá embora. Dentro da carroça, nossos corpos se chocam uns contra os outros. Há bastante tempo nenhum de nós faz uma refeição quente. Nossas bochechas estão encovadas.

Uma multidão já se reuniu do lado de fora do tribunal. Reconheço um dos rostos de imediato: o homem branco que liderava a multidão diante da loja, aquele que arreganhou os dentes para mim. Ele grita algo e não está sozinho – todos gritam. Nelson tromba comigo delicadamente, querendo dizer alguma coisa. Estou distraída o bastante para me virar em sua direção. Seus olhos me dizem para continuar olhando para ele, em vez de para a multidão.

As pessoas estão furiosas como nunca vi. Os guardas têm que gritar para que se afastem, e mesmo assim elas fervilham, como uma fera raivosa prestes a comer todos nós. Quero me soltar do guarda e fugir, atravessando a multidão, chegando às montanhas, a São Francisco e a um navio que me leve até o outro lado do oceano, de volta para minha avó. Mas isso não acontece.

Os guardas formam uma espécie de círculo à nossa volta, e somos levados, por eles ou pelo vento, até o tribunal como uma coisa só. Deixo meu guarda me puxar, tirando meus pés do chão. Sou tão leve que ele não tem nenhuma dificuldade. Seguimos em frente, em frente, até que vejo a porta aberta, e

Nam, Lum, Nelson e Zhou passam por ela com os guardas. Eu me viro para olhar para trás. O homem dos dentes arreganhados mantém os olhos fixos em mim – como se prometesse que me encontrará aonde quer que eu vá. Sigo meus amigos e entro no prédio, então vejo a porta se fechar. É a única coisa que nos separa deles, e já não parece que será o suficiente.

Não temos tempo de nos recuperar antes que outra porta se abra, a da sala onde será realizada a audiência. Uma força invisível nos puxa, um a um. Sinto o guarda me erguer de novo, levando-me adiante. Respiro fundo até o vazio deixado pelo pânico em meu peito se encher. Então permito que me puxe também.

7

Nunca vi o juiz Haskin, mas ouvi histórias a seu respeito. Trata-se de um homem cuja honra e retidão lhe renderam fama em diferentes condados. Ele prendeu um bêbado que matou a própria filha por negligência, envergonhou ladrões que se forçaram sobre esposas desafortunadas e indiciou uma pessoa que dormiu uma noite em uma estalagem e tentou ir embora sem pagar. Os locais o consideram justo. Quando ele entra na sala da audiência e vai até seu posto, uma cadeira grande que mais parece um trono, com encosto de madeira alto, só consigo pensar em um imperador, tão pálido e furioso quanto a multidão raivosa lá fora.

A sala já está cheia, as fileiras de bancos rangendo tomadas por moradores de Pierce. Todos se viram para nós quando entramos, os rostos revelando o que temíamos: uma crença inabalável na nossa culpa. Nenhuma prova é necessária. Os que reconheço como clientes da loja evitam que nosso olhar se cruze. Outros, já vi passando na frente dela. Alguns faziam parte da multidão. Todos estão prontos para nos ver longe daqui.

Bastardos de olhos puxados, um homem ladra quando passamos. Pagãos, outra pessoa grita em seguida. Chinas! Eles nos chamam de infiéis e satanistas. De criaturas.

Ordem, o juiz Haskin grita. Exijo ordem!

A multidão sossega. Somos levados a cinco cadeiras de frente para o juiz. Parecem frágeis, como se um pensamento fosse capaz de desmontá-las.

Vocês cinco estão aqui, o juiz Haskin diz depois que nos sentamos, para responder pelo assassinato de Daniel M. Foster, proprietário da loja Foster's. Por favor, digam seu nome diante do tribunal.

Um a um, dizemos nosso nome. Lee Kee Nam. Leslie Lum. Nelson Wong. Jacob Li. As sílabas familiares soam importunas nesta sala fria repleta de desconhecidos.

E este é Zhou, digo. Ele não pode falar.

Alguém do público solta uma rizada zombeteira. O juiz pede silêncio.

Esta audiência não pretende decidir o futuro de vocês, ele diz. O intuito é determinar se há provas o bastante para que o processo siga em frente. Se assim for, vocês serão levados para o condado vizinho de Murray, onde aguardarão julgamento.

Uma pontada de esperança. Se há um processo, também há uma chance de que o caso seja anulado. Por favor, repito mentalmente, que não encontrem nenhuma prova. E como poderiam encontrar, se elas não existem?

Eu gostaria de chamar a primeira testemunha para depor, o juiz ladra. A srta. Harmony Brown.

Uma porta se abre atrás de onde o juiz está sentado e uma mulher que nunca vi entra. Ela vai até uma pequena tribuna ao lado do juiz. Noto que as mãos que seguram o chapéu junto às costelas estão trêmulas.

Srta. Brown, o juiz diz, foi a senhorita quem encontrou o corpo do pobre sr. Foster?

Sim, a mulher diz, parecendo prestes a chorar.

Pode descrever o que encontrou? Não há pressa. Sei que foi bastante perturbador.

Os olhos da mulher se arregalam – essa parece a última coisa que ela gostaria de fazer. Então a testemunha os dirige à multidão, em busca de apoio. Alguém tosse atrás de mim.

Fui comprar algumas coisas na Foster's, a mulher começa afinal. Quando cheguei, vi que a porta da loja havia sido arrombada.

O juiz a guia. O que aconteceu em seguida?

A srta. Harmony Brown solta um soluço de choro compadecido, então prossegue. Assim que entrei, notei um cheiro asqueroso que fez meu estômago se revirar.

Pode descrever o cheiro?

Ela estremece. Como se tivessem deixado carne no calor por tempo demais. Por tempo demais mesmo.

E depois?, o juiz pergunta.

Fiquei horrorizada, Harmony Brown prossegue. Tive vontade de sair de lá na mesma hora. Mas, antes que pudesse fazer isso, vi uma mão, sozinha, sem um braço. Já havia vermes nos dedos. Dei alguns passos e então vi...

Ela hesita, levando uma mão à boca para esconder os soluços.

Viu o quê?, o juiz a encoraja.

Ali estava ele, a srta. Brown diz, e seu corpo estremece com a lembrança. O sr. Foster, no chão, em pedacinhos.

Havia mais alguém na loja, srta. Brown? Alguma coisa parecia diferente?

Não, ela diz, a não ser pelo sr. Foster no chão. Dei uma olhada nele e saí correndo. Fui direto ao xerife Bates.

Ao fim do depoimento, o corpo dela desfalece. Um guarda corre para pegá-la antes que caia. O público grita em solidariedade. O juiz Haskin pede silêncio.

Foi muito corajosa, srta. Brown, ele diz. Agradecemos pelo depoimento.

O guarda a ajuda a sair.

Eu me viro para Nelson, sentado à minha direita. A srta. Harmony Brown não viu nada acontecer. Se fosse aquele tipo de prova que eles tinham, eu podia ficar esperançosa. Nelson não retribui meu olhar, no entanto. Ele mantém os olhos fixos à frente e a testa franzida.

Voltamos a ouvir a voz do juiz Haskin e os sussurros cessam. Eu gostaria de chamar a próxima testemunha para depor, ele diz. O sr. Lon Sears.

A porta atrás do juiz se abre. Reconheço o tal Lon Sears como o prisioneiro bêbado que foi jogado em nossa cela no meio da noite. Só que desta vez ele parece completamente alerta, como se nunca tivesse tomado uma gota de álcool na vida. Seu cabelo preto e comprido está bem preso e a tinta sumiu de seu rosto. À luz do dia, sua pele brilha, rosa e cremosa. Ao meu lado, Nelson se endireita.

Pode dizer seu nome, senhor?, o juiz pede.

Sears, o homem diz. Lon Sears.

De canto de olho, vejo Nam e Lum olhando em volta como pássaros nervosos. Gostaria que parassem de se mover – a luz reflete fácil em seu cabelo preto e chama atenção para seu desconforto. Eu me pergunto se as pessoas estão olhando, se considerarão isso um sinal de culpa.

Conte-nos tudo o que sabe, sr. Sears.

O homem olha para nós e sorri, como se fizéssemos parte da piada. Fico sem entender.

Recebi um telegrama do xerife Bates outro dia, ele fala, perguntando se eu podia vir à Pierce para um trabalho. Ele tinha cinco suspeitos de assassinato e precisava que eu servisse de tradutor. Aprendi chinês nos campos de mineração de Warren, entende? Tive que aprender, com aqueles chinas em toda parte. O xerife Bates me vestiu de índio bêbado. O plano era que eu só ficasse ali e ouvisse a confissão deles.

Repasso a sequência de eventos. Lon Sears passou horas conosco. Do que falamos? Procuro lembrar, mas o período que passei na cela se confunde. Nenhum de nós pode ter dito nada incriminador porque nenhum de nós tinha nada de incriminador a dizer. Encaro Lon Sears, que agora odeio, desejando que diga que não deu em nada.

Muito bem, o juiz Haskin diz, como se o estivesse elogiando. E o que descobriu?

Foi um pouco difícil ouvir, Sears declarou, mas eles mencionaram fogos de artifício.

Fogos de artifício?

Sim, Sears confirmou. E isso me fez pensar: e se os chinas soltaram fogos para encobrir os sons do assassinato? E se foi só uma distração para que ninguém soubesse o que estava acontecendo?

Interessante, o juiz diz.

Cerro as mãos em punho. Não foi isso que aconteceu, quero gritar. Estávamos todos lá, todos dançamos em volta dos fogos até amanhecer! Você está mentindo!

No entanto, não devo dizer nada, e nada do que eu disser importará. Só agora estou me dando conta disso.

Mais alguma coisa, sr. Sears?, o juiz pergunta.

Só uma, o homem fala. Tudo o que sei é que eles estão planejando algum tipo de refutação. Eu os ouvi falando sobre isso uma hora. Não se deixem enganar por esses canalhas traiçoeiros. Foram eles que mataram, e matarão de novo, sejam vocês, seja alguém que conheçam. Trabalhei nas minas e os vi substituindo homens trabalhadores que mereciam estar em seu lugar.

Sears se vira para o público com os braços bem abertos. Quando eles vieram, permitimos, porque a ideia era que não ficassem muito tempo. Eles abriram lojas e tomaram o lugar de homens e mulheres bons e trabalhadores. Agora veja só o que aconteceu. Um de nós foi assassinado. Por quem? Quem acham que foi? Foram os chinas. São culpados, todos eles!

O discurso apaixonado de Sears inflama o público. Percebo que, no fim das contas, uma audiência não precisa de testemunhas. Só precisa falar com o medo no coração das pessoas.

Silêncio, o juiz grita. Ordem no tribunal!

A raiva deixa a sala quente, abafada. Acho que não vou aguentar ficar aqui por muito mais tempo. Gostaria que chegasse logo ao fim.

Depois que Sears vai embora, o juiz declara que há mais uma testemunha. É um caso especial, ele explica. A testemunha foi muito corajosa em se apresentar, pois seu depoimento representa uma grande ameaça a sua reputação e a seu bem-estar.

O juiz chama o nome da testemunha. As portas atrás dele se abrem, e desta vez não somos apenas nós cinco que ficamos surpresos. Um silêncio toma conta da sala enquanto todos a observamos seguir até a tribuna.

O juiz Haskin usa uma voz mais gentil do que usou com os outros. Pode dizer seu nome?, ele pede.

Caroline, a testemunha diz. Caroline Foster.

A menina da clareira. Tento juntar as peças. A menina que vi na clareira era parente de Foster? Quase agarro o braço de Nelson, como que para dizer: Veja, é ela! Mas ele sabe. Sempre soube. Ao meu lado, seu corpo fica rígido. O ritmo reconfortante de sua respiração se extingue.

Pode nos dizer o que sabe, srta. Foster?, o juiz Haskin pede com a mesma voz gentil.

Caroline fecha os olhos e assente. Seu cabelo loiro está preso, seu rosto está desmazelado, opaco. Não é difícil concluir que esteve chorando.

Eu estava envolvida com um dos acusados, a moça diz. Sua voz é mais profunda do que eu esperava. Ele está bem ali.

Ela abre os olhos e aponta para Nelson. Com isso, o público se perde. Vil, vil, vil, cantam. Besta nojenta!, uma mulher grita. Quero me levantar e servir de escudo para Nelson, mas não posso fazer nada além de ficar sentada. Nam e Lum o encaram em choque. Até mesmo Zhou parece apavorado com a informação.

Desta vez, o juiz Haskin não pede ordem de imediato. Permite que o público faça seu trabalho, olhando feio para Nelson. Quando finalmente o clamor diminui, o juiz se inclina para a frente e volta a se dirigir a Caroline.

Importa-se de nos dizer como esse… envolvimento… teve início?

A história dela não é muito diferente daquela que Nelson me contou. O irmão mais novo de Caroline começou a ter aulas com Nelson no verão. Caroline sempre teve interesse em música, ainda que não possuísse nenhum talento, e ficava feliz em observar e aprender.

O juiz Haskin preenche as lacunas. Ele seduziu você? O que deveria ter sido um relacionamento inócuo se transformou em algo muito mais sinistro?

Caroline balança a cabeça, em lágrimas. Não foi assim, ela diz. Eu me apaixonei por ele. Mas era jovem. Inocente. Minha paixão era pela música. Vejo isso agora.

Entendo, o juiz Haskin diz, compreensivo. Srta. Foster, pode nos dizer o que sabe sobre os planos de retaliação de Nelson Wong?

Com isso, olho para Nelson, que está totalmente concentrado em Caroline. Tudo o que as testemunhas disseram até agora nos faz parecer poderosos e conspiratórios. Se elas soubessem, se pudessem compreender que tudo o que fazemos é pela nossa sobrevivência...

Meu pai nunca gostou dos chineses, Caroline diz, olhando diretamente para Nam e Lum. Ele achava que o estavam espionando e roubando seus clientes.

E o sr. Wong sabia disso?

Mencionei uma ou duas vezes, Caroline diz. Sabia que ele era amigo dos proprietários da loja, mas não pensei muito a respeito.

O sr. Wong falava com a senhorita sobre seu pai?

Não muito, Caroline diz. Eu queria manter nosso relacionamento em segredo, mas ele queria que fôssemos juntos até meu pai e contássemos tudo. Isso me deixava morta de medo. Eu não suportava a ideia, por isso disse que não podíamos continuar nos vendo.

Uma boa menina, o juiz Haskin diz. A plateia murmura em concordância.

Depois disso, ele apareceu algumas vezes, quando meu pai não estava em casa, Caroline prossegue. Disse que estava trabalhando em algo importante. Algo que mudaria tudo, talvez até permitisse que ficássemos juntos um dia. Então, de repente, não apareceu mais. E alguns dias depois meu pai...

O corpo dela, que até então se mantivera ereto, cede, os ombros se sacudindo a cada soluço de choro. O público encoraja a moça linda e casta que se deixou levar por um pervertido de olhos puxados.

Posso imaginar o resto, diz o juiz Haskin, dirigindo-se ao público. Srta. Foster, estou certo ao afirmar que acredita que Nelson Wong e esses quatro homens estiveram envolvidos no assassinato do seu pai? Que, como ele sabia que seu pai seria contra o relacionamento, tratou-o da maneira mais brutal?

Não conseguimos ouvir a resposta de Caroline entre seus soluços, mas é o bastante para o juiz Haskin e o público. Tenho medo de olhar para onde quer que seja que não para a frente – tenho medo de olhar para Nelson e mais ainda para os animais raivosos atrás de nós. Acabou, penso. Não há retorno depois disso.

Caroline é levada para fora com o rosto nas mãos. Quando a porta se abre para ela, vejo o restante de sua família – a mãe, com uma expressão implacável, o irmão mais novo, que nunca mais pegará um violino. Então a porta se fecha e restamos apenas nós cinco contra o juiz Haskin e o público furioso, exigindo sangue e punição.

A voz do juiz Haskin se sobrepõe ao barulho. Depois de ouvir as três testemunhas de hoje, ele diz, não tenho escolha a não ser ordenar que este julgamento prossiga em Murray. Elas contribuíram com provas incontestáveis de que algo estava sendo planejado, talvez desde muito tempo atrás.

São palavras equivocadas, muito equivocadas. Quero protestar até que minha voz estilhace as vidraças. Como se pudesse ler minha mente, Nelson me cutuca com o pé, em alerta.

O julgamento será realizado daqui a dois dias, o juiz prossegue. Os acusados partirão para Murray pela manhã. Que Deus tenha piedade de sua alma.

A audiência acabou. Vejo o juiz se levantar e gesticular para que os guardas nos levem. O público comemora.

8

De volta à cela, Nam não para de passar as palmas pela testa, um hábito nervoso que desenvolveu depois que os protestos diante da loja começaram. Ele pergunta a Nelson se é verdade.

Todos os olhos se voltam para Nelson, meu amigo, que agora estou começando a perceber que tem tantos segredos quanto eu. Suas costas estão curvadas de maneira que não me é familiar, seus braços pendem nas laterais do corpo. Ele não consegue encarar nenhum de nós.

É verdade, Nelson diz, finalmente.

Nam afunda no chão. Lum, no entanto, dá um passo à frente com uma expressão furiosa.

No que estava pensando?, ele sibila. Vamos todos morrer por sua causa.

Se antes Nam e Lum viam Nelson como um jovem honrado que salvou Nam da multidão, isso muda agora. A nova realidade é que ele não passa de um menino.

Eu não queria que nada disso acontecesse, Nelson diz. Eu sabia que ela era só uma menina apaixonada. Mas pensei… pensei que se revelássemos nosso relacionamento para Foster, se ele visse que alguém que era sangue de seu sangue amava um homem como eu, mudaria de ideia. Ele era só um homem. Eu queria acreditar que podia mudar a cabeça de um único homem.

O comentário de William sobre Nelson me vem à mente agora, sarcástico e pomposo. *Você sempre acha que as pessoas são boas. Desde que consigo me lembrar.*

Nelson baixa os olhos para as próprias mãos. Sem o violino e o arco, elas parecem perdidas. Não contei porque não queria preocupar vocês, ele diz a Nam e Lum. Achei que pudesse fazer algo significativo, ocasionar uma pequena mudança. Mas estava errado.

Nelson, Nam diz, balançando a cabeça. Ah, meu garoto.

E a retaliação?, Lum pergunta. O grande plano em que ela disse que você estava trabalhando?

É minha vez de falar. Conto a eles sobre termos escrito para as Seis Companhias Chinesas e nossa pretensão de processar Rock Springs. Não tinha nada a ver com Foster, garanto. Só queríamos fazer o que é certo.

Não importa agora, Nelson diz. O mal está feito. Todo mundo acha que eu tinha um motivo para matar Foster e que vocês me ajudaram.

Com isso, um silêncio cai sobre a cela. Zhou, que assistiu a toda a troca, se levanta e pega as mãos de Nelson, como se dissesse que está tudo bem. Quando volta a seu lugar no chão, no entanto, vejo um novo tipo de desespero tomar conta de sua expressão, com a consciência de que as portas começaram todas a se fechar.

As próximas horas passam devagar. Nossa vida está por um fio por conta do assassinato de Foster, mas tudo o que nos resta fazer é esperar. Nam mantém as mãos sobre o peito e o queixo apoiado nelas. Lum permanece recostado à parede, com as costas obstinadamente retas. Eu o admiro por isso. Zhou fica cochilando e acordando, e de tempos em tempos um chute ou um gemido escapa. Fico imaginando os horrores por que deve ter passado. E me pergunto que horrores nos aguardam.

Olho para Nelson e noto que ele está me olhando também.

No que está pensando?, Nelson pergunta.

Nem nos deixaram falar, digo. Em nossa própria audiência. Como na Califórnia.

Nelson respira fundo. Não faz muito tempo, ele diz, um juiz da Califórnia decidiu que, se os *asiáticos* chegaram aos

Estados Unidos pelo estreito de Bering, se deixaram índios como descendentes, e se esses índios têm poucos ou nenhum direito neste país, os chineses tampouco deveriam ter. O que aconteceu hoje não chega a me chocar.

William, digo. Não consigo acreditar que demorei até agora para pensar nessa solução. Mandaremos uma carta. Ele deve estar com as Seis Companhias agora. Saberá o que fazer. Peça para mandar uma carta antes de partirmos, Nelson. Pelo menos isso eles têm que permitir.

Nelson baixa os olhos e suspira. Não acredito que ele vá poder nos ajudar considerando nossa situação, Jacob.

Não é a resposta que quero ouvir. Esse não é o Nelson que eu conheço. O que aconteceu com sua esperança?, grito. Lum acorda com um sobressalto, mas não diz nada, preferindo observar tudo em um silêncio cauteloso. Ainda não estamos mortos, ainda não fomos condenados! No entanto, você age como se fosse o caso.

Ele cruza e descruza as mãos. Não olha para mim.

Então vamos esperar, digo. Vamos esperar e aceitar o que quer que aconteça. Daria no mesmo cortar nossa língua fora também.

Olhe só para ele, Nelson diz, apontando para Zhou. Acha mesmo que somos diferentes? Podemos ainda ter nossa língua, mas, aos olhos do tribunal, dessas pessoas, somos iguais. Nossa fala não faz diferença. Ainda que as palavras que saem de nossa boca estejam em inglês, o tribunal só vê a boca que as profere. Para eles, sempre seremos estrangeiros.

Tem que haver uma maneira, digo. Minhas palavras são vazias, tolas, mas ainda quero acreditar. Nelson me dá as costas.

Então Lum fala, pela primeira vez. Talvez seja bom descansar um pouco agora, Jacob, ele diz.

Zhou é o único que ouve sua chegada silenciosa, que sente o cheiro do perfume em meio à podridão. Ela não pede aos guardas que nos acordem, não bate à porta. Fica ali, em uma calma mortal, até que Zhou comece a nos despertar um a um. Quando abro os olhos, vejo uma figura familiar, uma figura invejável, esperando do lado de fora.

Caroline?

Nelson, que estava ao meu lado, se levanta e chega à porta da cela em três passadas curtas. A jovem recua.

O que está fazendo aqui?, ele sussurra. Nam e Lum também estão acordados, olhando para a mulher que mudou tudo.

Caroline levanta a cabeça. Seus lábios são o que primeiro entra em meu campo de visão. Depois seu nariz de botão e finalmente seus olhos, brilhantes e úmidos. Ela não parou de chorar, percebo. Há algo mais em seus olhos, no entanto, uma tempestade prestes a irromper.

Tive que vir ver com meus próprios olhos, ela diz.

Caroline, Nelson diz, firme e racional. Você não pode acreditar que eu machucaria seu pai. Por favor, deixe-me explicar.

Meu pai está morto, ela afirma. Dizem que a culpa é sua.

Nelson recua um passo. Você não pode acreditar no que os outros dizem. Tem que se lembrar de mim. De nós.

Talvez haja uma pausa aqui, uma incerteza nos olhos dela, um desejo de acreditar nele. Talvez lhe ocorra uma lembrança de dias felizes na casa do pai, do irmão mais novo pulando aos seus pés, de Nelson rindo, dela completamente envolvida pelo jovem de boa aparência e muito conhecimento. Então Caroline absorve a cena à sua frente, cinco chineses sujos em uma cela, a porta que a separa de nós, e Nelson sem violino, alguém que não tem mais nada a lhe ensinar sobre música. Sua expressão se altera, a incerteza vai embora. Sei que ela está convencida.

Você é mesmo um idiota, ela diz. Nem a lei permitiria que ficássemos juntos.

Leis podem ser mudadas, Nelson diz.

Foi isso que disse a si mesmo antes de matá-lo?, Caroline pergunta, toda eriçada. Não acredito que deixei que me tocasse, seu chi…

Outra voz a interrompe, desconhecida, forte.

É melhor você ir embora, a voz diz.

Levo um momento para perceber que a voz é minha.

Então Caroline me olha pela primeira vez. Fico impressionada com sua beleza, terrível em sua fúria, seu rosto emanando arrogância enquanto considera minha baixa estatura, meus olhos solenes. Não desvio o rosto, assim como não desviei diante da vendedora de peixes aquele dia no mercado. Caroline olha para mim, mas não me vê.

Espero que enforquem você, ela diz.

Vá embora, digo, e minha voz soa ainda mais alta, maior, até que parece capaz de derrubar a porta. Vá!

Ela se vira. Desta vez, ouvimos o barulho de seus sapatos na pedra. Depois que Caroline parte, a única coisa que permanece é o cheiro de seu perfume, de magnólias.

9

Pelo modo de os guardas nos cumprimentarem pela manhã, seria de imaginar que nos acompanhariam a uma grande celebração.

Nelson pergunta se lhe permitem escrever uma carta.

Claro que você pode escrever uma carta, é a resposta.

Eles lhe entregam papel e caneta. Nelson rabisca alguma coisa e devolve em seguida. O guarda dá uma olhada, depois enfia a carta no bolso da frente do casaco.

Vai mandá-la hoje?, Nelson pergunta.

Claro que vamos mandá-la hoje, o guarda diz, depois olha para os outros guardas e sorri.

Lá embaixo, o xerife Bates nos espera com uma carroça. Xerife, Nam o cumprimenta. Mas o xerife nem olha para ele, e Nam fica em silêncio. Sabe que o homem nunca mais olhará em sua cara.

Isso é ridículo, Lum diz em seguida, mas também é ignorado.

Colocam-nos um a um na carroça. Minhas amarras estão apertadas e tropeço no apoio enquanto subo, aterrissando aos pés de Nelson.

Venha, Jacob, ele diz, erguendo-me com as mãos atadas. Sente-se direito.

Eu penso: não passo de um arremedo de homem nos últimos dias.

Acha que ela vai mudar de ideia?, pergunto a Nelson, já sabendo a resposta. É a primeira vez que nos falamos desde a aparição de Caroline ontem à noite.

Nelson baixa a cabeça. Sempre vi o melhor nas pessoas, ele diz. Estava errado. A vergonha dificulta que eu o ouça.

Penso nas coisas que disse no quarto dele, em como sua expressão se desfez quando falei que Caroline o trairia. Um homem como William lembraria Nelson disso, jogaria na cara dele e se regozijaria por estar certo. Não sou esse tipo de homem.

Você está bem?, pergunto em vez disso.

Nelson sabe do que estou falando. Não mencione isso comigo ainda, por favor, ele pede. Quando ergue a cabeça para me olhar, vejo um sorriso sofrido em seu rosto. Sinto muito se fui duro. Meu coração está apenas machucado.

Ela nunca mereceu você, eu deixo escapar. Sei que isso soa estranho e infantil vindo da boca de Jacob Li, mas não me impeço. Preciso que Nelson saiba que ele é muito mais do que isso.

Murray fica a um dia e meio de distância. Vamos viajar a noite toda. Os ventos batem forte contra a lona que cobre a parte de trás da carroça, em um canto fúnebre desconexo. O pouco que sei de Murray não faz parecer um lugar muito promissor. É uma cidade mineradora, o que significa que a população será hostil aos chineses que acreditam roubar seu trabalho. O juiz Haskin não está nos dando nenhuma chance.

Estou tão envolta em pensamentos que nem ouço a carroça parar.

De novo, é Zhou quem percebe primeiro. Ele agarra a manga de Lum e a puxa com ambas as mãos. Lum abre os olhos e depois de um momento atrai a atenção de Nam. Nam também ouve por um momento, depois nos chama. Nelson, Jacob, ele diz. Tem algo acontecendo.

As vozes lá fora são diferentes, não aquelas que nos acompanharam na saída da prisão. São vozes mais selvagens. Uma delas diz algo ao xerife Bates, que responde com tranquilidade. É difícil ouvir com o vento. Então uma mão entra na parte de trás da carroça e uma cabeça escondida por um capuz branco aparece.

Façam como mando, a pessoa diz. Saiam agora!

Nam e Lum pulam para fora e são seguidos por Zhou.

É uma parada para descanso?, pergunto a Nelson. Ele faz que não com a cabeça e me segura, suas duas mãos no meu peito.

Acha que é um herói, garoto?, o desconhecido pergunta. A mão dele desaparece e volta. Reconheço o brilho metálico de uma arma. Ele a aponta para a cabeça de Nelson. Vamos ver se é durão agora.

Certo, Nelson diz, e estende as mãos à frente. Eu vou primeiro, Jacob.

Ele pula para fora. O homem o observa de perto, depois brande a arma para mim. Sei que devo segui-lo. Eu o faço, saindo devagar, cada vez mais próxima do rosto mascarado. O vento bate contra as laterais da carroça, seu uivo gutural é um alerta. Se sair daqui, diz, nunca retornará.

Pulo para fora também.

A primeira coisa que vejo quando endireito o corpo não é a confusão do xerife e de seus homens, não são meus amigos com o rosto encovado, não é o grupo de mascarados armados – é o homem branco com os dentes arreganhados que liderava a multidão contra a loja. Ele cumpriu sua promessa de me encontrar não importava onde eu estivesse.

Esqueço que sou um homem. Esqueço que sou Jacob Li. Levanto um pé para retornar à carroça, mas também esqueci que meus tornozelos estão amarrados. Quando caio, meu nariz bate no apoio para os pés.

Ouço a pancada, depois sinto uma queimação. Lágrimas enchem meus olhos.

O homem começa a rir. Sei que é ele. Levantem-no, ouço-o dizer. Levem-no junto com os outros.

Alguém me agarra e me arrasta para longe da carroça. Não consigo abrir os olhos. A dor é uma tora enorme me segurando, sou inútil sob seu peso.

Xerife, por favor, ouço Nam dizer.

Não há nada que eu possa fazer, o xerife diz. Teddy e os rapazes estão com nossas armas. Não é, Teddy?

O xerife tem razão, o homem chamado Teddy diz. Parece alegre, como uma criança que descobriu uma nova maneira de cometer delitos sem ser punida. Bates não pode salvar vocês agora. São nossos, os cinco. As mãos da justiça, aqueles que fazem o trabalho do Senhor! Mostraremos a vocês o verdadeiro significado de justiça pelos atos monstruosos que cometeram. Por tempo demais, envenenaram nossa cidade. Isso acaba agora.

Por favor, ouço Lum dizer. Só temos uma loja, uma loja pequena. Vendemos geleia e comida boa. Não queremos nenhum envolvimento com isso. Deixe que sejamos julgados.

Teddy o ignora. Deixe os prisioneiros conosco, xerife, ele diz. Volte com seus homens para a cidade. Quando perguntarem o que aconteceu com os chinas, diga que os perdeu no caminho.

Xerife, Nelson diz, pela primeira vez.

Está fora da minha alçada agora, o xerife diz, sem emoção.

Um assovio, depois a sombra de movimentos. Ouço os cavalos darem meia-volta na grama, as rodas da carroça sobre as pedras. Um grupo vai embora, outro fica. Nós ficamos. Por que ficamos?

Não!, grito. Não nos deixem!

Algo cai sobre mim, batendo no meio do meu rosto. Ouço o barulho quando meu nariz quebra, e desta vez não há nenhuma tora me segurando, nenhum peso que possa ser chamado de dor. Há apenas branco, um branco que não tem nome.

China idiota, quem quer que tenha me atingido rosna. Vai aprender a me ouvir.

É demais para mim. Fecho a boca, tentando engolir a queimação. Acho que estou chorando também, as lágrimas se misturando a ranho e sangue e se acumulando quentes e secas no meu queixo.

A voz de Teddy retorna. O restante de vocês: mexam-se. Agora.

10

Eles nos dispõem em uma fileira, com Nam e Lum na frente, amarrados juntos pelas tranças, antes magníficas, agora pendendo desgastadas. Os mascarados nos flanqueiam, suas armas apontadas para nossas têmporas. Zhou fecha a fila. Os homens mais atrás chutam seus pés a passos alternados e riem quando ele finalmente cai de cara na terra. Então o levantam, mas só para derrubá-lo outra vez.

Caminhamos em silêncio. Já nem tentamos mais suplicar.

Olho para as árvores e os arbustos pelos quais passamos, tentando identificar algo de familiar. Já faz um tempo que estamos andando em direção às montanhas, com o vento acelerando a cada passo. Pierce está a uma vida de distância, e não acredito mais que nosso destino seja Murray. Meu nariz quebrado queima, o sangue finalmente solidificou em uma crosta vermelha nos meus lábios. Eu me lembro das noites no bordel de Madame Lee, quando meus lábios não pareciam muito diferentes.

Seguimos adiante, subindo uma colina que parece não ter fim. No céu, o sol pulsa, alongando as sombras atrás de nós. Somos nós que andamos eretos e somos nós que nos estendemos sobre a terra. Olho para minha sombra, desejando que ela se solte e corra para o outro lado. No entanto, ela permanece ali, fiel.

Teddy é o primeiro a chegar ao topo. Ele desce do cavalo e fica de pé, com o sol inundando seu corpo, encerrando-o em febre. Comeremos aqui, Teddy diz para os homens que continuam subindo. O restante do grupo avança, renovado pela promessa de comida. Alguns homens ficam para trás, segurando-nos.

Amarrem-nos, Teddy diz a eles.

Somos arrastados colina abaixo até um aglomerado de pinheiros. Nelson, Zhou e eu somos amarrados em árvores separadas. Nam e Lum são levados para não muito longe, os homens puxando-os pelas tranças grotescamente entrelaçadas, e amarrados juntos. O couro cabeludo deles deve estar queimando. No entanto, nenhum dos dois grita, e tenho orgulho deles por isso.

A corda é tão grossa quanto meu pulso. Os mascarados a passam inúmeras vezes, prendendo meus braços e meu torso ao tronco, até que eu seja a árvore e a árvore seja eu. Quando terminam, sinto que poderia carregar a árvore toda nas costas.

É difícil respirar. Meu nariz quebrado lateja.

Satisfeitos com o resultado, os homens nos abandonam e começam a subir de novo a colina para se juntar ao restante do grupo. Não estão preocupados. Fizeram um bom trabalho. Não temos como escapar.

Nelson está amarrado a uma árvore à minha direita. Viro a cabeça, a única coisa que consigo virar, e o chamo. O que faremos?

Não há nada que possamos fazer, ele diz. Esses homens estão armados, Jacob.

Não, digo. Eu me debato, jogando o corpo contra a corda. Se usar força o bastante, posso afrouxar a corda e escapar. Então me lembro: sou pequena, o que é bom para espaços apertados. Alguém me disse isso uma vez, e estava certo. Seja pequena, penso. Eu me lanço contra a corda. Seja pequena como nunca foi. Pequena como nunca voltará a ser.

Funciona. A corda começa a ceder. Solto meus braços e sinto o ar entrando, delicioso, amplo. Uso as mãos para afastar a corda do corpo e me projeto para cima, até que o torso esteja livre e eu caia de quatro. Então a única coisa que me resta a fazer é tirar os pés da corda.

Olho colina acima. Teddy e seus homens estão ocupados comendo, rasgando carne-seca com os dentes. À minha esquerda, Nam e Lum comemoram minha vitória em silêncio, balançando a cabeça para um lado e para o outro. Corro até Nelson primeiro. Ele pode me ajudar a soltar os outros.

Só que a traição de Caroline acabou com ele. Não, Jacob, Nelson diz. Mesmo que escapemos, vão nos encontrar. Sempre encontram.

Mais risadas de Teddy e seus homens. Logo terminarão de comer, e depois que isso acontecer não teremos mais chance. Sinto como se ainda carregasse a árvore nas costas. Árvores recordam por anos e anos. Muito depois que formos todos embora, elas permanecerão, imbuídas de lembranças de tudo o que lhes aconteceu.

Nelson, digo, há algo que nunca lhe contei. Compartilho meu nome, meu nome chinês, com uma personagem de uma história. Desde jovem, odeio meu nome. Eu me perguntava se meu nome estava ligado a certo tipo de destino, se eu teria o mesmo destino trágico da personagem. Passei a vida toda lutando contra isso, mas, de alguma maneira, continuo me encontrando em situações ruins.

Então você tinha razão o tempo todo, Nelson diz, parecendo ainda mais desesperançado. Talvez seja o destino.

Talvez, digo. Mas descobri algo quando estávamos naquela cela. Tudo pode estar me conduzindo ao mesmo fim trágico. Ou não. Ou posso ter incorrido em tolice, romantismo e desconfiança esse tempo todo, quando quem conduz minha própria vida sou eu.

Não compreendo, ele diz, ainda sem me encarar.

Claro que não, continuo. Só estou dizendo que preciso tentar. Mesmo que um destino trágico tenha sido escrito para mim, não me importo. Eu me recuso a acreditar que este seja o fim. Não pode ser. Estou dizendo que *eu* tenho que tentar.

Ele me olha por um momento, e eu acho que funcionou. Então percebo o motivo – eu me esqueci de soar como Jacob

Li, e a lírica suave de Daiyu me escapou. Nelson nota e arregala os olhos, mas não desvio o rosto. Quero contar a ele. Quero que saiba. Antes que eu possa fazer isso, no entanto, mais gargalhadas de Teddy e seus homens descem a colina, trazendo-me de volta ao perigo atual. Não é hora de contar a ele porque terei muitas outras oportunidades no futuro. Prometo isso a mim mesma e a Nelson.

Sinto muito sobre Caroline, digo, com minha voz voltando a engrossar. Mas você não pode deixar que seja o fim. Não pode deixar que seja o nosso fim.

É o suficiente para ele. Seus olhos voltam a focar, o toque de mogno claro e objetivo. Por vocês, ele diz. Por vocês, tentarei. Então seu corpo começa a se mover também.

Mantenho os olhos em Teddy e seus homens. Os dentes deles brilham como facas sob o sol, cortando o verde da colina. Passamos despercebidos até agora, mas não será assim por muito tempo mais.

Nelson joga o corpo para cima da corda, empurrando-a com o peito. O esforço faz seu pescoço ficar vermelho. Finco os pés na terra e puxo. Não desista, peço. Acho que a corda está cedendo, mas Nelson não é pequeno como eu. Ele para muito antes de mim, arfando, e sua cabeça cai para trás.

Jacob, ele diz. Não o ouço. Agarro e puxo a corda. Jacob, ele repete.

Caio na grama. Não sei quando comecei a chorar.

Vá, Nelson diz. Pela primeira vez, há um sorriso em seu rosto, e é um sorriso genuíno. Você tem que ir para casa.

Mas não o ouço. Estou olhando para a colina, onde, a alguns passos de distância dos homens, as armas se encontram, na grama, espalhadas e livres. Eu me lembro da mulher no mercado, de seus peixes prateados. Na época, não tive tempo de fugir. Agora, não cometerei o erro de hesitar.

O que você…, Nelson começa a dizer, mas já estou correndo para longe dele, para longe de Nam, Lum e Zhou, colina acima, na direção de Teddy e seus homens. A árvore não está mais nas minhas costas, foi substituída por asas, que poderiam ser tão grandes quanto um oceano. Ouvi contos de imortais que descem do céu, de dragões que se transformam em guardiões que assumem a forma humana. Daqueles que protegem pessoas como eu, como todos nós. Convenço-me a ser isso.

Quantas respirações – cem, duzentas? Nenhum deles me vê chegando. Ninguém me vê até que minhas mãos estejam na arma, seu cabo polido brilhando na grama. À minha espera. A arma é pesada e comprida, nada como o revólver que William me deu aquele dia em Boise, mas eu a apanho do chão, movida pela mesma força que me permitiu voar colina acima. Apoio a arma na clavícula, como vi os mascarados fazerem. Não é muito diferente de apoiar um violino sob o queixo.

Encontro Teddy e aponto o cano da arma para ele.

Agora os mascarados me veem. Eles gritam e se abaixam com as mãos na cabeça. A comida os deixou lentos.

Parem, digo. Parem, ou atiro nele.

Todos olham para mim, depois para Teddy. Ele sustenta meu olhar por um momento, seus lábios se abrindo em um sorriso. Então assente.

Os homens ficam parados.

Uma faca, grito. Quem tem uma faca?

Ninguém responde. Posiciono o cano um pouco para a direita da cabeça de Teddy e aperto o gatilho, como Nelson me ensinou. A arma bate no meu peito e ouço uma explosão, que quase me lança colina abaixo. Os mascarados xingam, abaixam-se. Teddy continua impassível.

Vou atirar de novo, aviso.

Eu tenho uma, um homem mascarado perto de mim diz. Aqui.

Jogue para mim, digo. Aos meus pés. Devagar.

Ele se agacha e puxa uma faca de caça do tamanho do meu antebraço. Mantenho a arma apontada para a cabeça de Teddy. Vou matá-lo se tentar alguma coisa, digo.

A faca aterrissa aos meus pés. Ponho um pé no cabo. Agora, além da arma, também tenho uma faca. Apesar disso, no entanto, a distância entre mim e meus amigos parece infinita. Eu deveria ter pensado melhor antes.

É uma batalha perdida, uma voz dentro de mim diz.

Eu a sufoco. Tenho que tentar.

Fiquem onde estão, digo aos mascarados, abaixando para pegar a faca. Se alguém pensar em se mover, eu atiro.

Recuo um passo. É meu primeiro erro. Os mascarados relaxam assim que meu pé direito toca a grama, livres do feitiço da arma. Vejo seus peitos subindo e descendo agora. Não tenho tempo. Ergo o pé esquerdo e o coloco atrás de mim. De novo, a cena muda. Os homens ficam mais altos, mais sólidos. Noto seus olhos indo de um lado a outro. Estão se comunicando através deles, planejando o próximo passo.

Eles estão em quinze, talvez vinte. Eu teria que ser mais rápida que todos e chegar aos meus amigos antes. Poderia matar dois ou três correndo? Poderia matar um que fosse? De repente, a arma parece pesada na minha mão, seu peso me puxando para baixo. Eu me pergunto se não seria melhor deixá-la de lado e correr sem qualquer impedimento.

Lá embaixo, Nelson chama meu nome, tirando-me do transe. Dou outro passo para trás, então outro, até que estou descendo a colina. A cada passo, os homens encolhem, mas também ficam maiores, seus peitos crescendo em expectativa pela perseguição. Eu me pergunto quem agirá primeiro, eu ou eles. Não deve demorar muito agora.

No fim, são eles. O primeiro homem se move quando estou quase ao pé da colina. Um leve movimento, quase imperceptível, mas vejo o vento se alterar à sua volta, o tecido de sua camisa esvoaçar junto ao cotovelo. Ele se move, e sei que preciso correr. Porque agora os outros também estão se movendo. Dão um passo à frente, depois outro. Estalam os dedos. Procuram as armas. Atrás deles, Teddy mantém os braços nas laterais do corpo, parecendo achar graça.

Levanto a arma, com os dedos dormentes. Não tenho tempo de encontrar um alvo – só aponto para um capuz branco e puxo o gatilho. Só que agora eles estão longe, e minha pontaria não é boa. A bala desaparece ao vento. Encontro outro capuz, torcendo para que o som os mantenha a distância.

No quarto tiro, eles começam a correr. São mais rápidos do que eu imaginava – ou tão rápidos quanto eu temia. Quantos tiros me restam? Ergo a arma outra vez, mas estou tremendo agora, e quando dou o último tiro tenho certeza de que não adiantou nada.

Nelson grita meu nome outra vez. É o bastante. Eu me viro para correr.

Minha jornada colina abaixo não foi inútil – meus amigos estão mais próximos do que eu imaginava. No entanto, enquanto corro na direção deles, sinto uma grande desesperança. Zhou conseguiu se soltar, mas Nam, Lum e Nelson continuam amarrados. Não há tempo para uma mudança de plano. Atrás de nós, os homens gritam e uivam, como lobos soltos, disparando colina abaixo. A esse ritmo, não demorarão muito a nos alcançar.

Corro para Nam e Lum primeiro, com a faca na mão. *Juntos*, ofego, e começo a cortar enquanto os dois se esforçam ao máximo para se livrar da corda. Trabalhamos os três furiosamente, até que a corda cede e eles caem na grama, ofegantes.

Em seguida, corro até Nelson, olhando para trás mais uma vez. Um dos homens está quase chegando ao pé da colina. Logo estará aqui. O vento sopra o capuz branco contra seu rosto, de modo que quase consigo ver seus traços, o homem por baixo da máscara. Antes da máscara. É o pai de alguém?, quero perguntar. O irmão de alguém?

Minhas mãos não são fortes. Tremem como folhas no inverno. Eu não deveria estar segurando uma faca, não deveria estar cortando uma corda, não deveria estar fingindo ser uma pessoa corajosa e forte. Não sou nada além de uma menina sem pais. Aqui não é o meu lugar.

Ouço Nelson dizer meu nome. Ouça. Está ouvindo? Você tem que me soltar. Tem que ser agora.

Sua voz é urgente e abafada, escondida atrás de um muro. Eu poderia estar longe de tudo isso, penso. Tem sido tão difícil continuar correndo, continuar lutando. Eu poderia deixar que me pegassem, então não precisaria mais sofrer.

Corte a corda, Jacob, Nam diz de algum lugar atrás de mim.

Qual é o problema dele?, Lum pergunta.

Seria fácil desistir, penso. Como finalmente apoiar a cabeça no travesseiro depois de um longo dia, ou me sentar depois de passar horas, noites, dias correndo. Haveria dor, claro. Mas também alívio. Nem mesmo Lin Daiyu quer vir me salvar agora. Ela sabe que há paz no sono.

É o fim, Lum geme. Jacob se foi.

A voz de Nelson, suave e a distância, continua aqui. Chamando-me. Ouça, ele diz. Você tem que cortar a corda para que possamos fugir. Se não cortar, vão nos matar.

Não merecemos viver?, Nam se lamenta ao vento.

Nelson repete meu nome. É tudo o que ele diz. E algo mais. Só ouço meu nome, no entanto.

Meu nome.

Abro os olhos.

Vejo a faca na minha mão. Vejo Nelson ainda amarrado à árvore. De canto de olho, vejo Nam, Lum e Zhou. Sim, seria muito mais fácil se minha jornada acabasse aqui. Mas seria o fim da jornada deles também.

Ergo a mão, minha mão pesada e cansada, e começo a cortar.

Isso!, Lum grita. Ele se vira para o grupo de homens que se reúne ao pé da montanha. Por algum motivo, retardaram o passo. Você ainda tem tempo, Lum me diz. Você consegue.

Corram o mais rápido que puderem, Nelson diz ao grupo. Corram para as árvores, com vontade. Confiem que estamos todos indo para o mesmo lugar, e estaremos. Não corram em linha reta, ou vão se tornar alvos mais fáceis.

Estou na metade do trabalho com a corda. Os homens pararam de correr agora, mas fazem mais barulho que nunca, suas zombarias e risadas se misturando ao sangue que corre depressa pelo meu corpo. Meu corpo, meu corpo bastante vivo. Nelson começa a fazer força contra a corda outra vez. Nam, Lum e Zhou ajudam, puxando-a. Falta só mais um pouco, penso.

A primeira bala passa voando pela minha orelha e atinge a árvore, marcando-a com um estalo agudo. Quase derrubo a faca, mas minha mão é mais forte do que me recordo. Outra bala atinge um ponto acima da cabeça de Nelson. Os homens gritam em deleite. Não estão mirando para nos matar, compreendo. Estão nos caçando, como em um jogo.

Quando a terceira bala atravessa o ar, a faca termina seu corte. Nelson está livre. Sabemos o que fazer. Que esta não seja a última vez que nos vemos, imploro. Então corremos rumo às árvores. Penso na árvore a que Nelson estava amarrado, agora marcada por balas, e em como ela vai se lembrar do corpo dele e sangrar dos buracos pelo resto de sua longa vida.

Nelson vai em frente. Nam e Lum vão para a direita. Zhou vai para a esquerda, e sigo por algum ponto entre eles. Por entre os pinheiros, sobre o chão da floresta, nós corremos, desviando de raízes, galhos mortos e tocas de coelho, os cinco movidos pelo desespero e, sim, pela esperança, agarrando-nos a nada e a tudo, agarrando-nos uns aos outros e torcendo para, juntos, conseguirmos.

Corra, garoto!, meus perseguidores gritam, retornando à caça. Percebo que eles estavam esperando por este momento. Nunca houve um mundo em que nos deixariam correr livres. Eles dão dois tiros, mas nenhum chega perto de me atingir. O som, no entanto, é o bastante para me distrair a ponto de tropeçar e cair. Eu me coloco de pé e saio correndo, com sangue fresco nas palmas. Atrás de mim, os mascarados comemoram.

Outro tiro, desta vez à minha direita. Então ouço um barulho diferente, um uivo que viaja sobre a copa das árvores, envolvendo-nos em sua dor.

Zhou.

Eu poderia continuar correndo. Poderia correr e correr até minhas pernas desistirem, até chegar à beira do oceano. Eu poderia fazer isso. Mas os gritos sufocados de Zhou apertam meu peito e me puxam de volta. Meu corpo quer seguir em frente, mas meu coração não permite.

Eu me viro e corro na direção do barulho. Não vejo os mascarados que me perseguiam – talvez tenham me perdido ou capturado outra pessoa. Posso encontrar Zhou e carregá-lo, acho. Se ele ficar quieto, sobreviveremos.

Quando o encontro, ele está estirado na grama, batendo os punhos no chão. Sangue escorre de sua panturrilha esquerda. Zhou, digo. Ele me vê e geme. Seu rosto está pálido.

O sangue escorre mais rápido agora, quente. Rasgo a manga da minha camisa e enrolo o pedaço de tecido em volta do ferimento, como vi minha mãe fazer com meu pai uma vez. Zhou se sacode. O tecido fica escarlate.

Temos que seguir em frente, digo. Eu me ajoelho e passo um braço dele sobre minha nuca. Zhou é maior do que eu, mas é leve. Posso carregá-lo, penso. Tenho que carregá-lo.

Ele se apoia em mim. Só um passo, digo. Um passo e partiremos. Sua respiração enche minha cabeça, junto com os sussurros das árvores e o sangue que está em toda parte, latejando em minhas têmporas. Minha cabeça está cheia de tudo, com exceção da única coisa que eu deveria estar ouvindo, e quando ouço já é tarde demais.

Clique.

Clique.

Clique.

Um a um, os mascarados emergem das árvores com as armas apontadas para nós. Dois deles arrastam Nam e Lum pela trança. Seus corpos estão esfarrapados na grama.

Procuro por Nelson, mas não o vejo. Pelo menos um de nós escapou, penso.

Estou errada. Claro que estou. Porque Teddy é o último a aparecer, e tem algo que parece com Nelson nas mãos. Está procurando por ele?, pergunta. Os pelos loiros sobre seu lábio estão úmidos e emaranhados. Teddy empurra Nelson, que tropeça e cai de joelhos no chão. Seus olhos estão fechados, como se não suportasse olhar.

Nós cinco, juntos de fato.

11

O preço a pagar por nossa tentativa de fuga é o enforcamento de Nam e Lum em um velho carvalho. Não para matá-los, só para nos mostrar que podem fazer isso. Nam é o primeiro, e seu rosto passa de branco a vermelho e violeta, seus olhos se esbugalham e saltam das órbitas. Ele leva as mãos à corda em volta do pescoço. Seu corpo solta um coaxar terrível. Então, quando parece que vai dar seu último suspiro, a corda se afrouxa e ele cai na grama. Leva um momento. Fico com medo de que a queda por si só o tenha matado. Mas ele retorna, tossindo e ofegando.

Então é a vez de Lum. Diferentemente de Nam, ele não faz muito barulho. Estoico, enfadado, ele flutua no céu com os olhos fixos em Teddy, que o observa com um sorriso sem humor. Quando o derrubam, pouco antes de seus lábios perderem totalmente a cor, Lum aterrissa de quatro e logo se endireita, como se tivesse acabado de fazer algo tão mundano quanto pegar seu livro-caixa na estante.

Os homens voltam a pegar Nam e levá-lo até a corda. Enquanto a passam em seu pescoço e apertam, ele começa a chorar. Percebo que se trata de um jogo que nunca vai acabar. Eles vão jogar e jogar conosco, até que algo – alguém – ceda.

Como se lesse meus pensamentos, Teddy fala. Posso fazer isso eternamente, senhores. Tudo o que quero é que alguém assuma a responsabilidade de ter matado o pobre Foster. De quem foi a ideia? Digam-me, e acabarei com isso.

Protestamos, nossas vozes disputando espaço. Não fizemos isso! Somos inocentes! Teddy acena com a cabeça para os mascarados, que carregam Lum até a corda. Eles o puxam e tiram do chão, como um ornamento grotesco dependurado. Quando Lum cai, noto os vergões roxos em seu pescoço.

Um depois do outro, Nam e Lum sobem ao céu, e a cada vez parece que ficam mais tempo lá em cima, enquanto os hematomas no pescoço deles se tornam colarinhos pretos, suas testas tão vermelhas que temo que possam explodir. Um depois do outro, nosso olhar os segue no ar, com o sol se pondo às suas costas, a única coisa que os mantêm firmes no céu.

Quantas vezes? Quantas respirações restam? Quantos ossos devem ser quebrados para que um homem morra? Até mesmo Lum, o invencível, o desdenhoso Lum, parece não aguentar mais.

Teddy faz outro aceno de cabeça, e os mascarados voltam a pegar Nam. Quando olho para ele, sei que desta vez vai morrer. Nam, o alegre proprietário de loja a quem me apeguei, o homem indestrutível, desde que armado com disposição e *mantou* no vapor, o homem que sempre encarava o mundo com bondade e generosidade.

Mas Teddy não se importa. Apenas diz: Ergam-no. Porque Teddy só vê outro chinês que precisa conhecer seu lugar.

Os mascarados se movem sem hesitar. Também sabem que Nam morrerá desta vez e estão ansiosos para isso. Já comeram bastante, mas uma fome diferente os atormenta agora. Um pega a corda. Outro empurra Nam na direção dela.

Então uma voz os interrompe, suave e certa, mantendo a distância entre o pescoço de Nam e a corda. Não, a voz diz. Fui eu. Eu matei o homem.

Meu primeiro medo é de que a voz pertença a Nelson. Eu me viro para olhá-lo, mas sua cabeça continua baixa.

Você?, Teddy pergunta. Está falando com Lum.

Eu, Lum confirma.

Não!

Não sei quem grita isso – talvez Nelson, talvez eu, talvez até mesmo Zhou. Talvez todos nós ao mesmo tempo. Diante da confissão de Lum, nós nos reavivamos, a gravidade do que ele fez agora devastadoramente clara para nós.

Teddy parece reluzir. Não foi tão difícil, foi, senhores? Ele vai até Lum e cospe em seu rosto. Então você planejou tudo. E esses porcos ajudaram?

Não, Lum diz. Fui só eu. Eles não tiveram nada a ver com isso.

Não!

De novo, o coro de vozes. Não importa mais, no entanto. A confissão de Lum já definiu o que quer que acontecerá no ato final.

Não foi ele, Nam consegue dizer ao lado da corda. Fui eu. Fui eu que matei o homem.

Olho para Nelson outra vez. Como parar isso? Os dois estão mentindo. Estão tentando salvar o outro. A derrota em sua cabeça baixa me diz que ele tampouco sabe.

Foram vocês?, Teddy pergunta. Os dois juntos?

Não, Nam diz, mais claro desta vez. Só eu.

Ele está mentindo, Lum diz. Fui só eu. Pode deixar os outros irem.

Teddy olha para os dois. Depois se vira para avaliar o restante de nós – eu com os olhos frenéticos arregalados, Nelson com os ombros caídos, Zhou rezando para o céu. Seus lábios se franzem.

Não importa, Teddy diz. Amanhã de manhã, todos responderão pelo que foi feito.

12

O desejo de gritar. Gritar tão alto quanto possível, até que meu interior se torne meu exterior e eu possa me enterrar em meu próprio sangue. Quero me livrar das amarras, derrubar a árvore à qual estou presa, arrasar a floresta. Quero arrancar os olhos de todos que já me causaram dor. A raiva é uma sensação boa, e o ódio é melhor ainda. Eu poderia me perder nisso, e quero, quero muito, me afundar na dor até absorvê-la e deixar que se torne tudo o que sou.

A pergunta de Swallow volta à minha mente, tão terna e sincera quanto na noite em que eu receberia meu primeiro cliente no bordel: *Você tem um lugar aonde possa ir?*

Só me resta um lugar aonde ir. Sigo a pergunta de Swallow até estar voando outra vez, tão em êxtase e delirante como quando atravessei o oceano em um barril de carvão, até que me encontro nos degraus empoeirados de uma casa vermelha com telhado cor de amendoim.

Só que a escola está vazia. A única pessoa ali é mestre Wang, que me espera diante da sala como se fosse qualquer outra noite e ele tivesse acabado uma aula. A visão de seu rosto benigno me faz cair de joelhos. Tem mais rugas do que eu recordava.

Eu estava me perguntando quando você viria, mestre Wang diz.

Eu tentei, digo. Tentei muito.

Mestre Wang me observa murchar. Não há julgamento em seu rosto. Um dia, ele encontra um moleque maltrapilho em seus degraus. Só de olhar já sabe que se trata de uma criança sem mãe, talvez até sem pai. É taciturno e tem as bochechas encovadas, um corpo que diz que fará qualquer coisa ao seu alcance para ficar em segurança, ser querido e se sentir pleno. Para ele, é fácil dizer sim a isso. É muito fácil entregar seu coração a outro ser humano.

Você está bravo comigo, mestre Wang diz. Talvez sempre tenha estado.

Sim, digo. É a primeira vez que me permito dizer isso em voz alta. Esse homem me ensinou muito, e no entanto me pergunto se me ensinou alguma coisa. Eu gostaria de poder ser Feng outra vez, o filho do vento. A um mundo de distância, ser apenas um estudante com um pincel no lugar da mão e tinta nas veias. Feng poderia ter uma vida pacífica. Feng poderia ter uma vida feliz.

Por que não foi atrás de mim? Você se importou com meu sumiço?

Sim, ele diz. Você era meu melhor aluno.

Ouvi-lo dizer isso dói, outro lembrete do que perdi. Então por que foi tão fácil me deixar ir?

Você acha que foi fácil, mestre Wang diz, mas não foi. Eu me perguntei se havia feito algo para chateá-lo, se havia lhe dado pouca comida, se um parente tinha encontrado você ou se simplesmente mudara de ideia em relação à caligrafia. Eu me perguntei se era um mau professor. Foi só meses depois que pensei na possibilidade de terem levado você contra sua vontade. Mas não importa. Lembra-se do que ensinei? Na caligrafia, como na vida, não retocamos pinceladas. Devemos aceitar que o que está feito está feito.

Balanço a cabeça, odiando que seja fácil para ele dizer essas palavras. Você me deixou ir, digo. Você me sacrificou em nome de suas crenças em relação à arte.

Mestre Wang vira as costas para mim e anda até o estrado na frente da sala. O estrado que eu me lembrava de ser tão imponente quanto mestre Wang, agora ordinário e embotado pelo desuso. Não houve nenhum sacrifício, ele diz. Um calígrafo faz o que o papel exige. Nesta vida, só posso ser o pincel. Já você... Você não é o pincel. Não, você é a pedra de tinta, e sempre foi.

Fale claro!, grito. Você não faz sentido! Fiz tudo o que me ensinou, e veja onde me encontro! Não estou nem perto de me unificar. Não aguento mais tentar.

Então você não ouviu, mestre Wang diz, calmo. Ensinei os caracteres, a técnica, as pinceladas. Ensinei como um calígrafo deve se portar no mundo. Mas até que aprenda a escrever sozinho, sem minha mão, você nunca estará unificado.

Estou em segurança na sala de aula, mas não posso ficar aqui para sempre. Olho pela última vez para as tapeçarias nas paredes à nossa volta. Poemas, caracteres, pérolas de sabedoria triunfantes, a personificação de calígrafos como mestre Wang. A escola poderia desmoronar e desaparecer, mas os caracteres continuariam parecendo tão magníficos quanto no primeiro dia em que pisei nela.

Você tem mãos de artista, Nelson me disse uma vez. Na época, desconfiei dele, acreditando que mentia para me seduzir. No entanto, minha desconfiança era de mim mesma. Minhas mãos diziam que eu era uma artista, mas meu coração, nem tanto. Todo o treino e todos os caracteres. No fim, seu destino depende de mim.

O último dos quatro tesouros do estudo, a pedra, é o mais importante, porque permite que a caligrafia tenha início – para que a tinta se torne tinta, deve primeiro ser moída na pedra.

A pedra é considerada um tesouro e deve ser tratada como tal. *Um artista ama a ferramenta como uma mãe ama o filho*, prega o ditado. É bom saber que uma pedra nunca é apenas uma pedra, e sim algo vital, até poderoso. A pedra de tinta exige destruição antes da criação. Você precisa destruir a si mesmo, transformar-se em uma pasta, antes de vir a ser uma obra de arte.

13

Eles nos acordam logo cedo pela manhã, quando o sol coroa a copa das árvores. Em qualquer outro dia, a faixa cor-de-rosa no céu seria considerada bonita. Em um dia como hoje, tudo o que vejo é a promessa de sangue no horizonte.

Eles amarram nossas mãos e nos atrelam a uma corda. Nelson está atrás de mim, à minha direita. Eu me viro para olhar para ele, mas está fora do meu campo de visão. Tudo o que consigo é ouvir o som de seus pés se arrastando pela grama.

Um verme se revira em meu estômago, curvando-se em meio à sopa rala que nos deram antes que a noite caísse. Se eu vomitar agora, o que farão comigo? Cortarão minha língua? Chutarão meu rosto, quebrando meu nariz já quebrado? O homem à frente puxa a corda, puxando-me consigo, mas não consigo mais segurar. Abro a boca e espero que a bile venha.

Só que a bile não vem. Em vez disso, quem vem é Lin Daiyu.

Devo dizer que fico feliz ao vê-la. Faz bastante tempo. Durante o período que passou dentro do meu corpo, ela se tranquilizou e agora parece mais bonita do que nunca. Sua pele e seu cabelo brilham, saudáveis, descansados. Seus olhos estão marcados pelo sono, mas continuam preciosos. Ela fica feliz em me ver também, até que nota o homem segurando a corda.

O que é isso?, Lin Daiyu me pergunta. Pela primeira vez, parece assustada. Fica perto de mim, subindo e descendo as mãos pelos meus braços. O que está acontecendo?

Você dormiu bastante tempo, consigo dizer. Não quis acordar você.

Deveria ter acordado, ela fala. Você fez isso de propósito.

Juro que não, garanto, muito embora já não tenha tanta certeza.

Ela me deixa para circular o grupo. Mergulha fundo para inspecionar Nam, Lum, Nelson e até mesmo Zhou antes de voltar para o meu lado.

O que está acontecendo?, ela pergunta outra vez. O que houve?

Vou lhe contar, digo. Não demorará muito.

Conte a eles, Lin Daiyu diz. Revele sua verdadeira identidade. Eles não enforcariam uma mulher.

Não enforcariam?, pergunto a ela. Pense no que fizeram com minha mãe.

Aquilo foi diferente, ela diz. Foi na China. Nos Estados Unidos é diferente. Você vai ver.

Quando não respondo, Lin Daiyu fica quieta e segue nas minhas costas, nervosa e alerta. Sua sugestão permanece dentro de mim. Sim, eu poderia revelar minha verdadeira identidade. Mas e então? Talvez me deixassem partir, mas não libertariam meus amigos. Talvez me passassem de mão em mão, como se eu não fosse mais que um receptáculo para as coisas feias que têm entre as pernas. Conheço bem esse tipo de homem.

Ou eu fico em silêncio. Vou aonde quer que o restante deles vá.

Que este não seja o fim da nossa história, Lin Daiyu choraminga.

Acho que nossa história acabou há um bom tempo, digo a ela. Não estou sendo má. Só estou falando a verdade.

14

A clareira à qual nos levam não é tão diferente daquela onde Nelson e eu nos deitamos um dia em Pierce. O sol já está alto no céu, e é uma manhã linda e quente. Sou recordada dos verões da minha juventude, de perseguir coelhos entre as gramíneas altas, depois mergulhar no oceano. A água sempre deixava uma salmoura sobre meus braços e pernas. Não importava o quanto minha mãe esfregasse, o sal nunca saía de verdade. Talvez ainda haja um pouco na dobra dos meus cotovelos e joelhos. Cuidado comigo, quero dizer ao homem que me arrastou até o fim da linha, onde Nam, Lum, Zhou e Nelson se ajoelham. Carrego o oceano em mim.

Eles pegam Nam primeiro, porque é mais fácil. Enfraquecido pela jornada e pelos enforcamentos do dia anterior, seu corpo se inclina sem questionar. Quando o colocam de pé, vejo que suas roupas estão largas no corpo. Entre dois pinheiros, os homens armam um mastro e passam uma corda, com um laço grande o suficiente para uma cabeça. Desta vez, não se trata de um jogo.

Os homens passam o laço pela cabeça de Nam. Como sua mandíbula é larga demais, eles têm que forçá-lo. Nam fala enquanto o fazem, implorando a cada homem que o deixem ir. Vocês pegaram o chinês errado, ele diz. Sei que parecemos todos iguais a vocês, senhores, eu sei! Mas pegaram o chinês errado. Por que eu mataria Foster? Tratava-se apenas de uma concorrência amistosa!

Como sempre, eles o ignoram. Teddy dá um passo à frente para falar.

Você foi trazido aqui para responder pelo crime hediondo que cometeu, ele diz. Você foi considerado culpado por este tribunal. E será enforcado hoje.

Por favor, Nam pede, olhando em volta. Nenhum dos mascarados se move.

Quer dizer suas últimas palavras?, Teddy pergunta.

Nam abre a boca. Olha para cada um de nós. Quando seus olhos encontram os meus, sei que esta é a última vez que os verei abertos.

Beberemos juntos, ele diz, quando nos reencontrarmos.

São necessários três homens para puxar a corda. Três homens, e a corda começa a deslizar pelo mastro onde está apoiada. Três homens, e os pés de Nam começam a deixar o chão. Eles chutam para um lado e para o outro. Poderiam estar dançando. Eu me lembro da noite do Festival da Lua, de Nam dançando diante dos fogos de artifício e oferecendo seu corpo ao céu. Agora, não há terra debaixo dele para sustentá-lo.

Três homens, e o rosto de Nam fica cada vez mais vermelho. Três homens, e o rosto de Nam assume um tom violeta opaco.

O último suspiro, depois um estalo. Três homens, e o rosto de Lum vai ao chão.

Nam cai.

Seus desgraçados, Lum grita repetidamente. O que foi que fizeram?

Ele não tem tempo de dizer muita coisa, porque é o próximo. Eles o pegam com facilidade, o alto e magro Lum. Lum, cuja coluna agora parece pregos através da camisa, cuja calça está pendurada nas coxas, que é a parte mais larga de seu corpo agora. Eles nos obrigam a olhar enquanto tiram a corda do pescoço de Nam. Não consigo encarar o corpo dele, por isso me volto para Nelson, que tampouco o olha.

Não vai dizer nada?, Lin Daiyu me pergunta.

Os homens não têm dificuldade de passar o laço pela cabeça de Lum. Pelo rosto anguloso como o de um pássaro, pelo pescoço onde cada tendão, cada músculo, são visíveis.

Teddy repete sua fala. Lum está furioso, não deixa que o outro fale sem rugir depois de cada palavra. Os mascarados ficam nervosos, tocam as armas. Sei que Lum não pode fazer nada, mas fico feliz em saber que deixa esses homens com um pouco de medo, mesmo agora.

Quer dizer suas últimas palavras?, Teddy finalmente pergunta.

Que vocês sofram, Lum grita. Cada um de vocês.

Então ele fecha os olhos. Seus pés deixam o chão. Ele se mantém ereto e permite que a corda faça seu trabalho.

O próximo, Teddy diz.

É Zhou. Os homens são rápidos com ele. Quer dizer suas últimas palavras?, Teddy pergunta outra vez. Os mascarados dão risada, animados com o que está por vir. Zhou abre a boca e grunhe, a língua rombuda indo de um molar a outro.

Nelson, digo ao homem ao meu lado. Estou me lembrando do momento em que Nelson me salvou da multidão na loja aquele dia, de ter ficado desconfiada dele, quando na verdade tudo o que queria era que Nelson me conhecesse de verdade, como eu mesma passei a me conhecer. É tudo o que me resta para lhe dar, e quero muito fazer isso. Tenho algo a lhe contar, digo.

Está tudo bem, ele fala. Está tudo bem.

Zhou é enforcado. Rápido. Porque ele não tem língua, meu guarda diz, para ninguém em particular. É menos carne para a corda atravessar. Eu me viro para rosnar para ele, mas o homem só empurra minha cabeça com a palma da mão.

Próximo, Teddy diz. O rapaz do violino.

Nelson, digo. Eles já o estão colocando de pé. Nelson, repito. Seus olhos não deixam os meus, castanhos e firmes. Os corpos de Nam, Lum e Zhou jazem ao lado, três pequenas montanhas que a terra um dia engolirá. Nelson, eu o chamo pela última vez. Ele inclina a cabeça para o lado em um pedido de desculpas. Não, eu digo. Você foi perfeito.

Mesmo com o laço em seu pescoço, Nelson está bonito. Ele se mantém tão ereto quanto possível, as costas retas, as pernas firmes. As mãos que tanto admirei cruzadas à frente. Eu o amo mais do que nunca agora, penso.

Você foi trazido aqui para responder pelo crime hediondo que cometeu, Teddy diz. As palavras me são familiares agora, não mais assustadoras, embotadas. Não apenas por seu envolvimento no assassinato de Daniel M. Foster, mas por violar a lei mais sagrada ao se deitar com uma mulher que não é da sua raça.

China imundo, meu guarda cospe.

Vira-lata de olhos puxados, outro acrescenta.

Aposto que ela implorou por um bom pau branco, grita um terceiro. Os mascarados urram em aprovação, até que o barulho preenche todo o bosque que nos cerca.

Você foi considerado culpado por este tribunal. E será enforcado hoje, Teddy conclui.

Nelson olha para a frente, sua visão já além de onde nos encontramos. Não parece assustado. Quer que eu vá até ele?, Lin Daiyu me pergunta. Para que não fique tão sozinho?

Ela não espera pela minha resposta. Conhece-me muito bem. Quando Teddy pergunta a Nelson sobre suas últimas palavras, Lin Daiyu parte sem esforço para se colocar ao lado de Nelson. Ela se mantém tão ereta quanto ele. Nunca percebi como é alta.

Direi apenas uma coisa, Nelson fala. Seus olhos procuram os meus. Quando suas esposas, filhas e netas perguntarem quem matou quem, espero que se lembrem de que foram vocês.

Morra!, os homens mascarados gritam.

Nelson, eu digo.

Estou aqui, Lin Daiyu diz.

Quando ele é enforcado, não consigo deixar de pensar em como está bonito. Ele não chuta, não protesta. Seu corpo balança no ar da mesma maneira que um pincel antes de tocar o papel, quando ainda está na mão do calígrafo, sagrado e quente, um instrumento querido, algo em que se pode confiar, algo a ser estimado e mantido. E eu poderia jurar, ainda que seja apenas um desejo na minha cabeça, que ele disse meu nome antes de tudo ficar quieto.

Agora, o último, Teddy diz.

O homem que assoma sobre mim me coloca de pé. Fico surpresa com quão rápido consigo me estabilizar. Todos aqueles anos andando ao longo do oceano devem ter contribuído. E depois correndo. Sempre correndo. Em algum momento, meus pés aprenderam a carregar mais que apenas meu peso.

Faça alguma coisa, Lin Daiyu pede. Ela está ao meu lado outra vez, e suas mãos são como velas no meu rosto. Deixe-me fazer alguma coisa.

A escolha tremula à minha frente: ficar quieta e ser enforcada, ou me revelar mulher e permanecer viva, mas de maneira deplorável. Nenhuma das duas parece boa. Meus amigos estão mortos.

Toda a minha vida, eu me senti levada pelas circunstâncias. Só fui a Zhifu porque minha avó me mandou para lá; só encontrei mestre Wang porque a proprietária de um restaurante me disse para ir atrás dele; só estou nos Estados Unidos por causa de Jasper; só estou aqui por causa de um assassinato que alguém cometeu. E, ao largo de tudo isso, a pergunta incômoda: sou dona da minha própria vida? Ou sempre estive destinada à tragédia, por conta do meu nome?

Meu nome. Os caracteres que me assombraram e atormentaram desde o começo aparecem diante de mim outra vez, preciosos, com seu peso e sua familiaridade. Uma coisa que escondi, que transformei e que acrescentei, uma coisa pela qual ansiei o tempo todo. Sou a constelação de todos os nomes dentro de mim, de todos os nomes que já habitei. E essa é a verdade que vejo pela primeira vez: só consegui sobreviver por causa do meu nome.

Eu me pergunto outra vez: serei aquela segurando o pincel ou serei aquela sendo escrita?

A resposta é simples. Sei escrever bem. Pegue o pincel na sua mão, Daiyu. Veja, veja bem o espaço em branco à sua frente. É tão grande. Molhe o pincel no poço do mundo, deixe seu coração cantar através do braço. Mova-se como quiser. Não como disseram para se mover, não como os estudiosos acham melhor, nem mesmo como mestre Wang lhe fez acreditar. Faça da sua arte o que quiser. Ela é sua, afinal de contas. Não pertence a mais ninguém. Essa é a beleza. Esse é o propósito.

Essa é a unificação.

Lin Daiyu compreende o que isso significa. Talvez sempre tenha compreendido. Você sabe que a amo, ela diz.

Eu também te amo, digo. Estamos juntas desde muito antes de eu ter nascido.

E é verdade. Eu a amo. Não como ela mesma, mas como uma parte de mim.

Uma, uma menina; uma, uma fantasma. E eu não sei a quem amo mais.

Um homem passa o laço pela minha cabeça. Olho para o céu. As nuvens inclinam-se à direita, e logo estarão longe de sua posição atual, em outra terra, flutuando sobre o oceano, e quem sabe onde acabarão, ou *se* acabarão. Nunca pensei nisso antes, mas cada nuvem que já vi devia estar a caminho de outro lugar. Quem testemunha uma nuvem vê apenas um momento de sua jornada. Nesse sentido, eu poderia considerar a mim mesma uma nuvem.

Você foi trazido aqui, Teddy começa, mas já não ouço. Lin Daiyu puxa o laço no meu pescoço. Quero soltar você, mas não consigo, ela diz. Não tenho nada afiado comigo.

Está tudo bem, digo a ela. Lágrimas correm por seu rosto, vidradas, grossas, o bastante para inundar toda a floresta. Você não está cansada?

Sim, Lin Daiyu diz, quase se sentindo culpada.

Eu sei, digo. Talvez vá ser bom descansar.

A voz de Teddy retorna. Ele quer saber minhas últimas palavras. Baixo os olhos e encaro as máscaras brancas diante de mim. Eu poderia estar olhando para um campo de fantasmas.

Sei quem vocês são, digo, minha voz tão direta e densa quanto a mais espessa pincelada. Mas vocês não sabem quem sou. Vou lhes contar. Meu nome é Daiyu.

Enquanto as palavras me deixam, eu me maravilho com meu nome, o nome que meus pais me deram, que é meu, todo meu, principalmente agora, aquilo que nenhum deles, nem mesmo Teddy, nem mesmo os mascarados, podem tirar de mim. Nomes existem antes das pessoas a quem pertencem, são a parte mais antiga de nós. Meu nome existia muito antes de eu nascer, por isso acho que vivi um longo tempo.

Eles mantêm os olhos fixos em mim, e desta vez não é por desprezo. Desta vez, há medo. Eles não sabem se acreditam em mim ou não, mas, mesmo enquanto tentam esquecer minhas palavras, começam a ver. O homem à sua frente não parece um Jacob Li. O homem à sua frente está se transformando em algo diferente, talvez uma mulher, seus olhos acesos pelo sol, seu corpo pegando fogo com um calor que não vem do dia de outono. A corda que envolve seu pescoço é apenas uma formalidade. Ela poderia se soltar se quisesse. Ela poderia sair voando.

Vocês nunca me esquecerão, digo a todos eles.

A corda aperta meu pescoço. Meus pés deixam o chão e sou erguida no céu. É um tipo diferente de voo. Abaixo, um dos mascarados rola o corpo de Nelson para perto de Nam, Lum e Zhou. Lin Daiyu volta para meu lado, agora não mais chorando.

Há uma técnica avançada na caligrafia na qual o calígrafo torce o pincel para que as cerdas se separem, transformando um pincel em vários menores. Uma façanha artística, mestre Wang dizia. Qualquer pessoa que olhasse o trabalho concluído imaginaria que o calígrafo havia feito vários traços, mas na verdade era um truque. Tudo consistia em um único traço.

Quando eu era pequena, ninguém nunca me perguntou o que meu nome significava, porque sempre presumiam que o recebera por causa de Lin Daiyu. E isso fez com que eu odiasse meu nome. No entanto, se você me pedir que eu escreva meu nome agora, o nome com o qual nasci, eu faria isso com todo o cuidado e muita atenção. Eu o escreveria com amor. E se você me perguntar, como muitos outros antes perguntaram, como é ser uma menina que recebeu o nome de outra menina, uma mulher seguindo os passos de outra mulher, com uma vida marcada pelo destino de outra pessoa, eu direi que não é nada. Ou que é tudo. Minha vida foi escrita para mim no momento em que meu nome me foi dado. Ou não. Essa é a verdadeira beleza. Esse é o propósito. Podemos praticar o quanto quisermos, contar e recontar a mesma história, mas a história que sai da sua boca, do seu pincel, é uma história que só você pode contar. Portanto, permita que seja assim. Permita que sua história seja sua, e minha história seja minha.

Epílogo

Zhifu, China
Primavera de 1896

A maré está forte hoje. O navio que atraca viajou por muito tempo, desde a costa da Califórnia. Porém, demorará a descansar; logo estará pronto para outra travessia do Pacífico. Por ora, no entanto, os membros da tripulação podem desembarcar, felizes de pisar em terra firme outra vez.

Por todo o cais, eles descarregam o navio. Descem engradados, pacotes, barris, caixas. Tudo o que trouxeram da Califórnia e além. Carregam coisas pesadas, coisas pessoais, coisas a serem trocadas, vendidas e revendidas. Às vezes, até mesmo coisas mortas.

Um engradado contém esse tipo de coisa: cinco caixas compridas de madeira. E não é o único – há vários iguais.

Alguns não têm endereço, um membro da tripulação diz a um colega.

Sim, o outro concorda. O chefe disse para jogar no mar se ninguém reivindicar.

O que tem dentro?

Você não sabe?, o colega pergunta. São os ossos de todos os chineses que morreram no exterior.

O membro da tripulação se afasta do engradado, como se ele tivesse ganhado vida. Deram-se ao trabalho de enviar cadáveres para cá?

Acho que é uma questão religiosa, o colega responde. Eles recuperaram os ossos, lavaram e mandaram de volta para cá. Acho caridoso. Dá-lhes a chance de ter um enterro apropriado.

Deve ser solitário morrer lá, o membro da tripulação diz. Tão longe de casa.

Não muito longe da costa, uma velha senhora perambula pelas ruas de Zhifu. Ninguém nunca a viu por ali. Deve ter acabado de chegar, porque seu cabelo branco está sujo e seus sapatos estão enlameados. Ela mantém a boca aberta, chamando um nome. Nunca se ouviu falar de alguém com aquele nome, e as pessoas imaginam que a velha senhora esteja confusa, porque se trata de um nome de uma história famosa. Perguntam-lhe se ela está bem. Se há alguém em sua casa que pode cuidar dela. Onde estão seus filhos? Onde está seu marido?

A velha senhora não responde. Continua chamando o nome. Passa por uma casa vermelha com telhado cor de amendoim, dilapidada, em ruínas, parece ter sido fechada muitos anos antes. Ela se pergunta se a pessoa que está procurando poderia ser encontrada ali. Talvez devesse perguntar ao proprietário, pensa. Decide não o fazer, seguindo na direção do mar.

Mas ela está sozinha? Em algum lugar na costa, uma figura – antes uma menina, depois uma mulher, depois algo completamente diferente – observa a velha senhora chamar o nome. E então os gritos da figura se juntam aos da velha senhora, até que ambas chamam o nome até muito depois que o mundo tenha ido dormir e nada reste além das nuvens de tempestade se formando no horizonte, ecoando seus lamentos rumo ao ponto onde a lua encontra todo o resto.

Pela manhã, cai uma chuva de primavera.

Nota da autora

Em 2014, meu pai voltou de uma viagem a trabalho pelo noroeste dos Estados Unidos com uma história interessante. Ele estava passando por Pierce, Idaho, quando viu uma placa memorial de um "enforcamento chinês". A placa mencionava que cinco homens chineses haviam sido enforcados ali por justiceiros pelo suposto assassinato de um proprietário de loja branco da região. Meu pai perguntou, muito sério, se eu poderia escrever para ele a história que solucionaria aquele mistério.

Cinco anos depois, retomei esse assunto no último semestre do meu curso de mestrado em Wyoming. Fiz uma pesquisa inicial e fiquei surpresa ao descobrir que havia muito pouca documentação on-line sobre o que exatamente havia acontecido – na verdade, a busca no Google chegara a três resultados apenas. O único vestígio que atestava o evento era a própria placa memorial em Pierce, Idaho, mas acabei descobrindo que frequentemente ela era alvo de vândalos e de roubos. Ainda mais alarmante foi minha descoberta de que o "enforcamento chinês" não tinha sido um evento isolado – uma onda antichinesa varreu os Estados Unidos na segunda metade do século XIX, culminando no Massacre de Rock Springs, em Wyoming, no Massacre de Snake River, no condado de Wallowa, no Oregon, e em muitos outros (*Driven Out: The Forgotten War Against Chinese Americans* [Expulsos: a guerra esquecida contra os chineses americanos], livro de Jean Pfaelzer, documenta centenas de casos).

É importante mencionar que, embora a história da violência contra os chineses não tenha sido "esquecida" por estudiosos e historiadores, ela é amplamente desconhecida pela maioria dos estadunidenses. Mesmo sendo uma imigrante sino-americana, só fiquei sabendo da Lei de Exclusão dos Chineses quando já estava no último ano da faculdade. Tinha ouvido gritos de "Volte para o lugar de onde você veio!" quando era pequena, mas não fazia ideia de que aquele tipo de coisa descendia de décadas de iniciativas racistas dos Estados Unidos em relação a imigrantes chineses. Os chineses haviam ajudado a construir as ferrovias, disso eu sabia, mas e quanto ao resto? E quanto à parte em que não nos queriam aqui, em que fomos mortos por estar aqui?

Terminei o primeiro rascunho deste livro no começo de 2020, bem quando a covid-19 estava se espalhando pelo país, e o então presidente a chamava de nomes racistas e perniciosos, como "kung flu"* e "vírus chinês". Li artigos sobre idosos chineses que eram alvo de cusparadas e de ataques físicos e verbais, totalmente desumanizados. Pensei nos meus próprios pais, com seus 50 e muitos anos, e tive medo de que o mesmo acontecesse com eles. Muito pouco havia mudado, eu pensava enquanto dava vida a Daiyu, Nelson e seus amigos. Na era Trump, e depois no mundo pós-Trump, me pareceu cada vez mais vital lembrar às pessoas – não aos historiadores e estudiosos, mas a meus amigos, meus colegas de trabalho, à pessoa que cortava meu cabelo – do que os Estados Unidos foram e ainda são capazes.

A cidade de Pierce é uma versão ficcional da Pierce real. A história e suas circunstâncias são imaginadas. Grande parte – o assassinato do proprietário de uma loja, o envolvimento de justiceiros, o enforcamento – é verdade, mas mudei o nome de alguns dos envolvidos. Também são verdade as inúmeras atrocidades, atos de violência e microagressões sofridas pelos personagens. Se placas memoriais são uma das poucas coisas

* Trocadilho usando kung fu, a arte marcial chinesa, e "flu", gripe em inglês. (N.T.)

que documentam os casos de violência tão profunda contra os chineses para o público geral, e se essas placas sempre correm o risco de ser reescritas ou destruídas, o que nos restará para recordar? Eu queria contar a história não só dos cinco chineses enforcados, mas de *tudo* – das leis, das táticas, da cumplicidade que permitiu esse evento e muitos outros. Minha esperança é de que este livro faça a história da violência dos Estados Unidos contra os chineses extravasar os estudos e a pesquisa e adentrar a memória coletiva.

Este livro não poderia ter sido escrito sem muita pesquisa, e por isso sou grata aos historiadores e estudiosos cujo trabalho me guiou. O que se segue é uma tentativa de documentar e agradecer às fontes que mais contribuíram com este livro.

A história da deusa Nuwa e de Lin Daiyu foi tirada de *Dream of the Red Chamber* [O sonho da câmara vermelha], tradução para o inglês de David Hawkes do original em chinês de Cao Xueqin.

Os Quatro Tesouros do Estudo, em referência ao pincel, ao bastão de tinta, ao papel e à pedra de tinta (文房四宝), é uma expressão que vem das Dinastias do Norte e do Sul (420-589).

Nas partes do livro que envolvem caligrafia, consultei e utilizei inúmeras fontes e farei o meu melhor para citá-las aqui. A pesquisa de Peimin Ni foi fundamental para elaborar a filosofia de mestre Wang, e muitas das pérolas de sabedoria desse personagem são adaptadas de seu artigo "Moral and Philosophical Implications of Chinese Calligraphy" [Implicações morais e filosóficas da caligrafia chinesa]. O artigo "The Aesthetic Concept of Yi 意 in Chinese Calligraphic Creation" [O conceito estético de Yi 意 na criação caligráfica chinesa], de Xiongbo Shi, foi igualmente importante para mim.

"A prática vai acalmar você, e através da calma sua energia será renovada e seu espírito estará pleno" é uma variação de uma citação de Wu Yuru.

O Dao como "a natureza celestial nos humanos" vem de Xu Fuguan.

A ideia da caligrafia como um cultivo do caráter vem do Shodō, como documentado em *Dictionary of Chinese Calligraphy* [Dicionário de caligrafia chinesa], de Liang Piyun.

A citação sobre a pedra de tinta da página 307 foi tirada de *Chinese Brushwork in Calligraphy and Painting* [Pinceladas chinesas na caligrafia e na pintura], de Kwo Da-Wei. A descrição dos Quatro Tesouros do Estudo e da técnica do pincel torcido são adaptações feitas a partir do mesmo livro.

Também recorri a *Chinese Calligraphy (The Culture & Civilization of China)* [Caligrafia chinesa (a cultura e a civilização da China)], de Ouyang Zhongshi e Wen C. Fong.

Foi através dos estudos de Lucie Cheng que descobri como meninas e mulheres chinesas eram traficadas para os Estados Unidos, principalmente no artigo "Free, Indentured, Enslaved: Chinese Prostitutes in Nineteenth-Century America" [Livres, contratadas, escravizadas: prostitutas chinesas nos Estados Unidos do século XIX].

Não se sabe muito sobre o funcionamento interno dos bordéis chineses em São Francisco, e menos ainda sobre como eram fisicamente. O trabalho de Lucie Cheng, Jingwoan Chang, Gary Kamiya, Sucheng Chan e Lynne Yuan, e o livro *Unbound Voices: A Documentary History of Chinese Women in San Francisco* [Vozes ilimitadas: uma história documental das mulheres chinesas em São Francisco], de Judy Yung, me ajudaram a interpretar como pode ter sido a vida das mulheres nesses bordéis.

A origem de Madame Lee é baseada em Ah Toy, supostamente a primeira prostituta chinesa de São Francisco.

A descrição da página 131 por parte da avó de Daiyu sobre a primeira ferrovia construída na China foi tirada de um artigo escrito por Yong Wang encontrado no Sina Online.

A representação dos chineses em Idaho e no Oeste foi baseada em *Gold Mountain Turned to Dust: Essays on the Legal History of the Chinese in the Nineteenth-Century American West*

[Montanha de Ouro transformada em pó: ensaios sobre a história jurídica dos chineses no oeste americano do século XIX], de John R. Wunder; em *Ghosts of Gold Mountain: The Epic Story of the Chinese Who Built the Transcontinental Railroad* [Fantasmas da Montanha de Ouro: a história épica dos chineses que construíram a ferrovia transcontinental], de Gordon H. Chang; em *Idaho Chinese Lore* [Tradição chinesa em Idaho], de M. Alfreda Elsensohn; nos arquivos da Sociedade Histórica do Estado de Idaho; e nos estudos de Ellen Baumler, Randall E. Rohe, Liping Zhu, Priscilla Wegars e Sarah Christine Heffner, entre inúmeros outros.

Os templos chineses que Samuel descreve eram conhecidos como "casa do destino".

Os livros *Driven Out: The Forgotten War Against Chinese Americans* [Expulsos: a guerra esquecida contra os chineses americanos], de Jean Pfaelzer, e *The Chinese Must Go: Violence, Exclusion, and the Making of the Alien in America* [Os chineses têm que ir embora: violência, exclusão e a criação do estrangeiro na América], de Beth Lew-Williams, foram fundamentais para a compreensão das inúmeras atrocidades cometidas contra os chineses no século XIX, muitas das quais se refletem neste livro.

Consultei os estudos de Lawrence Douglas Taylor Hansen em busca de informações sobre as Seis Companhias Chinesas, e *Chinatown Squad* [Esquadrão de Chinatown], de Kevin J. Mullen, para saber mais sobre as *tongs*. Minha descrição da Sociedade do Céu e da Terra é resultado da pesquisa e da escrita de Cai Shaoqing, Helen Wang, Tai Hsuan-Chih, Ronald Suleski e Austin Ramzy.

Pouco foi escrito e documentado sobre o assassinato e os enforcamentos que inspiraram a última parte do livro. No entanto, tive sorte em minha consulta de jornais da época, assim como do The No Place Project e das placas memoriais da verdadeira Pierce, Idaho. A placa memorial dos enforcamentos pode ser encontrada na milha 27,5 da State Highway 11, ao sul de Pierce. É a localização histórica do estado de Idaho número 307.

Para as informações sobre os ritos funerários, consultei os estudos de Terry Abraham e Priscilla Wegars.

Como em qualquer outro trabalho de ficção, usufruí de certa licença poética em alguns momentos, como no costume de Jasper de piscar para Daiyu. Não acredito que fosse comum na China do século XIX, mas piscar é algo impudico e sugestivo na cultura chinesa. Além disso, o que conhecemos hoje como Lei de Exclusão dos Chineses de 1882 era chamada, na época, de Lei de Restrição dos Chineses.

Finalmente, gostaria de abordar o anacronismo na escrita deste livro – o texto usa o método *hanyu pinyin* na romanização dos caracteres chineses, que só foi padronizado nos anos 1950. Meu eu idealista gosta de acreditar que Daiyu teria conseguido chegar a uma romanização similar do sistema por conta própria, com base em seus conhecimentos de inglês e mandarim.

Agradecimentos

Dizem que escrever é uma tarefa solitária, mas descobri que, embora o ato físico seja algo que se faz a sós, o ato emocional e espiritual da escrita e ser uma escritora são coisas que se compartilham com uma comunidade. Como tal, devo dizer muito obrigada à minha comunidade, mesmo que meus agradecimentos nunca possam ser o bastante.

À toda a equipe da Flatiron e da Macmillan, por terem acreditado no livro, principalmente Megan Lynch, Bob Miller e Malati Chavali, que foram seus defensores desde o começo, e defensores importantíssimos.

À minha editora, Caroline Bleeke, que abraçou este livro e o acompanhou ao longo do caminho, e que de alguma forma transformou a tarefa árdua de publicar meu primeiro livro na coisa mais tranquila e agradável do mundo. Eu não sabia que podia ser assim, mas fico feliz por ter sido, e fico feliz por ter sido com você.

À minha agente, Stephanie Delman, que é um sonho de pessoa. Obrigada por acreditar em mim. Obrigada por acreditar em Daiyu. Este livro não poderia ter se tornado o que é agora sem você, e sou grata por isso todos os dias.

À minha editora no Reino Unido, Jillian Taylor, por seu ardor, pelos comentários encantadores e por compreender o livro e minha visão desde o princípio. Agradeço a todo mundo da Penguin Michael Joseph pelos mesmos motivos.

A Stefanie Diaz, Sydney Jeon, Katherine Turro, Claire McLaughlin, Keith Hayes, Kelly Gatesman, Erin Gordon, Eva Diaz, Molly Bloom, Donna Noetzel, Kathleen Cook, Muriel Jorgensen, Steve Wagner, Emily Dyer, Drew Kilman, Vi-An Nguyen e Iwalani Kim por seu trabalho excepcional em prol do livro.

A iniciativas como Kenyon Review Young Writers Program, VONA e Tin House Writing Workshop, por me oferecerem um espaço para escrever e me conectar com outros escritores. E o mais importante: por me permitirem retornar a mim mesma. À Catapult e especialmente ao meu editor Matt Ortile, que me encorajou a lançar a coluna que deu origem a tudo.

Aos meus professores de inglês e escrita ao longo dos anos: sra. Kriese, sra. Dupre, Reyna Grande, Oscar Cásares, Brad Watson, Alyson Hagy, Andy Fitch, Rattawut Lapcharoensap, Danielle Evans, Courtney Maum e T Kira Madden. Obrigada por me insuflar vida repetidas vezes.

Ao programa de mestrado da Universidade de Wyoming, e especialmente a Alyson, que tornou este livro realidade, e a Brad, com quem eu gostaria de tomar um uísque agora. Aos meus amigos e colegas: sempre teremos o Ruffed-Up Duck. E à minha panelinha: Tayo, Francesca e Lindsay, por fazerem de nossos dias em Laramie um tempo mágico e esquisito.

Àqueles que leram os primeiros rascunhos deste livro e contribuíram com seu tempo e seus comentários preciosos: Garrett Biggs, Laura Chow Reeve, Lindsay Lynch, Rachel Zarrow, Sue Chen e Cuihua Zhang. Este livro seria pior se não fosse por vocês.

A todos os meus amigos, por seu amor e apoio. A Jennifer Choi e Mala Kumar, minhas companheiras de batente e serenidade. A Sue, que é sempre direta e reta comigo e que se certifica de que eu não passe frio. A Bangtan, pelas risadas e pela trilha sonora.

A Joe Van, meu parceiro de aventura, pela dança, pelo karaokê e pela sopa com bolinhos. E a Maebe, que está sempre sacudindo o rabinho.

A minha família na China. 我想你们.

A Lao Ye, que escrevia a mais linda caligrafia e cuidava do jardim mais bonito do mundo.

A Zhang Cuihua e Zhang Yang, minha mãe e meu pai, que são incansáveis, altruístas e admiráveis, e a quem amo mais do que qualquer outra coisa no mundo.

Este livro foi composto com tipografia Electra LT Std e impresso
em papel Off-White 70 g/m² na Formato Artes Gráficas.